THE
BROKEN
SHORE

PETER
TEMPLE

破碎海岸

［澳］彼得·坦普————著

祖颖————译

湖南文艺出版社
HUNAN LITERATURE AND ART PUBLISHING HOUSE

博集天卷
CS-BOOKY

目录

Contents

第一部分

这是一个不完美的世界，
不要太执着，继续往前走就好。

第一章

　　凯辛在山岗上来回踱步，凛冽的海风侵袭着他。已经是深秋了，天气阴冷，曾叔祖当年亲手栽下的那些枫香树和枫树上，最后几片红叶正顽强地攀住孱弱的枝丫，它们就快缴械投降了。他爱这个季节。深秋的清晨寂静肃穆，比起春天，他更爱这样的秋天。

　　猎犬们现在已经精疲力竭了，但它们还在积极找寻着，鼻子紧贴着地面四下里嗅来嗅去，这样徒劳无功的搜索，越来越让它们感到无望。忽然，一条猎犬似乎闻到了点什么，一股突如其来的生机猛地灌进了它们腿中，还没等他反应过来，两条狗已经蹿进密林，消失得无影无踪了。

　　当他走近房屋的时候，如墨汁一般的黑色猎犬们，已经从树林里跑出来了，它们在他面前停了下来，抬起脑袋，好奇地四处张望，就好像是第一次踏上这片土地似的。它们是天生的探险家。它们将目光转向他，盯了一会儿，似乎想要确定些什么，随即便齐刷刷地从斜坡上跑了下来。

　　最后那段蜿蜒的小路，他尽可能加快了脚步，就在他伸手推开大门的时候，猎犬也跟上了他。它们那漆黑的卷毛脑袋极力将他挤到旁边，非要自己先进去不可，强壮的后腿拼命向前发力。他刚取下门闩，它们便迫不及待地凑了过去，穿过被它们挤出来的那条细窄的门缝，依次钻了进去，沿着小径一路小跑到暗门那边。这次，两条狗争起了第一，谁都想先进去，它们争先恐后地直起身子，凑着鼻子去顶门柱，两条竖起的尾巴，像两把毛茸茸的弯刀。

门一打开，两只大卷毛狗直奔厨房，那里有它们喝水的碗，大概是渴坏了，一个个忙不迭地嘴巴连同鼻子一起扎了进去，整个厨房充斥着它们嘈杂的喝水声。凯辛给它们准备了食物：每条狗都有两片加农炮筒式的狗香肠，那是他在肯梅尔的一家熟食店买回来的，此外，它们还各有三包干狗粮。他特意把这些装着狗粮的碗放到了外面，分别间隔一米放置好，这成功引起了狗儿们的注意。

猎犬们出来了，他让它们坐在地上，因为肚子里满是刚刚喝下的水，它们坐下的动作很迟缓，隐约还透着几分不情愿，像是腿得了关节炎似的。获得进食许可后，它们毫无兴趣地看着这些食物，继而你看看我，我看看你，又一齐委屈地看向他，仿佛在向他抱怨：为什么把我们带到这里来看这么难吃的东西啊？

凯辛径直向房间走去，口袋里的手机突然响了起来。

"你好！"

"是乔吗？"

肯德尔·罗杰斯从警局打来电话。

"有一位女士报警，"她说，"是贝克特附近的海格太太，她认为有人非法进入了她的棚屋。"

"做什么了？"

"哦，什么也没做。她的狗一直在叫，我会处理妥当的。"

凯辛摸了摸他的胡楂儿："地址是哪里？"

"我去吧。"

"没必要，离我不远，告诉我详细地址。"

他快步走向餐桌，在便笺上记下了日期、时间、事件和地址："告诉她，我十五至二十分钟到，把我的电话号码给她，在我到那儿之前，发生任何事情随时打给我。"

猎犬们喜欢他的这种紧迫感，它们兴奋地在他身边跑来跑去，待他收拾妥当走出家门时，他的两条狗也飞快地冲向了停在外面的车。一路上，猎犬们笔直地立起身子，尖细的鼻子从后窗探了出去，随时待命。凯辛把车停在离农舍大门一百米远的车道上，就在他向农舍走近的时候，一个脑袋突然从篱笆后面冒了出来。

"警察？"她问。脏兮兮的灰发包裹着一张像用钝器从硬木上凿刻出来的脸，毫无血色。

凯辛点了点头。

"怎么没穿制服？还有，警徽呢？"

"便衣。"他说。他出示了那个看起来像一只狐狸的维多利亚州警徽，女人摘下了脏兮兮的眼镜，仔细看了看。

"那些是警犬吗？"她说。

他沿着她的目光看向身后，两个毛茸茸的黑脑袋从同一扇车窗里伸了出来，"它们协助警察工作。"他说，"那个人在哪儿呢？"

"跟我来。"她说，"狗在里面，疯了似的，小狼崽子！"

"杰克·罗素犬。"凯辛说。

"你怎么知道的？"她诧异地问。

"随便猜的。"

他们在农舍周围转了转，一种莫名的恐惧从凯辛心底慢慢升起，他的胃有些发紧。

"在那里面。"她说。

棚屋离农舍还有很长的一段距离，他们穿过一个占地面积不小且草木茂盛的花园，又钻过疯长的马铃薯藤蔓下一个不起眼的篱笆缺口，朝大门的方向走去。远处是过膝的草地，隐约还能看见几块淹没其中的金属垃圾。

"那里面是什么？"凯辛看着离马路几米远处一个同样锈迹斑斑的瓦楞铁棚，虚掩的铁皮门引起了他的兴趣。他隐约感到自己的锁骨上微微渗出汗来，有点后悔没让肯德尔来处理这个案子。

海格太太摸了摸下巴，她的指甲又长又黑，苍老干枯的手看起来像一柄破损的发梳。"都是些杂物，"她说道，"一堆破铜烂铁，还有辆旧货车，我已经很多年没清理过那里的垃圾了，不要进去。"

"放狗去看看。"他说。

她立刻摇了摇头，忽然警觉起来，"里面的浑蛋会弄伤它的。"她说。

"不会。"他说，"那只狗叫什么名字？"

"叫蒙特，大家都叫它蒙特，是为了纪念阿拉曼战役中的蒙特勋爵，你太年轻了，不会知道这些的。"

"的确。"他说，"放蒙特来吧。"

"怎么不用你的警犬？留着那些死狗干吗？"

"它们关键时刻才派上用场。"凯辛说，他极力控制着自己的声音，"我去门口盯着，然后你让蒙特勋爵过去。"

他感觉自己口干舌燥，头皮也没来由地痒起来，在雷·萨里斯那件事情发生之前，自己从来不会这样。他穿过草地，悄悄走到门的左边，他很早就学会了要与潜在的危险分子保持距离，自然不会进入黑暗的棚屋里与他们直接交锋。

海格太太在那片马铃薯地的篱笆旁边站着，凯辛向她竖起大拇指，示意放狗，同时也感到自己的心跳正在逐渐加速。

那只小狗狂吠着穿过草地，小小的身体紧绷着，停在了棚屋门口，把头探进门里大声咆哮。

凯辛左手用力，猛地撞在棚屋的瓦楞铁皮墙上，砰的一声。"警察！"他对着里面大喊道，很高兴自己终于开始行动了，"出来！快点！"

没等多久。

小狗突然后退了两步，歇斯底里地朝着空中叫得更大声了。

一个男人的身影出现在门口，他似乎很是犹疑，手里拿着一个帆布旅行包，从里面走了出来，根本没有理会那条狗。

"我在赶路。"他说,"只是在这里睡了一觉。"那人五十多岁的样子,一头灰白的短发,肩膀很宽,新冒出来的胡楂儿表明,他至少一天没有剃须了。

"把狗看好,海格太太。"凯辛的视线越过那人,看向后面的海格太太说道。

女人大声唤着那只狗,小狗极不情愿,但也顺从地退了回去。"你这是非法入侵他人住宅。"凯辛的声音比先前平静了许多,他没有从这个男人身上感受到丝毫威胁。

"好吧,话是没错,可我只是睡了一觉。"

"把手上的旅行包放下,"凯辛命令道,"脱下你的外套。"

"你是谁?"

"我是警察。"说着,他亮出了那个狐狸警徽。

男人脱下脏兮兮的外套,叠起来放在脚边的挎包上。他穿着一双系带的靴子,看上去从没被打理过,鞋尖处能看到明显的凹痕。

"你是怎么到这里的?"凯辛问道。

"一路搭顺风车过来的。"

"从哪里来的?"

"新南。"

"新南威尔士州?"

"是的。"

"远道而来啊。"

"是的。"

"你要去哪儿?"

"就是一直走,去哪儿是我自己的事。"

"你当然可以自由出行!有证件吗?驾驶证、医疗卡这些。"

"没有。"

"没有任何身份证明？"

"没有。"

"不要把事情弄复杂。"凯辛说道，"我还没吃早饭呢。没证件的话，我就要带你去做指纹识别了，指控你非法入侵，把你送进监狱。那样的话，你可能就得在里面住上一阵才能重见天日了。"

那人弯下腰，从自己的外套里翻出一个钱包，拿出一张叠起来的纸，递给凯辛。

"把它放回口袋里，外套扔过来。"

衣服落在了凯辛身前一米远的地方。

"你退后几步。"凯辛说，他上前拿起外套，检查了一遍，除了那张纸以外，什么也没有，由于经常被折叠，那张纸磨损得厉害，凯辛打开了它。

  戴夫·雷布，曾在布瑞迪码头工作过三年，他工作很努力，并且从不惹麻烦。他对发动机和绝大多数机械设备都很在行，还懂得如何维护，我会很高兴再次雇用他。

署名是经理科林·布兰迪，日期是 1996 年 8 月 11 日，下面还有一个电话号码。

"这地方在哪儿？"凯辛问道。

"在昆士兰，靠近文顿。"

"就这个？你就拿它当证件？你难道是三岁小孩吗？"

"我只有这个。"

凯辛掏出笔记本，在上面记下了名字和电话号码，把那张纸放回了外套兜里。"你吓到那位女士了。"他说，"那可不太好！"

"我来的时候，这儿看起来不像有人住，"那个男人说，"狗也没叫。"

"你是不是在躲警察，戴夫？"

"没有，我一直很本分。"

"他可能是个谋杀犯。"海格太太在他身后插嘴道，"杀人犯！危险的杀人犯！"

"我才是警察，海格太太。"凯辛说，"我来处理这件事。戴夫，我会开车送你到大路上，你敢再回这里，会惹上大麻烦的，听懂了吗？"

"好的。"

凯辛上前几步，把外套还给了他："我们走吧！"

"把他抓起来！"海格太太在身后叫喊。

路上，戴夫·雷布伸手去逗车上的狗，看起来他对它们很了解。到了三岔路口处，凯辛停下了车。

"你走哪条路？"他说。

戴夫沉默了片刻，回答道："克罗马迪。"

"那我把你捎到蒙罗港。"凯辛说，接着他拐向了左侧的那条路。到了进城的岔道时，他停了下来，两人一起走下车，凯辛打开后备厢，把挎包递给了戴夫。

"好自为之吧。"凯辛说，"需不需要点零钱？"

"不用了，"雷布说，"你已经对我很好了，很少有人把我当人看的。"

车掉头的时候，凯辛望着雷布远去的背影，长条旅行包横在他的背上，从身体两侧各凸出短短的一截。清晨的薄雾中，他看上去像个行走的十字架。

第二章

"没什么事吧？"肯德尔·罗杰斯问道。

"只是虚惊一场。"凯辛说，"你又义务加班？"

"我今天醒得早，再说这儿也比家里暖和。"她一边说，一边摆弄着前台的东西。

凯辛打开通向办公区的隔离门，来到自己的办公桌前，写起了案件记录。

"我在考虑要不要申请换个岗位。"她说。

"我这里可以变得整洁起来，"凯辛说，"我可以改进。"

"我不需要人保护。"她说，"我又不是新手。"

凯辛抬头看向她，他早就料到肯德尔会这样说："我并没有给你任何保护，我谁也保护不了，你跟我搭档，随时可能有生命危险。"

一阵沉默。

"是的，好吧。"肯德尔说，"有些问题必须解决，比如流连酒吧这个事情，你每天晚上十点钟才回家。"

"凯恩酒吧那些混混不敢把我怎么样。我不至于需要你来救我，然后再因为这事被局里调查。"

"他们怎么就不敢动你了？"

"因为我的表兄弟们会杀了他们，然后还会侮辱他们的尸体。这个回答你满意吗，阁下？"凯辛继续写他的案件记录，但他能感觉到肯德尔在盯着他，"怎么了？"他说，"有什么不对吗？"

"没什么！"肯德尔没好气地说。

"我要去辛蒂家买早餐，给你带份火腿煎蛋？"凯辛主动示好。

"我怎么能让你去见那个彪悍的老女人？况且还是周五一大早，还是我去吧。"肯德尔笑着说，气氛缓和了下来。

她快出门的时候，凯辛说："小肯，这回给我多加点芥末。你敢不敢问她要啊？"

他走到窗边，望着肯德尔的背影。她曾是一名体操运动员，十六岁那年就代表州里获得了自己的第一块金牌。但那些，从她现在走路的姿态根本看不出来。有一次下班之后，她跟一位摄影师朋友去酒吧，被一个她几个月前逮捕过的小混混盯上了。那人是个汽车修理厂的学徒，热衷周末狂欢和踢踏舞。他们被跟踪了，后来那个摄影师被打惨了，伤得很重，还被锁在他的汽车后备厢里，差点丢了性命。

肯德尔被带到了别的地方，那群猪狗不如的家伙像对待充气娃娃那样蹂躏了她。天亮之后，一个路过的男人和他的狗发现了她。被找到的时候，她的盆骨和手臂都骨折了，肋骨断了六根，还戳进了肺部，脾脏和胰腺也不同程度地受到了损伤，鼻梁粉碎性骨折，一边的颧骨被撞断了，牙齿掉了五颗，肩膀也脱臼了，身上到处是大片瘀青。

凯辛回到办公桌前继续他的案件记录，没有身份证明可以勉强通关，但是雷布曾经被雇用过，那他应该会有一些税务记录。他拨了那个布瑞迪码头的号码，等了好一阵才有人接听。

"哪位？"

"这里是维多利亚警局，我是蒙罗港片区的凯辛警探，想要向您了解一个曾经在布瑞迪码头工作过的人。"

"叫什么名字？"

"戴夫·雷布。"

"什么时候的？"

"1994 年到 1996 年间。"

"哦，伙计，这里已经没有那个时期的人了。这地方被卖掉了，之前的人也都被遣散了。"

"那科林·布兰迪呢？"

"布兰迪啊，我以前认识他，跟希腊人打仗的时候，那家伙挨过一枪，后来去了昆士兰。不过，他已经死了。"

"麻烦你了，谢谢！"

凯辛觉得自己犯了错误，他应该把那个雷布带回警局做指纹鉴定的，那时他完全有理由这么做，可他却被自己的同情心支配了。

"他可能是个谋杀犯！"海格太太说，"杀人犯！"

他当即往克罗马迪打了个电话，找到他认识的一位刑侦人员。

"你觉得那人有问题，是吗？"蒂尤斯说，"我会通知这边密切关注。"

凯辛坐着发呆，双手放在桌上，回想自己警告雷布，要把他带回来录指纹，拘留他一段时间。

"喏，你的三明治。"肯德尔说，"多加了芥末，她给你加了一蛋糕铲。"

一次日常的轮班就这么过去了，快下班的时候，有消息传来：第一遍电子扫描的结果显示，在州里所有地区的官方数据库里都没找到叫戴夫·雷布的人。那说明不了什么。凯辛知道以前的一些案例，系统里连很多惯犯都查不到。他下班后，开车上了高速公路，决定去一趟克罗马迪。

雷布已经走了二十三公里了，凯辛把车稳稳地停在了他的前面，打开门走下车。

雷布悠闲地走过来，停在凯辛面前，肩膀微微倾斜，像一个找不到着力点的十字架。

"戴夫，我还是要带你回警局做指纹鉴定。"凯辛说。

"我已经跟你说过了，我没做过任何坏事。"

"我不能听信你的一面之词，戴夫，我不能听信任何人。我要以擅闯民宅的罪名起诉你。"凯辛冷静地说道。

雷布什么也没有说。

"这样我们就有充分的理由给你做指纹鉴定了。"

"不要把我关起来。"雷布轻声说道，语气透着绝望，"我不能去坐牢。"

凯辛听得出男人声音里的恐惧。他知道以前自己是不会在意这些的，犹豫片刻后，他继续说道："听着，你有兴趣工作吗？饲养奶牛之类的，以前做过吗？"

雷布点了点头："那是很久以前的事了。"

"想工作吗？"

"好啊，有合适的我就干。"

"料理花园、保洁，这类活以前做过吗？"

"嗯，做过一点，是的。"

"很好，我这儿就有这样的工作，我邻居有一个奶牛场，我目前正在清理一个老宅子，可能还会重建，考虑一下，给警察打工怎么样？"

"我给各种人都打过工。"

"谢谢。今晚你可以睡在我家，我有一个带床位和淋浴的小棚屋，你看看明天能不能开始工作。"

他们上了车，雷布的旅行包放在了后备厢。"这是你们这儿的招工方式吗？"他似乎比先前放松了些许，半开玩笑地说，"动用警察招募。"

"警察什么活都干。"

"我还录指纹吗？"

"我相信你说的：你是清白的。这听起来是不是特别蠢？"他尴尬地自嘲道。

雷布望向窗外，"你替纳税人省钱了。"他淡淡说道。

第三章

凯辛在黑暗中醒来，脑海中回荡着沙恩·迪亚布的声音，那是他临死前发出的声音。他听着沙恩不堪剧痛的呻吟声，查看了他的脊柱、髋骨和大腿——这些伤处的疼痛在折磨着他。

凯辛从厚重而温暖的被窝中抽身出来，双脚踏进冰冷的皮靴，离开卧室，沿着走廊穿过气氛阴郁的宴会厅，路过客厅，从前门走出来。外面并不比室内冷，清晨的薄雾已经被海面吹来的强风驱散了。

站在露台上，他朝杂草丛里撒了泡尿，那些野草看上去丝毫没有受到影响。凯辛又回到屋里，惬意地伸了个懒腰，不慌不忙地洗脸、漱口，穿上工装、袜子和靴子。

家里的两条狗听得出他的动静，早已守候在侧门外，喉咙发出迫不及待的呜呜声，他开门放它们进来，这些大家伙在他身边绕来绕去，亲热地嗅着他的味道，摇头摆尾地献殷勤。

清晨的口渴感越发明显，他向冰箱走去，一排排冰镇啤酒瓶随即映入眼帘，也许此时喝上一瓶啤酒也没什么不可以。他拿出了那瓶容量为两升的果汁，上面写着：八种水果配方。傻瓜才会相信这个！

他双手捧着塑料瓶子，酣畅淋漓地喝了一大口，至少有一整杯。他从门后钩子上取下了那件老旧的防水夹克，顺手抄起了枪，打开通往露台的门时，猎犬们争先恐后地挤出去，迅速跳下台阶，向后门的方向蹿去。他沿着小径向前走，不自觉地紧了紧身上的外套，两条狗在前方不远处等着他，它们亲热地凑在一起蹭来蹭去。后门一打开，它们就沿着小路并排跑了出去，冲向更开阔的地带，穿过大片的草丛奔向树林，兴奋地蹦着高，耳朵在半空中扑腾着。

凯辛一边走，一边退出枪里的弹夹，从身侧的口袋里摸出了一枚0.22口径的子弹和一个0.410口径的霰弹，装进弹夹里。他有好几次机会可以用这支枪打只野兔，透过其V字形的目镜瞄准那只暗褐色的美丽生物，还有它那忽闪忽闪的耳朵。他甚至都没想过要开枪，因为他喜欢野兔，喜欢它们的聪慧，爱它们烂漫地嬉戏打闹。不过，他的确曾经射击过一只快速奔跑的兔子，那仅仅是在露天赛场的一次训练，一个挑战。他总是打不中——他反应太慢了，他的0.410口径霰弹枪的导锥不长，射程也近，子弹飞不了多远就失去杀伤力了。

凯辛端着枪，架在胳膊上，边走边瞄着那些树，对准森林深处光线昏暗的地方，等着猎犬去把鸟儿惊飞。

猎犬们奋力一跃，冲进了树林，惊起一大片林鸟，伴随着黑色霰弹碎片的尖啸声一起冲向天空。

他穿过小山，沿着山坡向下走，猎犬们打头阵，它们的皮毛乌黑发亮，脑袋低垂，四条腿飞快跑动着，在林间穿梭，搅乱了地上散落的枯叶。来到平坦地带，从空地的边缘，一只野兔以迅雷不及掩耳之势蹿了出来。他看着这三只动物前后穿过空地，黑色的猎犬和野兔，野兔的步调很协调，一旦感到猎犬靠近，它就立刻灵活地转弯。野兔好像牵着一根无形的绳子，拉着这两只狗，转眼便一起消失在小溪上游的树林里了。

凯辛穿过草地，那片草地看上去平平展展的，但踏上长长的干草时，可以感觉到脚下的起伏，这是垦荒犁地时留下的一条条宽幅的沟壑。这片空地曾被耕种过，却没有在任何人的记忆中留下一丝痕迹，他不知道自己的祖先汤米·凯辛是否在那里种过庄稼。

要穿过这片混着杨树和柳树的森林到达那条小溪，着实需要打一场硬仗，成千上万只蚂蟥已经在这里放肆生长了至少三十年。好不容易到达了小溪，水塘间涓流款款，猎犬也气喘吁吁地跟了上来。他们直接走了进去，来到这座森林的最深处。水分补充完毕后，他们开始在丛林深处寻找出路，然后喝水，再继续前进，小溪在猎犬细瘦而健壮的腿下形成微小的旋涡。它们伸出舌头喝水，然后抬起下巴，甩了甩沾在胡须上的水珠。卷毛狗喜欢小水洼，它们很爱戏水，但不喜欢深水沟，也不太喜欢大海。

穿过小溪，他们开始绕着这座山向西行进，来到坡面平缓的山阴，在细密的草丛中，凯辛发现两只野兔的耳朵。他指着兔子，对狗儿们吹起了口哨，发出抓捕指令。两只野兔似乎察觉到了危险，从他胳膊的方向飞快地跑远了，它们默契地彼此配合着，一起前进继而又一起停下，并排跑出了约十五米，两只狗紧随其后，像一个井然有序的动物组合。接着，左边的兔子向一侧转弯，在山阴处下了坡，其中一条狗跟着转弯追了过去。另一条狗本想兵分两路，但无法忍受独自行动，也跟着向左转身，随着它的搭档一起追那只兔子去了，一同消失在茂密的草丛中。

没过多久，它们就回来了，经过长途疾行，它们那粉红色的舌头疲倦地瘫挂在嘴边，但转眼又向前跑开了。

继续向前走着，凯辛突然感到有一双眼睛在看着他，跑在前面的猎犬很快也觉察到那个人，它们四处张望，向左边转去，找寻那人的身影。他继续向前走着，随即便听见猎犬们发出了高亢的叫声。

那个男人已经从树丛中走了出来，猎犬们正围着他，兴奋地上蹿下跳。凯辛一点也不担心，他看到那个人向两条狗伸出了双手，而它们正开心地舔着他的手。它们非常高兴能够见到它们的朋友。他改变前进的方向，朝登·米兰走去。他已经将近八十岁，但看上去好像只有五十岁的样子，估计他一辈子都会顶着那头乌黑浓密的头发。

他们握了手。只要他们有段时间不见面，再见时都会很亲热地握手。

"还是一场像样的雨都没下过。"凯辛先开了口。

　　"该死的异常天气。"米兰说，"我已经开始相信温室效应那一套了。"他的手抚摩着两条狗的脑袋，"好家伙！我从来没有想过自己会喜欢这种烈性的卷毛狗。你在克里根的房子那边看到那些女人了吗？"

　　"没有。"

　　他们两家都与克里根家比邻而居。克里根夫人在丈夫去世后就去了昆士兰，自那以后，那所红砖筑的小房子就一直没人住。风吹日晒，加之年久失修，木制结构上的油漆已经剥脱，窗户上的泥子也已经风干脱落，玻璃全都掉了下来。门廊的木柱也倾斜倒塌了，院子里长满杂草。他记得九十年代初的一个夏天，他还来这里度过一个周末，那是个炎热的夏天，当时他还跟薇姬在一起。克里根家的老房子已经有一大片房顶消失不见了，不知道被风吹到了什么地方。他让登·米兰联系了克里根夫人，后来屋顶被凑合着修上了。屋顶直接决定了一所空房子是否会变成废墟。

　　"有几个小年轻领人来看房。"登说，他没有抬头，"那人是个胖子，留着一头短发，特别短那种，老式的发型。昨天他们又来了，这回是三个女孩，她们在附近转了转，沿着旧栅栏走了一圈。瞧瞧，老弟！该死的女同性恋，跑我们这儿游行来了！"

　　"你看见女同性恋了？你们那个时代有吗？"

　　米兰吐了口唾沫："现在还是我的时代，老弟！你知道吗，很多老师都是同性恋，以前她们把那些机灵的女孩带出学校赚钱，嫖客都是些连漫画书都读不懂的白痴。跟你说，我要是个女孩，与其跟那些家伙在一起，我宁可当同性恋。不说别的了，我问你，看过自己的地契吗？"

　　凯辛摇了摇头。

　　"小溪不是边界。"

　　"不是吗？"

　　"你的地界在另一侧，离那条小溪二三十码的地方。"米兰抬起一只手，拇指的指关节轻轻擦过自己的下唇，"赶紧接管那条该死的小溪，老弟！否则你就要失去它了！用栅栏把它围起来，不然，你就得把它拱手让人！"

"好吧，老兄！"凯辛说，"真要有人买下那块地的话，那人肯定是疯了。那房子需要大修，地皮又都在坡上。"

米兰不以为然地摇了摇头："你又不是没见过人们愿意出多少钱买乡下的地产。那些城里人时时刻刻都想到乡下来住。开着车在咱们的路上横冲直撞，还抱怨这儿的牛粪和农药。"

"没时间了解房地产行业，"凯辛说，"维持治安已经够我忙的了。你还想雇人去科夫兰斯放牛吗？"

"是啊，我膝盖上的伤越来越严重了。"

"我给你找个人吧。"

"还有一些别的工作，差不多需要干三天，就那么多活。不过，我这儿可没地方住。"

"我会把他带过来。"

两条狗在黑莓地里搜寻着什么，登一脸喜爱地看着它们，说道："你打算什么时候再把这两条可爱的狗放在我这儿照看啊？"

"不想麻烦你。"凯辛说，"它们可不好对付。"

"我能照顾得了它们，把它们送过来吧！看它们有点瘦，我请它们吃顿野兔大餐。"

他们互相告别，凯辛走出大约五十米远，听见登在身后大喊："守好你的地！听见没？"

第四章

　　早上八点十分，电话铃响了，是从克罗马迪那边转接过来的。凯辛已经快开到蒙罗港的十字路口了。正当他沿着海岸公路行驶时，一辆救护车朝他开了过来。凯辛放慢速度让救护车先通过前面的弯道，自己则跟着救护车上了山，绕过弯道，穿过庄园的几道大门，将车停在了前院。

　　碎石路上站着一个女人，距离那栋大房子很远，口中叼着一支香烟。看见救护车过来，她赶紧丢掉烟，领着医护人员拾级而上，走进了房间。凯辛也紧随其后，穿过门厅，走进了一个高穹顶的大房间，空气中隐约闻得到一股淡淡的酸味。

　　老人双手搭在腹部，躺在那个巨大的壁炉前，头靠在石炉上，他只穿了一件睡裤，瘦削赤裸的背上沾满了已经风干的血迹，几道水平的深色划痕清晰可见。石炉边上有一摊血渍，浸湿了旁边的地毯，光线从一扇没装窗帘的高窗投射进来，那摊血迹看上去是黑色的。

　　两名医护人员走向他，跪在地上做身体检查，女人把自己戴着手套的双手放在他的头上，轻轻地托起他的脑袋。"严重的开放性颅脑损伤，可能有脑出血。"她对着脖子上挂着的麦克风和身边的同事说道。

　　她检查了老人的呼吸，查看他的一只眼睛，举起他的前臂。"疑似脑出血。"她说，"准备四瓶生理盐水，呼吸道通气受阻，气管插管指征，准备一百毫升利多卡因。"

　　她的搭档开始为老人设置吸氧管路，凯辛的视线被挡住了，没有看到他的其他操作。

过了一会儿，那位女医师说："三度昏迷。叫直升机，戴维。"

男医生赶忙拿出手机拨打电话。

"门一直是开着的。"始终站在台阶处等待的女人说道，凯辛这才发现她在自己身后，"我只向前迈出了一步，然后就退了回来。我以为他已经死了，当时本能地想要跑开，上车离开这儿。可后来我转念一想，该死，他可能还活着，于是我又赶紧跑回来，发现他还有呼吸。"

凯辛环顾了一下这所房子，左边角落里的一扇门前，抛光的地板上一小块地毯皱了起来。"那边通向哪里？"他指着那扇门问道。

"通向南楼的过道。"

房间的西墙上覆盖着一幅巨大的油画，这是一幅俯视视角的暗色调风景画，它的底部被划破了，一块画布垂了下来。

"他应该是很早就上床睡觉了，斯塔基的儿子送过来的那些柴火，一半都没烧完呢。"她说。

"你还看出些什么？"

"放在桌上的手表不见了，通常他会把它跟威士忌酒杯搁在一起，放在皮椅旁边的那张桌子上，他每晚睡前都会喝一点威士忌。"

"他把手表脱下来了？"

"是的，每天晚上都会放在那张桌子上。"

"我们到别的地方谈吧，"凯辛建议道，"这边人多事杂。"

他跟着她穿过一个装饰着大理石地板的大厅，通过一条环绕在庭院四周的石砌过道，来到了一个堪比酒店大堂的餐厅。"到这里之后，你都做了些什么？"他说。

"我就是把包放下，然后检查一下各个房间，每天都是这样。"

"我需要检查一下你的包，你叫……"

"卡萝尔·格里格。"她看上去四十多岁，气质优雅，有一头漂亮的金发，嘴角有些皱纹。这一带有很多姓格里格的人。

她从房间另一端的桌子里拿出一个黄色的大布袋，拉开拉链递给凯辛："你要来翻一翻吗？"

"不用了。"

她把包里的东西倒在桌面上：一个钱包、两套钥匙、一个眼镜盒、化妆品、纸巾，还有其他一些无关紧要的东西。

"谢谢。"凯辛说，"你动过那里的东西吗？"

"没有，我刚放下包就去客厅取威士忌酒杯了，后来我还打了个电话，在外面打的。"

他们从餐厅走出来，凯辛的电话响了。

"我是霍普古德。那边什么情况？"他是克罗马迪刑侦组的负责人。

"查尔斯·布戈尼被袭击了。"他说，"伤得很严重，医生正在全力抢救。"

"我几分钟后就到，任何人都不许碰犯罪现场，在场的所有人都不许离开，听到了吗？"

"老天！"凯辛说，"我正打算把这些人都打发回家，好把没受破坏的案发现场留给法证。"

"别自作聪明。"霍普古德说，"我没跟你开玩笑！"

卡萝尔·格里格坐在通往前门的四层宽阶石阶中的第二层，凯辛拿着纸夹笔记板，走到她旁边坐了下来。远处，砂岩围墙和黄杨树篱之外，一排高大的铅笔松在风中摇曳，像一排体态丰盈的肚皮舞者整齐划一地随风起舞。他驱车经过这所房子不下几百次，每次都只是远远看看它那高大华丽的烟囱，矗立在红色的波形瓦屋顶上。门柱的铜牌上写着"海茨庄园"，但当地人都称它作布戈尼宅。

"我是乔·凯辛。"他说，"你跟巴瑞·格里格是亲戚吧？"

"他是我的表亲。"

凯辛还记得读小学时自己跟巴瑞·格里格打过架，那时他大概九岁，也可能是十岁。那次是巴瑞打赢了，不过后来这家伙也为此付出了代价，凯辛骑在他的肩上，把他的脸按到了操场的泥地里。

"他近况如何？"

"死了。"她平静地说，"他开卡车经过贝纳拉附近的一座立交桥时，失控从桥上开下去了。"

"我很抱歉，没听说过这件事。"

"那个浑蛋死有余辜，他吸毒成性。可怜被他砸中的那辆车里几个无辜的受害者，都被压扁了，死状惨不忍睹。"

她从包里翻出自己的香烟，递了一支过来。凯辛很想接受，但他拒绝了。

"你在这里工作很久了？"

"二十六年了，难以置信，刚来的时候我才十七岁。"

"那你知道发生了什么吗？"

"一点头绪也没有，没有。"

"谁有可能袭击他？"

"我已经说了，我不知道，布戈尼先生没有任何仇家。"

"布戈尼先生今年多大了？"

"七十多岁，可能有七十五岁了。"

"在这儿住的都有谁？我是说除了他以外？"

"没有了，他的继女前天来过这里，她已经很久没来看过他了，算算也有好几年了。"

"她叫什么名字？"

"艾瑞卡。"

"你知道怎么才能联系上她吗？"

"不知道，你问一下蒙罗港的艾迪森夫人吧，她是个律师，替布戈尼先生打理财务。"

"还有别人在这儿工作吗？"

"布鲁斯·斯塔基。"

凯辛熟悉这个名字："那个橄榄球运动员吗？"

"是他。院子里的活都是他干。"她抬手示意了一下耙过的碎石路面，还有精修过的树篱。"不过，现在是他儿子，泰伊，在做这些事。泰伊这孩子脑子有点简单，从来不说话。布鲁斯大部分时间都坐在那儿抽烟，他们每周一、三、五过来，还有需要他开车送布戈尼先生出去的时候。苏·丹斯负责给布戈尼先生准备午餐和晚餐，每天中午十二点左右到这边，做好午餐和晚餐，留给他热着吃。托尼·克罗斯比，可能也在拿固定薪水，管道的问题从来没断过。"

这时，那名男医生走了出来。"一会儿会有一架直升机飞过来。"他说，"这里哪儿最适合直升机着陆？"

"马厩后面的围场足够大。"卡萝尔说，"就在这栋房子的后面。"

"他情况怎么样？"凯辛关切地问。

男医生无奈地耸了耸肩："恐怕凶多吉少。"说着，他又转身回房间去了。

"布戈尼先生的那块手表，"凯辛问道，"你知道是什么样的吗？"

"百年灵的。"卡萝尔说，"一块智能手表，配了一条鳄鱼皮制的表带。"

"那个牌子怎么拼？"

"B-R-E-I-T-L-I-N-G."

凯辛走向巡逻警车，又给霍普古德打了个电话："他们要把他送到墨尔本去，你应该会有兴趣跟一个叫布鲁斯·斯塔基的人，还有他的小搭档谈一谈。"

"谈什么？"

"他们都在这里打工。"

"所以呢？"

"我就是觉得这条信息应该提醒你注意一下。另外，布戈尼先生的手表可能被偷了。"他把卡萝尔跟他说的话向霍普古德转述了一遍。

"好的，我几分钟后就到，三辆警车已经在来的路上了，法医那边十点半左右才能找到直升机赶过来。"

"那个继女也有必要接受调查。"凯辛说，"她前天来过这里，去蒙罗港那儿找一个叫塞西莉·艾迪森的女人，她那儿可能会有地址，在伍德沃德、艾迪森和卡梅隆事务所。"

"我知道谁是塞西莉·艾迪森。"

"那就好。"

凯辛走回到卡萝尔身边。"马上会有大批警察过来。"他说，"这将是个漫长的早晨。"

"他们只付我四小时的工资。"

"应该够了。他是个什么样的人？"

"挺好的，是个很棒的老板。我把这份工作做得很好，知道他希望做成什么样。圣诞节还会发奖金。薪水月付。"

"没有什么问题吗？"

卡萝尔郑重地凝视着他，暗淡的脸上黄色的小雀斑清晰可见。"我把这里打理得像医院一样整洁。"她说，"没有任何问题。"

"所以你没有一点杀害他的动机，是吗？"

卡萝尔干笑了一声，准确来说那算不上是笑："我？你的意思是，我想毁了自己的工作吗？我的人生起步晚，还有两个乳臭未干的孩子要照顾，伙计！况且，这附近也没有别的工作机会了。"

他们无声地坐在台阶上，寂静笼罩着两个人。一个初冬的清晨，周遭出奇地安静，只有啁啾的鸟鸣，公路上来往的汽车声，还有不知道从哪儿传来的粗重的拖拉机声。

"天哪！"卡萝尔说，"我怎么忘了，才想起来，我应该给咱俩去弄杯咖啡。"

凯辛的确想要来杯咖啡。"还是不要了。"他说，"为了保护现场，这里的所有东西都不能动，否则，我可就要吃不了兜着走了。不过，我还是抽一根你的烟吧。"

脆弱，吸烟。生活是脆弱的，偶尔的强大只是例外。他们吐出的烟在空中交织着，染上了金色的晨曦。

一个声音打破了清晨的寂静，起初只是一个极细小的声音，这些蠢货，凯辛心想，他们居然是鸣着警笛大张旗鼓过来的。

"克罗马迪警方会做一个完整的笔录，卡萝尔。"他说，"他们会负责这个案件，不过，要是你有任何想说的，就打电话给我，好吗？"

"好的。"

他们依旧并肩坐着。

"如果他能活下来，"凯辛说，"那是因为你准时来上班了。"

卡萝尔沉默了一会儿："你觉得我还能继续领薪水吗？"

"在事情解决之前，当然可以。"

从山下传来的警笛声由远及近飘进他们的耳朵里，警车绕上了山道，鸣笛声也越来越大。三辆警车鱼贯而入，一路冲到了前院，急刹车激起一阵沙石飞扬。

第一辆车的后门打开了，一个中年男人走了出来，他很高大，深色的头发集中梳向后方，看上去有些派头。高级警探，里克·霍普古德，凯辛见过他两次，都只是礼节性地打个招呼。凯辛站起身，霍普古德走了过来。

与此同时，急救直升机也到了，轰隆隆的声响自东向西传了过来，瞬间淹没了地面上的忙碌和嘈杂。

"你下班了。"霍普古德傲慢地说道，"可以回蒙罗港了。"

一阵怒火从他的眼底升起，凯辛想要揍霍普古德一拳。他什么也没有说，目光转向直升机着陆的方向。他绕过这所大房子，走到远处的树篱旁边，看着它徐徐降落到围场上，那围场的地面还真够结实，干旱年月里的干燥深秋，连地面都变得坚硬起来。那名当地的男医生一直候在那里，直升机上下来三个男人，他们合力卸下一副担架，绕过马厩从一个侧门进了那所房子。

"冒犯到你了？"霍普古德不知何时出现在他身后，冷不丁地冒出了这么一句。

"你指哪方面？"凯辛决定装一回傻。

"我不是有意那样'言简意赅'的。"霍普古德解释道。

凯辛转头看向他，霍普古德报之一笑，露出一口大黄牙和巨大的犬齿。

"我没当回事。"凯辛回道。

"好样的。"霍普古德说，"如有需要的话，我们可以借助你的专业知识来破案，对吧？"

"我们都是警局的一分子。"凯辛说。

"要的就是这个态度。"霍普古德说，"保持联系！"

医护人员抬着担架出来了，里面裹着布戈尼先生，他们看上去并不急切，毕竟能做的事情都做了，余下的也只是听天由命。担架抬上直升机之后，那个本地女医生对城市来的人说了几句话，两个人看上去都面无表情，那人应该是个医生。

医生返回了机舱，飞机缓缓起飞，向大城市飞去，天空中只留下尾灯渐行渐远的闪光。

凯辛向卡萝尔·格里格道别，驱车沿着弯曲的箭杨大道离开了。

第五章

"抓到凶手了没？"

"据我所知还没有，艾迪森太太。"凯辛说，"您是从哪儿听到这个消息的？"

"广播里说的，亲爱的！这个国家是怎么了？这么好的一个人，在那样一个祥和平静的乡村，居然在自己的床上被人袭击了，这真是闻所未闻。"

塞西莉·艾迪森坐在办公室的壁炉前，看样子刚吃过午饭。她的左手挥舞着一支香烟，右手摸了摸自己的长鼻梁和梳向后方的白发。塞西莉是被她在克罗马迪的事务所打发来蒙罗港的。她早上九点半上班，平时也就是看看报纸，喝喝茶，再接见几个客户，来的大多数都是一些被遗嘱之类烦琐事务缠身的人，她中午一般步行回家吃午餐，还习惯随餐小酌几杯。

在回办公室的路上，她一有机会就跟人闲聊一会儿。

"请坐。"她招呼凯辛坐下，"不知道这个世界还能乱成什么样，你读今天的报纸了吗？"说着，她指了指自己办公桌上的报纸。

凯辛伸手拿起那份《克罗马迪先驱报》，显眼的头版头条如是写道：

高涨的愤怒情绪掀起犯罪浪潮

社区呼吁宵禁

"宵禁，你要知道，"塞西莉说道，"我们也不想那样，但是邻里联防根本就不管用，那些老家伙顶多也就嚼嚼舌根，一群纳粹老愤青。"

凯辛仔细看了那篇报道，民众集会示威，群情激愤，呼吁对青少年实行宵禁。入室行窃案、汽车失窃案泛滥，仅近两个月就发生了五起持械抢劫案，袭击案件发生频次也急剧上升，威勒斯购物中心的橱窗玻璃数度被打破，社区治安岌岌可危，当局是时候采取强硬措施了。

"矛头又对准了土著人。"塞西莉说，"总是这样，每隔几年他们就这样搞一次，你以为这些白人垃圾周六晚上会去唱诗班吗？我在克罗马迪法庭工作的四十年里，吃过热乎饭的次数都没有在法庭见到的土著多。"

"应该不是警察把这些土著送上法庭的，对吧？"凯辛不明就里地问。

塞西莉对凯辛的想当然感到非常诧异，笑得上气不接下气，凯辛耐心地等她平复下来。

"我是真不愿意说这个。"塞西莉拿起了报纸，继续说道，"不瞒你说，我这辈子都在支持自由党，但是自从沦为在野党之后，自由党就只剩下重回克罗马迪政坛这么一个目标了。那意味着，一有机会他们就会去拉拢这些土著的选票。"

"有意思。"凯辛说，"我想跟你了解一些关于查尔斯·布戈尼的事情，我听说你帮他打理财务。"

塞西莉并不想换话题。

"从没想过我竟然会说这些话。"她说，"还好我老爹没听到，鲍勃·门齐斯离开堪培拉的时候已经无家可归了，你知道吗？"

"不，我不太清楚，不过，我现在有点赶时间。"

他撒了谎，凯辛知道这位前首相的悲惨经历，因为塞西莉每个月都会跟他唠叨一两遍。

"他总是自己支付话费，我是说鲍勃·门齐斯，他在堪培拉的最后那段时间，坐在自己搭的草屋里，每次给他老母亲打电话，都会在盒子里放一枚硬币。那是一个小钱盒，等到钱盒满了，他就会把它捐给财政部充公，计入公共收入。你见过现在的政客有人会那样做的吗？他们不把盒里的硬币抠出来就不错了，做人要有起码的自律。我有没有跟你讲过，他们希望我站出来表达对议会的支持？我跟他们说，非常感谢，还是不了，我已经受够了这些虚伪的政客。"

"查尔斯·布戈尼。"凯辛无奈地再次提醒她，"我是为他来的，你在打理他的财务吗？"

塞西莉眨了眨眼："我确实在做，我跟查尔斯相识好多年了。迪克和查尔斯，都是事务所的客户，布戈尼＆克罗米公司，他们的业务都由我们打理。"

"布戈尼＆克罗米公司红火的时候，我还没出生呢。谁是迪克？"

"迪克，他是查尔斯的爸爸，是个游戏人间的花花公子，不过他做公司就跟街角的小摊小贩没什么区别，几英镑都跟客户斤斤计较，关键他根本没有必要这么做。他们的业务覆盖全国各地乃至整个太平洋，包括倒霉的新西兰，他们公司的发动机可以说是无处不在。正是他们，成就了内陆地区的万家灯火，给剪毛机供电，创造了战后的一大奇迹。我跟你说，那个时候，全世界的人都争着买他们的发电机。"

"后来发生了什么？"

"迪克对公司撒手不管了，查尔斯把自家的产业卖给了英国佬。但他们压根儿就没打算把工厂继续运转下去，只是想消灭竞争对手。"

塞西莉意味深长地望向窗外，烟从她的指间冒出。"悲剧。"她继续说道，"我记得他们向大家宣布这个消息的那天，克罗马迪的一半人口瞬间都失业了，他们中的大多数人后来再也没有工作过。"

或许是想到了些什么，她下意识地搔了搔一边的眉毛："尽管如此，这事不能责备查尔斯。英国佬向他保证过会继续运营。没有人怪他。"

"布戈尼的财务？"

"财务，是的，自从老珀西·克雷克中风以后，我就全权代他处理相关事务，并不是说查尔斯自己不能做，只不过看上去他总是有很多大事要忙。"

塞西莉猛地吸了一口，最后那一小截香烟在她的指尖徐徐燃尽，她眼都没抬一下，直接把烟蒂丢进了壁炉台上的花瓶里。一阵嘶嘶声，像丝绸间相互摩擦产生的那种声音，极轻，但在这间沉闷的屋子里却可以听得很清楚。麦肯德里克太太，她的老管家，每周都会给两个房间里的花瓶换两次鲜花，她会先清理花瓶，倒掉沤成啤酒色的臭水和被塞西莉扔进去的泡得发胀的烟蒂。

"谁会想要杀他呢？"凯辛说。

"可能是路过的一些亡命之徒，我猜。这个国家现在越来越像美国了，为了几块钱就谋财害命，还有那些毫无理由杀人的，想想就令人害怕。"她的下巴猛地扬了一下，像是要抓住转瞬即逝的灵感。"毒品。"她说，"我认为应该从毒品入手展开调查。"

"他家附近有没有什么可疑人物？会不会是熟人作案？"

"你是说这附近吗？要是查尔斯·布戈尼真的不在了，那将会是自老多拉·坎贝尔过世以来最大的一场葬礼了。可再怎么说，那也是一次盛大的送别。一个可爱的人，查尔斯·布戈尼，他那么可爱，再也不会找到比他更有风度的绅士了。我跟你说啊，他可是个很有魅力的男人，那时候，即便他跟苏珊·金斯利已经结婚了，也还是有很多年轻的小姑娘削尖了脑袋想勾搭他。据说，是老迪克让他结的婚，否则他就一毛钱都捞不到，还说要把所有的财产都捐给克罗马迪的老年之家。"

"艾瑞卡的爸爸怎么了？"

"艾瑞卡和杰米的爸爸，鲍比·金斯利，出了车祸，当时车上还有另外一个倒霉女人，陪着他共赴黄泉了。"

"查尔斯有什么仇家吗？"

"这谁知道呢？布戈尼信托公司曾经资助过数百名孩子上了大学，除此之外，查尔斯对每一个前来寻求资助的人都会慷慨解囊。学校、画廊、圣公会，凡是你能想到的地方，都有他的投资，咱们的橄榄球俱乐部那么多次都能摆脱困境，也都是他在保驾护航。"

"布戈尼的财务是怎么运作的？"

"运作？"

"我的意思是，具体什么流程。"

"啊，你说的是这个啊。是这样，各种待付账款，包括信用卡账单，所有的东西都会送到这里，我们每个月会给查尔斯送一份账目汇总表，他审阅签字之后再寄回这里。然后，我们从信托账户里支付这些款项，工资也从这里出。"

"所以你们这里有他所有的财务记录吗？"

"只有他的账单。"

"多久以前的账单？"

"也没有很久，我想应该只有近七八年的，自从我接替了中风的克雷克之后，处理过的所有账目都在这里。"

"能给我看一下吗？"

"这些是保密文件。"她说，"只有经手律师和客户才有权查看。"

"你的客户被袭击了，还被丢在现场等死。"凯辛说。

塞西莉飞快地眨了眨眼："这不会给我带来麻烦吗？律师管理委员会不会来调查我吗？我可不想去找该死的瑞斯帮我脱身。"

"艾迪森夫人，你必须配合调查，否则，法院的强制指令今天就会送到您的手上。"

"好吧。"她说，"我想，要是那样的话，我还真的无法拒绝，我会让麦肯德里克太太去准备相关资料的复印件，能帮上多少忙我就不知道了。你现在应该去找那些该死的瘾君子了解情况，那所房子丢了什么东西吗？"

"在布戈尼住宅工作的那些人，"凯辛没有理会她，继续问道，"他们的薪水还照发吗？"

　　塞西莉挑了挑她那画得很浓的眉毛："他还没有死，你知道的。在我收到对他们的停薪指令之前，薪水照发。你以为呢？"

　　凯辛起身说道："最坏那种情况，警察这份工作会教你习惯最坏的结果。"

　　"你总是这样悲观，乔，如果是我，我会这么说……"

　　"谢谢你的好心，艾迪森太太，我会派人来取这些复印材料。杰米·布戈尼在哪里？"

　　"在塔斯马尼亚淹死了，死了很多年了。"

　　"还真是个不幸的家庭。"

　　"可不是嘛！幸福这种东西，是钱买不来的。要是查尔斯死了，他们这个家也就结束了。他们这一支血脉就断了，布戈尼家族的荣耀也将成为过去。"

　　无人的街道安静得出奇，阳光兀自照在图书馆惨白的石墙上，门上方的石匾刻着它曾经作为力学研究所开始投入使用：1864 年。三位年长的妇女排成一列拾级而上，她们的左手不约而同地扶着旁边的金属护栏，凯辛能看到她们孱弱的脚踝。老年人就像围场中的赛马①——总是习惯把太多的寄托放在一个脆弱的支点上，血脉传承就在那个支点的中心。

　　凯辛家族的血脉传承不堪细想。

---

① 赛马全部的荣耀都压在它们纤细的脚踝上。——译者注

第六章

"这个事情没法帮你处理，伯恩。"凯辛说，"我什么都帮不了你，山姆倒霉的处境是他自找的，他得自己去收拾烂摊子。"

凯辛的表亲，伯恩·道格，住在肯梅尔郊外一处像飞机库的棚屋里。这个小镇距离蒙罗港只有二十公里，有一条错落着各色各样店铺的中心街道，两个小酒吧，一家肉食店，一个奶品店和一家音像店。

曾经的肯梅尔，被包裹在绿色的海洋里，那时这里是一片朴素而美丽的土地，各家房后都是长长的大院，连接着绵延起伏的牧场和农田。那里有成群的奶牛肆意排泄粪便，滋养着土地，农田里的马铃薯个个根茎饱满，如同无数米白色的手榴弹一般。后来土地被分隔成很多约莫三英亩的小块，建起了后院是金属棚屋的硬板条住宅。现在这片土地上除了垃圾和孩子，几乎没有别的产出了，大部分还都是些没人管教的野孩子。到了周末，这些社区就会变成卡车的停车场，每周六，马克、肯沃斯、曼恩、沃尔沃等各种品牌的卡车，都会从四面八方轰隆隆地开回来，都是些十八挡变速、配有一千八百升油箱的重型卡车，车门上用花体字写着车主的姓名，这些胡子拉碴、倦怠不堪的司机，坐在离地面两米高的座椅上，心不在焉地听着混杂着寂寞和相思意味的悲情音乐。

在这片土地还很便宜、燃料也很便宜的时候，这些卡车车主买下了他们的地产。那时候货运公司的薪水还不错，他们也都还年轻，不像现在这样大腹便便。现在的他们，仅仅是疲于奔命的行尸走肉，不照镜子都不知道自己活得有多粗糙。卡车的保养维修需要花很多钱，无耻的货运公司肆意剥削，他们不得不每周驾驶六天，有的时候甚至是七天，才能勉强维持生活开支。

凯辛站在棚屋的门口，静静地看着伯恩，他正在用自己的新机器劈柴。那是一台红色机器，叉着几条腿立在地上，像个登月着陆器。他拿起一段木头，把它扔在案板上，抵住一个厚厚的金属楔子放好，然后抬脚踢了一下开关，液压锤一下就把劈木斧砸进了木头里，木头瞬间被劈成了两半。

"我的天哪，"伯恩说，"家族里有个警察到底有什么鸟用？我问你！"

"完全没有用。"凯辛说。

"不管怎么说，这件事其实不怨山姆，他当时跟两个墨尔本的小青年在一块，是那两个城里孩子中的一个，用酒瓶砸碎了那个该死的车窗。"

"伯恩，山姆运气一直很好，不会有事。我会帮他找个好律师，她很厉害的，不会让他去坐牢的。"

"那要花多少钱？是不是得卖了我这条胳膊才够？"

"该花多少就得花多少，要不然你让他去找个公益律师。你这些木头是从哪儿弄来的？"

伯恩把手伸进自己脏兮兮的绿色无边小便帽里，挠了挠头，露出了他那黑色的美人尖。他有典型的道格家的鼻子——鹰钩大鼻头，年轻的时候还不是很明显，随着年纪渐长，这个大鼻子已经成了他主要的面部特征了。

"乔，"他说，"你是在以警察的身份调查我吗？"

"我才不管偷木头这类鸡毛蒜皮的小事呢，这木头看着还不错。"

"这可是上好的木料啊，老兄！精品木料！可不像你甘比尔山上的那些烂木头。"

"怎么卖？"

"七十一块。"

"律师那事你自己搞定吧！"

"这他妈已经是家族成员特惠价啦！老兄，这么好的木头，转眼就卖没了呀！"

"那你留着卖吧！"凯辛不耐烦地说道，"我走了！"他边说边作势要往外走。

"嘿！嘿！乔！别走啊！价格好商量！"

"帮我给莉安带个好。"凯辛说，"她怎么摊上了你这么个男人呢？一定是上辈子造了孽！"

"乔！老兄！老兄！"

凯辛已经走到了门口。"干吗？"他没好气地说道。

"兄弟，给钱就卖！别忙走！"

"最近没去看我妈吧？"

"没，没敢去打扰她老人家。六十一块卖给你，律师的事交给你了，怎么样？给你劈好送到家，就这个价，不加人工费，我认了。"

"二百给我四块，"凯辛说，"给我整整齐齐地码好。"

"你砍得也太狠了吧！你还让不让自家兄弟活了？山姆下周三回来。"

"我会电话通知你见律师的时间。"

伯恩又往机器上放了一块木头，踢了一脚开关，嘭的一声碎木头飞得到处都是。"妈的！"他咒骂一声，从满是油污的军用套衫前襟拽下一大块碎木头。

"你这儿真是安全生产示范地啊！"凯辛皱着眉说，"我走了！"

外面天气阴沉沉的，凯辛走出伯恩的工作坊，走进他那两英亩的后院，一大堆废弃的汽车、小卡车、大货车，破烂的废旧机器、窗户、门、水槽、马桶、盥洗盆，二手木材、砖块，等等。伯恩跟他一起走到他的汽车旁边。他过来的时候，把车停在了不远处的空地上。

"听着，乔，还有些事情我觉得有必要让你知道。"他说，"黛比说，皮戈特家有个孩子，他们家孩子太多，我忘了他叫什么了，她说他在学校卖毒品。"

　　凯辛上了车，摇下车窗对伯恩说："你现在对卖毒品这么反感吗，伯恩？从什么时候开始的？"

　　伯恩对凯辛翻了个白眼，抬手伸进他的帽子里，用他那塞满黑泥的指甲挠了挠头："这完全是两码事，我说的是有人在这儿向孩子们兜售烈性毒品。"

　　"她为什么会告诉你？"

　　"没告诉我啊！告诉她妈了。"

　　"为什么？"

　　伯恩清了清嗓子，攒起了一口痰来，噘起嘴巴猛地吐了出来，那声音大得像开了一枪似的："莉安在家里发现了一些毒品，不是黛比的，是另外一个女孩从皮戈特小子那里买来，放她那里保管的。"

　　凯辛发动汽车。"伯恩，"他说，"你不会希望你的警察表亲追踪调查肯梅尔的未成年人毒品问题，你好好合计合计，考虑一下皮戈特家的情况，他们家可是人多势众啊！"

　　伯恩想了想："是啊，他们确实在人数上占优势，那些杂种要是知道是你在查案子的话，肯定会立刻放狗来咬我的，就是那条土狗。但是我提醒你，要是道格家跟皮戈特家真的开战了，他们不会占到一点便宜的。"

　　"我们不会让事情发展到那种地步的，我会打电话给你。"

　　"等等！等等！你还得帮我一件事。"

　　"什么事？"

　　"帮我管管黛比呗，她不肯听她妈妈的话，我就更插不上嘴了。"

　　"我还以为她只是携毒呢？"

　　伯恩耸了耸肩，无奈地看向别处。"为保险起见，"他说，"教育教育总没坏处，对不？"

　　凯辛知道，这事必须管了，接下来伯恩准会提醒他，自己曾经是怎样冒着生命危险，跳到野蛮健壮的特里·伦茨的背上，像只猴儿挂在大猩猩身上一样，用自己瘦削的前臂死死卡住这个校园恶霸的脖子，直到他松开奄奄一息的凯辛，救了他一命。

"她什么时候放学？"凯辛问。

"四点左右。"

"我会过来一趟的，跟她讲清楚毒品的危险。"

"你真是个好人，乔。"

"不，我不是，我只是不想再听你唠叨一遍特里·伦茨的事，他本来就是要放开我的。"

伯恩狡黠地眨了眨眼，露出了典型的道格家的诡笑："才不会呢，你当时脸都青了，舌头挂在嘴外面，也就剩几秒钟活头了。"

"真是那样的话，你怎么那么久才出手？"

"我在祈祷寻求上帝的指引，老兄。那你们这些蠢货怎么那么久还没抓到杀害我们敬爱的查尔斯·布戈尼先生的凶手呢？"

"受害者又没有被胖子勒住脖子命悬一线，所以我们不着急，你对布戈尼先生有什么意见吗？"

"没有，他是我们这儿的大圣人，乐善好施，我父亲以前在那儿工作，布戈尼与克罗米公司，你知道的吧？查尔斯背着他们把公司给卖了，毁了所有人的生计。"

回家的路上，凯辛超过了三辆车，车主都是熟人，在最后那个十字路口处，两只在红色泥土里翻找食物的乌鸦突然转过头来看向他，那眼神就像老酒吧里的那些老人在打量他。

第七章

凯辛到家的时候，天已经黑了，从远处山林中吹来的风，拂过波纹状的铁皮屋顶，发出细密的簌簌声音。他生了火，拿出一箱六瓶装的嘉士伯啤酒，开始播放唐尼采蒂的歌剧《爱的甘醇》（*L'elisir d'amore*）。坐在柔软的老式沙发椅上，宽阔的后背靠在小靠垫上，他感到周身疲累，骨盆处传来阵阵刺痛，那种痛感慢慢向下延伸至两腿，他喝了一大口酒，冲下了两片阿司匹林。

人生短暂，孩子，喝就喝好酒。

辛戈的建议，辛戈只喝嘉士伯或是喜力。

凯辛坐下独自喝起酒来，眼神飘忽地盯向虚空，聆听着多明戈优美的高音，他想到了薇姬，也想到那个男孩。她为什么要叫他斯蒂芬呢？斯蒂芬应该有九岁了，凯辛能够推算出来，他知道他出生的那一天，那个夜晚，那一刻。他从来没有跟他说过话，也从未触碰过他，甚至从未接近他二十米以内的距离。凯辛躺在病床上九死一生的时候，让她带着孩子去看他，但是薇姬并没有那么做。"他有父亲，并不是你。"她说。

没有什么能够打动她的铁石心肠。

他只想看看他，跟他说说话。他不知道为什么这愿望会如此强烈。但他知道，每次想起那孩子时，他都痛入骨髓。

晚上七点，喝第二瓶啤酒时，他打开了电视。

在一起疑似涉毒黑帮凶杀案件中，一名五十二岁的墨尔本会计师，来自基游区的安德鲁·加博今早被射杀身亡。当时，他十五岁的女儿在位于马尔文的圣特蕾莎女子学校外面目睹了这一切。

镜头前，一辆绿色宝马车停在学校外面，几个穿着黑色大衣的男人站在旁边，凯辛认出了维拉尼、伯克茨和菲纽肯。

两名枪手乘坐一辆福特运货车逃逸。该车辆随后在艾尔伍德被发现。

一辆货车被拖上了警方的平底拖车，送往法证鉴定中心取证。

警方呼吁社会各界人士，犯罪嫌疑人是两名身穿深色衣服、头戴棒球帽的男子，他们驾驶着一辆货车，早上七点半左右曾在犯罪现场或附近出现过，如有目击者可以与重案报警中心联系。

据可靠消息，警方今日传讯了加博先生的侄子达米安·加博，他是一名狂欢派对和摇滚音乐会的主办人。2002年，加博先生在被指控袭击毒贩安东尼·梅特卡夫的案件中被判无罪。梅特卡夫后来被发现陈尸于卡内基的一个垃圾堆，身中七枪而亡。

电视机里新闻播报员的身后，凯辛看到了电视台直升机高空镜头下的庄园，前院挤满了各种各样的车辆，地面搜证正在紧张进行之中。

继此前一起暴力犯罪案件之后，一个在州内颇有名望的家族的七十六岁当家人在克罗马迪郊外的宅邸中遭遇重袭，至今仍在加护病房中，生死未卜。

039

查尔斯·布戈尼今晨在自家宅邸的起居室内被发现时，已经奄奄一息，随后便被直升机紧急送往乔治国王医院救治。

布戈尼先生因慈善事业而为很多人熟知，他是理查德·布戈尼的儿子，著名发动机制造商布戈尼＆克罗米的创始人之一。1976年，查尔斯·布戈尼将自己的家族企业卖给了英国投机商，他的两位双胞胎哥哥相继死于第二次世界大战，其中一位死于日本人之手。

凶案调查人员认为，布戈尼先生当时独自在家，案件很可能是由入室盗窃演变成为恶意杀人的，房间里的贵重物品也有丢失。

镜头前，霍普古德站在庄园宅邸外面，初冬的晨风吹起了他的直发。

"这是一次极其野蛮的袭击，凶残的歹徒向一位备受爱戴且手无寸铁的老人施以残酷的暴行。我们正在动用全部警力寻找线索，务必揪出这起凶案的犯罪嫌疑人。我们呼吁大家，如有任何关于此案的线索，请主动与我们联系。"

乔治国王医院今日晚间发布消息，布戈尼先生已经病危。

凯辛拿出那个从塞西莉·艾迪森那里带回来的档案袋，里面装着布戈尼的财务报表。这个案件跟我一点关系也没有，他心想，我只是蒙罗港的警长，手底下只有四名警员而已。

出于老警察的习惯和好奇心，他从最近的报表开始看起。

紧接着他听到了那个名字。

澳大利亚新晋政治党派，澳大利亚联合党，于今天推选律师兼土著政治活动家鲍比·沃尔什作为领袖，带领他们参加联邦大选。

凯辛望向电视机。

　　这个新晋的党派，是一个由绿党、民主党和无党派人士组成的联盟，得到了那些心怀不满的工党和自由党人的支持，将会在各级选举中派出候选人。

鲍比·沃尔什出现在镜头前，棕黄色的英俊脸庞，鹰钩鼻，一头黑发微微卷曲，看上去颇有领袖风采。

　　"我很荣幸能够被这么多兼具才华与奉献精神的人选中，来领导澳大利亚联合党。今天是一个转折点。从今以后，澳大利亚人将真正拥有自己的政治选择。很多澳大利亚人曾经目睹的，徒劳投票给小党派而浪费选举权的时代已经过去了，我们不再是小党派，我们具有广阔的政治视野，我们提供了真正的可选方案，用来取代长期主导我们政治生活的两个陈旧的、雷同的、僵化的政党。"

鲍比·沃尔什是凯辛读小学时班上最聪明的孩子，但这并不影响大家喊他"土著佬""黑鬼"或"老黑"。

布戈尼的财务账单没有任何参考意义，凯辛的注意力开始游离。他把它们放回档案袋里，又打开了一瓶啤酒，思忖着自己要吃点什么。

第八章

远处的山峦隐匿在清晨的薄雾中，地面上笼罩着一层潮湿的静谧。凯辛沿着克里根家的地界向前走着，这里的能见度不超过三十米，蹿在前面的两条狗时隐时现，就像灰白帷幕中两个跳动的黑影。

栅栏边上，有一条被过膝的杂草淹没的小径，他小时候经常从这里走，这是通往小溪那边最近的一条路。童年的记忆里，那条小溪更像是一条河——宽一些、也更深，雨季来临的时候很危险。他穿过这些植被，跨过无数个小水坑，两条狗紧紧地跟在后面。跨过小溪之后，他向它们吹口哨，示意它们过来。两条猎狗穿过小溪，爬上山坡朝克里根家的老房子跑过去。

这算得上非法入侵了，凯辛想。

到了新地方，两条狗赶紧把鼻子贴在地面上，嗅着新的气味，摇摆的尾巴表达着它们的兴奋与迷惑。他绕着房子走了几圈，透过窗户向里面看了看。门、踢脚线、地砖、壁炉台、壁砖——一切看上去都完好无损，这地方并没有像汤米·凯辛那处早已毁坏的房子一样被洗劫一空，要是有新业主接手了这房子，他们花不了多少钱就可以直接入住了。

他们穿过荒草丛生的后院，一直走到登·米兰家的栅栏旁边。在小溪的上游，凯辛发现了一处旧栅栏的残迹，那是一条生了锈的铁丝，几根裂缝的灰色废木头胡乱躺放着，这可能就是登说的地界了，大概有两百米长，或许更长一些。

他的意思是这条线才是地界？

守好你的地！

没错，他的确想要守住这个地界。

他跨过小溪，沿着蜿蜒的小路向下穿过一片杨树林，走进野兔频繁出没的荒地，然后转弯准备回家。当他们快走到家的时候，天色已经大亮了，但太阳的光芒要驱散这些雾气，还得再等一小时。他想到了肯德尔。被强暴的那段残酷的记忆到底对你产生了怎样的影响？悉尼的一名男警察，下班后被三名男子抓走，带到了西郊一处废旧汽车旅馆。他们把他铐在一个电视挂架上，用斯坦利木工刀划破他的牛仔裤，在他的臀部和背部刻上了纳粹的十字记号。

然后他们强暴了他。

有一天晚上，一名叫杰拉德的警察在车里跟凯辛说起这个事情。当时他们停下车吃烤串，闲谈起这事。

后来那个老兄再也没有回来工作，去了达尔文市，据说他在那里上吊自杀了。

杰拉德有张黢黑的脸庞，五官算得上英俊，黑色的头发，脸颊上还有一颗痣。

不过那几个蠢货后来都被收拾了，凶器是一个很大的环，又大又笨重的那种铅环，还是自制的，很多个渔具铅坠熔成的，应该是那个警察干的。

他们最后什么下场？

全是死刑。一个淹死在河里了，是在家里被袭击的，剩下的两个，其中一个杀了另外一个，然后自杀了，现场非常血腥。

杰拉德笑了，带着某种复仇的快感，笑容有些扭曲。

凯辛还没留意，两条狗已经先看到了坐在花园旧长凳上的雷布，它们嗖的一下冲了过去。

雷布正抽着一根手卷烟，瘪瘪的，里面没多少烟丝。

他刮了胡子，头发也湿答答的。

两条狗对着雷布摇头摆尾地献殷勤，它们喜欢他，不过，大部分人它们都很喜欢。

"我把东西放进洗衣机里了。"雷布说，他的嘴角还叼着那根寒酸的卷烟，两只大手分别抚摸着两条狗，"可以吗？"

"你随意。"凯辛说，"很早就起来了？"

"没有。"

"洗完澡后我会去做些早餐。"

"我有吃的。"雷布说，他没有看凯辛，好像全部注意力都在狗身上，昨晚他也是这样说的。

"炒鸡蛋而已。"凯辛说，"做一个跟做十个没什么分别。"

他洗完澡穿好衣服，在桌子上摆好餐具、面包、黄油、咸味酱和果酱，开始做早餐，顺道瞥了眼窗外，雷布正在和狗一起玩耍。雷布吃起东西来并不像一个粗鄙的流浪汉，他的胳膊肘始终放在两侧，嚼东西的时候闭着嘴，每一口都吃得斯斯文文的。

"很好吃。"他说，"谢谢。"

"多吃几块面包。"

雷布切了厚厚的一块面包，在上面抹了一层黄油，又加了一抹黑色的咸味酱。

"如果你愿意的话，可以住在这里。"凯辛说，"不另收你食宿费，走到奶牛场去工作只要十分钟。"

雷布望向他。他有一双冷静的黑色的眼睛。他点了点头："那样也好。"

他们一起驱车前往登·米兰家，路上两个人都没有说话，登听到了他们的到来，他已经站在了门口，他同雷布握了握手。

"报酬一般。"他说，"我本来想自己干的，但是我的膝盖不太好，熟悉奶牛场的工作吧？"

"嗯，有点了解。"

凯辛离开他们，开车去了他妈妈家，约二十分钟路程。一条狭窄坑洼的土路，勉强铺上了一层薄薄的沥青，路的两沿粗糙不整。这是一条单车道，两辆车狭路相逢时必须让道，把两个侧轮开到坎坷的路沿上。但交汇的两车通常需要同时让路，才能保证顺利通过。当地的司机都会彼此挥手致意。他路过了一大片马铃薯田，紧接着是一个奶牛场，当他驱车经过时，悠闲嚼草的奶牛慵懒地抬起头，温和的眼神淡淡地看向凯辛。从比肯山脚处路面开始呈斜下坡，一直延伸到大海，犁地时翻起的泥炭土是巧克力色的，在西南风和南冰洋的冬季劲风刮过来之前，它们都会这样裸露着。这片土地的早期居民在他们的房子周围种植了柏树和灌木作为防风林。某种程度上来说，它们的确起了作用。但被挡在外面的狂风也有自己的复仇手段，树木、灌木丛、棚屋、水罐，风车、厕所、狗舍、鸡舍，以及废旧汽车——所有挡风的地方都因为狂风的侵袭，变成了背风的下坡。

凯辛把车停在车道上，从后面绕了过来，透过厨房的窗户，他看到了自己的妈妈。他打开后门的时候，西比尔说："我正好想到你，我跟你爸爸投入那么多精力培养你们，可你现在居然住在那片废墟里！"

她正把一大束花插进一个巨大的方形陶罐里，那是一束棕色和紫色相间的花。"那个花瓶，"凯辛说，"该不会是储存核废料的废弃模型吧？"

他妈妈完全没有理会这个问题，窗外，他的继父刚好从棚屋里全副武装地走出来。他穿着白色的工作服，戴着手套、防护面罩，背着一个水箱。他开始给那些玫瑰花喷农药，雾化的药剂飘洒在空中，折射出彩色的光芒。

"那些玫瑰会喜欢哈里这样对它们喷洒落叶剂吗？"凯辛漫不经心地问。

她向后退了两步，站定，欣赏着自己的插花作品。她是一个娇小苗条的女人，拥有一头浓密的鬈发。凯辛和他的哥哥迈克尔，关于体格的全部基因都来自他们的父亲米克·凯辛。

"查尔斯·布戈尼。"她突然发问，"关于那个案子，你现在都在做些什么？"

"做一些能做的事情。"

"我还真的是理解不了这些人，他们为什么不直接拿走他们想要的东西？为什么非要去袭击一个老人呢？他能有什么力量抵抗他们？"

"我早就不去考虑犯罪动机这样的问题了。"凯辛说，"你应该要考虑的，不是为什么，而是谁干的。"

他的妈妈摇了摇头："好吧，那是另外一回事。"说着，她拿出了自己的日程本，手指在上面移动着，"迈克尔在墨尔本买了套房子，在滨海港区那边，一个水上公寓，两居室，一大一小两个卫生间。"

"他爱干净，迈克尔。"凯辛说，"太爱干净了，那个没浴缸的小卫生间是用来干吗的？"

"你喝点茶吧。"她说，"我刚刚泡的。"

他把茶倒进手工制的杯子里，这种杯子只有在装水的情况下才能立起来，他妈妈经常从当地集市买各种奇怪的东西：糟糕的水彩画、蘑菇形的调料罐、用塑料购物袋编织的垫子，狗毛毡帽。

"迈克尔长期待在墨尔本，他那儿的地方太小，想在我这儿存放点衣服。"

"那一定都是他不穿的衣服吧。"

他妈妈叹了一口气："该表扬还是要表扬的，你还是没学会这一点，约瑟夫①。"

---

① 乔的全名。——译者注

"不要主动要求表扬，这是我学到的。为什么玫瑰会需要哈里喷的那些该死的农药？"

"你以前可从来不说脏话的，迈克尔说脏话是从学校里学来的。他第一天放学回家后就说脏话了，为此我还专门去找那个基林人理论了一番，我永远都无法信任他，事实证明我是对的，这是一个母亲的直觉。"

"我早就该学会说脏话的。"凯辛说，"要真是那样的话，说不定我现在都能在滨海港区买个不带浴室的小卫生间了。我打算把那所房子修好。"

"你是不是疯了？为什么？"

"当然是住啦，我这不是想从废墟里走出来嘛！"

"那房子被诅咒了。"她做出夸张的恐惧状，"那是一个疯子建的房子，你还是别管它了，把它卖了算了。"

"我喜欢那个地方，我打算清理那个花园。"

"你不是暂时回来住吗？等你的身体休养得差不多了，你就回去了。"

凯辛喝完杯里的茶，慢吞吞地说道："生命其实也是暂时的。你那个老年大学的课程学得怎么样了？"

"你别岔开话题，我早就应该去学的，那么些年都蹉跎了。"

"你怎么蹉跎岁月的？"

她走回餐桌旁，轻轻拍了拍他的脸颊，然后重重地拍了他一巴掌。"我就希望你能得到最好的。"她说，"你太没有野心了，只想当个警察。如果在这里待的时间过长，你会被永远困在这里。玩完了。"

"你从哪儿学来的那句啊？"

"哪一句？"

"玩完了。"

"很久以前了，我说这句话的时候你还没出生呢。"她说，"你为什么不报名参加大学的课程学习呢？跟年轻人待在一起，保持活力！"

"那我还不如杀了自己。"凯辛不耐烦地回道。

西比尔赶紧捂住他的嘴:"别这么说话,瞧你那一团糨糊的脑子,像老人那样思维固化。"

"我得走了,"他说,"到年轻人中间去,逮捕他们。"

"你又不正经说话,都是跟你爸学的,你们凯辛家族还真是祖传的油嘴滑舌。再大的事搁你这儿也就五分钟严肃,之后都会变成一个玩笑。"

他们一起走了出去,哈里正在小花亭给缠在上面的蔓生植物喷农药,家里的斗牛犬站在他的身后,抬起头来,忠实地呼吸着农药喷雾。

"这狗不想要了吗?"凯辛说,"伤及无辜。"

送到门口的时候,他妈妈说:"很遗憾,你没有孩子,乔,孩子能让人想要安顿下来。"

听到这句话,凯辛不由得停下了脚步,他不禁感到诧异,别人这么说还可以理解,她怎么也这么说呢?

"你怎么知道我没有孩子?"他说。

"你我还不了解吗?"她重重地捏了捏他的胳膊,他顺势弯下腰吻了她的脸颊。

这么多年来,他都没好好吻过她。

"我有没有跟你说过,我一直认为你会是聪明的那个?"

"我是聪明的那个?"他说,"可我怎么觉得,你更想让我成为有钱的那个呢?伯恩的一个儿子在墨尔本惹麻烦了。"

"一定是山姆,是不?"

"是的。"

"惹上什么麻烦了?"

"他被卷进了一起汽车盗窃案里,他和另外两个孩子。"

"那你能做点什么?"

"我可能什么也做不了。"

"道格家的人啊。我总是很庆幸,感谢上帝!我跟他们没有什么联系。"

"你是道格家的人吧，伯恩是你的外甥，他可是你哥哥的儿子。你怎么可能跟他们没有关系呢？"

"有关系，亲爱的。我是说联系，我跟他们现在没有一点联系。"

"行了，就聊到这儿吧！"凯辛说，"再见，西比尔。"

"再见，亲爱的。"

哈里向他挥了挥戴着手套的手，动作迟缓，像一个极地探险者在做最后悲伤的告别。

第九章

　　这是一个寒冷的冬日，天空中阴云密布，在前往蒙罗港的行车途中，凯辛想到了住在房车里的妈妈。他仿佛看到她坐在一张折叠餐桌前，桌子是福米加塑料贴面，边缘镶着铝边。她一手拿着有机玻璃杯，里面盛着黄色的酒，另一只手上夹着一根香烟。她用指尖夹着滤嘴，指甲涂成了粉红色，稍微有些缺裂。她的鼻子被晒脱了皮，头发在阳光下透着金棕色，蒸发后的盐晶散落在头发上，头发有些打绺，他能看到露出的头皮。她抿了一口杯里的酒，金黄色的液体从她的嘴角溢出，顺着下巴流了下来，滑到她的 T 恤上。她用夹香烟的那只手擦拭着滑落胸前的液体，香烟不经意地擦过她的脸，那带火星的烟灰毫无防备地掉了下来，落到了衣服上。她低头看着火星在她的衣服上蔓延，像欣赏着一朵绽放的花儿，那一瞬间她似只想静静看着，接着她拿起自己的酒杯，向上面倒了点酒。他想起那种烧焦的棉花、烧焦的皮肤和着酒，充塞在封闭的有限空间里的古怪味道。还记得当时感到恶心，逃也似的离开房车，冲进了亚热带的夜里。

　　凯辛还记得，父亲离世一段时间以后，他也不知道那是过了多久，妈妈打包了两个手提箱，带他们离开了肯梅尔郊外的那处农场。那一年他十二岁，他哥哥已经凭借奖学金上了大学。当他们第一次停下来给车加油的时候，他妈妈让他管她叫西比尔，他当时不知道该说些什么，正常人是不会对自己的妈妈直呼其名的。接下来的三年里，他们一直在漂泊，从来没有在任何地方安顿下来过。很久以后，再去回想那些飘零的日子时，凯辛意识到：

他们离开的第一年西比尔应该是有些钱的，那时候他们几乎都是在酒店和汽车旅馆这样的地方居住，还在海滩附近的一个度假别墅里住过好几个月。后来，她开始在酒吧、小旅馆等各种各样的地方打工，他们住过很多不同的出租房，住过别人家后院的老人公寓，也住过没有归属的房车。在他的记忆里，她似乎总是在喝酒，而且经常神经质地笑一阵儿哭一阵儿。她有时会忘记买食物，有时她后半夜都还不回家，他记得自己毫无困意地躺在床上，听着外面的声音，努力克制内心的恐惧。

走到去蒙罗港的岔路口时，突然下起了小雨。

凯辛今天的轮班从中午开始，现在他还有时间喝杯咖啡。他从加油站买了一份报纸，把车停在了都柏林咖啡厅门外。他已经很久没有去过那里了。你不能太频繁地去同一个地方，人们会注意到你，进而妄加议论。

狭小的房间里空荡荡的。夏天过去了，漫长的冷寂悄悄在小镇蔓延。"为这位肯付钱的警官来一份中杯黑咖。"坐在收银台后面的男人说道，"你是我今天的最佳顾客！"

他的名字叫里昂·嘉德内，一位来自阿德莱德的牙医，他的男性恋人在河边的一个公园里被刀刺身亡。在以反同性恋闻名的阿德莱德地区，他的死因除了归咎于道德狂热分子的袭击，还离不开当地警察对这种袭击的漠视和纵容，他们甚至认为这些狂热分子是在帮助维护社会秩序。

"要我看，你冬天就该歇业，"凯辛说，"还能省点电。"

"那我去做什么？"里昂问道。

"去努沙，和别的那些有钱的退休牙医聊天，那里比较暖和。"

"我才不要暖和！真想发布一份声明：我不是一名退休牙医，我曾经是牙医，前牙医，现在只是一名穷困潦倒的咖啡师和快餐厨师。"

他把咖啡递了过来："要来点杏仁薄饼吗？"

"不用了，谢谢！我在控制体重。"

里昂转身回到自己的座位上，点燃了一根香烟。"从某种角度来看，你长得也不算丑。"他说，"现在的情形是，血气方刚的单身男性孤单地生活在这个小岛上，周围只有穿着沙滩拖鞋的老女人。"

凯辛没有抬头看他，他正在读报纸上有关本市警察局腐败案件的报道，缉毒大队的那帮人，他们的警员一直在卖他们没收来的毒品，而且很早前就在背地里对外提供制造毒品的原料了。

"你非常优秀，里昂。"他说，"但是我有太多事情要忙，没法专注于那些。"

"老兄，你考虑考虑！"里昂继续说道，"我的牙齿很漂亮。"

凯辛回到警局去上班，处理一名男子对邻居家树的投诉，还有一份关于沼泽区一把被毁坏的长凳的报告。一位一只眼睛有淤青的妇女来求助——她希望凯辛警告一下她的丈夫。下午两点十五分，小学那边打电话过来，说有一位学生的妈妈看到马路对面的街区有可疑人物藏匿在那里。

凯辛在距离学校不远的地方停了车，他沿着车道一路走了过去，观察着篱笆里面。那是一片约莫一人深的枯黄草丛，一栋烂尾楼打了几根水泥柱后，工程就停滞了。建房用的沙堆上已经长满了荒芜的杂草。那儿有一间小棚屋，后面停着一辆厢式小货车。

凯辛沿着车道继续前行，进入了那片区域，走到那辆车旁。车窗内侧蒙着雾气，驾驶室里没人。他用指节敲了敲车顶，没人回应，接着他又用拳头砸了几下。

"滚开！"一个男人的声音从里面传了出来。

"警察。"凯辛淡定地表明身份。

车子动了，他退后几步站在那里，继而看到一个人影爬进了驾驶室里，驾驶座旁边的窗户放下了几厘米，只能看到司机的眼睛、浓黑的眉毛，还有几缕黑发。

"我就打了个盹而已。"

"这是你的车吗，先生？"凯辛出示了自己的警徽。

"我是这儿的建筑工人。"

"这儿没什么在建工程。"

"一拿到资金马上就会开工了。"

"你是本地的吗，先生？"

"我是克罗马迪人。"

"请你下车配合我的调查，先生。另外，还请出示你的身份证明。"

"听着，我就是在施工的时候来这儿打个盹，这他妈触犯哪条法律了？"

"请你下车，先生。出示你的证件。"

那人转过身去，似乎想要从后座上拿些什么东西，凯辛看到了他的肤色，这个男人是半裸着的，他在找他的裤子。

凯辛在后面立定站好，手插在夹克衫的外兜里，松开了枪套。

那个男人在车里动了动，挣扎了几下，还是没能穿上他的裤子。"那什么。"他透过那条狭窄的缝隙说道，"我这里有点隐私需要处理，你明白的，给我一点时间，好吗，先生？"

"下车，穿好你的裤子。"凯辛不容商量地说。

车门打开了，一个瘦削的男人下了车，看上去二十几岁的样子。他把腿挪下车，T 恤外面套了一件法兰绒衬衫，没系扣子。他没穿鞋，脚上穿着一双红袜子，其中一只破了洞。他的一条腿穿在牛仔裤筒里，另一条腿光着，大腿上有一块颇为明显的吻痕。他站在杂草地上把裤子穿好，拉上了拉链。

他把手伸进裤兜里，摸出一个钱包，递给他："驾驶证，信用卡，所有证件都在里面了。"

"把它放在车顶上。"凯辛说，"站到棚屋那边去。"

"天哪，老兄，我就是个倒霉的瓦匠。"

他无奈地服从了指令，凯辛拿起他的钱包，看了看里面的证件，艾伦·詹姆斯·莫里斯，还有一个位于克罗马迪的地址，他把它写了下来："电话多少？"

他不情愿地给了凯辛一个手机号码。

“你现在能让车里那位跟你一起的人出来吗？我也想看看她的证件。”凯辛说。

莫里斯走回那辆小货车，打开了后门，那是一个折叠座椅，里面是一个穿着牛仔裤和粉红色打褶超短夹克的女孩。她看上去不超过十五岁，黑色的头发，很漂亮，但不耐看，她的嘴唇偏厚，唇妆全都花了。

“请出示你的证件。”凯辛例行公事地说道。

她打开钱夹，从里面拿出一张卡片，递了过来。

凯辛看了一眼。“这不是你。”说着，他把那张卡片递了回去，“你有带自己的证件吗？要是没有的话，我们可以去警局处理这件事情，到时候把你的父母都叫过来。”

她噘着嘴，飞快地瞥了莫里斯一眼，掏出了另外一张卡片，那是一张带照片的学生证：史黛西·安·盖蒂根。

“十四岁，史黛西。”他说，“跟一个成年男人一起躲在货车后座上。”

“我们就抱了一会儿。”她没底气地说道，下意识地双臂交叉在自己的胸前，“这可不算犯罪。”

“你怎么看呢，艾伦？”凯辛转向旁边的男人，“你对你车里的这个十四岁的女孩犯罪了吗？”

“我们只是亲亲抱抱，没做什么出格的事。”莫里斯说。

“脱掉裤子亲亲？你是用屁股亲的？你结婚了吗，艾伦？”

莫里斯挠了挠头，迎着阳光，凯辛看到他的头皮屑飞入静止的空气中。那个女孩低着头，不安地咬着自己涂了色的指甲。

“先生，”莫里斯急切地解释道，“我真的没有伤害她，我发誓。”

“你结婚了吗，艾伦？”

“是的，差不多。”

“差不多？可以办理差不多的结婚手续吗？在教堂里举行一个差不多的

婚礼仪式？"

莫里斯不敢看向凯辛，凯辛示意那个女孩跟着自己走，他们绕过棚屋，来到一处僻静的地方。

"关于这个男人，你有没有什么要说的，史黛西？他有没有让你做你不想做的事？有没有威胁你？你现在有机会说了。"凯辛郑重地说。

她闭上眼睛，摇了摇头："没有，他什么也没做。"

"你确定？我会把问你的这些问题以及你的回答都记录下来。你希望去别的地方谈吗，自己去还是我带你去？或者你是不是想跟一位女警察说？"

"不用了。"她果断地回答。

凯辛走回货车旁，向莫里斯招了招手，沿着街道走了几步，莫里斯心领神会地跟了过来，他看上去浑身不自在，紧张兮兮的。他们站在那片草丛里，水泥条板上雨水积存的水洼，倒映出天上飘过的白云。

"你们俩什么关系？"凯辛问。

"表亲，算是，我也说不清楚。"

"真的？"

"她一直来找我，甚至来我工作的地方，我啥也没做，今天是头一回……唉，反正啥也没发生，我发誓。"

"这不是蒂克·盖蒂根的孙女吧？"

听到这个，莫里斯好像突然被虱子袭击了似的，惊恐得双手猛一阵挠头。"老兄，他们会杀了我的。"他慌乱地说，"求求你放过我这一次，老兄！"

"你别再打其他孩子的主意，艾伦。"凯辛说，"不要再来这片儿，从现在开始，你的车在我的黑名单上。你也不是这里的建筑工人，是吧？"

"我，我那什么，那个……"

"你来这里是做建筑工作的，我会跟他们说，你是一名建筑工人，而不是来诱奸未成年少女的。你现在给我一个明确的说法，艾伦！然后我会跟校方解释，他们不必担心会有人来这里引诱未成年少女，听见了吗？"

"是的，我保证，谢谢您！"

凯辛离开的时候回头看了眼他们，恰好撞上了那个女孩的目光。她知道自己的危机解除了，他不会公开此事。她向他笑了笑，那笑容大胆而性感，透出一种本能的聪慧。

第十章

回到警局，正碰上卡尔·韦克勒斯从前门走出来，边走边抻着胳膊做伸展运动。他刚从警官学校毕业一年，这小伙子不笨，是以第三名的成绩毕业的，但是个城里孩子，对于自己被派遣到这么偏远的地方来执行任务，总是满腹牢骚。

凯辛摇下了车窗。

"老大，克罗马迪那边打电话来，"韦克勒斯说，"高级警探霍普古德找你。"

凯辛赶紧走进屋，拨通了电话。

"你的老伙计维拉尼督察向你问好。"霍普古德没好气地说，"咱们的警局怎么就让这群官僚管着呢？"

"自然选择。"凯辛说，"会装的人才能活下来！"

"是啊，他给我提的那些官僚建议我的确很受用，他想让你给他打电话。"

凯辛没说什么，霍普古德挂断了电话，接线员直接把凯辛的电话转给了维拉尼。

"你的退休生活怎么样？"维拉尼说，"我去过那里一次，环境非常好，听冲浪者们管那里叫蓝色星球海岸。"

"尿包才来这儿冲浪。"凯辛说，"你找我什么事？"

"乔，听我说，布戈尼这个案件对我来说本来只是个新闻，但媒体的大肆渲染让我不得不重新审视这个案子。威肯警督昨天跟我讲了他继女庞杂的社会关系，她是罗塔克·朱利安的资深合伙人，工党法律系统的半壁江山。"

"这个案子现在看起来越来越像个谋杀案了？"

"我正在多方搜证。今天，威肯这英国佬给了我很多指导，教我如何在公众面前展现良好的个人形象，当然也包括一些关于时尚的建议，穿什么套装、搭配什么衬衫、什么鞋子之类的，我很感谢他的关爱。"

"所以呢？"

"我想你也多关注这方面。"

"我一个瘸子，天天忙着维护蒙罗港的治安，你那一套还是教给艾伦那个死鬼吧。"

"乔，我们实在太缺人了，一个月内詹斯、坎贝尔和马圭尔全都退休了，德·皮尔洛辞职了，托泽压力太大请假了。你的好兄弟艾伦，他老婆跟维克市场上的一个屠夫跑了，孩子也带走了。他现在开始醉心于一些神道道的东西，大概只能在那里面找到寄托了，我可不指望一个佛教徒能帮得上忙。"

一阵沉默。

"还有，"维拉尼说，"报纸上过几天会刊登相关新闻，你能看到前缉毒队那些人的犯罪同伙又开始火拼了。他们的女老大本来已经遣散了手底下的所有毒贩，尽力洗白自己经营的生意，但这些人后来又重操旧业了。这不，我们又有的忙了。所以，我要派很多人手去做这些毫无意义的事情，去调查这些毒贩之间打打杀杀的烂事。这些人哪一个死了都不冤，对咱们这个城市，对这个州，对咱们国家，乃至对整个世界，都是大大的好事。"

"我觉得你有点反应过度了。"凯辛说，"布戈尼这个案子，你手下那些天才法证都发现了些什么？"

"什么线索都没有，警报器关了，没有任何破门而入的痕迹，没有指纹，没有凶器，也没有可疑的DNA。除了手表之外，都不知道还丢了什么东西，书房和卧室里有几个上了锁的抽屉被撬开了。"

"那布戈尼呢？"

"这可能是谋杀案，他即使活下来，也得变成一棵白菜了。"

"有没有问过自己，他们为什么要对白菜下手呢？怎么不对胡萝卜下手？不对布鲁塞尔芽菜下手？"

"哲学问题咱们还是留着去酒吧聊吧，先生们。"

这是辛戈的口头禅，雷·萨里斯那件事情之前，他经常这么说。

"所以我要做些什么呢？"凯辛说。

"由于罗塔克·朱利安的社会关系，我们需要一位高级警员来调查，我不想出任何岔子。我这是新官上任，乔，我现在站在风口浪尖上，那么多双眼睛盯着我，不能出一点差错。我觉得这起案件最终会以谋杀定案，我用屁股都能想明白，现在已经初露端倪了，只不过我们还需要花些时间去找线索。"

"克罗马迪那边呢？"

"去他们的吧，警督的意思是让咱们重案组来调查。"

"要是我说不呢？"

"给我听着，小子，你还是重案组的一员，你只是在放假，你还记得自己的职责吧？"

"是这么回事，没错。"

"很高兴我不用再多跟你废话了。"

"你个浑蛋！"

"你应该来我办公室，把刚刚那句话跟我上司说一遍。"维拉尼说，"先去跟布戈尼小姐，也就是布戈尼先生的继女谈谈，她已经被请来协助调查了。你先去看一下案发现场，她一小时后应该就到了，案发现场克罗马迪警方已经不再封锁了。"

"警局找她谈过话了吗？"

"还没有，我们安排你陪她一起去看看案发现场，弄清楚抽屉里都有些什么，看看她能不能发现还丢了什么东西。她在那边发现的任何可疑的蛛丝马迹，给我们提供的任何线索，你都要记下来。"

"你确定要找一个高级警官来做这件事情吗？你怎么不干脆找个没事干的菜鸟？让他按照你那些天才的指令去做就好了。"

"抱歉，抱歉，抱歉，老天，你不要这么敏感！"

"他还有其他家人吗？"

"没什么直系亲属了，以前还有一个继子，也就是艾瑞卡的弟弟，她说他很久以前在塔西淹死了。"

"她说？"

"我们会调查核实的，好吗？我会把这件事交给几个没事干的菜鸟，让他们按照指令去处理。"

"我就是问问。"

第十一章

凯辛开车去了布戈尼家的宅子，沿着陡峭的公路向上，穿过一道道大门，再向下绕过盘旋的杨树车道，他把车停在了之前停过的地方。砾石路上布满了杂乱的车辙。

他停下车，静静地坐在车里等候，打开收音机听起了无聊的电台节目。他想到了曾经和母亲一起漂泊的日子，想到了他遇到的其他孩子。有些是野孩子，不用去上学，沙滩上衣衫褴褛的流浪儿。白皮肤不是晒成了深棕色，就是布满了雀斑，并且常常伴随着一定程度的脱皮。他想起了那个教他冲浪的男孩，那是在新南威尔士，可能是在巴利纳小镇，那男孩的名字叫加文，借给了他一个豁了一大块的冲浪板。

"鲨鱼咬的，哥们儿。"加文说，"原来用这块冲浪板的家伙被鲨鱼咬成了两半，他再也用不上这个了，可以借给你体验一下。"他们离开的时候，加文把那块冲浪板给了他。加文现在在哪儿呢？那块冲浪板又在哪儿呢？凯辛非常喜欢那块冲浪板，还用透明胶带封住了那个豁口。

这个地方我待够了，亲爱的，咱们离开这儿吧。

每次他们在向更北的地方迁移之前，妈妈都会这么说。

凯辛开门下车，舒服地伸了一个大大的懒腰，他慢走了一圈试图放松自己的身体。这时，一辆车向这边开来。

一辆黑色的萨博绕过弯道停在了警车旁边，司机懒洋洋地从车里走下来。那是一个大块头男人，短发，穿着牛仔裤，上身是一件敞着怀的皮夹克。

"你好。"他说，"约翰·雅各布，奥顿私人保镖团的，我以前是一名特警队员，介意我看一下你的证件吗？"

特警队队员都会被赋予某种神性，他们通常更富有勇气，面对突发情况也能够处变不惊，既不胆怯畏惧，也不会过分使用暴力手段。

凯辛看向那辆警车："那是我自己的车，你该不会觉得我是个偷警车的危险分子吧？"

"不要想当然。"雅各布说，"这是以前我做警察时的习惯。"

"现在仍然是。"凯辛说，"我才是应该查问证件的那个，拿出来给我看一下。"

雅各布对他抿嘴一笑，拿出一张带照片的塑料卡片，尴尬地露出了左边的小虎牙。凯辛看了他证件，然后又仔细看了看雅各布。

"你让这位女士久等了。"雅各布说，"看清楚了吗？是不是需要叫警力支援啊？"

"你今天的工作是什么？"凯辛说。

"我是负责照看布戈尼小姐的，不然你以为呢？"

凯辛把证件还了回去，雅各布走回那辆萨博，打开了客座门。一位女士从里面走了出来，那是一个金发女人，高高瘦瘦的，妩媚的长发被山风吹得卷了起来。她抬起一只手抚上飘飞的乱发，看上去四十出头的样子，凯辛猜想。

"你是布戈尼小姐？"

"是的。"她很漂亮，棱角分明，一双灰色的眼睛。

"凯辛警探，我想维拉尼督察已经跟你沟通过了。"

"是的。"

"你介意我们一起到处看看吗？就我们两个，不带上雅各布，可以吗？"

"我不太想进去。"她语气中透着几分不愿，为难地说道。

"这对你来说的确是一件艰难的事情。"凯辛安抚道，"但是我们只是在这栋宅子里走一走，你好好看一下，发现有任何异样，随时跟我说就行。"

"谢谢你的体谅，那我们从侧门那边进去吧。"

她领着他沿着游廊向前走，游廊的东面是一大片耙过的砾石路，里面分布着几块光滑的巨石，一直延伸到一处精修的篱笆。她推开一扇玻璃门，那是一间铺了地砖的小房子，几张矮桌子周围放着几把藤椅，虽然没有阳光照进来，但房间里很温暖。

"我真希望这一切能赶快结束。"艾瑞卡说道。

"当然。布戈尼先生通常会把钱放在家里吗？"

"我也不知道。他为什么要把钱放这里？"

"人们通常都会这么做的。那扇门通向哪里？"

"一个过道。"

她继续引路，带着他穿过了一个宽敞的过道。"这边是卧室和客厅。"她一边说，一边打开了一扇门，凯辛走进去，顺手开了顶灯，视野一下子亮了起来。这是一个很大的房间，窗帘没有拉开，墙上挂着四幅黑色边框装裱的钢笔画，它们似乎是出自同一人之手。画上是抽象的街景，垂直的线条清冷肃穆，画角没有作者的签名。

里面有张大床，纯白的床单床罩，两个很大的枕头。"这儿没什么好偷的。"艾瑞卡说。

旁边的两个房间几乎一模一样，再旁边就是一个浴室和一个小的会客厅。

他们走进大厅，约两层楼那么高，顶上是一扇很大的天窗，光从上面洒进来，照亮了整个房间。华丽的大厅装修考究，一个巨大的旋转楼梯在空荡荡的房间里显得颇为气派。"那边是一大一小两个餐厅。"艾瑞卡说。

"楼上是什么？"

"卧室。"

凯辛向餐厅里望了望，里面的物品摆放得很整洁。靠近大客厅的门时，艾瑞卡停下脚步转向他。

"我先进去。"他说。

房间里弥漫着薰衣草淡淡的香味，还混着些别的味道，从天窗投射进来的阳光，恰好照在被砍坏的那幅挂画前方的地毯上，一层胶带固定粘好的黑色塑料幕布盖住了地上的斑斑血迹，仿佛这里从来没有发生过任何可怕的事情似的。

凯辛走了过去，打开了靠放在左边墙壁前的松木酒柜：威士忌、白兰地、杜松子酒、伏特加、皮姆斯、辛扎诺、雪利酒、各种利口酒、红酒杯、雕花玻璃威士忌酒杯和抛光玻璃酒杯，马提尼酒杯。

一个小小的冰箱里存放着苏打水、奎宁水和矿泉水。没有啤酒。

"你知道那张小桌里装的是什么吗？"

一张细腿的皮面小吧台桌靠墙放着，艾瑞卡耸了耸肩。

凯辛打开了左首边的抽屉，一沓信纸，信封，两支钢笔和两瓶墨水。凯辛取出那沓信纸，打开了它，拿起来对着阳光看了看，没有任何痕迹。另一个抽屉里放着一把银色的开信刀，一个订书机，一盒订书针，一个打孔机，一盒回形针。

"他们为什么不把音响拿走呢？"她说。

凯辛看着那套瑞典进口音响设备，这种音响曾经是市面上最贵的。

"太大了，拿不走。"他说，"这里有电视机吗？"

"在另一个客厅里，我继父不是很喜欢看电视。"

凯辛看向播放器旁边的 CD 架，古典音乐、管弦乐、歌剧，一共有几十张光盘。他从架上拿下了一张，放在播放器的卡槽里，按下了开机键。

那是玛丽亚·卡拉斯^①的歌剧。

房间的音响效果很好，乐音打在墙上，从四面八方向他的耳朵涌过来，他不自觉地闭上了眼睛。

"有这个必要吗？"艾瑞卡说。

"抱歉。"凯辛说，他不好意思地按下关闭按钮，卡拉斯的声音似乎还在耳边萦绕，继而向又高又暗的角落飘去。

他们离开那个房间，走进另一个过道。

"那是书房。"她说。

他走进那间书房，那是个很大的房间。三面墙壁都挂满了装在黑色相框里的照片，其中还有几幅画。第四面墙是一个从地板延伸到天花板的嵌入式书架，里面装满了书。书桌的桌面是一块曲线形的浅色木头，四条外扩的桌腿，从上向下逐渐变细，颇具现代感。配套的椅子也很现代，镀铬拉丝工艺制造，相比之下，窗前的那把看上去更舒服一点。

两个看上去高大结实的六层抽屉木柜，原本是上了锁的，但现在锁头都被撬开了，用的很可能是撬棍。那天早上被发现的时候，它们就是这样开着的。

"有丢什么东西吗？"凯辛问。

"我压根儿就不知道里面有些什么。"

凯辛仔细检查了抽屉：只有一些信件和纸张，他沿着墙壁慢慢走了一圈，一一查看了墙上的那些照片。它们似乎是按照时间的顺序排列的，眼前的这些照片起码跨越了七八十年的光阴——各种全家福，个人写真，穿着制服的年轻男人，婚礼剪影，派对留念，野餐时拍的照片，沙滩风景照，两个穿着西服的男人站在一群工人前面的合影，一个戴着帽子的女人为一栋大楼揭匾的剪彩留念。

---

① Maria Callas，美国籍希腊女高音歌唱家。——译者注

"哪一个是你继父？"他盯着这些照片问道。

艾瑞卡带着他浏览了这些照片，指出了继父各个时期的照片：一个微笑的小男孩、一个穿着校服的少年、穿着白色板球服的少年、跟橄榄球队在一起的合影、一个穿着无尾礼服的瘦削的年轻人、一个正在同一位老人握手的中年男人。查尔斯·布戈尼衰老的速度很慢，保养得很好，在漫长的岁月里，似乎一缕头发也没少。

"对了，家里还有很多马。"她指着墙上那些马的照片说道，"比起生命里的人，他可能更看重这些马。"

一整面墙都挂着马的照片，还有一些人和马的合影，几十张赛马冲到终点的照片，有些棕色泛黄，有些是染色的，还有些是彩色的。在那些照片里，神采飞扬的查尔斯·布戈尼或骑乘，或牵引，或轻抚，或亲吻着他心爱的马。

"你妈妈呢？"凯辛突然想到布戈尼生命中另一个重要的人，"她还在世吗？"

"没有，我很小的时候她就过世了。"

凯辛看向最后那面墙上的书架：小说、史书、个人传记，一排排关于日本和中国的书籍，关于它们的艺术以及文化。再上面一层是很多关于"二战"的书，关于对日战争的书，还有一些是关于被日军俘虏的澳大利亚战俘的。

除此之外，还有很多陶艺书籍、珍藏版的科技书籍，整整装了三个书架。

他们离开书房，继续往前走。

"这是他的卧室。"艾瑞卡说，"我从来都没有进去过，现在也不想进去。"

凯辛走进一个装饰纯白的小房间：里面有一张床、一张台桌、一个简约的台灯，还有一张很小的办公桌，四个抽屉都被打开了，下面的那几个是被强行撬开的。穿过走廊，他们来到一个衣帽间，凯辛仔细查看了布戈尼的衣服：夹克、西服套装、挂在衣架上的衬衫，抽屉里摆放整齐的袜子和内衣，架子上的鞋子，所有的一切看上去都很昂贵，但没有一件是新的。

旁边还有一个红色的漆木橱柜，他打开了它，扑面而来松木清香，瞬间在他的鼻腔中弥散开来。那里面挂着几套真丝服装，还有一整架卷好的腰带。

他有点想把艾瑞卡叫进来。

但没有喊她。

衣帽间外面有一个浴室，墙壁和地板是一块块厚石板拼接而成的，里面有一个木质的浴缸。虽然是个浴缸，其实更像是个浴桶，旁边还有一个抽水马桶。淋浴系统的设计就是两块打了孔的不锈钢钢板，上面是花洒，脚下是块防溢站板。旁边放着几块淡黄色的香皂和一次性剃须刀，还有洗发水。他打开了一个普通的木柜：那里面整齐地叠放着三条毛巾，约莫六英寸厚，还有一些备用的香皂，好几包剃须刀，手纸和抽纸巾。

他回到艾瑞卡身边，他们一起查看了另一个卧室。这间卧室其实更像一个舒适的宾馆，它有一个小小的客厅，里面有一个壁炉，旁边放着两把扶手椅，还有一个浴室。这间浴室的装修设计稍显老套，没有什么新鲜的东西。过道的尽头是一个洗衣房，里面的洗衣机和烘干机看起来都很新。

此外，还有一个储藏室，里面是好几个杂货架，上面摆着厚重的白色床单、桌布、餐巾、白色毛巾和一些清洁装备。

他们沿着来路往回走。"这里还有一个客厅，"艾瑞卡指着边上的一个房间说道，"就是有电视机的那个客厅。"

顺着她手的方向，凯辛看到里面的一座壁炉，周围放着四把皮制的扶手椅。左边的架子上的确有一台电视机，相对应，右边放着一套瑞典进口的音响设备。"照这个标准装修房子，住起来还真是惬意。"凯辛想。

"好了。"凯辛说，"到这里就差不多了，我们不用再上楼了，我想楼上应该也没人去过。"

她看向他的一瞬间，凯辛察觉到她的眼中有一抹难以捉摸的神色。

"我想上去看看。"她幽幽地说，"你能陪我上去吗？"

"当然。"

他们穿过宅邸的门厅，并肩走上一段宽阔的大理石阶梯，在过渡平台处转向，又走上了这个巨大旋转楼梯的另一段。一路上他努力绷住脸，忍受着身体的疼痛，一言不发地陪她一起向上走。顶楼，是一个环绕楼梯井的走廊，六扇复古色的雪松木打造的门全部紧紧关闭着。他们站在一块波斯地毯上，房顶投射进来的一束光恰好打在他们脸上。"我想去我妈妈房间取点东西，要是它们还在那里的话。"艾瑞卡说，"我以前从来都不敢来这里。"

"你是不是一直都想把那些东西拿走？"

"是的，差不多想了三十年了。"

"我在这里等你。"凯辛对她说，"如果你不需要我陪你进去……"

"不用，我没问题的。"

她走向左首边的第二扇门，角落昏暗的光线里，他看到她在犹豫。但她最终还是推开了那扇六格木门，伸手打开黄铜制的电灯开关，然后走了进去。

凯辛打开离自己最近的一扇门，开灯走了进去。这是一间卧室，房间很大，有两张铺了白色床罩的单人床，两个衣柜，一张梳妆台，被厚厚的窗帘遮住的窗户前，还有一张写字台。他踏上那条浅色的地毯，拉开两片像被子一样厚重的窗帘，从那里可以看到一座由红砖砌成的马厩，远处叶子近乎落光了的树梢，笔直的树干在风中摇曳，再往后是一座低矮的小山，秋天的枫叶染红了山顶。

他退出房间走回走廊，停在栏杆旁边，从楼梯井望向下面的门厅，突然感到一阵眩晕，内心有种一跃而下的冲动。

"我这边弄好了。"艾瑞卡的声音从他身后传来。

"找到你想要的东西了？"

"没有。"她低低地说，凯辛能够听得出她声音里的失落，"那儿什么都没有了，我真的是愚蠢得可笑，才会觉得东西还会在那里。"

回到宅邸深处的阳光房，他们在一张玻璃面的小台桌前坐了下来。

"有什么不对劲儿的地方吗？"凯辛问道。

"没有，很抱歉，我没帮上一点忙，对于这栋宅子我真的是个十足的陌生人。"

"怎么可能呢？"

她转向凯辛，目光锐利而不容置疑："这我也没办法，警官。"

"晚上所有的东西都上了锁，报警器也都是正常运作的吗？"凯辛问。

"我不知道，我已经很久没在这里过夜了。"

不能再在这个话题上浪费时间了，凯辛想。

"关于你弟弟，你有没有什么想说的呢，布戈尼小姐？"

"他死了。"

"他是溺水过世的，维拉尼跟我讲过。"

"在塔斯马尼亚，1989 年。"

"他是去那里游泳的吗？"

艾瑞卡在自己的座位上换了个姿势，交叉起裹在灯芯绒裤子里的两条腿，穿着闪亮黑色皮靴的脚不经意地抖动了几下。

"估计是的吧，他的衣物在一片沙滩上被发现了，但尸体始终没有找到。"

"知道了。还有，你周二早上到这里来了一趟。"

"是的。"

"你经常来看你的继父吗？"

她摩挲着自己的手掌，始终没有看向凯辛："经常？并没有。"

"你们合不来吗？"

艾瑞卡的脸上忽然没了血色，这使她看上去更加苍老，布满了皱纹："我们没有那么亲近，我们家族代代都是如此，我就是这样长大的。"

"那你此行的目的呢？"

"查尔斯想见我。"

"能否说得再具体一点？"

"这属于隐私了。"言辞之间，她似乎有些难以招架，"你们办案知道这些做什么？"

"布戈尼小姐，"凯辛郑重地说，"我不知道我们办案需要知道哪些东西，但是如果你希望我记录下你有意回避这个问题的话，也可以，我会的。"

她耸了耸肩，看上去神色不悦："他想跟我谈谈他的事情。"

凯辛等她具体说明谈话的内容，但他很快便明白她并没有打算继续说下去："另一个问题，他的财产由谁来继承？"

艾瑞卡睁大了眼睛，一脸的不可思议："我不知道。您是在暗示什么吗？"

"这只是一个例行公事的问题。"凯辛面无表情地说道，"你和你的继父没有讨论过遗嘱的问题，是吗？"

艾瑞卡失声笑了出来："我继父可不是那种会对自己的遗嘱大谈特谈的人，我甚至都怀疑他从没想过自己会死，对他来说，这种懦弱的想法只有小人物才有。"

"我们猜想可能是他认识的人作的案……"

"你们为什么会做这样的猜想？"

"这只是一条可能的线索，谁会有害他的动机呢？"

"据我所知，"她说，"他是这一带非常受人尊敬的长者，但我不住这附近，从我……从我的孩童时代起，我只是这儿的一个客人。"

她抬眼望向远处，凯辛顺着她的视线看向外面那条延伸至灌木篱笆的耙得很整齐的砾石路。布戈尼家的宅邸，地面上没有什么东西能让人提起精神的——灌木篱笆、草坪、石板路、砾石路，全都是深浅不一的绿色和灰色，他突然意识到，这么大的宅子居然没有一朵花。

"他把花园里的花坛全都清理掉了。"她似乎读懂了他的心思，若有所思地说，陷入了久远的回忆，"以前那些花坛真的非常漂亮。"

"最后一个问题，以你对你继父的生活或者你自己生活的了解来看，有没有过什么苗头会导致这件事情的发生呢？"

"比如？"

"这个案件很可能会被以谋杀案定性并展开调查。"

"那意味着什么？"

"意味着警方会全面展开调查，任何和你继父相关的人都没有什么隐私可言。"

她忽然挺直了身子，茫然中似乎透着几分不确定地看着他："你是说，我会成为犯罪嫌疑人吗？"

"每个人都有嫌疑。"

"那种完全陌生的人就没有嫌疑吗？"她说，"陌生人闯入宅子袭击了他，你们有没有可能把他们列为嫌疑人呢？"

他用同样的尖锐语调予以回复。"每一种假设都有可能。"他说，"但由于没有强行闯入的痕迹，我们必须考虑其他可能性。"

"好吧。"说着，她看了看自己的手表，一条银色的细带小巧地搭在她的手腕上，"我有事要先走了，你是本地的警员吗？"

"查清案件需要多久，我就会在这里待多久。"

他说的这话也并非全是敷衍。这种情况下，人们通常都会说一些半真半假的话。

"我可以问一下，你为什么要带保镖来吗？"凯辛说。

"这是工作上的需要，防患于未然而已。"艾瑞卡起身准备离开。

凯辛也站起身来："你是不是被谁威胁了？"

　　艾瑞卡伸出右手，做最后的告别："真的是工作相关的需求，警官。我只能言尽于此，这属于工作机密。再见！"

　　他们彼此握了手，那个前特警队员，雅各布，特意走到前院送他离开。汽车后视镜里，凯辛看到他嘲弄地向他招手，张开的五指戏谑地摆动着，右手紧紧贴着自己那张带着硬汉式微笑的脸。

　　凯辛猛地踩下油门，向雅各布甩起一阵碎石，看到他赶紧抬手护住了自己的脸。

第十二章

凯辛驱车驶上公共沙滩后面的公路，在与高速公路交会处转向，返回蒙罗港，买了一杯咖啡。他把车停在卢肯岩的上方，下面有六七个冲浪者，其中几个正穿梭在海浪中，剩下的似乎是新手，还在犹豫要不要下水。

这是一件惬意的事：坐在温暖的车里，看着海风吹起海浪，平静的海面上掀起了绿色半透明的水墙，一个黑色的身影掠过那块融化的玻璃，潇洒地跃入空中，又轻轻落下。

他又想起了加文的那块被鲨鱼咬过的冲浪板，踏着它在海面上戏水，沐浴在温暖的海水里。现在他眼前望着的海水是冰冷的。他想起了自己还是小孩子时，在海里冬泳冻得骨头打战。那时候他家在公共沙滩有一个度假屋，道格家的度假屋在下一个沙丘处，那是一个结实的小房子，由瓦楞铁皮、纤维板和在海浪海风的无数次侵袭中依然坚挺的防风板组成，的确是个不错的度假港湾。那时候，镇上有两家奶品站，两家肉食品店，一家炸鱼薯条店，一家五金店，一个百货商店，一个牙医，一个医生。有钱人，大部分是牧羊人，会选择在海河之间的坝上买个度假屋。来自内陆地区的一般人家，则会在公共沙滩上面或是南港，或者在大篷车泊车点后面那些街道上或买或建一个自己的小棚屋。

凯辛还记得爸爸在那个栈桥上停下自己的福特汽车，向下俯瞰那条河，若有所思地看着泊在两岸的帆船和游艇。

"这个地方正在慢慢变成该死的里维埃拉。"他的爸爸说。

"里维埃拉是什么？"乔一脸天真地问。

"摩纳哥就在里维埃拉上。"迈克尔说。

米克·凯辛看向迈克尔，不可思议地问道："你怎么知道那个的？"

"我读过。"迈克尔说，"住那儿的都是大咖。"

"大咖？"米克·凯辛忍不住问，"你是说那些皇亲国戚？雷尼尔亲王？"

"别这么没文化，米克。"凯辛的妈妈转过来对他爸爸说，还小惩大诫地拍了拍他的脸颊，"亲王那个词的发音是'pree'，迈克尔，意思是奖赏。"

每年来这片海滩的城里孩子越来越多了，你能从他们的发型、他们的衣服看得出来他们是城里人，特别是那些年龄大一些的。无论是男孩还是女孩，都戴着项链，抽着烟，一副旁若无人的样子。

凯辛又想起了那个星期六的冬晨，他们全家开车去自家的棚屋，隔壁马卡家的小棚屋不见了，好像凭空消失了一般。除了乱糟糟的沙子，再也没有什么能够证明：那里曾经有栋微微向后倾斜的白色低矮建筑。

他在附近来回踱步，对小屋的骤然消失感到不可思议。地面上有些标记栓，他们再来这里的时候，一栋在建的房子已经从水泥地基上垒起了半壁。

那年夏天是他们在海边那个小屋度过的最后一个夏天，也是他父亲去世前的最后一个夏天。几年后，他问他的母亲那地方后来怎么样了。

"我不得不卖掉它。"她说，"我们那时几乎山穷水尽。"

公共海滩那一排贴近天空的棚屋已经全部拆掉了，现在有钱也买不到坝上那片茶树灌木丛边上的房子。曾经一文不值的沙丘上，矗立着一排排带有木质台板、厚玻璃飘窗的独栋别墅和单元公寓，每一栋的价格都不低于六十万。一条渔船向这边驶来，朝着入海口开去。

凯辛认识那条船，那是伯恩的一位朋友的，他有一个狡诈的哥哥，是一个鲍鱼偷猎者。蒙罗港现在只有六艘船还出海捕鱼，一般都只能带回些小龙虾和几箱鱼，可即便如此，这也是除了干酪素厂之外，镇上唯一的产业。除了它，镇上还有五家咖啡馆、三家服装店、两家古董店、一家书店、四位按摩师、一位香薰理疗师、三位理发师、几十家餐饮酒店、一个娱乐迷宫和一家玩偶博物馆。

他喝完咖啡，绕远路朝警局开去。穿过马顿鸟岩，街上人烟稀少，大部分度假屋也都空无一人。他沿着商业街区中间的道路行驶，缓缓路过两个大商场、三家房产经纪公司、三个私人诊所、两家律师事务所、报刊亭、体育用品店，还有利菲街和卢卡斯街拐角处的香侬大酒店。

二十世纪九十年代末，城里的一个毒贩兼房地产商，买下了被木条封死、早已破败不堪的香侬酒店。人们还会经常谈到1969年发生在那里的一场酒后斗殴事件，案发现场状况相当惨烈，从克罗马迪调来两辆救护车才把所有伤者都送到医院。新老板投入两百多万澳元，酒店焕然一新，雇用了新员工，买了新的货车，崭新的厨房，里面是德国厨具和花岗岩厨台。

两个戴着无檐小便帽的男人从奥瑞昂广场走了出来，那是蒙罗港仅存的危旧片区，正在等待拆迁。凯辛接管这一片的第一周，三名午餐时间在那里喝酒的英国背包客，被一些当地人围殴，其中一个被重重打了一拳，倒了下去，痛得蜷在地上，继而又被踹了几脚。其余两个，是来自利兹的瘦骨嶙峋的小伙子，戴着头巾，穿着短裤，凯辛和他的同事赶到那里的时候，他们已经被逼到了一个角落里，也打翻了几个当地人。

站在人行道上的那个大个子男人一直盯着凯辛看，罗尼·巴雷特。他曾被多项罪名指控——袭击、酒驾、驾照吊销期间驾驶。现在他正领着失业救济金，靠在克罗马迪开一辆救援拖车挣点零用钱，当他把自己失控的破坏技能在之前的婚姻里施展之后，前妻向法院申请了对他的强制干预令。

凯辛把车停在警局外面，并没有急着下车，而是在车里坐了一会儿，看着窗外的松树在风中不由自主地摇曳，冬天来了。他想起了夏天，这个小镇上到处都是城里来的问题儿童，他们金色头发的妈妈，穿着帆船鞋懒洋洋的胖爸爸，丰田、奔驰和宝马占据了中心街道上的所有停车场。咖啡馆里里外外都坐满了人，各种商店里也挤满了人，摩肩接踵的，他们拉长脸大声地对着手机咆哮，好像燥热的天气让他们变得更不耐烦了。

但是半年过去了，转眼又到了五月，冰冷的雨水降临，凛冽的寒风肆虐，斗转星移，周遭的一切都随着季节更替在变化，只留下了带不走的现实——失业者、待业者、无生计能力者、醉鬼、瘾君子、领养老金的老人、各种依靠社会福利过活的人、瘸子、残疾人。现在，他看着这座城市，就像看着一个火灾过后的事故现场，所有柔软的东西都消失了，只剩下焦黑的裸岩，被大火带走绿意的沟壑，还有一些经历过烈火依然坚挺的垃圾——棕色的啤酒瓶子和废弃的车身残骸。

罗尼·巴雷特，他就是冬天的蒙罗港，他们应该把他放到城市宣传广告里，或是印上一个海报：带您了解真正的蒙罗港。

凯辛走进警局，跟肯德尔交谈了几句，现在是交班时间，他们俩已经当了几小时的值了。他写下了自己去庄园的实地调查记录，把它寄给了维拉尼，并打印了两份复印件以做存档。

接着，他又给重案调查组打了个电话，同特蕾茜·华莱士进行了沟通，她是一名高级情报分析师。

"重新工作了，老兄？"一接通电话她就坏笑道，"我猜你一定是在那边待腻了，在那儿憋坏了吧。"

凯辛仿佛看到了警局外边那面僵硬的旗子，无趣地僵在北风中："胡说八道，我又不是那些多愁善感的神经质。布戈尼的案子怎么样了？"

"还那样，没什么进展，要是你康复了，就赶紧回来吧，这里到处都是小流氓了。"

"耐心点，他们会成长为老流氓的。"

第十三章

轮班交接。

凯辛沿着乡间的小道驾车回家，刚刚被挤完奶的奶牛们，如释重负地晃动着硕大的乳房，懒洋洋地转过头来，清澈的黑眸子同情地看着他。

戴夫·雷布不见了踪影。

他像往常一样遛了狗，给自己准备了一些吃的，坐下来百无聊赖地看着电视，伤处的疼痛感无时无刻不在加剧，这大概就是他连续站立数小时所付出的代价。出院后的很长一段时间里，他都不得不依赖哌替啶[1]，否则真的是什么也做不了。戒哌替啶的那段时间，天知道哌替啶有多诱人，总之那的确是一段前所未有的艰难岁月，现在阿司匹林和酒精成了替代药物的首选，不过它们只是糟糕的替代品。

凯辛起身，给自己倒了一大杯威士忌，带着三片阿司匹林喝了下去，卡拉斯、贝尔贡济和戈比（三位歌唱家）也总是能帮他舒缓一些伤痛。他走向房间里最昂贵的电器，价值两千元的立体音响，在里面放了一张 CD——卡拉斯的《普契尼：托斯卡》，高亢的乐音瞬间充满房间。

他喜欢听歌剧和阅读是拜雷·萨里斯所赐，都是因为那个疯狂的、追命的恶棍。歌剧只不过是那些附庸风雅的人用来装模作样的，大腹便便的男人和女人用大家听不懂的外语歌唱。其实读书还不错，但读一本书实在太浪费

---

[1] 一种镇痛剂。——译者注

时间，还有太多其他的事情要做。在跟薇姬一起生活之前，凯辛的日子几乎忙得披星戴月，他每天早早就出门，总是天黑才回家，三餐不是在办公室吃，就是坐在警车里或是在街面上吃。也就跟薇姬生活的那段时间，他过了点正常日子，薇姬一离开，他又回到那种没日没夜的工作狂状态了。闲暇时光，他不是睡觉打发，就是跟警局的人，都是警察，一起出去闲逛，他们会去参加各种比赛，橄榄球比赛、钓鱼大赛，或是在某个警察家的院子里吃烧烤，喝啤酒，谈论工作。

后来就发生了雷·萨里斯的事情。

那件事情之后，他被流放到一种漫长的百无聊赖中，除了看书、看电视之外，也没有什么别的可做。到了晚上，止疼片药劲儿过了，身上各处的痛感再度袭来，背部、盆骨和大腿上，这些疼痛总是能让他瞬间困意全无。等他终于让自己沉沉睡去，偶得片刻安宁，这些疼痛又会慢慢地让他苏醒过来，那痛感就像一个声音，旷远却持续不断地向他扑来，就像一个婴儿的哭泣声，充满扰人清梦的不友好。他换了个姿势，但没有完全醒过来，只是不安地蠕动着身体，企图找到一个能够缓解伤痛的位置。不过他很快便放弃了这种尝试，只是平躺着——整个后背汗涔涔的，任由疼痛在他的颈部和膝盖之间撕扯——他打开灯，撑起身子坐了起来，试着通过阅读转移这种痛感。这样的情况一晚上不知要发生多少次，连他自己也恍惚了。

有一天，一个叫文森蒂亚·刘易斯的护士给他带来了一个 CD 播放机、两个小扬声器和一盒 CD，有二三十张。"我爸爸的。"她说，"他现在再也不需要这个了。"那些东西在床头柜上闲置了很久，直到某个一夜未眠的黎明。伤口处还能隐约感到疼痛，凯辛开了灯，从里面挑出一张碟，准确地说，是随手拿了一张，看也没看就直接装进了播放机。按下开机键，戴上耳机，关了灯，他又把自己还给了黑夜。

那是尤西·毕约林①的歌。

凯辛完全听不懂，他集中精神听了几分钟，没有任何头绪，继而又听了一分钟，然后又听了另外一首。时间流逝，暗黑的天际露出了一抹鱼肚白，清晨交班的护士来到他的病房。"你今天看上去平和了很多。"她说，"昨晚舒服一点了，是吗？"

雷·萨里斯现在又有什么样的新身份了呢？几个月以来，他们一直在监听雷认识的每一个人，他没有跟任何人打过电话。

凯辛艰难地站起身来，又给自己倒了一杯威士忌，几杯酒下肚，他沉沉地睡了过去。

---

① Jussi Björling，瑞典著名男高音歌唱家。——译者注

第十四章

　　他们沿着房子的西侧步行绕了一圈，在过膝的草丛中穿梭，两条狗在他前面，跳跃着前进，伸直的两条腿在雾气里凌空悬着，它们是如此迫不及待地想要找到一只兔子。

　　"你在哪里长大的？"凯辛问。

　　"我待过好多地方。"雷布答道。

　　"那你最初在哪里生活呢？"

　　"不记得了，那时候我还是个婴儿。"

　　"好吧，那么，你总还记得自己在哪儿上的学吧？"

　　"为什么？"

　　"大多数人都知道自己是在哪儿上学的。"

　　"这有什么关系吗？我会读书，能认字。"

　　凯辛看向雷布，他没有回头，眼睛直直地看着前方："你还挺会设置悬念的，是不？有故事的人。"

　　"我也喜欢听故事，能不能跟我说说，你走路怎么总是小心翼翼的，怕骨头散了架吗？"

　　凯辛没说话。

　　"你也不会跟人吐露心声，不是吗？这地方怎么会变成这样？"

　　两条狗消失在不远处的绿林中，凯辛领着雷布沿着自己用剪枝刀开辟出来的狭窄小径往里走，他们来到了那片废墟遗址："这是我曾祖父的弟弟修建的，这一部分被他炸毁了，他本来想把整栋楼都炸掉的，没想到屋顶掉下来砸到了他。"

雷布木然地点点头，好像炸毁一栋房子就是一件再寻常不过的事情似的。

他向四周看了看："所以，你想怎么做？"

"先清理一下花园，我想接下来我可能会重修这个房子。"

雷布捡起地上的一块锈蚀的铁片："修这个？有点像修建沙特尔大教堂，恐怕得等你的儿孙们来完成这项工程了。"

"你还懂怎么修建教堂？"

"不懂。"雷布透过一个规则的豁口向里望去，那里以前应该是一扇窗。

"我觉得我们可以一点一点做。"凯辛淡淡地说。他看向雷布的眼睛，试图从他的目光里寻找到他对这个工程的想法。

"要是在别的地方重新建的话应该更容易些。"

"我不想那么做。"

"因为念旧。"

"是吗，沙特尔大教堂的重建应该不是因为念旧。"

雷布沿着那面墙向前走了几步后，停了下来，凯辛看到他用一只靴子戳了戳脚下的什么东西，然后又弯下腰仔细看了看。"人家那是信仰。"他说，"可怜的信徒们根本不知道他们还有什么别的选择。"

凯辛跟随他的脚步，他们像探险者一样在这栋大楼的废墟中四处探寻，雷布拖着步子，时不时踢开地上的障碍物。他发现了一处残存的镶砖墙面，那是一片片红白相间的八角形小瓷砖。"漂亮。"他说，"有这地方的照片吗？"

"据说克罗马迪图书馆里的一本书中有几张。"

"真的吗？"

"我会去弄几张复印件过来。"

"我需要一把盘尺，要很长的那种。"雷布用手比画出了一个盘绕的形状。

"好的，我会去弄一把来。"

"还需要些草纸，我们试着画张设计图纸。"

祖宅重建的事情总算有了些眉目，他们沿着来时的路慢慢往回走。现在天气放晴了，湛蓝的空中飘着几朵软绵绵的云彩，狗儿们像排雷的前锋似的，并排在前面走着。

"在你之前有人住过这个宅子吗？"雷布问。

"也算不上有人住过，前些年有个家伙租了这里，用来放羊，他在这里待过一阵子。"

"清理那个花园的话，我估计要花好一番功夫。"雷布郑重地说道，"开始这项浩大的工程之前。"他从身上翻出一些烟丝，一边走一边制作卷烟，转过身去背着风点火，倒退着走边走边说，"你打算花多久搞定它？"

"修建教堂的那些人事先知道自己要用多长时间搞定吗？"

"天主教堂吗？"

"应该不知道。"凯辛说，"你说呢？"

"不知道。"

狗儿们先到了，它们跑到凯辛面前，像与自己的首领会师一般，期待着领袖的指令、建议或鼓励。

"我曾经遇到过一个对女人完全没兴趣的牧师。"雷布接着说道，"他认为信仰其实是一种精神问题，就像精神分裂症一样。"

"你是在哪儿遇到他的？"

雷布忍不住发出一个声音，那可能是笑声："在旅行途中。我碰到过太多不再喜欢小孩儿的牧师，都想不起来在哪儿遇到过他们了。"

说话间，他们已经走到了前门。

"家里有什么你尽管吃。"凯辛说，"我要进城去办点事情。"

雷布侧过头来，声音越过了他的肩膀："狗你不带走吧？我把它们带去登·米兰家，待在院子里。他跟我说过，他喜欢这两个家伙。"

"它们会是你永远的伴侣。登那儿肯定比警局里好很多。"

凯辛驱车前往蒙罗港，一路上遇到了不少被轧死的动物——鸟类、狐狸、野兔、猫、田鼠，还有一只细瘦前肢被碾成薄纸的小袋鼠——他路过几个坑坑洼洼的交叉路口，那附近有一栋，也可能是两栋，歪歪斜斜的房子屹立在风中，路标指向更多糟糕的石子路。

到了蒙罗港，里昂做了一份培根和生菜搭配着牛油果让他带走。"我在想会不会惹恼那些胖女人？"他说，"我想做一面牌子：接受预约，为蒙罗港警员专供食物。"

"什么好吃的？"

"食物，就是一般意义上吃的东西。"

"你说的那个词怎么拼？"

"V–I–C–T–U–A–L–S."

"我不习惯用这么生僻的词。"

凯辛在公共海滩吃着早餐，他把车停在了救生俱乐部旁边，看着两个迎风扬帆的冲浪者轻盈地掠过浪尖，熟练地跳跃、翻飞，就像悬挂在苍穹之下的两个奇怪的鸟人。他打开了那杯外卖咖啡的盖子，悠闲地喝起来。警局那边没什么要紧事，布戈尼的案子调查期间，警局的一切事宜都由肯德尔全权代管，卡尔·韦克斯勒对此十分抵触，不过他可以通过欺负克罗马迪派来的那名替补警员进行发泄，那是一个比他还要小的年轻人。

查尔斯·布戈尼。

布戈尼的哥哥在战争中被日本人处决了，兄弟是被日本人残忍杀害的，你怎么还能对日本文化这么感兴趣呢？所谓处决，难道就是把他的脑袋砍下来这么简单吗？日本鬼子是用剑砍下他的脑袋的吗？一把削铁如泥的剑，轻轻一挥，他就立刻身首异处了吗？

冷血无情的家族真令人难以理解，维拉尼是怎么知道杜鲁门·卡波特的？他不可能看过那部电影，维拉尼从来不去电影院，他也从来没有读书的习惯，凯辛心想。他现在就像我在雷·萨里斯事件之前的那个样子，根本没有什么空余时间可以闲下来读书。

在雷·萨里斯事件之前，他也从没想过"冷血"意味着什么。文森蒂亚给了他那本书，她曾经利用业余时间攻读了一个文学学位，那本书他一天一夜就读完了，然后她又给他送来了一本诺曼·梅勒的《刽子手之歌》。那本书他也是用一天一夜的时间看完的，后来他让她帮他再弄一本梅勒的书，她给他带来了一本二手的《裸者与死者》。

"都是关于死亡的吗？"他说，"我觉得我应该读点其他主题的书。"

"你试试看吧。"她鼓励道，"这是关于另一种无知的杀戮的。"

沙恩·迪亚布不应该出现在那里，但那已经是无法更改的事实了。他是一个聪明好学的孩子，也很敬业，一直很努力地在学习重案组的业务知识。他很能吃苦，出任何外勤都毫无怨言，而且连着工作二十三小时，第二天早上还能正常早起。

现在再去想沙恩的事情已经没有什么意义了，一切都晚了。执勤过程中牺牲的警察很多，他们死于各种不同的状况，随便哪个酒后超速的脑残恶棍都有可能开枪射杀他们。警察是个高危工作。

凯辛的手机响了。

"是乔吗？"他妈妈的声音从电话另一端传了过来。

"是的。"

"迈克尔打电话来了，我很担心。"

"怎么了？"

"他的声音听上去怪怪的。"

"怎么个怪法？"

"就是很奇怪，不像他平常那样。"

"从哪儿打来的？"

"墨尔本。"

"从带浴缸的豪华公寓打来的？"

"我不知道，这重要吗？"她似乎被他的漫不经心激怒了。

"他的声音听上去什么样？"

"他的声音听上去很低，他从来没有这么低声说话过。"

"每个人都有低落的时候，生活就像一块跷跷板，大起大落，运气好的话，短期内能过得平和一点。"

"正经点，乔，我了解他，你能不能给他打个电话？你们兄弟俩聊一聊？"

"我要说点什么？你母亲让我给你打电话？我们没什么说的，一点都没的聊。"

沉默。他感觉自己像是一个划破天际的冲浪者，悬挂在自己的冲浪板下方，然后他与这个世界失去了联系，人和冲浪板瞬间消失在海浪后面，就像掉进了一个投币孔。

"乔！"

"嗯。"

"我是你们的妈妈，不是外人，我把你们两个带到了这个世界上。你能帮我这个忙吗？打给他？"

"把他的号码给我。"

"等一下，我找找看，你手边有笔吗？"

他在自己的记事本上写下了一串号码，然后就草草挂了电话，那个冲浪者的画面又出现他脑海里。过一会儿给迈克尔打电话，他对自己说，酒过三巡，我会随便编个理由，没话找话跟他聊，管他有没的聊。

在中心大街上，凯辛买了一些杂货：牛奶、洋葱、胡萝卜、半个南瓜、四个橘子，还有一把香蕉。他把袋子放进车里，向报刊亭那边走去，里面除了正在看杂志的塞西莉·艾迪森之外，再没有其他人了。她把杂志放在旁边的台子上，转过身来看向他。

"事情进展得怎么样了？"她说，"怎么用了这么长时间？"

"案件调查还在进行中。"凯辛随手拿起一份《克罗马迪先驱报》，头条新闻标题大字写道：

度假村能够带来二百个就业机会

"他们说那个男人是一个开发商。"塞西莉说，"我倒是觉得他就是头土狼，这根本就是赤裸裸的侵略嘛！如果他是开发商的话，那希特勒就是历史上最大的开发商，他想开发一下欧洲、英国，甚至是整个该死的世界。"

凯辛发现，塞西莉要是唠叨起来，你真的什么也不用说了，甚至都没必要回答任何问题。

"从没记事的时候起，我就经常去石溪咀玩。"塞西莉继续说道，"亲爱的老爹给我们俩每人做了一根小手杖，手杖比我们高出几厘米，那边有一小块沙滩，沙子不是很多，但小孩子玩耍还是足够的，用尖细的手杖在沙地上画画再好玩不过了。我跟你讲，你要去石溪咀的话需要步行一段路，把车停在童子军营地那里，然后沿着沙丘走上二十分钟左右。那附近风景最好，会让你觉得时间都不存在，一小会儿好像过了一整天似的。去一趟绝对划算，我告诉你。"

她缓了一口气继续说道："关于这个攻击工党的走狗法伊夫，你怎么看？"

"我有点跟不上你的思路，艾迪森太太。"

塞西莉指着报纸，继续她的演讲。

"看看这令人悲痛的现实吧！社会主义者们正在讨论让阿德里安·法伊夫在石溪咀那边搞开发，酒店、高尔夫球场、居民楼、会所、赌场，等等，不一而足。不只是这些，今早我发现我的公司，就是我现在所在的公司，正在着手为这个浑蛋处理相关的事宜，难怪人们都认为我们这一行最是没脸没皮。"

"他要律师做什么？"

"每个人都需要律师，他要从查尔斯·布戈尼手上买下童子军营地那一片地产，不过，现在那里可能要变成查尔斯·布戈尼的遗产了。这个烂人没有告诉大家，光买下石溪咀是没有用的，你还要买下通往它的路，要么穿过自然保护区，要么就只有穿过童子军营地了。"

"童子军营地是布戈尼家的产业吗？"

"他父亲跟人签订了童子军营地长达四十年的租约，也就是象征性地收点租金。不过那都是过去的事情，那场大火之后一切都化为乌有了，童子军营地也成了历史。"

凯辛的手机响了，他走出报亭。

维拉尼打来电话。

"乔，有布戈尼案件的线索，昨天悉尼那边有两个年轻人想卖掉一块百年灵的手表。"

第十五章

凯辛在路边的公共石台旁坐了下来。

"你什么时候得知这个消息的？"他问。

"五分钟前。"维拉尼回答道，"一家换外汇的地方，实际是一家当铺。经理明智地处理了这件事情，他派人跟踪了他们，记下了他们的车辆信息，并第一时间报了警，只可惜这个线索一直搁在某个脓包的办公桌上，现在才报告给我。"

"告诉我细节。"

"丰田小货车，皮卡，车主是马丁·弗雷泽·盖蒂根，家住克罗马迪市霍尔特街 14 号。"

"要命！"凯辛说，"怎么又是个盖蒂根？"

"怎么了？"

"一个帮派，姓盖蒂根的人很多。"

"你指的是什么？意思是嫌疑人有可能是土著？"

"有些是土著，有些不是。"

"有点像意大利的黑帮啊。咱们得找到这辆小货车，千万别打草惊蛇。不能指望克罗马迪那帮废物，他们不把事情搞砸就不错了！"

凯辛回想起建筑工地上的那件事，那辆震颤的小型厢货车："我会去查查。"

"别惊动他们，明白了吗？"

"怎么不再用黑话卡屁事①？现在过时了？"

维拉尼无奈地说道："别在这件事情上花太多时间，速战速决——我的意思是。"

"我看着办就是。"凯辛不耐烦地说。

他打电话回警局，联系上了肯德尔："听着，肯德尔，前不久处理小学的那个投诉案件，我整理过一个卷宗，你帮我找找里面关于艾伦·詹姆斯·莫里斯的出警记录，把他的电话号码给我。"

电话拨出后，过了一分多钟莫里斯才接电话，他大概又在哪个建筑工地附近忙着穿裤子呢，凯辛想。

"你好。"

"是艾伦吗？"

"是的。"

"我是蒙罗港这边的凯辛探长，还记得我吗？"

"哦……有什么事吗？"

"这边有点事情需要你帮忙，愿意配合吗？"

"什么忙？"

"马丁·弗雷泽·盖蒂根，家住霍尔特街14号，认识不？"

"怎么了？"

"你小子最好痛快点，到底认不认识？"

"我认识他，没错。"

"他现在在城里吗？"

"不知道，我不经常见他。"

凯辛按捺住情绪警告道："艾伦，我希望你配合我。"

"天哪，老兄，我才不帮你们这帮臭警察做……"

① Capiche，意大利语"明白了吗"。——译者注

"艾伦，五个字，某人的孙女。"

凯辛听到工地上嘈杂的声音从对面传来：气钉枪的冲击声，锤子的敲击声，建筑工人此起彼伏的喊话声。

"你想知道什么？"莫里斯没底气地妥协道。

"我想知道马丁那辆丰田小货车是谁在开。"

"我他妈怎么就……"

"照我说的做，我只给你五分钟时间。"

凯辛把车开到肯梅尔十字路口处的卡拉汉汽修店，加满了油，德里·卡拉汉从维修舱里走了出来，他把帽子拉低到眉毛处，胡子拉碴的，凯辛从小学时代开始就认识他了。

"你们这些家伙除了开车到处闲逛就没有别的事情可做了吗？"说着，他伸出一根手指在鼻子下方蹭了蹭，脸上的油污又加深了些许，"布戈尼的案子进展得怎么样了？"

"还在调查中。"

"调查中？那些该死的土著都排查过了？要我说，就他妈得对土著片区实行宵禁，第一步就先用铁丝网把他们圈起来，出入的每个人都要严查。"

"你这个想法很新颖。"凯辛说，"你为什么不给首相写封信呢？啊，你的拼写可能会是个问题，这也没关系啊，你还可以打电话跟他说嘛！"

德里不知所谓地瞪大了眼睛，眉毛隐进了帽檐。"他们能接到我的电话吗？"他说，"是对讲的那种吗？"

电话响了，凯辛正要把油费递给德里的妹妹胖罗宾，她长着一双眯眯眼，嘴角永远都吊着一丝不屑。他没有理会兜里的手机，拿上自己的找零，兀自裹紧衣服钻进了冷风中，他在自己的车旁立了片刻，望着高速公路对面那处平地，枯草都被寒风吹弯了腰，他按下了手机的接听键。

"那什么，他在这儿。"艾伦·莫里斯说，"在他老爷子家关禁闭呢。"

"那辆小货车呢？"

"这事说起来还挺曲折的。"

"怎么说？"

"他说他把车借给了巴瑞·科尔特，被巴瑞的孩子开走了。他现在真的很不开心，我跟你说。"

一小处疼痛从他的左腿，大腿上侧，向髋部蔓延。他非常清楚那种感觉，就像一个老朋友，他将身体的重心右移，继续问道："那孩子叫什么名字？"

"唐尼。"

"全名是唐尼·科尔特是吗？"

"要不然呢？"

"他把车开到哪儿去了？"

"悉尼，他打电话回来说，还有一个孩子跟他一起，叫卢克·埃里克森，开车的就是他，他们是表亲，远房表亲可能是，唐尼脑袋瓜子不是很灵光。"

"是不是遇到什么麻烦了，这些小子？"

"这帮土著小年轻啊？在咱们这个城里一直是刺儿头，你不知道啊？你难道是火星来的吗？"

"是不是？"

"我不知道。"

"我们俩从来没有联系过，记住了！"凯辛交代道。

"妈的，我还打算满世界跟人说这事呢！"

凯辛打电话到克罗马迪警局，找到霍普古德，告诉他两个孩子的名字。

"唐尼·科尔特，卢克·埃里克森。"霍普古德回应道，"我会跟处理土著问题的顾问联系，有消息会打给你。"

凯辛驾车驶离汽车修理站，在马路旁边停了下来，坐在车里考虑要不要点燃一根香烟。要不要再试着联系薇姬一次，让他见见那孩子，她真的这么确定孩子不是他的吗？

她不会愿意讨论这个话题，他已经有爸爸了，她对这件事情的态度从未改变过。他们的最后一次亲热是一时冲动，那时候她已经跟唐约会了，就是后来她嫁的那个男人。约会，厮混，洗衣房有好多男人的衣服，后门外边还有一双泥泞的靴子，院子里挖出一块菜地来，菜地里插着好多木棍，上面贴着种子包装外的标签——那些绝不可能是薇姬做的。

眼睛瞎了才会认不出来孩子的生父是谁，那孩子的前额跟凯辛简直一模一样。

手机又响了。

"那俩玩意儿是土著片区里出了名的黑鬼混混。"霍普古德的声音从听筒里传来，"他们有些小前科，之前他们有过团伙入室抢劫的嫌疑，不过基本可以认定就是他们干的。卢克年纪要大一些，一直幻想着自己是个战士，唐尼就是个二傻子，天天跟在他屁股后面转。卢克是鲍比·沃尔什的外甥。"

"多大年纪？"

"唐尼十七岁，卢克十九岁，我听说他们可能是堂兄弟，卢克的老子就是个种马，到处鬼混。不过对那些黑鬼来说，这也没什么稀奇的。你问这些干吗？"

"这两个人里有一个好像在悉尼想卖掉一块疑似布戈尼丢失的百年灵手表。"

对方愣了一下，随即传来他的口哨声："啊……我早该猜到是这样的。"

"从新南威尔士收到一条线报，这两个男孩开着一辆丰田小货车，车辆注册人是家住霍尔特街 14 号的马丁·弗雷泽·盖蒂根。"

"对对对，那我们赶紧去会会这个马丁。"霍普古德说。

"去调查他绝对是个愚蠢的主意。"

"你是在教我做事吗？"

"我只是在跟你讨论案情。"

"注意你的措辞，凯辛警探。算了，随你便吧！"

"我回头再跟你联系。"凯辛没有理会他，不耐烦地说道。

"好吧，谢谢。"霍普古德更不耐烦了，"搞得好像自己还在重案组似的，你他妈入戏也太深了吧。"

凯辛打电话给维拉尼。

"我的天。"一接通电话，维拉尼夸张的声音就传了过来，"你是长在那儿了吗？怎么还不回来？我收到消息，可疑车辆最近出现在古尔本，车上坐了三个人，看起来你的小伙子们马上就到家了。"

"三个人？"

"可能其中有一个是搭便车的，谁知道呢？"

"你应该知道卢克·埃里克森是鲍比·沃尔什的外甥吧？"

"知道啊！怎么了？"

"没什么，我就跟你说一下！要把他们带回来问话吗？"

"我可不希望在高速公路上演警匪飙车。"维拉尼说，"接下来他们会在休谟路段把车速飙到180，再撞死一家开着低趴霍顿房车的平民，最后只有狗幸免于难。要是真发生这种狗血的事情，这个黑锅我就背定了。"

"所以呢？"

"如果能让克罗马迪警局那帮蠢货多打起精神来盯梢，少花点时间看美女裙底，我们就能一路跟踪他们了。"

"如果他们回到这里，"凯辛说道，"这件事就归霍普古德管了。"

"不。"维拉尼说，"还是由你来负责，你这病装得也太久了。我可不让那些电视剧看多了的蠢货来执行这个任务，他们准会把那几个小混混当成杀人犯一样追捕的。明白？"

"卡屁事。"凯辛漫不经心地说，"我也不管它是不是'明白'的意思，就这么用了。"

"你别问我，我也不知道那个卡屁事是什么意思，我只是个来自谢珀顿①的乡下孩子。"

———————————
① 澳大利亚一个偏远山村。——译者注

第十六章

下午三点，霍普古德打来电话。

凯辛已经回到蒙罗港警局，正盯着落在后院的一群海鸥出神，这里居然没有狗跑过去赶走它们。

"这些土著混混正在回家的路上。"霍普古德说道，"如果不是停在哪儿鬼混一通，他们应该半夜到这里。"他顿了顿，"我猜，现在这件事情由你接管了。"

"理论上是的。"凯辛回答，"我一小时以后到那里。"

他回到家，给狗儿们喂了食。它们似乎并不喜欢像近来这样改变常规，以前吃饱了之后他都会带它们出去走走。这次还是跟以往一样，雷布不在家里，他留下一张字条交代了两条狗的相关事宜，开车去克罗马迪了。

霍普古德悠闲地坐在自己的办公室里，房间窗明几净，卷宗整齐地摆在架子上，都在各自的收纳盒里。他穿着一件短袖衬衫，那是一件白色的衬衫，袖口紧扣着。"坐吧。"他漫不经心地招待道。

凯辛从容地坐了下来。

"所以，你想怎么了结这件事？"霍普古德一副不耐烦的样子。

"我想听听你的意见。"

"你是负责人，应该是你告诉我怎么做才对！"

凯辛的手机响了，他走向过道处接电话。

"鲍比·沃尔什的外甥。"维拉尼说，"我同意你的看法，我们还是按章办事，我给你派了个人过去，他应该马上就到你那边了。保罗·达夫警探，联邦调查局调过来的，因为是个土著，以前当的都是些闲差，没有人愿意跟他一起共事。但是他人挺机灵的，所以我就收了他。他现在正在积极学习我们的业务知识，带新人是个苦差事，你忍着点。"

"忍着点。"这是辛戈常说的话，他们俩都是辛戈带出来的，所以总是不假思索地就把他以前说过的话脱口而出了。

"这件事情他接管了，是吗？"凯辛问。

"不不不，还是你来负责。"

"嗯？"

"嗯什么？"

"拜托，老兄！"凯辛很无奈。

"他是一个土著，要他参与此案是警督的意思。"

"我在这儿完全是两眼一抹黑，根本不知道怎么办案。"

"别跟我来那套，扮猪吃老虎你还嫩着呢。"维拉尼打趣道，"你跟我说过鲍比·沃尔什的事，况且，克罗马迪那帮蠢货的行事作风是出了名的不靠谱。他们那儿出过两起拘押致死事件，还有很多其他可疑的事情，令人发指。"

"拣重点说。"

"所以，那几个孩子到那儿以后，克罗马迪警方肯定会百般折磨他们。放他们回到家，等他们睡了再行动，要等灯熄了两小时以后再进去抓捕，别弄出太大的动静。你们一定要按照我说的做，事情的敏感性和严重性你自己心里要有数。"

对话结束，凯辛回到霍普古德的办公室。

"维拉尼，"他说，"他希望先放那几个男孩回家。"

"你说什么？"

"让他们先回家，等他们睡了之后再抓捕。"

"我的老天。"霍普古德难以置信地叫了出来，两只手烦躁地挠着自己的头发，"我终于知道你们的计划了，但你们晚上不能进那该死的地方，更别说去那里抓人了。那可是土著人的地盘，我们大张旗鼓地去那里抓人，很有可能会被整条街上的黑鬼攻击，搞不好整个片区的土著，数以百计的黑鬼会把我们踩成肉泥。"

霍普古德站起身，双手插进口袋里，走到窗前："跟你那个政客好哥们儿说一声，我想确定一下他现在能否对自己关于这个案子采取的所有行动负全责。万一有什么闪失，你们两个担待得起吗？"

"那你有什么建议？"凯辛面无表情地回道。

"在进城的路上实行抓捕，那样比较保险，万无一失。"

凯辛离开房间，给维拉尼打电话。

"从当地办案的经验来看，"凯辛顿了顿，继续说道，"如果贸然冲进土著片区抓人很可能激起民愤，引起警民冲突。霍普古德认为，在他们回城的路上进行抓捕容易一些。要不，按照他的意思处理这件事情吧。"

维拉尼叹了一口气，凯辛似乎看到了他脸上的无奈："你确定？"

"我怎么能确定呢？土著片区已经不是我小时候印象里的那个样子了。"

"乔，警督方面一直在给我施压，我希望你了解。"

凯辛一直在考虑要不要退出这个案子："我觉得你可能是有点过于敏感了。"他说，"只是三个坐在小货车里的孩子，处理起来不会那么棘手的。"

"所以你要替我去电视上向大众解释，我们不是冲着鲍比·沃尔什，故意抹黑他的政治形象吗？"

"算了吧。"凯辛说，"我只是一个幕后工作者，这种事情还是让你的伙计达夫去处理吧。"

"去你的吧！"维拉尼佯怒道，"我强调一下，要用温和的方式抓捕他们。照你的意思办吧！"

凯辛将维拉尼的意思转告给了霍普古德。

"你们居然还有点脑子。"霍普古德说，一副扑克脸，"这倒新鲜了。"

"他们还派了个人过来，警督希望能有个土著警员参与这次行动。"

"我的老天，是嫌我们这儿黑鬼不够多吗？"霍普古德夸张地叫道，"还要再招来一个黑杂种！"

"你这儿有我坐的地方吗？"凯辛没有理会他的叫屈。

霍普古德冲他狡黠地笑了笑，大方地露出上排牙齿，似乎连两个门牙之间的那条细缝都坦率地骄傲着："我们都累了，是不是？像你这样因公受伤的残废，就应该老老实实在家领抚恤金，找个好过的地方待着不好吗？"

凯辛强忍着不动声色，朝窗户望去，窗外空空如也。他在心里默默数数，让自己平静下来。总会有那么一天，那个时刻终会到来，我要你这个小人好看。

第十七章

房间里是常规乱七八糟的样子，桌子都挤在一起，文件摆得到处都是，一块脏兮兮的沥水托盘上摆着几个马克杯，角落里放着不知道谁的高尔夫球袋，里面有七根球杆，但并不是成套的。

霍普古德带着达夫进来的时候，凯辛正吃着一块馅饼，刚要蘸桌上的肉酱。

"监工的已经到了。"他交代一声就出去了。

达夫三十出头，高大的身材略显瘦削，浅棕色的短发，一看就是重案组的人，戴着一架圆形的无框眼镜。他把公文包放在桌子上，走上前去同凯辛握手。

"我到这儿来，主要是他们希望能有个土著警员参与此案，尽可能弱化你们在抓捕鲍比·沃尔什的外甥时造成的政治影响。"达夫说，他有着天生沙哑的嗓音，就好像有人在他的声带上重重击过一拳似的。

"你说得再直白不过了。"凯辛说。

达夫盯着凯辛看了一会儿，然后又环顾了整个房间。"我听说过你。"他淡淡地说，"这儿有地方让我坐吗？"

"随便坐。你吃过了吗？"

"嗯，来的路上吃过了。"达夫脱下自己的黑色风衣，里面是一件黑色的皮夹克，"我先了解一下案情。"说着，他打开了自己的公文包。

凯辛并没有理会他，兀自把吃剩的馅饼包起来，丢进垃圾桶，又拿起约瑟夫·康拉德的那本《诺斯托罗莫》读了起来。他一直想把康拉德所有的作品都读一遍，虽然他自己也不知道为什么要这样做。可能是因为文森蒂亚告诉过他，康拉德是波兰裔英国作家，是少数以非母语写作成名的作家之一。他觉得那正是他所需要的那类书——作者、读者，他们都在不熟悉的领域里寻找问题的答案。

凯辛的手机又响了。

"迈克尔又打电话来了。"他妈妈说。

"我这边现在有点脱不开身，西比尔，一有时间我就去处理这件事，好吗？"

"我很担心，乔，你知道我从来都不是一个容易担心的人。"凯辛想说，他深知这一点。

"你最好现在就去处理，乔，只耽误你一分钟，就给他打个电话。"

"马上，我现在就给他打电话，我保证。"

"好孩子，谢谢你，乔。"

打电话给迈克尔。迈克尔来医院看望过他一次，只是站在病房的窗前，远远地跟他说话，后来也没有坐下来。他接了三个电话，又给别人打了一个电话。"嗯。"他要走的时候说，"你选择了一个危险的职业啊，是不是？"他勉强挤出一丝笑容，是那种很官方的假笑，好像在说："我没必要跟你亲近，也许过不了多久我就得来给你收尸了。"

霍普古德向里面探进头来："已经到了科博汉姆。他们在加油站，三个人都在车里。"

那些孩子已经到了一百四十公里以外的地方。

凯辛决定出去散散心，他拿上了一盒香烟，这算是某种程度上的妥协。在这个寒冷的晚上，西风裹挟着夜雨，凋零的落叶在昏黄的街灯下与飘飞的纸屑共舞。他点燃一根烟，走过两边都是青石建筑的老街，路过肃穆的法院，年轻人终会在那里见到他们期待的一脸严肃的父亲。绕过前面的弯道，是一个上坡，路过几家已经打烊了的店铺，走到另一个拐弯处的共富银行，旁边是一家花店、一家礼品店和一个旅行社。

这里是克罗马迪的一块高地，十九世纪以前一直是富人区，后来——贩卖羊毛和谷物的小贩，做各种生意的商人，经营面粉厂、铸造厂、啤酒厂、麻袋厂、产冰厂、矿泉水瓶厂的厂主们，国内的地产大亨，医生、律师——开始在这里造起了石砖房。

年幼的凯辛觉得能搬到城里来生活简直是一件了不得的大事，那是一个星期六的早上，他们一家四口开着那辆金斯伍德。爸爸特意剃了胡须，头发也梳得油黑光亮，妈妈穿着她最好看的衣服，那条她只有进城才穿的裙子。凯辛还能想起，她的手轻轻地抚过爸爸的后脑勺，指甲上绛红的甲油从他眼前闪过，像一盏灯，点亮了灰白的生活。

在丽晶酒吧旁边的转弯处，昏黄的窗户里传出海潮一样的嘈杂声。买完东西准备回家之前，米克·凯辛去丽晶酒吧见了自己的哥哥伦，兄弟俩一起喝了几杯，他把西比尔和两个儿子留在海边，自己只身前往酒吧。他们在小店里买了薯片，爬上长长的码头，看着远方的船只和正在打鱼的人们。后来他们进城，走上他现在正在走的这条街，凯辛记得当时迈克尔一直跟他们保持着一段距离，晃晃悠悠地跟在后面，不时向商店的橱窗里望去。要找到那辆车很容易，他总是习惯把它停在酒吧附近，他们走进酒吧，在里面等米克·凯辛。迈克尔还有课业没完成，在旁边写他的家庭作业，好像是数学作业，他们的妈妈则在读墙上的那些谜语。乔喜欢那些谜语，他甚至把它们背了下来，但迈克尔从来不参与。

米克·凯辛跟伦伯父一起有说有笑地穿过马路，一只手搭在伦的肩膀上，伦后来也去世了，急性哮喘发作要了他的命。

夜风吹拂在脸上，凯辛突然感到一丝凉意，满脑子都是那股咸涩的味道，他又变回了一个男孩，那个住在他身体里的没长大的孩子。他绕过眼前的拐弯处，回到警局凝滞的空气里，两个上了年纪的老人在咨询台申诉些什么，值班警员看上去备受困扰，正焦急地挠着头。此时，拘留室里传出哀号一般的悲伤歌声。

霍普古德和四个便衣警察在办公室里，其中一个秃顶的瘦削男人正在吃汉堡，他把薯条蘸进装有番茄酱的盒子，然后裹在汉堡里一起吃掉了。达夫在旁边兀自泡茶，凯辛看到他正把沸水倒进一个泡沫塑料杯里。

"欢迎啊，陌生人。"霍普古德阴阳怪气地说道，"霍斯基森那边的警探传来消息，小货车刚刚经过那里，我们大概有五十分钟的时间。"

霍普古德没有过多解释，径直走到画满各种人物关系的白板前，顺手画了一张路线图。

"我猜这些小混混一定会去唐尼家或者卢克家。"他说，"不过也没多大差别，他们两家就隔着一个街区。他们正在斯托克亚路段行驶，我们有一辆巡逻车在那边，但是出了故障抛锚了，看到他们经过的时候，会及时通知我们。等他们到了安德森路，第二个红绿灯路口，他们可能会向右转，也有可能一直开到这儿来，从卡迪根大街一直向下开，然后右转。"

霍普古德手上的笔比画到了克罗马迪郊外的路段："出了城再抓他们就难了，所以我们要在城里的单行道路段上实施抓捕。"他指向一个十字路口，"兰宾街和斯托克亚路的交叉路口这里。"

他在那条路更远一点的地方画了个叉："戈尔丁修车厂，普雷斯顿和KD，你们在那里守着，车头朝向城里，你们是第三组。我会告诉你们什么时候开始行动，这样你们就能拦住他们了，你们到兰宾路口的时候，会是红灯，路段会封锁直到我们行动结束。这些都听清楚了吗？"

大家点了点头，吃汉堡的那个家伙打了个嗝。

"小货车出现在你们后面的时候，"他说，"先不要轻举妄动，耐心等着，明白吗？我、劳埃德和斯泰格斯，我们三个是第一组，我们的警车应该很快就能包抄上来，逼停他们之后再实施抓捕。"

霍普古德伸出一根指头蹭了蹭自己的鼻尖。"劳埃德和斯泰格斯，"他说，"我郑重地告诉你们俩，还有其他所有人，我刚刚接到上面的命令，这几个小子绝对不能受到任何伤害，要确保他们的安全，切记！"

他看向下面的每一个人，唯独没有看凯辛和达夫。

"没错。"他说，"如果有任何意料之外的情况发生，不要跟他们产生直接冲突，把他们困住就可以了，让他们自己出来投降，我们这不是特警队的抓捕行动。凯辛警探，你有什么想说的吗？"

凯辛沉默了几秒钟："我已经向维拉尼督察和重案组专员保证过了，这边会派七名经验丰富的警员来提审这三个孩子，保证不会出现任何意外。"

霍普古德点了点头："凯辛警探，达夫警探，你们在第二组，开车跟在小货车后面，不到万不得已，你们不需要行动，有问题吗？没问题是吧？那我们开始行动！我会和大家保持通话。通信暗号是三明治，三明治，听到了吗？"

"他们会不会收听到我们的电台？"普雷斯顿问。他长着一个大鼻子，嘴角周围是一圈稀疏的小胡子，让他看上去像一只啮齿动物。

"长点心。"霍普古德呵斥道，"他们只是土著片区出来的小混混。"

一个穿制服的警察进来了。"车里坐的第三名乘客。"他说，"可能是他们家的另外一个表亲，科里·帕斯科。他在悉尼待过一阵子。"

他们穿上自己的警员马甲，走到警局后面的停车场，那是山坡上开挖出来的一小块地，被修成一个铺着地砖的院子。

"你开那辆福特猎鹰吧。"霍普古德对凯辛说，"那车的状况比它看上去好得多。"

他们驾车列队开出了警局，霍普古德的陆地巡洋舰打头阵，凯辛和达夫的车跟在后面，最后，普雷斯顿和 KD 那两个警察开一辆白色霍顿。雨下得很大，街面上穿梭而过的车灯和商铺外闪烁的霓虹相遇，红的、白的、蓝的、绿的、黄的光，在夜雨的帘幕下更显朦胧。他们穿过高速公路驶入郊区，又经过赛马场和会展中心，在老肉联厂处拐了弯，驶上了斯托克亚路，那几个孩子就在这条路上，正朝他们的方向开过来。

"这家伙知道自己在干什么吗？"达夫说，他低着头，下巴压在自己的大衣领子上。

"但愿吧。"凯辛无奈地说，车里混杂着香烟味、甜味和千滚油炸出来的薯条味儿，令人作呕。

"三明治。"凯辛对着对讲机说道，"三组，目标地点马上要到了，二三十分钟内你们应该会再收到我的消息。"

"三组收到。"对面传来一个声音，可能是 KD 的。

戈尔丁汽车修理铺在他们的右方，那是一栋银色的大楼，闪着猩红色的霓虹灯，后视镜里，凯辛看到那辆白色霍顿停了下来。

雨越下越大，他加大了雨刷的速度。"三明治一组，"霍普古德的声音从听筒里传来，"左转。"

"二组收到。"凯辛回应道，他跟着前面那辆陆地巡洋舰钻进了一条污秽的偏道，道路泥泞崎岖。前面的车停了下来，他也跟着停了，前面那辆车做了个 U 形转弯，凯辛也跟着做了个转弯，前面的车最终停了下来，他跟在后面停车熄了灯。

突然，有人敲了一下他的车窗，他赶紧摇下窗玻璃。

"发动机不要关停，我们走你们跟着。"霍普古德对他说，"从现在起不要用对讲机说话了。"

"好的。"

"不喜欢这该死的下雨天。"霍普古德继续埋怨道，消失在夜色中。

他关上车窗，两个人安静地坐在车里等待，凯辛突然感到盆骨处一阵刺痛，他像往常一样调整呼吸舒缓这种疼痛，可他只要一分心，那痛感就再次袭来，他试图把躯干的重量转移到稍迟钝点的神经上。

"我可以抽根烟吗？"达夫礼貌地问道。

"给我也来一根。"

他从达夫手中接过一根香烟，打着了打火机，把窗玻璃放下了一两厘米。达夫把两根烟一起放到点亮的火苗上，两个人静静地抽了会儿烟，尼古丁让他们放松下来。

"你以前经常做这种事吗？"凯辛问。

达夫转过脸来，昏暗的车里，凯辛只能看到他的两个眼白："你指什么？"

"作为警方的土著代表。"

"就这一次，算是帮维拉尼的忙，他说他对鲍比·沃尔什的社会关系有些忌惮。我辞去联邦调查局的工作，是因为我不想徒有虚名，做个坐吃等死的土著裔警察。"

"我跟鲍比·沃尔什读的同一所小学。"凯辛说完后有些后悔。

"我还以为他是在土著安置区长大的呢。"

"那时土著区没有学校，孩子们都是来肯梅尔上学的。"

"所以你熟悉他吗？"

"他不可能记得我，他或许还记得我表弟，伯恩，他们只跟自己人玩。"

我为什么要跟他说这个，凯辛心想，难道就为了跟这个人套近乎？

漫长的沉默，车里一片安静，凯辛踩了一脚油门，发动机轰鸣了一声。

"什么样才算是自己人呢？"达夫问。

"就是被叫作黑鬼，土老黑的那些孩子。"

又是一阵沉默，达夫猛地吸了一口烟："那他们为什么也管你表弟叫黑鬼呢？"

"他妈妈是个原住民，我的舅妈斯黛拉，她是土著片区长大的。"

"照这么说，你算是土著亲戚了。"

"是啊，算是吧。"

住院的那段时间，他就一直在想：为什么他从来没有像亲戚那样，站出来为道格家的那些表亲说话。当他们跟鲍比·沃尔什或土著片区其他孩子一起被白人们骂黑鬼、土老黑、小黑人的时候，他总是默默走开，没有人针对过他，这一切跟他都没有关系。他还记得，小时候跟爸爸说起他们打架的事情，米克·凯辛当时正在修拖拉机，那辆老式的麦赛梅格森，他一边用粗大的手指头往外拧着火花塞，一边说："你看他们快打输的时候就帮忙踹几脚，做对的事，捍卫你妈妈的家族。"

爸爸去世以后，凯辛曾在舅妈斯黛拉家里寄宿过，那里没有人对任何道格家的孩子指指点点。他们不需要任何人的帮助，每个人块头都很大，还很团结，别人根本没机会欺负他们。

凯辛看向主干道，一辆车开了过来，霍普古德那边没有什么动静，这不是他们等的那一辆。他打开了雨刷器，雨越下越大。他脑中闪过念头，现在应该取消行动，在如此疾风骤雨的夜晚根本不适合执行这样的任务。

又一辆车疾驰而过。

前面的警车尾灯亮了起来，霍普古德开始行动了。

"我们走。"凯辛说。

第十八章

雨下得更大了，这辆福特猎鹰的雨刷已经难以负荷了。

霍普古德在路口毫不犹豫地转了弯，向右追捕。

凯辛紧跟其后，雨势太大，他什么也看不清。

他们的车开始加速：五十迈、八十迈、九十迈、一百迈。凯辛的猎鹰全速跟进，但不能更快了，车似乎出了问题。

他能感觉到车的前轮在晃，怕它会失去控制，凯辛放慢了速度。

霍普古德的尾灯消失在绵密的雨幕里。

这样很不明智，这次行动就不该这样继续下去。

"跟霍普古德连线，"凯辛说道，"这次行动有问题！"

达夫拿起对讲机："三明治二组呼叫三明治一组，收到请回复，完毕。"

没有任何回复。

左侧，戈尔丁汽车修理铺的霓虹灯在潮湿的夜里化作一片模糊的红光。开在前头的，是第三组，普雷斯顿和 KD，按照计划他们现在要离开队伍，在那辆小货车前面截住他们，然后交通灯会一直保持红灯状态。

"终止行动。"凯辛说，"告诉他们！"

"三明治一组，终止行动，终止行动，听到了吗？收到请回话！"一个漆黑的夜晚，四辆车在大雨中彼此追逐，超速行驶。

交通灯将会全部变成红灯，按照原计划，普雷斯顿的车会停在路中间。

小货车会被他们逼停，那三个孩子会被困在车里，一场惊心动魄的飙车之后，加上原先的长途跋涉，他们会感到疲倦，感到困顿，他们会想家，想要立刻上床睡觉。他们是袭击布戈尼的凶手吗？这不一定，但至少他们中有人知道是谁从老头的手腕上拿走了那块表。

"我重复一遍，终止行动，终止行动。"达夫又说了一遍，"听到请回话，听到请回话。"

"请再说一遍，三明治二组，我们听不到你说什么。"

就快到最后那个弯道了，此时窗外的雨如瓢泼一般，兰宾街的那个交叉路口近在眼前，除了远处路边昏黄的灯光，凯辛什么也看不到。

"三明治一组，终止行动，终止行动，能听到吗？收到请回答！"

弯道处，凯辛放慢了速度。

红灯闪烁。是巡洋舰的尾灯。

车停了。

凯辛急刹车，猎鹰的后轮开始侧滑，他不得不松了松刹车，逐渐减速停了下来。

"见鬼。"达夫怒骂道，"三明治一组，终止行动，终止行动！我再说一遍，终止行动，回答我！回答我！"

凯辛在那辆陆地巡洋舰后面停了下来，除了窗外的大雨，什么也看不到，三辆车的车门齐刷刷地开着。

"我们下车！"他说，糟糕的事情已经发生了。

达夫先从车的一侧绕了过来，凯辛撞上了他。倾盆大雨模糊了两个人的视线，他们俩差点双双摔倒。

一辆车直接撞在了路对面的交通灯杆子上，是那辆小货车，他能看到三四个人影在那边晃动。

枪声。

有人大喊："把那该死的东西放下……"

短枪发射的声音，枪口喷出的火焰在湿漉漉的路面上反着光。

"放下，放下枪！"

"退后！退后！"

又是两声枪响，这次是手枪，细短的火舌蹿出，开枪速度很快，啪——啪。

一阵安静。

"坏了。"达夫说，"真他妈坏了。"

黑暗中有人发出呻吟声。

霍普古德叫道："KD，打开探照灯！"

几秒钟后，灯亮了起来，白晃晃的灯光照亮了现场，凯辛看到了那辆被撞得惨烈的小货车，数不清的玻璃碎片散落在马路上，在冬夜的雨幕中反射着点点寒光。

路上站着三个人，其中一个在那辆小货车后面，车旁边还靠着一把猎枪，他循着空地走过去，边走边擦拭着脸上的雨水。

劳埃德和斯泰格斯，拿着枪，脸色惨白。斯泰格斯嘴唇动了动，他似乎想要说些什么。然后开始恶心呕吐，一大口秽物从他的口里喷射出来，他跪在地上，继续用双手撑着身体。

"赶快叫救护车！"凯辛大叫道，"全速开过来！"

他走向躺在地上的那个人，那是一个纤瘦的年轻人，他的嘴巴张着，咽喉中了枪。从那张无法闭合的嘴里，凯辛看到了牙齿的反光，隐约有"咯咯咯"的声音从他的喉口发出。年轻人剧烈地咳嗽着，鲜血从他的身体里涌出，流到马路上，黏稠的红色液体迅速漫过了稀薄的雨水。

凯辛双手抬起年轻人的肩膀，托着他，他细瘦的胳膊软弱无力，身体微微颤抖着，呼吸越来越吃力，生命正在迅速流逝。

"这个该死的蠢货。"霍普古德在他的身后谩骂。

凯辛感到无能为力，他放下手中的男孩，起身走向那辆小货车。司机被方向盘和仪表盘卡得死死的，他的脸上布满了血污，血流得到处都是。

凯辛伸出一根手指探上他的颈部，感觉到了虚弱的脉搏，他试图打开车门，可门怎么也打不开。他走到车的另一侧，达夫在那边，副驾驶上还坐着一个男孩，血从他的嘴角流出，但他睁着眼睛，看上去还很清醒。

"妈的。"他有气无力地说，一遍一遍地咒骂。

他们合力把他从里面弄出来，平放在地上，这个男孩应该能活下去。

一辆救护车抵达了事故现场，紧接着是另一辆，第二辆车上有一个医生，一位女医生，她应该从来没有处理过枪伤，但这并没有什么关系，通常这种情况下，一切抢救措施都来不及了。

他们抬起那个男孩时，凯辛看到他旁边黑色的水坑里有一把猎枪，那是一支单筒的霰弹枪，枪管中折，正在预备装填弹药的样子。

他们把司机抬上救护车的时候，他还活着。警察们围在那里。

"任何人不许动事故现场。"凯辛命令道，"一根草都不准动！封锁道路！"

"你他妈以为自己是谁？"霍普古德说，"这是克罗马迪，伙计！"

第十九章

维拉尼把录像带放进播放机里，遥控器递给霍普古德。"这是两小时前记者会的录像。"维拉尼说，"午餐时间就上电视了。"

刑事助理警督出现在屏幕上，婴儿肥的脸蛋红扑扑的，有点早秃。"我很遗憾地向大家通报，在昨天晚间克罗马迪郊外发生的一起交通事故中，三人中的两人已经重伤不治。"他说，"第三个人轻伤，现在已经脱离了危险，对于这起事件，我们正在全面调查。"

一名记者问道："你们能否给出确定的答复，警察在路障处向三名土著年轻人开了枪吗？"

警督依旧面无表情："那不是一个路障，不是的。我们的理解是，警察先遭到了枪击，出于正当防卫才开了枪。"

"如果不是路障的话，那是什么？"

"本次事故中的伤亡人员是一桩案件的犯罪嫌疑人。我们当时正准备逮捕他们。"

"您是指查尔斯·布戈尼遇袭案吗？"

"是的。"

"两名受害人均死于枪伤吗？"

"很不幸，其中有一个的确死于枪伤。"

那名记者继续问道："是卢克·埃里克森吗？鲍比·沃尔什的外甥？"

"很抱歉，我现在还不能回答这个问题。"警督说。

"那另外那名男孩呢？他是怎么死的？"

"交通事故中失血过多造成的重伤不治。"

另一名记者问道："警督先生，涉案警员都是穿戴整齐的正规警察吗？"

"现场的每一位警察都是正规警察。"

"既然不是路障，那是不是在追捕过程中导致的伤亡呢？"

"那是一次系统部署过的抓捕，规避了可能给涉案人员带来的所有风险……"

"你们能否证实当时两辆警车确实跟在那辆被撞毁的车后面？你们能确定吗？"

"是的，不管怎么说……"

"不好意思，警督先生，我打断您一下，既然如此，那怎么就不是一场追捕了呢？"

"他们并不是在追那辆车。"

"没有设置路障，也没有追捕他们，然后死了两个土著年轻人？"

警督抓了抓自己的脸颊。"我再说一遍。"他说，"这是一次事先做过伤亡可能最小化评估的拦截行动，我们的目的就只是把他们带回来接受调查。但是警察在遇到危险的时候，绝对有权利保护自己和他们的同伴。"

"警督先生，克罗马迪警方在这种事情上一直是声名狼藉，不是吗？1987 年以来，已经有四个土著人死于这种所谓的袭警案件了，而且其中两个是死在拘押期间。"

"我无法对此做出评论，据我所知，这次事故中涉及的警察里，还有一位备受尊敬的土著警官，他在此次行动的执行中极为谨慎。发布会到此为止，接下来我们等待法医的尸检报告。"

维拉尼示意霍普古德关掉显示器。凯辛站在窗前，看着正午的阳光照在街对面的石楼上，他感到自己的思维很难集中，满脑子都是车里那个被撞得支离破碎的男孩。沙恩·迪亚布那时看上去也是这样，好像生命被生生从他的躯壳里挤了出去。

鸽子和海鸥在悠闲地漫步，有些正打着瞌睡，看上去它们相安无事，整个小镇都显得宁静祥和，但很快护栏上就爆发了你死我活的暴力争斗——翅膀、喙、爪子都派上了用场。之前的平静只是暂时的，表象之下总有暗流涌动。

"现在的情况是，"维拉尼说，他下意识地抬起双手揉搓着自己的脸，揉出了一脸的皱纹，"这件事情给我，给你们，给咱们的警署，乃至他娘的整个警察队伍都带来了很大的负面影响，我们被这个烂摊子缠住了。这事虽然不是我们的责任，但我们也脱不了干系。"

"恕我冒昧，"霍普古德说，"谁能想得到一个司机竟然会这么蠢？什么样的蠢货才会在亮红灯的时候突然转弯，让自己失去控制？"

"这的确是你想象不到的。"维拉尼说，"但如果当初你听我的，先放他们回家，就不会发生这样的事情了，现在你最好祈求上帝，这几个孩子就是袭击布戈尼的凶手。"

"埃里克森不由分说就向我们开了火。"霍普古德说，"他是个有严重暴力倾向的小混混，即便我们等他回到土著片区再动手，他也很可能会这么做。"

"我认为，"维拉尼说，"埃里克森当时遇上车祸，从车里走出来，又看到两个穿着便装的人从一辆没有任何警方标识的车里下来，朝着他走去，很可能是一群发了疯的流氓。三年前，有四个禽兽也做了同样的事情，把两个土著孩子打了个半死，其中一个落下了终身残疾。一年前，也是咱们这个小镇，一个土著小孩在回家路上被一辆车追捕，他奋力逃脱，但汽车直接冲上人行道去抓他，把他撞死在当场。"

维拉尼环看了整个房间，目光落在霍普古德身上，他盯着他说道："这几个案子你应该很熟悉吧，警探？"

"是啊，老板，但是……"

"省省你那些'但是'吧，警探，等调查委员会的人问你的时候再说，那时你会需要很多理由。"维拉尼长叹了一口气，"死了两个土著小孩。"他说，"其中一个还是鲍比·沃尔什的外甥，真他娘的倒霉。"

"沃尔什跟他那个外甥从来都不亲近。"霍普古德说，"他都不像来自土著片区的那群该死的黑……"

他没有说出那个词，但他们都知道他要说什么。

"我真希望自己能离这些破事远一点。"维拉尼说，"到火星上，应该会是个不错的选择，不，可能那还是不够远。"

凯辛剧烈地咳了起来，不一会儿就憋得满脸通红。

"虽然我只是个乡下警察，"霍普古德继续说，"可对闯红灯造成车祸，无证驾驶，还持枪下车向警察开火的蠢货做无罪推定，我可是闻所未闻。"

他伸出一根大拇指抚上自己唇角上方的胡楂儿："还是说，因为他们跟鲍比·沃尔什有关系，情况就特殊了？"

"说得好。"维拉尼接着说道，"那叫无罪推定，我看你有必要考虑进行法律知识培训了，总归没什么坏处。"

他拿出几根雪茄，轻轻弹了弹烟背，选择其中一根叼到嘴里，点着了。房间里有一个禁烟标识，他吐出的烟凝滞在空气中。

"这儿的办案流程将来一定会成为反面教材的典型。"维拉尼想了想说，"两个联邦调查局的官员，伦理道德委员会的人，还有监察办公室的人来调查此事。所有涉事警察都被停职接受调查。你们相互之间严禁串供，不许以任何形式交流案情，不许打电话，工作以外更是严禁相互交流，任何串供都会对你们更加不利。别想着托关系走后门，这件事上行不通！明白了吗？"

凯辛说："能否请您再说一遍？"

维拉尼说："好了，你们可以出去了，凯辛留下。"

霍普古德和达夫离开了。

"乔，"维拉尼说，"我对那种自作聪明的垃圾真的是忍无可忍。"

他继续抽烟，顺手把烟灰弹到自己的塑料杯里。凯辛看向窗外，远处，鸟儿飞过街道，它们在午后的阳光里小憩、漫步、便溺、打斗。

"让我来负责这个案子，这事就只有我来担。"维拉尼说。

"那是我的主意，不怪你。"

"你只是传达了霍普古德的意见，你的责任仅此而已，传达消息，最后做决定的是我。"

维拉尼闭上了眼睛，凯辛看出他心底深深的疲倦，眼睑上细小的静脉微微跳动着。

"我不该把你卷进来的。"维拉尼说，"对不起。"

"别废话！布戈尼的手表还没线索吗？"

"没有，也许被卖到别的地方去了，他们正在调查，还没找到帕斯科在悉尼的住处。"

"悉尼警察的最高水准。"凯辛说。

"我不会对他们妄加评论。"维拉尼说道，"不能是我。"

沉默。

维拉尼走到窗边，费力地打开窗户，把烟蒂弹向窗外的鸽子，又用力关上了窗户。

"我还有一些媒体见面会要出席。"他说，"我看上去怎么样？"

"好极了。"凯辛说，"西装不错，衬衫和领带也很好。"

"警督给我提过着装建议。"维拉尼站在门边，"如果轮到我的话，我会尽量少说话，说那些昧良心的话我会感到不安。还有霍普古德那个杂种，乔，不要帮他说任何话，那小子出卖你的时候绝不会犹豫。"

第二十章

轮到凯辛的时候，已经是下午了。

一间热得让人受不了的审讯室，录音和录影设备都已就绪，他坐在两名联邦调查局官员前一把光溜溜的塑料椅子上。伦理道德委员会派来了一个叫皮特的大腹便便的上士，还有他那个看上去一脸茫然的随从米勒，警员监察办公室也派来了一个人。

凯辛一直在强调是自己说服维拉尼批准的这次行动。

"那是另外一回事，"皮特说，"不是调查的重点所在。"

联邦调查局派来的那两个人，一男一女，都比马拉松运动员还有耐心，巨细无遗地让凯辛陈述了两遍，然后开始从里面挑疑点。

"我想，"男人先开了口，"事后看来，你也觉得这是个错误的决断，对吗？"

"事后看来，"凯辛冷静地接道，"我的整个人生都是错误的决断。"

"你能严肃对待这个问题吗，警探？"那个女官员说。

凯辛很想让她滚开，但他忍住了，平复片刻后对她说："在相同的情况下，我还是会做出同样的决定。"

"这直接导致两个年轻人丧了命。"她接着说道。

"死了两个人，"凯辛说，"到底是谁的过错，法庭自会给出裁决。"

沉默，审讯人员无奈地彼此对视了一番。

"大雨天执行这样一次任务，你的最初想法是什么？"女人旁敲侧击地问道。

"天气怎么样不是你能决定的，你只能尽力做好你的工作。"

"可是，执行任务的时候你总该有自己的考虑吧？当时你是怎么想的？"

"直到事态无可挽回，我才有了明确的想法。"

他等了太久才采取行动，但是一切都已经于事无补了。

"好吧，你说当时你有示意达夫联系霍普古德，要求终止行动，是这样吗？"

"是的。"

"你认为你有权下令终止这次行动，是吗？"警员监察办公室的那个人问。

"是的。"

"你现在还是这样想的吗？"

"我原来以为自己才是总指挥，没错。"

"你原以为？行动到底由谁负责当时并没有明确是吗？"

"布戈尼遇袭的那个案子由我负责侦办，这次行动跟那个案子有关。"

他们互相交流了眼神。"继续。"女人说道，"你说你曾经三次尝试联系霍普古德终止行动。"

"没错。"

"也就是说，他们没有服从你的命令，是吗？"

"是的。"

"达夫多次要求对方服从命令并回复，是吗？"

凯辛看向远处，他感到浑身剧痛，他想回家，想来杯镇痛的威士忌，想躺到床上去："是的，他不止一次地尝试跟他们连线。刚接到指令的时候，霍普古德说他没听清楚，要求再说一遍。"

"这让你感到惊讶吗？"

"这是常有的事，设备故障。"

"回到你下车赶到事故现场的时刻。"联邦调查局那个男官员说道,"你说你听到了枪声。"

"没错。"

"你看到小货车旁边有膛口火舌,是吗?"

"是的。"

"你是先听到一声或几声枪响,然后才看到小货车旁边的膛口火舌的,是吗?"

凯辛想:他肯定是想问卢克·埃里克森先开的枪还是警方先开的枪。

"那就是电光石火的一刹那发生的事。"他说,"我听到了枪声,也看到了小货车旁边的火舌,但是顺序,嗯……"

"也就是说,埃里克森有可能是在几声枪响之后才开的枪,是吗?"皮特说。

"这个我没法回答。"凯辛回答道。

"但的确是有这种可能的,对吗?"

"有可能,有可能是警察先开的枪。"

"不好意思,你是在推翻之前的说法吗?"这次是那个女人开的口。

"没有,我只是在澄清。"

"你也是一名经验丰富的老警员了。"联邦调查局男官员接过话茬,"我们希望你能更专业一点。"

"'我们'?"凯辛看向他,"这里的'我们'是指你们吗?你们他妈的都懂些什么?"

发怒也于事无补,他还是又等了一小时才回家。回家的路上他开车很小心,他感到疲倦,神经焦躁不安。在肯梅尔十字路口处,他想起要买些牛奶、面包和狗粮回家,家里应该只剩下一些腊肠了。在卡拉汉汽修店门口,他把车靠边停了下来,进去买东西。

商店里没有开暖气,散发着酸牛奶和馅饼碎屑的味道,柜台后面没有人，他兀自进店找牛奶，那是店里的最后一盒牛奶，然后又去靠墙的那个架子上拿狗粮，架上也仅剩一小罐狗粮了。

"又来啦！"

德里·卡拉汉站在他的身后，他穿着一件尼龙拉链的羊毛衫，腹部被勒得很紧，脸上沾满了油污，他这个店准备关门大吉了。

"你们警察总算干点正事了，没白拿纳税人的钱。"他说。

凯辛上下打量着他，这个颓汉身上酒精和毒品的味道一股脑地冲进他的鼻子里。他看到卡拉汉因宿醉而通红的双眼，用手随便梳理的油腻头发，一绺一绺地贴在斑斑点点的头皮上。

"什么意思？"他问。

"你们干掉了两个土著黑鬼，可惜没把那一车该死的垃圾都撞死。"

凯辛头脑什么都没想，只感到一阵发热。他的右手里拿着那罐弗拉基狗粮，其实就是骨头汤里掺了些肉块。他转过身，右手贴着身体挥出，一拳打在卡拉汉那张大脸的正中。两人距离很近，一击即中，凯辛一阵疼痛，感觉手指都要被撞断了。

卡拉汉不自觉地向后退了两小步，缓缓跪了下去，那姿势好像在向上帝祈祷，双手伸向自己的脸。还没碰到，血已经流了下来，深红色，几乎是黑色，荧光灯照在血液上的颜色。

凯辛还想再打他一拳，却只是把左手里的那桶牛奶扔向了他，那东西打中了他的脑袋弹开了。他本想过去再踢卡拉汉几脚，但还是忍住了。

上车以后凯辛才发现，自己还紧紧握着那个狗罐头，他松开手，罐头盒有点瘪了，随手扔到了后座上。

雷布大老远就听到了他的车声，车前灯向他照过来，狗儿们欢腾地蹦了起来，大耳朵在空中飘着，跑过来迎接他。他轻轻抚摩着它们的耳朵，手很疼，两条狗在他的脚边摇着尾巴献殷勤，想必是早闻到狗罐头的味道了。

"我还以为你跑路了，"雷布说，"给我留下两条疯狗和一堆债务。"

第二十一章

两条狗把凯辛从睡梦中叫醒，黎明还未到来。他摸黑穿过空地，把它们牵到又冷又黑的房间里，然后回到床上继续睡。它们嗅了嗅厨房里的狗粮，却不肯吃，又回到床上，这两个家伙完全被宠坏了。

凯辛并不介意，它们趴在他的两边，向中间推挤着他，两个脑袋轻轻搭在他的腿上。他继续回到梦中，突然被刺耳的声音惊醒，那是来自记忆里的一个可怕的声音，像是金属互相刮擦的声音。他抬起头，脖颈紧绷着，努力去听那个声音。

只是一个来自梦里的声音，否则不管是什么样的异常动静，狗都会远在他之前听到。可他的睡眠也就此泡汤了，他清醒地躺在床上，右手手指受了伤，身体的痛感也在黑暗中慢慢复苏。窗外，黎明前的夜风在悲鸣。

小货车的那几个孩子。

相同的情况下，我还是会做同样的决定。

这直接导致两个年轻人丧了命。

直到坐在审讯室的那一刻，他才清晰地感到，从他跟维拉尼的那通电话开始，货车里的几个孩子就已经踏上了一条不归路，从那时起，他们的生命已经在一点一点流逝了。年轻人的鲜血从他们的身体里一路流到了他的脚下，流进他的脑海，像一个挥之不去的噩梦，一个永远无法被照亮的阴影。

我觉得你可能是有点过于敏感了，只是三个坐在小货车里的孩子，处理起来不会那么棘手的。

如果霍普古德跟维拉尼沟通过，情况会有所不同吗？维拉尼会不会拒绝霍普古德直接向他提出的这个建议？

不管他们在土著居民区如何大肆搜捕这几个孩子，都不会造成两个生命的陨落。

他努力地想要把思绪拉到别处，不再去想这些问题。

重建汤米·凯辛被炸毁的房子，这是个多么愚蠢的想法。那可是自"一战"结束后就化为废墟的老古董，这项工程永远也完成不了，他只是想暂时借此打发一些时间，什么时候没兴致了，也就放弃了。他从来没干过体力活，没建造过任何东西，他是怎么想到这个主意的？

那是他遛狗回家路过那片荒野时，莫名产生的念头。后来有天清早，上班途中，他在十字路口碰到了伯恩，他那辆道奇卡车的后车厢里放着一堆未经清理的旧红砖。伯恩露天坐着，他旁边是一个叫科洛的当地老瓦匠，凯辛每回看到他都是一副灰头土脸的样子。他们正在全神贯注地铲着旧砖上的砂浆，周身笼罩着一大团灰蒙蒙的尘土，老头儿还有一搭没一搭地用他那宽大的齿缝吹着口哨。

他们把车停在路边的绿化带旁，下了车，伯恩穿过马路，嘴里叼着烟。

"今天起得挺早啊你。"凯辛先开了口，"该不会是摸黑把谁家给拆了吧？"

"你们这些吃软饭的蠢货哪懂得什么叫诚实劳动，合法经营？"伯恩反击道，"一个个肥臀大腚的。"

"怎么，你是臀部研究专家吗？"凯辛道。然后他问了一句改变命运的话："你那儿有多少块砖？"

"三千多块吧。"

"卖多少钱？"

"你管得着吗?"

"多少钱能卖?"

"VIP 顾客的话,四十元一百块,清理过的。"

"二十五?"

"别人我都能卖到四十,怎么能二十五就卖给你呢?知道这些旧砖块多稀罕吗?这可是古董啊,老兄!"他利索地吐了一口痰后继续说道,"不,你不知道,他他娘什么都不懂。"

"三十。"

"你要砖头干吗?"

"我打算重修汤米·凯辛的房子。"凯辛不知从哪儿冒出了这句话。

伯恩摇了摇头:"知道吗?你他娘也是个姓凯辛的疯子!三十成交,运费另付。"

砖块现在就码放在废墟旁边。

凯辛站起身,穿上衣服,给自己倒了一杯茶。天际露出了一抹鱼肚白,他带着两条狗去海滩,大约十五分钟的车程,最后是段难走的土路。如大理石般白亮的天幕下,他顶着冰冷的晨风,赤脚走在被海浪冲刷干净的硬沙上。

爸爸回头走到他身边,抬起那只受伤的脚,尖锐的鱼钩扎进了他大脚趾旁的嫩肉。

"这个该死的钩子没法往回拔。"米克·凯辛说,然后他猛地用力向前一推,钩子从血肉的另一端破皮而出。

凯辛还记得那个带倒刺的鱼钩被推出来时的样子,它看上去很大。爸爸用食指和大拇指捏着它,把那该死的东西整个往前一推,戳破皮肉之前,钩尖顶着外皮像一个逐渐成形的小山包,鼓鼓的,长长的白色尼龙鱼线从他的血肉里被抽出,那种感觉他至今记忆犹新。

两条狗很喜欢沙滩,但它们对大海没什么兴趣,它们去追赶海鸥,彼此追逐玩闹，对着轻柔的海波咆哮，然后迅速跑开，爬到沙丘上的滨草丛中寻觅野兔的踪迹。凯辛一边走，一边看着大海，清晨的冷风带着从沙丘上吹下来的沙砾扑面袭来，他不自觉地背过脸去。

就在几个大浪之后，一波来势汹汹的海浪正向沙滩这边逼近，他们赶忙退向石溪咀方向的高地，奔涌而来的潮水与沙坝狭路相逢，瞬间被打碎成五到六个势弱的浅滩，像几根粗细不均又参差不齐的手指饼干。这里，就是上次塞西莉·艾迪森跟他讲的，阿德里安·法伊夫打算开发度假胜地的地方。

酒店，高尔夫球场，高级寓所，天知道还会建些什么。妓院，赌场，大概你能想得到的娱乐场所这里都会有。

在这样一个气候恶劣的地方开发度假村，亏他们想得出来！

两条狗跑向第一道溪湾，毫不在意被海水打湿了爪子，一门心思越过那"第一根手指饼干"。凯辛向它们吹口哨，两个毛茸茸的脑袋立刻看向他，顺从地转身回头，他们准备回家吃早饭了。

给它们喂食之后，他去洗了个澡，找出一件干净的衬衫穿上，整理好着装去蒙罗港警局收拾他的个人物品，没有人知道他这次要停职多久。永远都别复职了，他想。

警局外面停着一辆老式的沃尔沃轿车，驾驶座上坐着一个女人，后座上还安置着两个孩子。凯辛在警局后面泊了车，正当他打开后门准备进去时，那女人按响了前门的门铃。

他抬起头，透过百叶窗向外看了看：那是一个三十岁左右的女人，里里外外穿了好多层衣服，她看上去很虚弱，挑染的红绿两色头发乱蓬蓬的，嘴角处还有一个新鲜的口疮。

凯辛给她开了门。

"你们倒是在这里优哉游哉地过得挺舒坦啊。"她一进门就神经质地指责起来，"这他妈是警察局，还是个什么娱乐场所啊？"

"再过半个钟头我们才上班，那边的牌子上写了。"

"老天，你们跟那些该死的医院一个德行，人们只能在上班时间才可以生病，还得朝九晚五吗？"

"我们耽误你的什么紧急要案了吗？"他一边说，一边向询警台后方走去。

"我受够整个该死的城市了。"她接着抱怨道，"昨天晚上去超市，他们说看到我拿了一袋冷冻食品装到兜里没付钱就带出去了，还有鼻子有眼地说看到我在车旁边掏了出来。难道说，我他妈能揣着冷冻豌豆走来走去，是吗？你说是不是？"

"谁说的？"

"柯蕾那个贱人，她不是什么好东西，臭婊子。"

"她都做过些什么？"

"我刚一进店，她就把我给拦住了，说我已经上了这家店的黑名单，不让我进。半个城市的人都在那儿看着，全都听到她说的那些话了。"

"所以，咱们说的这是哪家超市？"

"SV 超市，拐角处那家。"

"好吧。"凯辛说，"那你可以去麦克斯韦超市嘛！"

她仰起下巴盛气凌人地逼近他："你他妈这是什么态度？有你这么办事的吗？查都没查就判我有罪啊？他们说什么你他妈就信什么了？"

凯辛感到自己的眼底升起了一小团火焰："那你想让我怎么办？你怎么称呼？"

"我姓雷德，贾丁·雷德。这事好办，你跟柯蕾那个婊子说，她没有权利禁止我出入那家超市，警告她别再找我麻烦！"

"商店有权利拒绝任何人进入。"凯辛说，"就是首相来了，他们也能跟他说不想做他的生意。"

贾丁瞪大了眼睛："真的假的？"她将信将疑，继而露出一丝冷笑，"这他妈是真的吗？少跟我扯淡！你告诉我，要是我在那个该死的超市门口停一辆奔驰，那个婊子还会这么对我吗？醒醒吧，先生，这才是现实！"

凯辛现在有些怒了。"你的投诉我会登记下来的，雷德女士。"他冷冷地说，"你这个问题也可以向消费者协会反映下，电话簿里有他们的联系方式。"

"就这样了？"

"就这样。"

她没趣地转身离开，快到门口的时候，又转过身来。"你们这些杂碎，"她愤恨地骂了一句，"你们这群走狗，跪舔有钱人才是你们的工作吧？"

"你有前科吗，贾丁？"凯辛道，"什么样的前科？你是不是麻烦缠身了？怎么不进来坐坐？我来查查你的案底。"

"你这个人渣。"她气急败坏地骂道，"你他妈就是个彻头彻尾的人渣。"

说完她就离开了，还试图摔门而出，但警局的门不是那种可以用力关的类型。

凯辛走到自己的办公桌前，翻阅收文篮里的各种文件，寻找需要他处理的文件。狗在外面的院子里走来走去，像是关在监狱里的囚犯，行走只是因为那样好过其他选项。

我根本就不适合这份工作，凯辛想，如果我连警局的这点破事都处理不好，其他警务工作就更别想干好了。雷·萨里斯还对我做了什么？不仅仅是身体上的，这个丧心病狂的浑蛋还做了什么破坏我神经系统的事情？我以前是很有耐心的，根本不会急躁，更不会打人，我做事情都会三思而后行。

凯辛警员善于处理人际关系，在暴力冲突案件中表现尤为出色。

威利斯中士在对凯辛的第一份评估报告中如是写道，在提交之前他曾经拿给他看过。"孩子，别骄傲。"他说，"我这样评估所有的新女警。"在他的办公桌旁，他转过身来语重心长地对他说，"因为，我年轻的时候，大家都这样写报告来鼓励新手。"

肯德尔来了，她正在煮茶，背朝着他说："克罗马迪那件事。"

124

"别提了，事情彻底搞砸了。我现在放假了，这里交给你负责，新来的那小子会留下来帮你扛点事。"

"多久？"

"谁知道呢？大概要等到伦理道德委员会查清楚责任所在吧，也可能是永久性停职。"

"他们是布戈尼那个案子的凶手吗？"

"有这种嫌疑。可能是他们，或者他们认识的人。"

"不幸中的万幸。"她说。

凯辛望向窗外的天空，他忽然对肯德尔生出一些怨怼，她真的很驽钝。他的脑海里又浮现出了那晚枪口的火光，那辆被撞毁的小货车，那场大雨，还有水坑里的血，那两个男孩，血液从他们破碎的身体里汩汩流出，年轻的生命一点一点地消逝。他想到了他的儿子，他也有一个男孩。

"他们只是有嫌疑，小肯。"他说，"没有人该死，仅仅因为我们认为他们可能干了坏事就该死，没人赋予我们那样的权力。"

你他妈也是个缺少良知的家伙，凯辛想。

肯德尔走回自己的办公桌。

他收拾好了自己的东西，拿着那些文件和他的笔记本走过来，把它们放到了她的收文篮里。"基本上都是最新的案情记录。"他交代了一句。

她没有抬头看向他。"对不起，乔，我不该那样说。"她说，"就是……我也不知道自己是怎么了，话就脱口而出，我本想说……"

"我知道，你是一心维护咱们自己人的利益，这是你的优点。有任何需要，随时打电话给我。"

他走到后门的时候，她开口说道："乔，搭档这么久了，真舍不得你走。好的，有问题我会打电话问你的。"

"等你电话。"说完，他就走了出去。

不知不觉走到了都柏林路，里昂的店外停着一辆崭新的四轮驱动越野车。店里有两名顾客，一对中年夫妻正在吃早餐。看上去很柔软的皮夹克垂在他们的椅背上。

"黑咖啡，打包。"凯辛说，"大杯。"

"你要么在这里喝，要么就带个真空杯来打包。"里昂说，"一次性塑料杯配不上这么好的咖啡。"

凯辛完全不在意。"我知道了。"他说。

里昂朝咖啡机走去："你们警局新来的那个壮小伙昨天来这儿了，拿东西挺痛快，但是好像不大乐意付钱，磨蹭半天才把钱付了。"

凯辛看向街对面，塞西莉·艾迪森正和香薰店外面的一个女人在聊天。"他是城里来的一个小伙子。"他说，"城里人对待警察跟这儿不一样，都像对待皇室贵族一样。"

"我听懂你的意思了。收到，长官。警局里都是这么说的，对吧？收到？"

"我们会说收到，说布鲁斯，也说里昂，我们有很多种说法，具体用哪一种看情况。"

里昂端着杯子放到柜台上，封上盖子："你们会为这次的游行示威增加警力吗？"

"游行示威？"

"场面有可能会失控，抗议人群中有好多暴力倾向的小年轻的，而那帮有钱的老流氓也不肯让步。"

"我不在的这两天，错过什么事了吗？"凯辛说，他完全不知道里昂在说些什么。

"抗议阿德里安·法伊夫修建度假村的游行啊，你不知道？最近都不在吗？"

"不知道这个小城里发生的事，最近乱七八糟的事情太多了。不过现在好了，我休假了。"

"为什么你不考虑去努沙休养一阵呢，可以跟那些有钱的退休缉毒警察聊聊天？那儿很暖和。"

"吃不惯那里的食物。"凯辛说，说"食物"这个词的时候，他才注意到那奇怪的拼读，"听着，跟往常一样，给我来一块大火烤的乳酪加番茄。"

里昂夸张地抬起右臂，用手指抹了一下自己的额头，像是在擦汗似的："你确定不需要羊奶乳酪加半干有机番茄，再配上发酵手工面包，是吗？"

"不需要。"

"我想我能给你搞一些老番茄，鼠夹专用乳酪，再加几片机制白面包。"

凯辛买了一份都市报，驾车前往公共海滩。一个冲浪者正在波涛汹涌的海面上翻过一个大浪。

报纸的第三页标题写道：

公路缉捕，车祸和枪战致两人死亡。

昨天的报纸没来得及刊出这则消息，今天才见报。报纸上，三名年轻人的照片比他们实际年龄更年轻，但文字说明中根本没提年龄。报道对记者会上给出的半路截捕的说法并不买账，他们是在追捕中慌不择路变错了道。写到卢克·埃里克森的时候，他说，"显然是死于枪林弹雨之中"，7名警官因此正接受调查。

另一则消息标题如是写道：

澳大利亚共和党强烈谴责警方

鲍比·沃尔什的发言被援引了过来：

震惊和悲伤，这就是我此刻的心情。卢克·埃里克森是我妹妹的儿子，一个聪明的男孩，每个人都对他寄予厚望。我不知道到底发生了什么，但这些现在已经不重要了，两个年轻人死了，这是一个悲剧。而在这个国家，像这样的悲剧太多了。纵观整个澳大利亚，这是警察阶层普遍存在的一个文化问题，土著人总是被区别对待。如果能随意对人行使私刑，那还要法庭做什么？在克罗马迪发生这种事情，我一点也不惊讶。现任联邦政府司库，在担任州警察署长期间，就在那里巩固了这种文化。他帮助当地警察掩饰了两起土著拘押致死事件，这次选举活动中，我一定会提醒他这些不光彩的过去，并且我会时常地提醒他，我保证。

烤奶酪三明治味道不坏，薄面包片烤得焦黄，边缘流出了融化的乳状物，黄黄的，看起来应该是奶酪。

德里·卡拉汉会不会记恨他？攥着狗罐头打他的事，凯辛觉得他应该不会在意，打了他，他自己的手指也受了伤，他应该再踢他几脚，那样才更痛快。

手机又响了，他花了好一阵才掏出来接起。

"活得挺快活啊？"电话一接通，维拉尼夸张的大嗓门就传了过来，"正穿着沙滩裤躺在海滩上晒太阳呢吧，我都能想象出来你的条纹大裤衩。"

"我正在读今天的报纸，看到了不少好消息。"

"我跟你说一个好消息，典当行那家伙找到了。他确认了帕斯科和唐尼的身份。"

冲浪者飞上了一堵巨大的水墙，但那浪头并不愿意就此被征服，立刻蜷曲起来。他应势站起身，巨浪与海岸边的沙坝不期而遇，撞出朵朵碎浪，掀起了另一轮高潮，他从浪花中冲了出来，踏着冲浪板稳稳着地。

"我刚刚跟警督沟通过了。"维拉尼说，"事实上，是他打给我的。他一直在说，我压根儿就插不上嘴。应急公关专家认为，我们被对手玩得团团

128

转，我觉得那应该是指鲍比·沃尔什和媒体。所以，只有劳埃德和斯泰格斯被停职了，你还是重回岗位，达夫也会回来协助你，他会做你的助手。"

"其他人呢？"

"普雷斯顿被调到了谢帕顿分局，凯利去了拜恩斯代尔。"

"霍普古德呢？"

"继续他的工作。"

"也就是说，这个黑锅都让他的下属背了？"

"这是警督的决定，乔，他参考了公关专家的意见。"

"领导力也不过如此。那悉尼方面呢，典当行那边，只确认帕斯科和唐尼参与了典当？"

"埃里克森当时可能在外面等着。"

"唐尼现在怎么样了？"

"他还在医院，病情观察中。但是他没事，有些瘀青，都是些皮外伤。他将被以蓄意谋杀的罪名指控，上午十点钟，他会在律师陪同下，接受我们的审讯。"

"今天上午十点？你不是在跟我开玩笑吧，这通知真及时。"

"幸运的话，他会替自己辩解。"他说，"如果他不肯开口，那就再说吧，到时候你看着办。"

"辛戈不在了，我们就这么办案吗？墙头草？"

"我们只能这么做，乔。"维拉尼漠然说道。

第二十二章

他们坐在审讯室里，等待唐尼和律师的到来。凯辛自从到了蒙罗港，就没再穿过制服。

"我刚到这里没多久，就已经开始痛恨这座城市了。"达夫说。他把前臂放在桌子上，制服里面衬衫的袖口露了出来，银色的柱形袖扣。他看着自己的双手，伸展着长长的手指。

"气候不是很好。"凯辛说。

"跟气候无关，气候是气候，是这个地方本身有问题。"

"大一点的乡村小镇，仅此而已。"

"不，不是一个大一点的乡村小镇，这是个缩小版的城市。但是完全没有城市的优点，却浓缩了城市的所有缺点。我们在这儿等什么呢？从什么时候起，警察要坐在这儿等犯人了？"

有人敲门，随后一名警察走了进来，带着凯辛曾在夺命十字路口小货车副驾驶位置上见过的那个男孩，紧接着又进来一个警察。唐尼·科尔特有着一张瘦削而悲伤的脸，鼻子紧贴着他的上唇，那是一张孩子的脸，充满了惊恐。他的眼睛是肿的，看上去很紧张，不时地舔着自己的嘴唇。

"坐下，唐尼。"

又是一阵敲门声，凯辛身后的那扇门。

"进来。"他说。

"海伦·卡斯尔曼，为土著居民提供法律服务，我代表唐尼。"

凯辛转过身来，那是一个看起来很年轻的女人，又细又黑的头发披在后背上。

他们打了个照面。"你好，"他说，"好久不见。"

她不解地皱了皱眉。

"乔·凯辛，"他说，"我们以前是同学。"

"啊，是啊。"她说，脸上没有一丝笑意，"这真是个惊喜。"

他们彼此握了手，气氛有些尴尬。

"这位是达夫警探。"凯辛介绍道。

她向达夫点头示意。

"我不知道你在这里生活。"凯辛说。

"我好久没有回去过了，你呢，怎么样？"

"我在蒙罗港工作。"

"好的，所以这个案子谁负责呢？"

"是我。你已经跟委托人谈过了吧？"

"是的，谈过了。"

"那我们现在可以开始了吗？"

"可以。"

唐尼坐在凯辛的对面，达夫打开审讯室的录音录像设备，把日期、时间和在场人员名单都记了下来。

"你是家住克罗马迪土著居民区，弗雷泽街 27 号的唐纳德·查尔斯·科尔特，对吗？"

"是的。"

"唐尼，"凯辛说，"我现在要跟你交代一下审讯过程中你的权利，我必须告知你：你有权保持沉默，但是你所说的每一句话都将作为法庭上的呈堂证供，明白我的意思吗？"

唐尼的眼睛直直地盯着桌子。

"我再说一遍。"凯辛说,"你可以不回答我的问题,或拒绝告知我任何事情,但如果你愿意说的话,我们会把你所说的一切都陈述给法庭。明白吗,唐尼?"

他始终没有抬起头,紧张地舔着自己的嘴唇。

"卡斯尔曼女士。"凯辛示意道。

"唐尼,"她说,"你能明白警官跟你说的话吗?还记得我跟你说过些什么吗?你不用告诉他们任何事情。"

唐尼看向她,木讷地点了点头。

"唐尼,你能开口说一下你懂我的意思了吗?"凯辛说。

"懂了。"

他的指节不自觉地在桌子上轻敲着。

"我还要跟你申明一下你的以下权利。"凯辛说,"你有权与家人或朋友取得联系,告知他们你的行踪;你有权联系或会见律师,寻求帮助。"

"关于这一点,"海伦·卡斯尔曼说,"我想说,我的委托人对这些权利事前已经有所了解,他不会在审讯过程中回答任何提问。"

"上午九点四十七分,审讯结束。"凯辛说道。

达夫关了设备。

"速战速决。"凯辛说,"卡斯尔曼女士,您介不介意我们到外面借一步说话?"

他们来到外面的走廊。"十二点十五分的保释听证会上,"凯辛开门见山地说道,"要是唐尼愿意把他知道的一切都说出来,应该不会有人反对他的保释。"

她的两只眼睛有着截然不同的颜色,一只是灰色的,另一只是蓝色的,这让她看上去有些凌厉和冷峻。凯辛还记得,离开学校很多年后,他曾在高中毕业照片上仔细端详过她的脸。

"我需要了解一下委托人家属的意见。"她说。

凯辛和达夫打算去街上逛逛，他们在一个叫耶米玛阿姨的甜品店买了咖啡，店里的桌布是清一色的格子图案，墙上还贴着彼得兔的画报。

"碰到老同学啦。"达夫说，"运气不错啊你。"

"她可是那种我高攀不起的女孩。"凯辛说，"他们家是克罗马迪当地的老牌权贵。她爸爸是个医生，他们家族过去掌握着报刊行业，还有冷冻链行业，她之所以没有去贵族学校，就只是因为不想离开她的那些马。"

回去的路上，达夫打开杯子喝了一大口咖啡。"老天，这是什么破玩意儿啊？"他抱怨道。

"这就是你说的，没一点城市的好处，浓缩了所有垃圾。"

海伦·卡斯尔曼站在警局外面，正在跟人打电话。她一边说话，一边看着他们走过来，眼里看不出一丝涟漪。就在他们准备迈上台阶的时候，她叫住了他："凯辛警探。"

"卡斯尔曼女士。"

"唐尼的妈妈说布戈尼遇袭的那一晚，他一直在家。我们法庭上见。"

"好的，法庭见。"凯辛走进警署，给公诉人打了个电话，"警方强烈反对保释。"他说，"调查还在进行中，保释可能导致相关案件的真凶胁迫证人或逃遁。"

十一点十五分，达夫和凯辛走进警局。

"有你电话。"一进门，值班警察就把电话递给了他，"维拉尼督察打来的。"

"你的手机怎么了？"维拉尼问。

"不好意思，关机了。"

"你听好，同意这个孩子的保释申请。"

"为什么？"

"因为这是首相交代给警务署长，警务署长传达给刑事科警督，刑事科警督又交代给我的。这是政治问题，唐尼在牢里哪怕是流一丁点鼻血，我们都会被推上舆论的风口浪尖，他们不想冒这个险。"

"他们满意就好。"

"他们不反对唐尼的保释。"凯辛对达夫说。

"尿包。"达夫愤慨地说道，"这就妥协了，简直是尿透了。"

值班警员指着门的方向："外面来了好多记者，我们需要接待一下，是现场直播的。"

凯辛有点怯场，他从没想过要应对这种场面。"你来应付他们吧。"他对达夫说，"你是大城市来的。"

达夫摇了摇头："这才没几天，你的官架子就都摆上啦？"

他们一起走了出去，迎面而来的，是密密麻麻的相机闪光灯和电视摄影机闪着光的黑眼睛，还有向他们猛扑过来的各式各样的麦克风，至少有几十个人一齐挤向他们，互相推搡着。

"唐尼·科尔特是被以什么样的罪名起诉的？"一个穿着黑色衣服的女人问，她那金色的头发都让发胶喷成了一尊雕塑。

"无可奉告。"达夫说，"官方很快就会发布公告。"

他们好不容易才在一群人的推推搡搡中走下楼梯，摄制组的工作人员早早地跑到了前面，镜头跟随着他们走向冬日里阴郁的街道。天空中，滚滚的乌云压了过来，绕过弯道，他们发现法庭外面也同样人头攒动。

"卡斯尔曼女士散布了消息。"达夫说道。

人群自觉地分开，给他们让出了一条狭窄的通道，他们就在两边投来的无数怨毒的表情中并肩走着。这些激愤的民众一直沉默着注视两人，直到他们快走到最上面的那层台阶时，谩骂如海啸一般吞噬了他们。

"谋杀犯。"凯辛的左边，一个戴着卷边套头帽的男人首先发了难，"你们这些杂碎只会残杀小孩。"

"浑蛋。"达夫旁边一个女人咬着牙说道，"杂种！"

大厅里也是人山人海，小小的法庭挤满了人，他们好不容易才走到公诉人身边，那是一位高级别警察。"上头改主意了。"凯辛说，"不反对科尔特的保释。"

她点了点头："我听说了。"

他们在法庭的观摩席上找到自己的位置，达夫四下里看了看。"只有我们两个是代表警方坐在这里的。"他说，"那个社区之友——霍普古德哪儿去了？"

"应该是打着顶替凯利和普雷斯顿工作的旗号，避风头去了吧。"凯辛说。

达夫盯着他看了一秒钟，他的圆框眼镜反射着灯光。

海伦·卡斯尔曼跟一位年纪稍长的妇人一起到了法庭，凯辛觉得他看到了一个女版的唐尼。

十二点一刻整，唐尼被从拘留所里带了出来，像一位接受观众夹道欢迎的英雄。除了跟海伦·卡斯尔曼一起的那个女人，他没有看向任何人，她微笑地看着他，眨了眨眼睛，一副英勇无畏的神情。

观众们被要求肃静，然后全体起立，地方法官走进来坐了下来。他长着一张胖乎乎、红扑扑的圆脸，灰白色的头发被梳得一绺一绺的，服帖地趴在秃了顶的头皮上，这让他看上去像一个患有早衰症的婴儿。

公诉人确认了唐尼的身份，宣称他被控蓄意谋杀，观众席立即嘘声一片，法官不得不再次提醒大家保持肃静。

"法官阁下，很显然我们只是在走流程，"她说，"但我们对于保释申请不持异议。"

法官看着海伦·卡斯尔曼，点了点头。

她站起身来："尊敬的法官阁下，我是海伦·卡斯尔曼，我谨代表科尔特先生，向法院提出保释申请。我的委托人没有任何犯罪记录。阁下，在这个被指控的时刻，他刚刚经历了一场惨绝人寰的人间悲剧。几天前，他亲眼看着自己的表兄和一位好友在警方制造的一次意外事故中丧生……"

旁听席上再次传来雷鸣般的掌声，还有一些喝彩，法庭不得不费更大的力气让他们安静下来。

"在法庭这种场合下，卡斯尔曼女士，"法官说，就像一个声音略显沧桑的婴儿，"发表煽情演讲并不合适。"

海伦·卡斯尔曼向他恭敬地欠了欠身："那不是我的本意，阁下。我的委托人只是一个单纯的男孩，他也是这次事件的受害者。他因为亲历了这件事情受到了严重的心理创伤，我认为他需要跟家人一起在家里恢复正常生活。他承诺将做出并履行法院可能要求的一切承诺。谢谢您，法官阁下。"

法官皱着眉头。"批准保释。"他宣布道，"被告不得在晚上九点至早上六点离开住所。另外，必须每天向克罗马迪警方报到一次。"

掌声再次响起，这次的叫喊声更大了，法官要求肃静的声音也大了很多。

凯辛看着海伦·卡斯尔曼。她侧转过头，嘴唇微张，似乎朝他笑了笑。凯辛感觉自己好像又回到了少年时代，对这位漂亮聪慧的富家女孩充满了渴望和憧憬，梦想能够获得她的吻。

第二十三章

他们从海伦·卡斯尔曼旁边走过，她正站在法院门口的台阶上接受媒体采访。在他们到达警局之前，一些电视媒体人还是追了上来，达夫拒绝了他们的一切提问。

"给你们收拾好了一间办公室，老板。"前台的值班警察对凯辛说，"在楼上，左转，右首边最后一间。"

他们找到那间办公室的时候，达夫环顾了一下整个房间，一脸嫌弃地摇着头。"收拾好了？"他抱怨道，"这是间该死的垃圾房，这也能叫收拾好了？"

桌子聚在一起，上面摆着两台电脑，四把已经坏掉的椅子，还有成堆的旧报纸，到处都是废纸、比萨饼盒、汉堡包装盒、一次性纸杯、塑料勺、没盖盖儿的圆珠笔，还有被踩烂的饮料罐。

"这里堪比邋遢艺术生公用的糟糕客厅。"达夫忍无可忍地说，"令人作呕。"他走到窗前，想开窗透透气，试图把底下半边窗玻璃向上抬起，但失败了。他挥起拳头砸向窗框两边，又试了一次，用尽全身的力气，颈部青筋暴起，可窗户依旧纹丝不动。

"妈的，"他痛骂道，"这儿简直没法呼吸。"

"需要雾化器吗？"

这句话很具挑衅性，而且真的奏效了。"我他妈又没得哮喘。"达夫说道，"呼吸这种在牙齿不好、扁桃体腐烂，以及便秘的人群中流通过一万次的空气，我真他妈受不了。"

"我没别的意思，很多人都得哮喘。"凯辛坐了下去，他需要慢慢了解达夫，跟他慢慢磨合。达夫抽出一把椅子坐了下来，他那双抛过光的黑皮鞋就这样大喇喇地放在桌子上，鞋底几乎是新的，黄色的鞋舌闪闪发亮，是没有商标的定制款。"话是没错。"他说，"但我没有哮喘。"

"很高兴你没有。我在想这个案子接下来会怎么样，公诉方一定希望卢克·埃里克森就是布戈尼案的真凶，卢克已经死了，对他而言，是不是被冤枉都已经不重要了。"

"要是唐尼也在那儿，他就是共犯。"

"如果强行把唐尼牵扯进来。"凯辛说，"那就很难办了。要是那样的话，他表哥的犯罪可能性也会被推翻，他们没有参与谋杀，最终会得出诸如此类的推论。"

突然砰的一声，凯辛被吓了一跳。刚才达夫打开了窗锁，窗户的吊绳早已朽烂，上半扇玻璃窗悬了一会儿，掉了下来。大玻璃震动着，窗外的世界也在颤抖。

冷空气涌进房间，海风咸咸的，充满了大自然的性感。

"感觉好多了。"达夫说，"好太多了，这窗户还是延时的。抽烟不？"

"不用了，谢谢。一直在抗拒这个诱惑。"

达夫点着了烟，坐着他的转椅来回滑动："这个案子我不是很熟悉，但我觉得如果你假设唐尼当时不在布戈尼遇袭案发现场，那你现在仅有的证据就是他跟卢克一起去了悉尼，他们想卖掉布戈尼的那块手表。一个不怎么牢靠的不在场证明，说他事发当晚待在家里，躺在自己的床上，他就脱罪了。"

"我觉得他能脱罪，咱们的司法体系就这样。"

达夫顿了顿，眯着眼睛看向凯辛："这些狡猾的坏人总能钻到空子给自己脱罪。你没看到他们瞧自己同伴的眼神，欣喜透着狡黠。出去以后还击掌相庆，大言不惭，'这也太容易了吧，轻轻松松就脱罪了，这帮蠢货警察屁用没有，咱们再去干一票'。"停顿片刻后，他问道，"维拉尼怎么说？你那基友。"

凯辛感到自己有种想要暴打达夫一顿的冲动，他平复了一下心情。"维拉尼督察什么也没说。"他回答，"律师说唐尼的妈妈提交了他的不在场证明，应该还有别人也帮他做了证。"

达夫仰头盯着天花板："有些女人还真是让我大开眼界，她们倾尽一生帮助男人们掩盖他们的不堪——替她们的爸爸、丈夫、儿子，就好像这是女人们的神圣天职似的。我爸爸打了妈妈，可那又怎样；我丈夫跟保姆通奸了，那又怎么样；我儿子成了未成年强奸犯，那又怎么样？他们始终是我的……"

"我们没有任何证据表明唐尼那晚在现场。"凯辛说道。

"不管怎么说，这只是个推论。"达夫说，"霍普古德是对的，鲍比·沃尔什已经成功地让他们在这件事情上服软了，先是同意保释，接下来就是让他们撤诉了。"

"我觉得这话你应该当面对霍普古德说，他一定会把你接纳进克罗马迪警队的，你应该能胜任他们的代言人。"

达夫沉默着抽了会儿烟，眼睛依旧盯着天花板，接着说道："我是土著，所以我就应该同情这些土著孩子，你说的是这个意思吗？"

窗台上停着一只海鸥——眼神冷峻坚毅，掉了毛的脑袋使它看上去像个秃顶的老男人，这让凯辛想起了一个人："在找到能够让你确信某些想法的证据之前，要保持一种开放的思维方式。"

"好的，老板，我会保持一个开放的思维，这段时间我还要在鲸骨旅馆住。"

"是捕鲸旅馆。"

"应该是你说的这名字。"达夫看向凯辛，嘴巴里还叼着香烟，"我听你的。"他说，"我接受现实，我会安静地读会儿书，直到下班回家。"

"我们现在的任务是，对唐尼和卢克进行立案指控。"凯辛说，"除此之外，没有别的工作安排。"

"我说的不是工作安排。"

坐在塌陷的椅子上，凯辛的旧伤开始隐隐作痛，心情也更烦闷。他站起身，脱下大衣，展开一张旧报纸铺在地上，躺了下去，双腿放在椅子上，试图把自己的身体蜷成一个 Z 字形。

"这是做什么？"达夫问，这既让他感到困惑，又引起了他的关切，"你这是干吗？"

凯辛看不到他的表情："我喜欢躺在地上，我们得想想办法看怎样从唐尼的妈妈那里找到突破口。"

达夫把脑袋探到他的上方："这么做有什么意义？"

"如果她要为保全自己的儿子而撒谎的话，就一定会紧张。他们不知道我们手上掌握了多少证据，让唐尼自己认罪应该是一个很好的结果。"

凯辛听到有人开门。

"就你一个人啊，阳光男孩。"霍普古德令人厌恶的声音传来，"凯辛呢？"

达夫低头看向地板，霍普古德绕过桌子，仔细看着地上的凯辛，就好像在看一只路上被轧死的动物。

"这他妈是在干什么？"他说。

"今天的听证会上我们很想念你。"凯辛没有回答他，兀自说道。

霍普古德仰起下巴，凯辛能看到他丑陋的鼻毛。

"那跟我没关系。"

"我们需要跟唐尼的妈妈聊聊。"

"你们想进土著片区，我没听错吧？"

凯辛其实并不想去："必要的话只能去一趟，我们又不能指望在这里见到她。"

"好吧，这是你们的事情。"霍普古德依旧一副小人嘴脸，"别扯上我们。"

"我需要跟土著联络员谈一谈。"

"去问前台他正在什么地方鬼混。"

电话铃响了，达夫接起了一个，不是这部，他放下电话又接起了另一部。"我是达夫。"他说，"好的，老板，是的。还算顺利。好的，我把电话给他。"

他把电话递给了凯辛。"是维拉尼督察。"他面无表情地说。

凯辛接过电话，说道："最高领袖，有什么吩咐？"

"乔，我们正在讨论给这个案子一段冷处理期。"维拉尼说。

"什么意思？"

"先把这件事情压下来，我看到了今天听证会上旁听民众的反应，我们在电视台的朋友，把他们今天晚上新闻的图片给我们看了，上头的意思是，不想再看到法庭上那种群情激愤的情形了。"

"谁说的？"

"我可以告诉你，这不是智囊团的意思。"

"现在那孩子被指控的可能性几乎为零。但你希望我们放弃寻找实质性证据，停止一切让他认罪服法的努力？"

"不可以再激化事态。"

"这又是一个政治命令，是吧？"

维拉尼长舒一口气，就好像在吹口哨。"乔，你看不出来它的意义所在吗？"他无奈地说道。

凯辛感到达夫和霍普古德正在看着他，一个男人躺在地板上打电话，小腿放在椅子上，这的确让人觉得莫名其妙。

"我想说，老板，"他说，"我们好不容易才理出了一点思路，而且机会转瞬即逝。如果现在就此放过它，以后再想查，恐怕就难上加难了。"

沉默。

凯辛的目光聚焦到天花板上，那泛着水渍的土黄底色上，皱巴巴地浮着一些小黑点，像一个耄耋老人的手背。"从破案的角度来看，"他说，"我认为值得查下去。"

又是一阵沉默。

"你认为值得，乔。"维拉尼说，"当初和沙恩·迪亚布一起去找雷·萨里斯，你也认为值得。"

凯辛感觉有一把冰冷的尖刀扎进了他的心窝，搅动着，原本强硬的态度软了下来。"就按你说的办吧。"他说，"那么这个冷处理期会有多久？你说说看。"

"我也不知道，乔，一周，十天，或者更久。"维拉尼的语气很平缓，就好像在跟一个智障患者说话似的。

"好的，我们视情况而定。"凯辛看向达夫，"这期间保罗·达夫的工作怎么安排？"

"我需要他回总署一段时间，也想你能给自己放个假。这样处理能接受吗？"

"这是又要停职的意思吗，老板？"

"不要多想，乔，我晚点再打给你，让达夫接电话。"

凯辛把听筒递给了达夫。

"他怎么说？"霍普古德好奇地问。

"他说唐尼的案子暂时先放一放。"

"是吗？"霍普古德的声音里多了股小人得志的劲儿，撇着嘴唇说，"那你们就不需要这间舒适的办公室了吧？"

冒着绵密的细雨，达夫和凯辛沿摄政街走着。在酒吧里买了啤酒，到旁边充斥着一股油味的昏暗小饭馆里坐了下来，他们是那里唯一的客人。

达夫仔细读了那张折叠菜单，食指从头到尾一条一条滑过列表上的菜品。"十二道主菜。"他说，"后厨起码需要三个人才能忙得过来。"

"在城里，"凯辛说，"需要三个混日子的大厨，而在我们这儿只要一个经验丰富的姑娘就能搞定。"

"一份牛排三明治，"达夫说，"他们能做成什么样？他们能做得多难吃？"

"他们能应对任何挑战。"

一个穿着绿色罩衣的老妇人从后面的一扇门走了出来，拿着一个记事本站在他们旁边。她不时地吮吸着漏风的牙齿，听起来好像是洗碗盆里最后一点脏水流进了堵塞的排水沟里。

"两个牛排三明治，谢谢。"凯辛说道。

"吧台那边才有。"她说，眼睛凝视着墙壁，"这个区域不卖三明治。这才是饭馆的菜单。"

"我们是警察。"凯辛说道，"我们需要一些私人空间聊点公事。"

她这才低头看向凯辛，对着他笑了笑，露出那歪歪扭扭的牙齿："哦？是吗？那好吧。这儿的警察我都认识，你来这儿是办布戈尼那个案子的吧？"

"工作的事情不能讲。"

"该死的土著杂种。"她的脸上浮出了些许阴森，"才死了两个，你们为什么不再多杀一些土著狗，最好把那地方炸平，就像对巴格达那样……"

"你做三明治的时候可以把肥肉切下来吗？"达夫打断了她，"非常感谢！"

"你不喜欢吃肥肉？没问题。"

"再加点番茄。"

"放在三明治上吃？"

"我们土著习惯这么吃。"达夫说。

快走到厨房门口的时候，她回头瞥了一眼达夫。凯辛捕捉到了她眼里的那抹狐疑，房间里光线昏暗，但他还是看到了。

"一个有魅力的女人。"达夫说，"这儿有这么多有魅力的人，那一定是白种人骨子里的某种东西。"他漫不经心地环顾四周，说，"那天夜里发生的事困扰你吗？现在还在困扰你吗？还是说你从来没受到过影响？"

"你觉得呢？"

"唉，你真的很难读懂，如果我可以这样说的话。不过你躺在地板上分析案情这一点，倒是减少了我们之间的距离感。"

凯辛在想要不要把自己的梦告诉他："一直在困扰我。"

"枪击那孩子让你感到不安。"

"如果有人向你开枪，你会怎么做？"

"我想说的是，"达夫说，"那个孩子有没有先开枪，你跟他们讲了吗？"

凯辛不想回答这个问题，他甚至都不想思考这个问题："我只说了事实。这些问题还是等待法证的报告吧。"

"你有没有想过，我们可能被人坑了？霍普古德把我们俩安排到那辆破车里，还声称自己听不清楚对讲机。"

"他为什么要那么做？"

"如果行动中出了什么岔子，他和他的手下好全身而退啊。"

"霍普古德那么有远见吗？你想念自己在联邦调查局的日子了吧？"

达夫遗憾地摇了摇头，他们没再说什么。三明治上来了，那个女人仔细打量着凯辛。

"这是鲸鱼排吗？"达夫咬了一大口，嚼了一会儿说道，"我不觉得自己有幸能在这里吃到鲸鱼排啊。"

出了小饭馆，他们又走回了冷风和阴郁的小雨中。达夫先开了口："这他妈根本就不是什么冷处理期，他们就是要把这个案子彻底雪藏，以后谁还会管它。不管怎么说，我是要离开那个该死的鲸骨旅馆了。"

"捕鲸旅馆。"

"反正要离开那鬼地方。"

迈上警局门口的台阶时，达夫郑重其事地跟他握了握手："我有强烈的预感，以后再也不会回来了。我会无比想念这个地方。"

"是啊，挺不错的，这里有鲸排，还有佩奇小姐的咖啡。"

"是耶米玛阿姨的咖啡。"

"你们联邦调查局的人都很擅长观察。"凯辛说，"我们很快会再见。"

第二十四章

黛比·道格坐在餐桌前，桌子上摊放着她的课本，面前搁着一杯奶茶，一小盘饼干，不远处的电视机还在播放动画片。房间很温暖，角落里，壁炉中的火苗正悠闲地吞噬着木炭。

"这才像个家样。"凯辛说。

"要来点茶吗？"她问。

她是天生的浅红发色，脸上是密密麻麻的雀斑，头发向后梳，看上去不止十四岁。

"不用了，谢谢。"凯辛说，"我喝太多茶了。学校生活怎么样？"对于一个青少年而言，这显然是一个没有意义的问题。

"嗯，挺好的，就是家庭作业有点多。"她在椅子上挪了挪位置，"爸爸在棚屋那边。"

凯辛走向水池那边，在被雾气占领的窗玻璃上擦出一小块清晰的视角。窗外，密集的雨帘"啪嗒啪嗒"的，在住宅和棚屋之间那段泥泞的小道上砸出一个个转瞬即逝的小浅坑。伯恩正在往卡车上运什么东西，双手托着它使劲儿地往上推，嘴里叼着一根香烟。

"对于你妈妈从你房间里找出的那东西，他很是担忧。"说着，凯辛转过身来，斜倚在水池边上。

黛比默默地低下头，佯装看起书来。"他向你告发我了，是吗？"她说，努力地让自己看上去云淡风轻。

"有什么好告发的？我认为那不是你的，不是吗？"

她抬头看向他，那是一双典型的道格家的浅蓝色眼睛："我都不知道那是什么，她就只是把那个盒子给我，说，帮我保管一段时间，仅此而已。"

"你觉得那是什么？"

"从来没想过。"

"拜托，黛比，我还没老糊涂。"

她耸了耸肩："我没碰毒品，也不想知道那是些什么。"

"但是你的朋友们在碰，对吧？"

"你想让我告发我的朋友吗？不可能！"

凯辛向外走了几步，拖了一把椅子干脆在餐桌边坐下："黛比，如果是你的朋友吸毒，那我压根就不会管，更不会穿过马路暴揍她一顿，但我不想看到你死在城市的某条窄巷里。"

她的脸色稍稍有了些变化，低头看向桌上的笔记本："是的，我没……"

"黛比，我能跟你分享一个秘密吗？"

她有些不安，脑袋不自觉地东张西望，仿佛在找一个能让她定下心来的视角。

"你要不是我的家人，我都不会跟你讲这个。"

"嗯，可以，没问题。"

"那你要替我保密，好吗？"

"没问题。"

"你保证？"

"好的。"

里屋的门猛地被打开了，两个男孩出现在门口，并肩站在一起，争抢着要第一个进来。黛比转过脸来，对他们说道："滚出去，你们这两个小王八蛋！"

两个孩子被姐姐突如其来的情绪吓了一跳，圆圆的脸上，两只眼睛瞪得老大，嘴巴都没来得及合上，小小的牙齿还露在外面。"我们饿了。"左边的那个大着胆子说。

"出去！出去！出去！"

男孩们乖巧地退了出去，就好像被无形的绳子牵着，面面相觑着关上了门。

黛比认真地说："我保证。"

凯辛向前靠了靠，趴在桌子上小声地说："卖毒品给你朋友的人里面，有一些是卧底。"

"什么？"

"明白我的意思吗？"

"像是秘密特工。"

"没错，所以缉毒警知道所有交易者的名字。如果你朋友买过，那他一定也在名单上。"

"不是我朋友，是她的朋友，我甚至都不认识他。"

"很好，你也不会想认识那样的人。"

"他们会怎样处理那些人？"

"他们会通知学校，通知家长，还会到家里去搜查，如果你也在列表上的话，那他们随时有可能会来敲你家的门。"凯辛起身佯装要走，"不管怎么说，我要走了。我想告诉你的是，因为你是家人，我不想你身上发生任何不幸的事情，或者是父母发生什么不好的事。"

快走到门边的时候，他听到她挪动椅子的声音。

"乔！"

他转身看向身后的她。

黛比站起身来，双手抱臂，现在她看起来更像一个六岁的顽童："我害怕，乔。"

148

"怕什么？"

"那东西是我买的，买给我的朋友的。"

"那个女生朋友吗？"

她极不情愿，但还是如实回到了他的问题："不是的，是一个男孩。"

"是皮戈特家族的吗？"

"是的。"

"哪一个？"

"我可以不回答这个问题吗？"

"我什么也不会做的，我不负责这些。"

"比利。"

"你也帮别人买吗？"

"不，我就只帮他一个人买过，我并不喜欢那东西。"

他俯视着黛比，直直地看着她的眼睛，盯了一会儿。

"你吸烟吗？"

"不吸，对那玩意儿也没什么兴趣。"

院子里的电锯响了起来，声音渐高，继而化作尖厉的哀鸣，应该是锯到了什么硬的东西。

"他们不会对我怎么样，对吗？"她焦急地试探道，"不会去学校和我父母那里告发我，也不会来家里搜查，对吗？"

"那不在我的管辖范围内。"凯辛说，"不过我觉得，我还是能跟他们说上话的，我想。你觉得我该怎么说？"

她给了他一些暗示，示意他要怎么跟他的同僚说。

凯辛出门向棚屋走去，鞋底的泥巴越来越厚。在棚屋幽暗的角落里，伯恩蹲在地上，正在用喷灯处理一个老旧的厨台。一层层的油漆在蓝色火焰下发黑、起泡，木头烧焦的味道扑鼻而来，混杂着金属的味道。

"我闻到了铅味，"凯辛说，"你在烧的这个该不会是含铅的油漆吧？"

伯恩关了火，直起身来，胡楂儿上还沾着几片干漆碎屑。"怎么了？"他不以为然地说。

"那东西有毒，会要了你的命。"

他把喷枪放在那个橱柜上，转过身来对凯辛说："是的，没错，什么东西都能要了你的命。你们这些浑蛋怎么弄死那些孩子的？"

"意外。"凯辛说，"并没打算对他们怎么样。"

"那个科里·帕斯科，他是山姆的同班同学，从小就不是个省油的灯。"

"那跟山姆还真是有点像。"

"山姆本身不坏，都是让那些孩子带坏的。你跟黛比谈过了？"

"是的，该说的我都说到位了。"

"她怎么说的？"

"看起来她是听进去了。"

伯恩点了点头："好吧，但愿是那样吧。本来想道谢的，但之前买的木头已经免费赠送了。今天已经送到你家了，有个家伙在那儿，给我帮了忙。"

"戴夫·雷布，在我家帮忙干点活。"

"是吗？你在哪儿找的他？"

"在贝克特那边的一个小棚屋里，海格太太家的，是个流浪汉。"

伯恩摇了摇头，抬手摸了摸自己下巴上的胡楂儿，发现了沾在上面的干漆碎屑，拿在手里仔细看了看。"问题是，"他说，"流浪汉是干不了什么活的，他们不行。"

"看看再说，他现在正在帮登·米兰家干活，没听说哪里干得不好。"

"我在哪儿见过他，我觉得，应该是很久以前的事。"

他们一起朝车的方向走去，凯辛开门上车，摇下了前面的车窗玻璃。

伯恩把脏手搭在他的车窗上，别有深意地看着他。

"我听说有人把那个浑蛋德里·卡拉汉给打了。"他说，"还偷了他的一盒狗罐头，你们警察不管吗？"

凯辛皱了皱眉："是吗？没人报案啊。要是有人报案，我们会去挨家挨户搜查缉拿凶手的。"

"让我看看你的手。"

"让我看看你屁股。"

"拜托，是不是想瞒点啥？"

"滚蛋！"

伯恩开心地大笑起来，拍了拍凯辛的胳膊："你这个暴力狂！"

回家路上，西山背面的最后一抹柠檬黄渐渐沉了下去，凯辛想起了自己忽悠黛比编的那个谎言，这顶多能让她老实半年。

不过，半年也算是挺长的一段时间了，他的谎言保质期一般要短得多。

第二十五章

出于某些凯辛不能理解的原因，肯德尔·罗杰斯仍希望他来负责这次游行示威的执警工作。

"我在放假。"他说。

"只要一小时左右的时间。"

"不会有什么事情发生的，这里是蒙罗港。"这么说不吉利，凯辛心里嘀咕道。

"我真的会很感激你。"她说，眼睛并没有直视凯辛，"这对我来说真的是帮了大忙。"

"帮忙，既然你都这么说了，我就去吧。"

示威人群聚集在主干道上的邮局前面，肯德尔在莫尔豪斯街道凯辛负责的这一端，卡尔·韦克斯勒在华莱士街道的十字路口指挥交通。冬季的蒙罗港，上午一十点钟交通并不繁忙。他很重视这个任务，还专门研究了指挥交通的动作，看起来像空姐在指示出口。凯辛心想从人群中分辨出那些外来人口简直是太容易了。这些在蒙罗港高价置办房产的人，现在是抗议呼声最高的群体。他们个个发型考究，身着高档户外服装和锃亮的皮鞋。

到了游行计划开始的时间，来自《克罗马迪先驱报》的胖摄影师满眼失望地看着人群，一共才三十来人，多半是女人。这时小学队伍正从街角拐过来，孩子们全都穿着雨衣，这列五颜六色的纵队是由校长领衔。他是一个瘦弱的秃顶男人，左手牵着一个男孩，右手牵着一个女孩，走在队伍前面。孩子们手里举着钉在等长木楔上的白纸板，想必是他们在艺术课上花一个上午完成的作品。纸板上写着本次游行的标语：

> 离我们的石溪咀远一点
> 不许破坏我们的海滩
> 大自然是我们大家的，不只是富人的

　　现场来了三位郡议员，凯辛认识他们。先驱报的记者从车里走了出来，向那位行动迟缓的胖摄影师示意，后者立刻开始了拍摄。紧接着，卡尔负责的那条街的尽头，两辆小型公交缓缓停了下来，他满怀激情地引导着车辆。一两分钟以后，乘客们陆续都下了车，一大群人向这边走过来——大约有三十个人，十五岁以上各个年龄段的都有。海伦·卡斯尔曼走在边上，正在打电话，电话挂断后，她把手机收了起来，经过凯辛的时候，向他点头打了声招呼。

　　"你好，凯辛警探。"

　　"你好，卡斯尔曼女士。"

　　凯辛看到她在跟本次游行示威的组织者谈话，苏·金诺克。她是一位医生的妻子，事先来过警局，出示了郡政府对本次游行的许可证明。"我们会在邮局门口集合，然后沿着莫尔豪斯街道向下走，穿过华莱士街，右转进入恩赖特街，再左转至公园。"她说。

　　早晨的阳光下，她蜡黄的脸似乎变得好看了一些。她有两颗显眼的大门牙，说话一字一顿的。她给凯辛留下的印象是：一位嫁给澳大利亚医生的英国护士，被同事艳羡嫉妒，特别是那些比她漂亮的。

　　她同海伦·卡斯尔曼一起走了过来："我猜你们早就认识了，警探。海伦是澳大利亚原生海岸组织克罗马迪分部的主席。"

　　"能者多劳，卡斯尔曼女士。"凯辛说。

"你不也是，警探。前一秒还在侦办刑事案件，下一秒就来这里疏导游行了。"

"身兼数职，现在这个年代警察什么都得管。唐尼怎么样了？"

"不太好，他妈妈现在很担心他，你的案子调查得怎么样？"

"正在进行中。按计划游行应该开始了吧？"

"第九电视台的直升机已经起飞了，鲍比·沃尔什正搭乘这架飞机向这边赶过来，如果你不介意的话，我们等他到了再开始可以吗？"

"适当的等待是可以的。"凯辛说，"你觉得要等多久？"

"大概十五分钟。他们已经在待开发的度假中心那边着陆了。"

"没问题。"

海伦·卡斯尔曼走上前去，帮助一名穿着原生海岸绿色防风夹克的年轻人组织游行队伍：孩子们走在最前面，剩下的分成五队。她站在旁边，看了一眼整个队伍，然后径直走过去找那位小学校长，他们聊了点什么。他看上去并不是很开心，但双方达成了某种共识。海伦选了六个孩子和八位年纪最大的当地老人，把他们排成两列，每列分别有四个大人和三个孩子。安排他们手拉着手一起领头走，跟在他们后面的是小学生群体和其他游行示威者。

整队结束后，海伦朝苏·金诺克走去。苏高高地举起了手里的扩音器："再过几分钟我们就要出发了，请大家保持耐心。"

一架直升机擦着近前的那片松林树梢，轰隆隆地低空飞过，飞机上的乘客很快转乘一辆小型巴士赶了过来。卡尔指挥他们通过路口，停在了图书馆外面。车门打开，鲍比·沃尔什下了车，一个身着黑色套装的年轻人跟在后面。凯辛看到前面副驾驶座上有个女人，扳转了后视镜，在补唇妆。

鲍比·沃尔什穿着一身休闲装：淡蓝色的敞口衬衫，外面套了一件深蓝色的夹克。他礼貌地亲吻了海伦·卡斯尔曼，从他们谈笑的情形能看得出来两人认识，他的手在她胳膊上流连。凯辛感到一阵嫉妒，努力把这种感受压了下去。

"大家各就各位。"苏·金诺克说，扩音器放大了她的声音，"抱歉，让大家久等了，请把标语都举起来，谢谢！准备好，我们要出发了。"

凯辛看向街对面，塞西莉·艾迪森正在跟里昂争论着什么，还激动得举起了一只手。里昂不耐烦地四处张望，视线不小心撞上了凯辛，两个人会意地点了点头。报刊亭那对尖酸刻薄的夫妻正站在自家店铺门口，撇着嘴看热闹；心脏搭过桥的音像店老板布鲁斯旁边站的是梅里尔，他有家炸鱼薯条店，专卖富含饱和脂肪的垃圾食品；路边的自行车架旁，三个穿着黄色 T 恤的小姑娘在寒风中瑟瑟发抖，她们是桑德拉咖啡馆的冬季员工，正在讨论着什么，看上去是那个戴鼻环的刺头以一敌二舌战其余两个。

SV 超市外面站着七八个头戴防风帽、身穿运动衣的人，一个穿着雨衣的老头，把头上的针织帽直接拉到了耳朵根。

凯辛沿着人行道往前走。"没想到我们居然有这么多警察，"体育用品店的达伦说，"都来了。"

天空渐渐下起了小雨，游行队伍开始稀稀拉拉唱起了示威歌曲："我们想要的，只要保护好我们的海岸。"

孩子们的队伍刚刚走过，旁边的酒吧里走出来两个人，罗尼·巴雷特和他的同伴，一个尖脑袋光头的家伙，下巴上留了一撮小胡子。

巴雷特把手拢成喇叭喊道："滚开，你们这些该死的白痴！你们他妈的都不需要工作，是不是？"

他的同伴也跟着起哄。"有钱的浑蛋们都他妈的滚出石溪咀！"他喊着，跟跄地后退了一步，紧接着又退了一步，失去平衡差点摔倒。

凯辛看到巴雷特在对示威人群比画着粗鲁的手势，并离开人行道往街上走去，一副酒后闹事的架势，他的同伴跟在身后。

一个男人从队伍里走了出来，头上戴着黑色的贝雷帽，对巴雷特说了些什么。

凯辛继续向前走，卡尔·韦克斯勒沿着街道小跑过去，紧随其后的是一位电视台的摄影师。巴雷特向那位示威者扑了过去，伸出左手试图揪住那人，右手跟在后边作势要打。

那位示威者穿着一身宽松的衣服，他向前迎了一步，任由巴雷特的左手抓住他。巴雷特的右手抡过来时，他已经欺身近前，踩住了巴雷特的脚，左臂轻松地格挡护住头部，右手掌根已经击中了对方下颌。

他的动作充满了藐视，这一击并没有很用力，却也把巴雷特的头打得后仰过去。他的双拳顺势在巴雷特肋骨上猛击了几下，动作非常专业。

"住手！"卡尔喊道。

巴雷特倒在地上，痛苦地呻吟。他的朋友见状识趣地退了几步，完全丧失了斗志。

那名示威者转过头来，看了一眼凯辛，然后面无表情地回到示威队伍中，从容地整理他的贝雷帽，站在他旁边的老人家赞许地拍了拍他的胳膊。

游行队伍停了下来，凯辛转过身背对着摄像机，他不想再上一次电视了。"大家继续走。"他大声喊道，"请大家继续前进。"

人群继续向前移动。

"逮捕他吗，老板？"卡尔问。

"逮捕谁？"

"打人的那个。"

凯辛走到巴雷特旁边。"快起来滚开！"他说，"今天再让我看到你，伙计，你就得去拘留所过夜了。"

他转过身对卡尔说道："没事了，快回去工作！"

在公园里，苏·金诺克站到讲台上作了一个简短的演讲，控诉那些企图破坏自然之美的人，担忧蒙罗港将会像黄金海岸的冲浪者天堂一样被毁坏。凯辛看着乌云从南方滚滚而来，冷冷的细雨落到大家撑起的雨伞上，落到那几十个小小的儿童雨衣兜帽上。像冲浪者天堂？天啊，那里才没有如此恶劣的天气。

苏·金诺克向大家介绍了海伦·卡斯尔曼。

"大家可能都知道，"海伦说，"原生海岸一直致力于保护澳大利亚尚未受到破坏的海岸线，欢迎大家对其进一步了解。我们今天来到这里是为了告诉大家：如果你们希望阻止开发商破坏这里的一切，如果你们不愿意失去引以为傲的独特自然景观，那么，我们会坚定地站在你们这边，与这个项目对抗到底，并且我们一定会取得最终的胜利。"

掌声雷动，海伦向大家点头致意，等待大家平静下来。

"现在，我想向大家介绍一位和我们有共同关切的人，为了今天能够与我们相聚于此，他付出了巨大的努力。请大家用热烈的掌声欢迎从蒙罗港走出去的澳大利亚最新政党领袖——澳大利亚联合党人的领袖鲍比·沃尔什。"

沃尔什走上讲台，人群满怀期待地看着他，苏·金诺克试图撑起一把大伞替他挡雨，但他示意她不必如此，礼貌地说了声谢谢。他稍作停顿，开始了演讲。

"银川海口，美丽的名字，让人想到一条清澈的大河与大海的交汇。"

沃尔什微笑着继续说："但是，银川海口却将沦为一个以牟利为目的的旅游景点，我们的生态系统将会遭受严重的破坏。"

他举起了一份报纸。

"《克罗马迪先驱报》对这个项目十分感兴趣，宣称能够新增两百五十个工作岗位，这怎么会是坏事呢？不过，我要告诉大家的是，这些人总是以带来更多工作机会为诱饵，引得当地媒体大肆宣传。新的工作机会，这是一个屡试不爽的神奇说辞，不是吗？能把一切行径正当化。但是纵观整个澳大利亚，太多原本美丽的景色现在变得丑陋，变得破败不堪。正是类似银川海口这样的项目毁了它们。"

鲍比·沃尔什顿了顿："开发商勾结当地媒体，以制造就业机会为幌子，来宣传售卖自己的这些项目。"

他的手指穿过被雨淋湿后闪闪发亮的头发："我们还得问问他们，到底都创造了什么样的工作岗位？我告诉你们，都是些像兼职清洁工、洗碗工和服务员这样不稳定的工作，薪资极低，并且深受季节更替、航班罢工以及千里之外各种事件的影响。"

又是一阵掌声。

"既然谈到这里了，那我们就来说说这家所谓的当地报刊，是本地的吗？不，并不是，看看这份报纸。"他挥动着手中的《克罗马迪先驱报》。

"这家本地报纸归澳大利亚媒体所有，总部设在布里斯班，那难道算是本地吗？据我所知，这家报纸的编辑三个月前从新南威尔士来到这里。在此之前，他在昆士兰分公司，负责的正是他来到克罗马迪之后所做的相同工作。他的工作内容是什么呢？"

沃尔什没有立刻说下去，等了片刻。

"是增加广告收入。挣更多的钱。因为，对支持银川海口项目的人来说，钱才是最重要的。这种对环境有极大危害的项目想要顺利实施，必须花大价钱在报纸宣传上。至于这些背后运作的公司的人，他们只是一些唯利是图的骗子，一旦项目企划得到批准许可，就会把它转卖给其他人。"

沃尔什现在几乎全湿透了，雨水顺着他的脸颊流下来，浅蓝色的衬衫紧贴在身上，透出深色的皮肤。

"州政府有权立刻终止这个项目。"他说，"但他们并没有表现出任何叫停的意思。他们说，那并不属于海岸保护区，还说那是郡议会的事，他们无权过问。这是否意味着保护区以外的地方就可以拿出来，拍卖给任何来此牟利的开发商？今天我就在这儿当着大家的面说一句，让那些官僚主义垃圾都见鬼去吧！在这场斗争中，澳大利亚联合党会与你们并肩战斗。对于这个国家任何地方的类似斗争，我们都将支持到底，无论发生在乡村还是城市。"

沃尔什用手擦了一把头上的雨水，然后将双手举起："最后一点。"他说，"你们知道这个项目是什么吗？我来告诉你们，这是对我们未来的羞辱。"

雷鸣般的掌声。鲍比·沃尔什甩了甩头，雨水再度顺着脸颊流下来。

凯辛想，沃尔什应该知道他将会以怎样的形象出现在电视上：一位英俊的政治家，牺牲了自己的舒适安乐，冒着大雨为大众利益奔走呼吁。

在经久不息的掌声中，沃尔什离开了演讲台。紧接着是一个发型和胡子都让人不忍直视的男人上台，作了一场跟他的品位一样糟糕的演讲，他是郡议员巴里·杜尔。大雨来临的时候，苏打断了他的演讲，说了声谢谢之后，她引导人们走向"为保护石溪咀而战"的募捐处。

人群散开了，大家争先恐后地跟鲍比·沃尔什握手，他一一握过每一双向他伸过来的手，还特意弯下腰来跟一位老太太说话，她亲吻了他的脸颊，镜头恰到好处地记录下了这一幕。小学生队伍调整队形，重新出发，沿近路返回学校。

凯辛跟肯德尔一起往回走。"真帅气。"她说，"我的选票归他了，我都不知道他是本地的。"

"搞清楚他的政治主张是不是你喜欢的。"凯辛说。

中心大道上，鲍比·沃尔什正在接受一次简短的电视采访。采访他的，正是同车到达的那个女人。凯辛这才认出来，她是上次在他跟达夫离开克罗马迪警局前往法庭的路上，向他们提问的那名女记者。

沃尔什在和海伦·卡斯尔曼说话，他们表现得很亲密，他回头看了看，正好撞上了凯辛的视线，他对海伦说了句什么，两个人一起走了过来。

"我认识你。"沃尔什说，"乔·凯辛，伯恩·道格的表兄，我们小学是一所学校的。"

"没错。"

沃尔什伸出手，他们礼貌地握了握。

"伯恩怎么样？"他说。

"还不错，都挺好。"

"他现在做什么工作？"

"什么活都干。"

"要不是伯恩，我可能都活不到小学毕业。"沃尔什说，"他是你们那边最能打的孩子。"

"是啊，的确有点天赋。"凯辛说。

沃尔什笑了笑："你最近有见过他吗？"

"每星期都会见到。"

"卢克和科里的事，"沃尔什说，"你当时在场。"

"很不幸，我在场。"

"这是一件很令人痛心的事情。"

"孩子们带着猎枪到处跑，随时都有可能发生意外。"

沃尔什耸了耸肩："我们拭目以待，调查结果会确定那到底是不是他的武器，到底是谁先开的枪。帮我向伯恩带好，告诉他少年时的恩情我一直记得。"

"我会帮你转达的。"

他们握手告别。

"选举的时候，别忘了投澳大利亚联合党一票。"沃尔什说。

"你能来给我的球队投一票吗？"

沃尔什笑了，海伦也对凯辛撇嘴笑了笑。他们走回车里，那个电视台的女记者跟了上去，继续采访沃尔什。

走回警局的路上，肯德尔说："没听说过你认识他啊。"

"是他认识我。听着，比利·皮戈特，这人你有印象吗？"

"我不认识叫比利的，倒是有一个叫雷·皮戈特的家伙，没少犯案。"

"他都干了些什么？"

"在汽车旅馆里，他从一个推销员那儿偷了五百多块钱。那个推销员第二天来报案，克罗马迪警方受理的。"

"怎么偷的？"

　　"报案的时候，推销员讲了个故事，但是应该另有隐情……"肯德尔右手做了一个手势，凯辛心领神会。

　　"皮戈特，还真是哪儿都少不了他们。"凯辛说，"还有，我休假了，能过两星期的舒坦日子，五分钟后就走。"

　　"我们人手够用，如果你那个肌肉发达的沙滩男孩和那个实习生也算数的话。"

　　"有你的指导，他们会成长的。"凯辛说，"要公正坚定，还要聪明柔和。"

　　她用拳头轻轻地推了一下他的后背，一副没大没小的样子，也不知道她听进去了没有。

第二十六章

当天晚些时候，一名叫米克的七十多岁老人从肯梅尔郊区过来。他用拖拉机拉着一个割草机在汤米·凯辛的旧宅废墟周围除草，地上满是碎玻璃碴和金属残片，还总撞到各种隐藏在草丛深处的坚固障碍物。

"干这么个危险的活计，我应该多收你钱的。"他一边把拖拉机和割草机装上自己的卡车，"但是我不能，对不？因为我干这个是无偿的，你给我六十块钱，我会拿去找个慈善机构捐了。"

"我是一名警察，"凯辛说，"宣誓过要维护国家税法。"

"算你五十块吧。"米克说。

凯辛给了他五十块钱，他把钱折叠起来，塞进帽子的吸汗带里。这个地区的人们总是习惯性地避税，无论是货物税还是服务税。

狗在新修的草地上撒着欢，尽情呼吸着刚剪过的青草气息，戴夫·雷布和凯辛绕着旧宅的废墟来回走着，丈量着尺寸。凯辛拉着皮尺的一端，雷布记下长度，并绘制着房屋结构图。最后，他们一起坐在断壁残垣上，雷布给他看自己记录下来的东西。

"这么大，"凯辛说，"从来没有想到这房子是如此之大。"

"汤米是个有钱的家伙，是吗？"

"他在金矿上赚了大钱，全花在这房子上了。他好像也养过一些马，我想。"

一阵风吹来，远处的青草荡起了曼妙的柔波，他们能闻到这风带来的泥土的芬芳，能闻到冰冷的大海。

"他一定是很早就疯了。"雷布说，"这房子应该建在暖和点的地方。"

"那是为了炫耀。"凯辛说，"他必须在这儿建。在汤米之前，凯辛家族的人就是那德行，他之后的也一样。"

雷布做了一支烟卷，点燃了它，舔了舔黏在下嘴唇的烟丝："所以你想修好这房子，继续炫耀？"

"是啊。现在我们该做点什么？"

"问我？我怎么知道？"

又坐了一会儿后，他们起身准备离开，风比刚才更强劲了，令人有些站不稳。两人一齐望向狗那边，两只动物似乎感受到了他们的目光，四下里张望一通后，跑回他们身边，不过只待了一小会儿，又跑开了。凯辛想，自己是有多愚蠢才会想要重建这所房子，是时候放弃这个计划了，趁还来得及。

"这房子还有照片吗？"雷布说，"缺了一整片，不知道被炸到哪儿去了。我们还需要搭一个棚子，遮风挡雨用。"

他们往回走，夜色渐渐浓了，光线向山谷深处褪去。天黑得很快，二十分钟不到，白昼就被漆黑的夜彻底吞没了，因刚才丈量房子时反复弯腰，这会儿凯辛的身体感到疼痛。

走到棚屋附近，雷布说："老爷子送给我一只兔子。在冰箱里，看到了吗？"

"没有。"

"都在冰箱里放两天了，最好今晚吃掉。"

凯辛什么也没说，他不想做饭。

"我能做，"雷布说，"做个炖兔子。"

凯辛犹豫了片刻，警察遇上了流浪汉，流浪汉住进了他的房子，还帮忙煮饭，当地人对此会非常感兴趣。同性恋，基友，同性恋警探和他的流浪汉基友。

但凯辛才不在乎。"听起来不错。"他说，"展示你的厨艺吧。"

他喂了狗，生起炉火，从冰箱里取出啤酒，坐下，疼痛似乎缓解了一些。雷布看上去并不是第一次做饭，他把兔子切成块，萎蔫了的蔬菜切段，把肉炒成了熟褐色。

"这酒可以用吗？"雷布指着架子上的一个瓶子问道，"还是要留着干别的用？"

"开瓶器在那儿挂着呢。"

雷布打开那瓶酒，往锅里倒了一些，加上水。"先这样炖着。"他说，"我一会儿回来。"

他走向侧门，狗儿们从地上爬起来，跟着他走了出去，凯辛读着报纸，昏昏欲睡。雷布回来了，两条狗先跑进屋，直奔凯辛而去，亲热地蹭着他，仿佛它们是去了趟遥远的北极，才刚刚回来，尽情宣泄着一路上对凯辛的思念。

凯辛觉得雷布的炖肉做得非常棒，他拨了一些盖在米饭上，端着碗坐到炉火旁，边看电视，边吃起来。戴夫坐在桌子前吃饭，边吃边看报纸。电视上开始播放新闻，蒙罗港的游行在第六条：

澳大利亚联合党领导人鲍比·沃尔什今天在海滨小镇蒙罗港的集会发表讲话，反对当地的旅游度假开发项目。

这次集会有电视报道喜欢的元素：老人和小孩携手同行，示威人群一起唱歌，还有一场小殴斗。

"算那家伙幸运，没被指控故意伤人。"凯辛说，没有抬头看雷布。

"正当防卫。"雷布说，"他也没怎么下狠手。"

"你们流浪汉懂得怎么保护自己。"

"那只是个醉汉，"雷布说，"完全没难度。"

他们观看了鲍比·沃尔什的演讲片段，他看起来被雨淋透了，有一个镜头特写，雨水从他的脸颊滑落下来。电视上，那个老太太亲吻了他，他亲切地微笑，手还关切地扶着她的胳膊肘。

沃尔什做了一次简短的访谈，然后摄像头跟随他和海伦·卡斯尔曼，拍到了他们分别与凯辛、肯德尔和韦克斯勒交谈的画面，能明显看出那是长焦镜头拍的。

凯辛心中一凛。他当时没注意到远处有镜头对着他，否则一定会转身避开。那个顶着发胶雕塑的女人旁白道："鲍比·沃尔什也借此机会与警探乔·凯辛对话。在周四克罗马迪外郊土著片区的两名青年，沃尔什的外甥卢克·埃里克森和另一位青年科里·帕斯科的死亡事件中，凯辛是在场警察之一。"

鲍比·沃尔什又用手理了理自己的湿发："我只是跟警官打个招呼，我和他是小学同学。希望我们能还原那天晚上发生的事情真相，为死去的孩子伸张正义。我是说我希望，二百多年来，土著居民也一直这样希望着，希望在生活中获得真正的公平和公义。"

雷布站起身，走到水槽边，清洗他的盘子和刀叉。"你朝那个孩子开枪了？"他问道，语气平淡。

凯辛郑重地看着他。"没有，但如果他用猎枪指着我，我想会的。"他说。

"我等下就走了。"

"你炖兔子很有一手，"凯辛说，"有机会随时再来炖一只。"

走到门口的时候，狗也想跟着他出去，雷布回过头来问道："电锯什么时候能到？"

"明天，伯恩说他一开工就把水箱和电锯一起送过来，但他那么说可能是指早上，也可能是半夜。"

"我们还需要些东西：水泥，沙子，木材，所有这些，我都写在清单上了，放在水槽那里。"

"要多少水泥？"

"六袋吧。"他说，凯辛能感觉到雷布在为他节约。

"需要弄一台水泥搅拌机过来吗？"

雷布摇了摇头："除非你打算再从路上找几个无辜的伙计一起来给你干活。"

"我一直在找。"凯辛说。

他打电话给伯恩，之后不久便觉困倦袭来，身上的伤痛又加剧了几分，他突然感到一阵难过，于是早早上床休息去了。他很快便睡着了，但一个噩梦惊醒了他，这是一个从未有过的梦境：漆黑的夜里，雨下得很大，耀眼的火光和尖叫声，到处都是人，一片混乱。他被困住了，像被类似八爪鱼的东西给缠住了，他努力地挣脱，但那东西死死地攀住他。空间越缩越小，空气也渐渐稀薄，他感觉自己快要窒息了，就快死了，恐惧裹挟着他向深渊飘去。

他在自己的大房间里醒了过来，闹钟的表盘和指针发出幽幽的绿光，他感觉到心脏还在胸膛里跳动。屋外，夜风呼啸着吹过瓦楞铁皮房顶，飕飕作响。

他从床上爬起来，狗听到他的声音，在门外叫唤，他放它们进来。它们爬到床上，相互挤着，跳着，依偎着趴下来。凯辛打开了台灯，往炉子里添了些木柴，裹着毯子，坐下来读《诺斯托罗莫》。

> 每次总有一名随军神父——某个满面胡楂儿、浑身污秽、腰间插着大刀、上尉军装的左胸上有用白棉线绣的小十字的壮汉——尾随，他嘴角叼着香烟，手里拿着木凳，去听忏悔，赐予宽恕；因为国家的大救星公民（古斯曼本在请愿书中的正式称谓）并不反对理性的仁慈。行刑队凌乱的枪声会传过来，有时还会跟着单独的结果性命的一声；一小股浅

蓝色的烟雾会从苍翠的树丛后袅袅升起……①

他在破旧的大椅子上睡着了,清晨醒来,狗儿们轻拱着他,两条尾巴交叉摇摆着,像毛茸茸的节拍器。当他向壶里灌水时,台子上的电话响了。

"老板,我是马丁警员,克罗马迪警局这边的。我奉命告知您,唐尼的母亲几分钟前打电话过来,说他失踪了。她不知道他是从什么时候起失踪的,昨晚十一点时,她还看到他在床上。"

凯辛捂着话筒,清了清喉咙:"在下次保释报到之前,他都没有做错任何事情。告诉他妈妈询问一下他的朋友,看看有没有其他人一起失踪了。有消息随时打我的手机。"

他走到外面,撒了泡尿,望向山坡,深红的枫树像点燃的火种,透过清晨的薄雾跃入眼帘。他活动了一下肩膀,试图缓解身体的僵硬。

唐尼上午十点之前不会去警局报到,他知道。

---

① 刘珠还译,译林出版社,2001 年 10 月第 1 版。

第二十七章

"唐尼没来警局报到。"霍普古德来电话说,"他妈说那个小王八蛋最近总在哭。"

蒙蒙细雨中,凯辛和雷布正着手清理通向旧宅大门前的小路,掩埋在地下的火红色地砖得以重见天日,颜色依旧鲜艳。

"她有没有到处找找看?"凯辛问。

"我猜应该是都找过了。"

"他那帮朋友怎么说?"

"听起来他们应该脱不了干系,这些小黑鬼跟其他土著一样,都说自己睡得很死,什么也不知道。"

"他有没有带走什么东西?背包,衣服什么的?"

"我忘了问。"

凯辛看着雷布向茅草、蔓草和泥土的更深层挖掘,他不知疲倦地挥舞着长柄铁锹,铲着土,刮出藏在地下深处的瓷砖。这让凯辛感到很虚弱,他自己挖的东西少得可怜。

"虽然你可能在休假,但你仍是负责人。"霍普古德说,"我们在等你指挥。"

"唐尼违反保释规定。"凯辛说,"警方可以介入此事了。安排联络人配合唐尼的母亲,动员当地人搜索整个土著片区,不要放过任何一间车库、棚屋,甚至是废弃的住所。"

"当地人会去找唐尼？你没吃药吗？"

凯辛看着天空。"有消息随时通知我。"他说。

他继续挖自己这一侧的小路，感觉肚子很空，像是很久没吃东西了似的。运水罐的拖车到达的时候，他才挖了四五米，雷布已经远远把他甩在了后面。伯恩的道奇卡车拖着一辆破旧的水罐车，表面凹凸不平，他从车里走了出来。这小子没刮胡子，身上穿的工作服也油腻腻的，嘴里还叼着烟，他四处瞧了瞧，一副看什么都不顺眼的样子。

"天哪，你确实是疯了。"他说，"货到付款。"

"十一点半？"凯辛说，"这是你开工的第一件事？"

"这是我今天要为你做的第一件事。电锯一百二十块，包括所有工具在内，这东西是从一个老太太那里买来的，她以前只用它修剪过花。瓦楞铁二十，水罐车每周租金二十，至少四周起租，送货十块。车里的水，第一次免费，这样已经很慷慨了，再灌水每车十块。一共加起来算你二百，包括这一罐水。这么优惠是因为你是我的亲戚，还因为你是个疯子。"

凯辛绕着水罐车转了一圈，它被潦草地喷上了黑色的气溶胶涂料，罐子上原来的字被蹭掉了，看起来用的是磨床上的钢刷，底层的锈蚀使新漆冒了泡。

"哪里搞来的？"他说。

伯恩弹了弹烟头。"奇了怪，"他说，"到了麦当劳的汽车餐厅，你难道会问服务员从哪儿弄来的肉馅？"

凯辛又绕车走了一圈，"预备役部队有人报警，他们在利弗莫尔另一边的峡谷里执行任务时，曾用帆布把水罐罩住，跑到城里喝了几杯啤酒。结果第二天，他们发现不见了两个水罐，一个大帐篷，还丢了一些油布和煤气瓶。任务中失踪。"

"在预备役部队，"伯恩说，"擦个屁股都得用三个人。有个老兄把这个放到了我院子里，他说会回来跟我谈价钱，以前我没见过那人，后来也没再见过他。"他吐了口痰，"我没有什么好说的。"

"不要说任何可能在法庭上对你不利的话。"凯辛说，他掏出钱包，拿出四张五十元的钞票递给伯恩。

"怎么，今天不砍价？"

"不砍。"

伯恩只收下三张钞票："天啊，你把我心里的基督徒都感召出来了。"

"你适合当个迷你基督徒，在花园里守护精灵的那种小矮人。我们还需要一些建筑五金、铲子、水平尺，诸如此类的东西。"

伯恩看着雷布，他正靠在铁锹上，目光看向别处。"嘿，戴夫。"他喊道，"你比这家伙更懂建筑？"

雷布转过身来，耸了耸肩："我不知道他懂多少。"

"是吗？好吧，我建议你们去我那儿看看。"伯恩说，"我有一些瓦匠用的工具。不是便宜货哟，提醒你们，都是很难搞到的好工具。工具是瓦匠的最爱，恨不得带到坟墓里去。"

"克罗马迪科技公司有个入室盗窃的案子。"凯辛说，"建筑部的储藏室失窃了。"

"我的天啊，这件事我也从没听说过。这是你编的，是不是？"

"我不想买丢失物品清单上的任何东西。"凯辛说。

"我不知道你哪儿来的偏见，我身上可一个污点也没有。你同事来找过我，那个王八蛋霍普古德，他和一群卑鄙的浑蛋。折腾我一小时，把我的地方翻得一团糟，结果他们空手而归，连句抱歉都没有。"伯恩吐了口痰，"不管怎么说，来帮我们一把，搬这些瓦楞铁。"他说，"这东西你有存货吗？"

他们把瓦楞铁从车上卸下来，伯恩上了卡车，准备回去。"戴夫，我一直想问你，"他说，"我是不是在什么地方见过你？"

雷布正在检查电锯。"哦，我不认识你。"他说，"可要是遇到一个有问题的电锯，我倒是能一眼认出来。"

他们继续工作，雷布挖到废墟那里之后，转过头来开始挖凯辛这一侧，向着他这边挖过来。

凯辛的手机响了。

"跟你说一下，"霍普古德说，"找不到唐尼，他们找遍了那里的每一寸地方。

凯辛看着左手掌上的水疱，每根手指上都磨出一个苍白的肿块。"开始第二阶段，"他说，"也许一开始就该这么做。"

"你指的是我们还是你自己？"

"没什么。"

"警报早上九点前就发出了，我们没等你的指令。他们有没有告诉你布戈尼快不行了？"

"没有。"

"也许你不在那个圈子里了。"

他们在那条相对而挖的小路上逐渐靠近彼此，把最后的草皮洒进绿色的荒野。雷布问道："那个伯恩，是你表弟吗？"

"是的。"

"你父亲那边的亲戚？"

"我母亲那边的，他爸爸是我妈妈的哥哥。"

雷布若有所思地盯了凯辛一眼，就回去工作了。过了一会儿，他问："这是个非常不错的花园，有它的照片吗？"

"我现在要去克罗马迪，会顺便找找看。"凯辛说，他脑中想的不是花园，而是唐尼、死去的两个男孩和霍普古德。

第二十八章

海伦·卡斯尔曼正在出庭，她公司的同事说。凯辛步行绕过街区，到法庭就座，看到她站了起来，一袭黑衣，秀发如丝般顺滑。

"尊敬的法官大人，如您所知，1977 年的《保释法》并没有对例外情况给出定义……"

法官抬起一根手指阻止了她："卡斯尔曼小姐，不要跟我说我知道些什么。"

"感谢您的指点，法官大人。被告没有涉毒史，他被判两项涉嫌倒卖二手物品的轻微罪行，他有四个十二岁以下的孩子，被告的废金属生意是这个家庭唯一的收入来源。没有丈夫，奥哈洛伦夫人便无法照顾孩子，也无法经营家里的生意。"

法官朝窗户的方向望去。

"法官大人，"海伦·卡斯尔曼说，"我被告知对我委托人的审判将安排在至少三个月以后。我满怀敬意地认为，这些因素确实构成了该法案生效所要求的特殊情况，因此我请求被告获准保释。"

"在这个社区，"法官说，"持有海洛因是极其严重的罪行。"

"意图持有，尊敬的法官大人。"

凯辛能看到法官下巴隆起的肌肉："在这个社区，持有海洛因被视为极其严重的罪行，也许在悉尼那儿都不算什么，卡斯尔曼女士。"

法官说话的声音有些嘶哑，他环顾四周寻找认同，露出黄色的犬牙。死鱼眼检察官配合地笑了笑，眼神毫无生气。法官回视海伦，依旧龇着一口黄牙。

"我想说的是，法官大人，"海伦说，"如果我的委托人被判有罪，他将面临的只是最低限度的惩罚，因此他违反保释规定的可能性微乎其微。"

法官盯着她。

"如果阁下愿意，"海伦说，"我会针对这个问题做一个详细的阐述，包括最近马斯格罗夫法官在最高法院对地方法院拒绝保释引发的上诉所做出的判决。"

他拿出一张纸巾，擤了擤鼻子："我不需要任何由于你缺乏经验而做出的推断，卡斯尔曼小姐。保释条件如下。"

法官宣读了保释条件。

"法官大人，"海伦说，"请恕我直言，我认为由于2万美元远远超出了被告的承受能力，这相当于直接拒绝保释。"

"哦，是吗？"

"我可以在庭上引用先例吗？"

他没有打断她的陈述，继续听她说。然后，他的唾沫星飞入半空，银色的微尘被光照亮，他把保释金减到了5000澳元。

凯辛出来时，他认识的一个叫格雷格·劳的刑事警察正在倚着栏杆吸烟，夹烟的手指与法官牙齿的颜色一样。

"天哪，那个女人脸皮真厚。"劳说，"作为律师就应该去拍法官的马屁，而不是威胁要对判决进行上诉。"

"什么时候拍马屁，什么时候踢，"凯辛说，"这是刑事法庭上的核心问题。"

劳的眼睛盯着街道，凯辛沿着他的目光看到了一辆锈迹斑斑的橙色德森车，门是蓝色的。司机像一摊肥肉堆在驾驶舱里，她粗壮的右臂挂在窗外，肥硕的手指夹着一支烟。她把它举到嘴边，凯辛可以看到她手上的三个大圆环，是个指拳套。

"加比·特里维娜。"劳说，"天晓得，她已经逾期拘押被放出来了。这家伙在格高休息室外面打碎了一个女人的下巴，那女人怀着身孕，肚子鼓得像个气球。被打得摔倒在地后，加比上前一脚，又踢断了四根肋骨。简直泯灭人性！"

沿街走过来一个中年人和一个少年，他们上了台阶，看着格雷格·劳。那男人有一张瘦削的脸，红色的头发暗淡无光，穿着一套发霉的旧西装，比他曾经穿去参加婚礼时要宽松得多。那少年长相极像他的父亲，一头稍长些的红发，活力十足，耳垂上戴着一枚金环。

"你往前走，我一会儿就来。"劳一边说着，一边用手指示意了一下，"事情是这样的：那个女人掐了加比在屋顶上种的植物，在该收获的时候。"

"屋顶花园。"凯辛说，"在纤维水泥制成的天花板上，摆几张躺椅，几株花盆植物，加比在那儿晒着日光浴，我都能看到那场景。"

"今天那个胖婊子重获自由，没有人提出反对意见，以后可能需要一台挖掘机才能再找到她。"

劳从栏杆上直起身来："说到拍和踢，我听说霍普古德是你最好的搭档。"

"是吗？"

劳把烟蒂弹到街面上："加比·特里维娜不是这镇上最危险的人，虽然差不太多，但她不是。"

"什么意思？"

"你觉得呢？我得走了。"

海伦·卡斯尔曼走下楼梯，凯辛迎了上去。"天气不错。"他说，"能跟你说句话吗？"

"如果你愿意和我一起走的话，我要见个客户，快迟到了。"他们走下台阶，向左转。

"收到我对唐尼被骚扰的投诉了吗？"她说。

"没有，我在休假。什么骚扰？"

"我跟你们警局的霍普古德先生投诉过，巡逻车从房前驶过，闪着聚光灯，那是搞什么鬼？你会对他的离开感到惊讶吗？那就是你们的目的，不是吗？"

"我不知道这件事。"

"你根本没在查这个案子，这是你的问题所在。"

"我们在查这个案子。"凯辛说，但这是一个谎言。

一前一后过来两个玩滑板的人，前面那个明显年纪太大，不太能玩得动。凯辛向左避让，那两人从他们之间滑了过去。

"这话你该去告诉那两个死去的孩子。"海伦说。

"没有哪个理智的警察愿意向孩子开枪，实际上一般情况下他们不会向任何人开枪，可正常的孩子也不会带着猎枪在外面逛。"

"那只是你的说法，并非事实。你找我什么事？"

凯辛不希望她讨厌自己："如果我们知道他已经跑去别的地方了，那将会对我们很有帮助。"

海伦若有所思地摇了摇头："如果我知道，你觉得我会告诉你吗？"

"告诉我会对你有什么不利吗？"

"即便我知道，那也是由于我作为他的代理律师才有权获知的，又怎么能转告给你呢？我从这里过马路。"

他们站在路口，等交通灯变绿，都没有看对方。凯辛想看看她，忍不住瞥了一眼，发现她正在看着他。

"我印象里你不是这样又高又瘦的。"她说。

"我个子长得晚，但你印象里的应该是别人。"

绿灯亮了，他们一起穿过马路。

"不。"她说，"我记得你。"

凯辛感到脸上一热。"回到刚才的问题。"他说，"你也为法庭工作，告诉警察唐尼的行踪不存在道德问题。"

海伦没说话，他们默默走着，在她的办公室——一幢青石建筑前停了下来。

"听说你以前在城里当刑警。"她说。

"是的，在那里工作过。"

他看她正朝自己转头，下意识地整理了一下自己。

"所以根据你以前的经验，律师会把委托人的信息告诉你们，是吗？"

"我一般不会询问律师有关他们委托人的事情，但你的委托人违反了保释条例。我只是想问你，是否知道他已经离开这个地区。如果是的话，我们就不必在这里白费力气找他了，这应该不是一个令人为难的问题。"

"我可以告诉你，我知道得并不比你多。"

"谢谢你，卡斯尔曼女士。"

"很高兴能帮到你，凯辛警探，有什么事可以随时找我。顺便说一句，我昨天才知道我们要成为邻居了。"

"怎么回事？"

"我买了你隔壁的那个地方，就是那栋老房子，克里根夫人的地产。"

"欢迎来到乡村小镇。"凯辛说。我们今天刚用一道栅栏把两边的地产隔开，他想。

他步行回到警局，霍普古德不在那里，他去了克罗马迪西边的一处废墟，那里发现一具尸体。

凯辛留了条简讯，开车去图书馆找老房子的照片。到了才发现图书馆关门，管理员都放假了。在回家的路上，他想起了在学校最后一学年的那个晚上，毕业前几天，托尼·克雷西开着一辆奔驰来接他，那辆车是高速路旁的克雷西高档汽车店的。托尼是克罗马迪高中队的后卫，他速度慢，身体重得几乎跑不起来，但他很高大，能威慑对手。

他们一行四人，开车去壶口崖上的丹格尔石阶，两个男生，还有海伦·卡斯尔曼和苏珊·沃尔斯。那天晚上之前，凯辛跟这两个女孩都没说过几句话。

那些台阶很早就被铁丝网围了起来，旁边还竖起了警告牌，但那只会鼓励人们翻墙而入。凯辛两手交叉做了一个马镫，帮海伦翻过铁丝网，上马镫对她来说完全不是问题，她是一名马术运动员，大家都说她可以去参加奥运会。他们沿着蜿蜒的小径穿越石林，追随着珀西·汉密尔顿·丹格尔疯狂的脚步，丹格尔花了十二年时间在峭壁上凿出了一条路，从靠近入口的狭窄石阶开始，绕过崖壁，一直向下通到涨潮的水位线。所有人都知道这个故事，那条路大概还残存一百级台阶，越往下走越不安全，被海水、波浪和海风侵蚀得严重。

那天晚上，他们没向下走太远，他们背对悬崖坐着，男孩们抽着烟，四人传喝着一瓶金宾威士忌，你一口我一口地体验着烈酒的烧灼。其实大家平时都不怎么喝酒，但为了营造氛围，那种情境必须喝。凯辛和海伦坐在托尼·克雷西和苏珊下面的台阶上，托尼逗得大家笑个不停，随便谁他都能逗乐，包括学校里那些严厉的老师。

当时海伦笑得东倒西歪，凯辛还记得自己裸露的手臂被乳房碰到的感觉。

她没穿胸罩。

他还记得，石阶入口处的礁石击碎了迎面而来的巨浪，发出轰隆隆的声响，朵朵白色的浪花凌空飞起。海水沿着石灰岩壁的一侧向上奔涌，碎落的浪花在他们脚下翻腾着，像一口煮沸的大锅，在那惊心动魄的一刻，时间仿佛停止了。巨浪越涨越高，不知何时会停歇，令人惧怕即将被它从石阶上冲下去，拖入一个深不见底的黑洞，坠落，坠落，直到没入汹涌的壶口崖底。

但它没有。

海水爬上陡峭的崖壁，上升了五六米，继而退了下去，岩洞中吐出一道道水流。海水翻腾着冒着泡，随着大岩洞的水逐渐排干，水面也慢慢平静了下来。

他还记得那些笑话，还有那些"下次我们在此重聚"的天方夜谭。

他们先把苏珊送了回去，然后车停在离海伦家半个街区的地方，凯辛陪她走到门口。出人意料地，她飞快地吻了他一下，看了看他，然后又吻了下去，深深的一吻，双手插进他的头发里。

"你人真好。"说着，她钻进了身后的大门。

他走回汽车那边，心还在怦怦跳。"经典。"托尼·克雷西说，"跟经典的爱情故事一样，你小子真幸运。"

第二十九章

天几乎黑了，凯辛和雷布从最后一个栅栏坑里挖出了朽烂的桩子。起风了，凯辛觉得浑身都疼，疼得直不起腰来。

"明天晚上之前能干完，"雷布说，"如果我们能拿到建材的话。"

"伯恩早上会把所有东西都带来的。"凯辛说，"他现在对'第一件事'的含义已经有了更好的理解。"

他们扛着工具，开始爬山回家，凯辛吹了声口哨，两个黑黑的脑袋一起出现在小溪边，抬起头向他献殷勤。

房子的屋顶逐渐出现在视野里，凯辛的手机响了，铃声在呼呼的冷风中若有若无。他停住脚步，放下铁锹，摸出了电话，雷布闷声继续往前走。

"我是凯辛。"

杂音，没有任何回复，他挂断了电话。

凯辛跟着雷布一起上了坡，每一步都走得很艰难，刚刚到达坡顶的时候，电话铃又响了。

"凯辛。"

"乔?"是他的妈妈。

"怎么了，西比尔?"

"你的声音很小，能听见我说话吗?"

"我听得见。"

"乔，迈克尔试图自杀，他们不知道……"

"在哪儿？"凯辛感到身上一阵发冷，还有些恶心。

"在墨尔本，他的公寓里。有人给他打电话，他们意识到……"

"哪家医院？"

"阿尔弗雷德医院。"

"我现在过去，你要一起来吗？"

"乔，我很害怕。你给他打电话了吗？我让你给他打个电话。"

"西比尔，我马上走了，你要一起去吗？"

"我太害怕了，乔，我无法面对……"

"没关系，我一见到他就给你打电话。"

"乔。"

"我在。"

"你应该跟他通话的，我告诉过你，我跟你说过两次，乔，两次。"

凯辛看着雷布和狗，他们快走到房子那边了，狗在前面交错跑着，嗅着地上的气味。它们有种尖兵的神气，像是处在一项危险任务的关键时刻。到了门口，它们会回头看看，然后各自举起一只爪子，仿佛示意所有人解除警报。

"我会给你打电话的，西比尔。"他说，"如果你听到什么消息就给我打电话。"

到达布朗克斯霍姆路口时，天已经完全黑了，他开上高速公路去往城里。车灯扫过一间墙皮剥落的房子，一辆没有轮胎的汽车，照亮了残破雨水罐旁的一只狗，恶魔一样的眼睛反着绿光。

第三十章

　　医生领着凯辛穿过那间狭长的病房。过道两侧是用布帘挡住的小隔间，凯辛感到有些恐慌。他熟悉消毒剂和清洗液的味道，一切物品都跟那苍白的电脑同样颜色，还有嗡嗡声，无休无止的电子嗡鸣。他突然想到，一艘核潜艇应该也是这样的，躺在冰冷的海沟里，静悄悄的，完全由电子设备控制着。

　　他们经过正厅时，凯辛看到了一具具插满电线和管子的身体，有的指示灯一直亮着，有的在闪烁。

　　"在这儿。"医生说。

　　迈克尔闭着眼睛，氧气罩周围露出的那一小部分脸庞，颜色惨白。几缕乌黑的头发了无生气地搭在枕头上，凯辛记得他是那种又短又整齐的推销员发型。

　　"他会没事的。"医生说，"给他打电话的人叫了救护车，很幸运。而且，因为另一个虚惊一场的急救电话，救护车也恰好在附近，为我们争取到了救他的时间。"

　　医生是年轻的亚洲人，皮肤像婴儿一样，听声音应该是来自一所私立学校。

　　"他吃了什么？"凯辛问，他想离开这里，到户外去，哪怕是去呼吸汽车尾气。

　　"安眠药，苯二氮卓类的，还有酒，摄入得都很多，属于致死量。"

医生用他的小手摸了摸下巴，他看上去很疲倦："他刚做完透析，等他醒来的时候，可能会感觉非常难受。"

"什么时候能醒？"

"明天。"他看了看自己的手表，"已经是明天了，你中午再来吧，那时候他应该就能说话了。"

凯辛离开医院大楼，给母亲打了个电话，简短说明了情况。然后他开车去了维拉尼位于布伦维克的房子。他把车停在街边，沿着车道走了进去。他在路上打过电话。"托尼的房门是开着的，在车库旁边。"维拉尼说，"房间最近整理过，我想。"

房间里贴满了橄榄球明星、踢拳手和八缸发动机跑车的海报，房间一角有个谱架，上面放着乐谱，一只大提琴箱斜靠在墙上。凯辛看了看桌子上方那块软木板上贴着的照片，在其中一张照片中看到了自己的脸。那是在发生雷·萨里斯事件的很多年以前，那个年轻的凯辛，在一栋房子的游泳池里抱着小托尼·维拉尼，看着镜头。那男孩是维拉尼的缩小版，抹去额头上的皱纹，长出了额角的头发。

我的儿子现在也有这么大了，凯辛想，一阵彻骨的悲伤从他的心底升起，涌上喉头。他坐到床上，脱下鞋袜，躬身双手抱头，臂肘支在膝盖上，疲倦和疼痛吞噬了他。过了一会儿，他看了看表，凌晨两点二十五分。

一辆车停在了车道上，几分钟后，敲门声响起。

"进来。"凯辛说。

维拉尼穿了身西装，领带已经松开了，一只手拿着酒瓶，另一只手拿着酒杯："情况怎么样？"

"他很快就能好起来了，抢救得及时。"

"那值得喝一杯。"

"才一瓶酒？"

"你现在的状态应该不行。虽然，我个人觉着，一切只是虚惊一场。"

维拉尼坐在他儿子的写字椅上，给凯辛倒了杯红酒。"他真想自杀？"他问。

"医生说是。"

"那就让人担心了，知道具体原因吗？"

"他给我妈妈打了几次电话，感觉很沮丧，她让我和他谈谈，但是我没有。"

"听起来像一个短篇小说的故事梗概。"

"你小子还懂短篇小说？"

维拉尼环顾了一下房间。"睡不着的时候，会读点书。"他含着一口酒，在嘴里细细品了品，眼睛盯着墙上的海报。"这可不是普通的烈酒。"他说，"不过之前喝掉了一些，想不想抽支烟？"

"好啊，来一根。"

"我明天也不戒了，受你的不良影响。"

曾经的凯辛喜欢在冲浪之后吸烟，此刻的尼古丁还像从前那样冲击着他的神经，原始的快感，令他眼神迷离，他又喝了口酒。

"我确定这不是你凌晨两点半尿在里面的。"他说，"不知怎的我能品得出来。"

"有个家伙非要送我，不能拒绝。"

"你得加强廉洁自律了，不然当心道德审查。我们这算是早起还是晚睡？"

"还记得维克·泽宝吗？"

"我还没得健忘症呢。"

"嗯，是这样，就在今天晚上，维克被干掉了，他的车停在艺术中心的停车场，你能想象得到吗？那家伙对艺术简直是狗屁不通。是顶着肋骨开的枪，距离不能更近了，除非把枪插进他的屁眼里。枪手应该是坐在他的旁边，是辆银色奔驰，机械增压的。车里开着环绕立体声收音机，吹着暖风，整个弹夹都送给了维克，有一颗子弹在他身体里弹了几下，从锁骨后面钻出来，打在了车顶。"

凯辛呷了口酒："维克有几个基友？"

"你活脱脱像个电影里的警察。现在知道两个，一个在悉尼，另一个不在家，我刚去找过，有那么一刻我觉得有希望逮到他。"

"突击黑帮，成功抓捕，警察一片欢呼。"

"那是在我梦里。"

"劳丽怎么样？"

"还行，老样子，她不待见我。怎么说呢，其实我们是互相看不惯。"

"怎么了？"

维拉尼长长地吸了一口烟，双颊鼓动着，连吐了三四个烟圈，完美的圆圈在死寂的空气中滚动："我们……都有外遇。"

"我以为你只是玩玩的？"

"是啊，唉，在家没什么乐趣，要么是我被工作累瘫，要么是劳丽。她晚上业务很忙，公司聚餐，看比赛，有时候我们连续几天不见面。我们不再聊天了，已经有好些年了，我们俩之间只剩下责任，账单，孩子。我遇到这个女的，第二天还想再见到她，也就那么回事吧。"

"那劳丽呢？"

"我无意中发现了她的问题，不要随意丢下你登录的社交账户。"

"那你们俩扯平了，对吗？你们俩都有问题。"

"谁先出的轨很关键，谁是因谁是果。据她说是由于我出轨，她才睡了那个白痴摄影师。他俩现在已经在一起了，正在凯恩斯搞什么愚蠢的电视节目，现在可能正在海滩上，在热带月光下缠绵着呢。"

"你还挺有诗意啊。"凯辛说，他不想再听下去，他喜欢劳丽，对她很有好感，"当老板的是这样工作的吗？"

维拉尼倒了杯酒："我不过是勉力应对，我那个名叫威肯的蠢货英国佬上司，他越过贝尔，要求我直接向他汇报。我不懂政治，也他妈的不想懂。真希望辛戈能回来，有他在时我过得开心。"

他叹了口气。

"那时我们都过得很开心。"凯辛说，"比现在开心。明早我顺路去看看他。"

"唉，我得找时间去看看他，每天忙得没一刻空闲。对了，唐尼的事情怎么样了？"

"律师说唐尼遭到了骚扰，有汽车半夜在他家外面闹得人睡不了觉。你以前怎么没跟我说过霍普古德是个那样的人？"

"我还以为你了解克罗马迪以前那些该死的黑历史呢，我还是觉得唐尼随时可能回来。"

"我觉得不会。"凯辛说，"我们从来没有什么证据能指控他的，什么都没有。"

维拉尼耸了耸肩："是啊，再说吧。接下来，你哥这事打算怎么处理？"

凯辛一直在想这件事："自杀未遂，我一点头绪都没有。"

"韦恩活着，自杀未遂，希望他加把劲儿。布鲁斯死了，干得好，布鲁斯。你哥是家族里的成功典范，是吗？"

"我不觉得。"凯辛说，"他只是聪明，受的教育好，还有挣钱多。"

维拉尼斟满酒杯："而且幸福，顺风顺水。没结婚？"

"还没。"

"我不知道，最后一次见面还是我住院的时候，他没坐下，连着打了几个电话。我不怪他，我们互相不了解，他去探望只是出于义务。"

"听起来像劳丽对我和家人说的话，也许他需要心理医生。我记得有个叫伯特兰的家伙就去看了心理医生，那个克罗地亚人捅了他之后，他变得极其沮丧，实在无法排解心结。但还是不要找警队的心理医生。"

"那个克罗地亚人才需要看心理医生，伯特兰需要找个钣金工捶他一顿。"

他们有共同的生活，他们一起交谈，他们一起抽烟。维拉尼推门走进夜色，不一会儿又带回来一瓶酒。酒拿回来的时候，瓶盖已经打开了，他继续斟酒："你觉得警察这工作怎么样？你现在闲下来了，该好好想想。"

"我还能干点什么别的？"长途驾车的疲倦向凯辛袭来，医院里的场景出现在他的脑海中，酒精在发挥作用了。

"任何工作，你脑子够用。"

"不知道。无论如何，我从来都没想过，我不知道该做什么，浑浑噩噩的，以前冲过浪，然后我就加入警队了。这世上有很多浑蛋，但……我不知道，我不觉得这是份工作。"凯辛继续喝酒，"我们开始反省人生了，是不是？"

维拉尼挠着头："在当上刑警之前，我从没感受到过工作的价值。抢劫犯，你知道的，那真的很令人兴奋，我们收拾那些坏人，像大孩子玩的游戏。但凶杀案就不一样了，是辛戈让我感受到了不同，为死者讨回公道，他是这么跟你说的吗？"

凯辛点了点头。

"辛戈总能为警队挑选正确的人才，他很有眼光。伯克茨当初一无是处，但辛戈选中了他，那家伙已经是明星警探了。现在我选择像达夫这样的人，大学学历，很努力，不抱怨，他既不想站黑人的队，也不想去巴结白人。"

"他将来错不了。"凯辛说，"他很聪明。"

"现在呢，"维拉尼说，"我需要为那些被袭击的毒品贩子主持公道，好让他们有机会袭击其他的浑蛋。我还要去学着做个政客，要提高穿衣品位，学着处事时拿捏分寸，我现在明白辛戈的大脑为什么会崩溃了。"

他们几乎把酒都喝光了，维拉尼说："现在你比我更累，需要的话给自己设个闹钟，我自己也去睡个好觉。"

睡觉前，凯辛推开窗户，钻到那张窄床上的羽绒被下面，屋里还萦绕着烟味。他想起十七岁时，在他和伯恩同住的房间里，两个人在黑暗中仰面躺着，在单人床之间分享着一支烟。

他醒来的时候，时钟显示已经是早上八点十七分了。他猛地从床上起身，觉得一阵头晕目眩。他睡得很死，像被棍子打晕了似的，现在醒来感觉自己还在晕着。

门下面有一个信封。

乔：这是后门钥匙，冰箱里有鸡蛋和熏肉。

凯辛在悉尼路上的一个小餐馆吃了早餐，是土耳其人或者希腊人开的，鸡蛋是由一个眼睛颜色像牛奶黑啤一样的大块头送来的。

"我认识你。"大块头说，"隔壁的亚历克斯·卡特修斯被人枪杀了之后，你和一个小个子来查的那个案子。"

"那是很久以前的事了。"凯辛说。

"你们永远都抓不住凶手了。"

"不，也许有一天会抓到。"

他轻蔑地哼了一声："有一天？你们根本抓不住那些人，他们是黑帮杀手。电台那个家伙说了，警察根本没有用。"

凯辛感觉热血涌上了脸，眼睛在冒火。"我正在吃饭。"他说，"如果你想抱怨警察，去警察局说。辣椒在哪儿？"

第三十一章

迈克尔已经离开了重症监护室，住在楼上的一间单人病房。他醒着，脸色苍白，胡子拉碴的。

凯辛走到床前，笨拙地碰了碰他哥哥的肩膀。"你把我们大家都吓坏了，老兄。"他说。

"抱歉。"嘶哑的声音，有气无力的。

"觉得好点了吗？"

迈克尔眼神恍惚地看着他。"糟透了。"他说，"我感觉自己像个废物，在浪费别人的时间。我病了。"

凯辛不知道该说些什么。"你做了个后果很严重的决定。"他说。

"其实不是个决定，就那么发生了，我当时很难过。"

"你之前有没有这么想过？"

"想过，是的。"他闭上眼睛，"我一直很抑郁。"

时间在流逝，迈克尔似乎是睡着了，这使凯辛有机会仔细打量他，他从没这样做过。你通常不会很仔细地观察别人的样貌，而只是注视他们的眼睛，动物们不会盯着彼此的鼻子或下巴，额头，发际线，它们会盯着能发出信号的东西——眼睛，还有嘴巴。

迈克尔闭着眼睛说："我三周前被解雇了，当时我正在进行一宗大的收购案，有人泄了密，整个事情都搞砸了，他们认为是我的责任。"

"为什么？"

他的眼睛依然紧闭着："他们拿到了一张我跟对方一个人的照片，被收购那家公司的人。"

"什么样的照片？"

"不是很过分的那种，只是简简单单的一个吻，在我家外面的台阶上。"

"嗯？"

迈克尔睁开他的黑眼睛，眨了几下，他的睫毛很长，他努力地转过头来看向凯辛。

"是个男的。"他说。

凯辛想抽支烟，这种渴望不知从何而来，很强烈。他从来没想过迈克尔会是同性恋。迈克尔曾与一位医生订过婚，西比尔给他看了一张在订婚宴会上拍的照片，是个瘦瘦的金发女人，有个翘鼻子，她手上握着香槟酒杯，指甲很短。

"一个吻？"他说。

"我们开会到很晚，晚上十一点，在停车场，我们又见面了，他到我家里喝了一杯。"

"你们……"

"是的。"

"你跟他说了什么？"

"没有。"

"好吧。"凯辛说，"我听过更糟的事情。"

他哥哥又闭上了眼睛，眉间挤出了深深的沟壑。"他自杀了。"他说，"就在他妻子离开他的第二天，他的三个孩子也被她一并带走了。他的岳父是一名法官，和我们公司主管是法学院的同学。"

凯辛也闭上了眼睛，头向后仰着，低弱的电子嗡鸣声、楼下车流的嘈杂声、远处直升机的轰鸣声交织在他的耳边。他就那样静静地待了很久，当他睁开眼睛的时候，迈克尔正在看着他。

"你还好吧？"他说。

"我没事。"凯辛说,"这件事情很严重。"

"是的,他们跟我说你凌晨就来了。谢谢你,乔。"

"没什么好谢的。"

"我不是个好哥哥。"

"我也不是个好弟弟,需要找人谈谈吗?找个心理医生?"

"不,我去找过心理医生,在心理咨询方面花了很多钱。因为我,他们都能在拜伦湾这样的地方买得起房子了,可他们帮不了我。我是个抑郁的人,就是这么回事,抑郁是我根深蒂固的一部分,这是一种大脑紊乱,可能是遗传的。"

凯辛感到有些不安。"药物。"他说,"他们大概有药物能够治疗。"

"那会把我的世界变成一团糨糊,如果服用抗抑郁药物,就不能每天工作十六小时,翻阅成堆的文件,发现漏洞,找出答案。我的这种抑郁,不像是帐篷塌下来把人罩住了那种。它就在那里,我只有不停地工作,那是唯一能压制它的东西,不能有一刻空闲。但生活没有什么乐趣可言,做什么工作都行,我不知道,洗盘子也行。"

迈克尔默默地哭泣,眼泪顺着脸颊淌下来,像两道晶莹的溪流。

凯辛把手放在哥哥的前臂上,没有用力握,他不知道该怎么办,不懂用什么肢体语言来安慰一个男人。

迈克尔说:"他们把照片的事情和金的死讯同时告诉了我。我决定出去走走,上了飞机,从那以后我开始喝酒,喝醉了就睡,醒了再喝,情况越来越糟,再后来我吃了药。"

他努力挤出一丝微笑:"我想这次咱俩说的话,比我这辈子跟你说过的话加起来都多。"

一个护士来到门口。"保持液体摄入量了吗?"她问,表情严厉,"这很重要,你知道的。"

"我在喝。"迈克尔说,他吞咽了一口,"这个时间喝金汤力鸡尾酒是不是太早了？"

她摇了摇头，他的玩世不恭让她感到很无奈。凯辛看得出她喜欢迈克尔的长相，她后来就走了。

"谁拍的照片？"他说。

迈克尔耸了耸肩："我不知道，连拍的一组照片，五六张，我猜是从街对面拍摄的吧。"

"有人在监视你或他，谁会那样做？"

他又耸了耸肩。

"泄密是什么时间？照片之前还是之后？"

迈克尔一只手挠了挠头："你是警察，我都忘记了。是之后，差不多第二天吧，他们得知了我们第二天早上会议的内容。不管怎样，现在都已经不重要了，金死了，我没有了事业，一切都玩了。二十年的努力化为乌有。"

"你选择了一个危险的职业。"

迈克尔记得这是自己曾经对凯辛说过的话，他笑了，一个很苦涩的笑容。

"你最好回去西比尔那里住一段时间。"凯辛说，"帮她丈夫用喷火枪消灭玫瑰。"

"不，我会好起来的。我会和一个朋友住在一起，她有很多空房间。我会继续药物治疗，不再喝酒，锻炼身体，多做运动，我会好起来的。"

沉默。

"我不会有事的，乔，真的。"

"我能做些什么吗？"凯辛说。

"什么都不用。"迈克尔伸出左手，凯辛抓住他的手，他们别扭地握了握手。

"你可别抑郁，你应该不会的吧？"迈克尔说。

"不会。"这是个谎言。

"好，那就好，你逃过了凯辛家族的诅咒。"

"逃过了什么？"

"爸爸，我，可能在我们之前还有很多人，汤米·凯辛肯定也是，妈妈说你在重建他的房子。我们都一样，他只是更极端一些，他想带走他的房子。"

"爸爸怎么了？"

迈克尔把他的手抽了回去："妈妈已经告诉你了吧？"

"告诉我什么？"

"她以前跟我说过，说等你再大一点的时候告诉你。"

"什么事情？"

"关于爸爸。"

"爸爸怎么了？"

"他是自杀的。"

"哦。"凯辛说，"那件事。嗯，我知道。"

"好的，你听着，跟妈妈讲我很好，乔。告诉她这次只是一个愚蠢的错误，只是意外用药过量，好吗？"

"我会的。"

"代我向她问好，明天我会打电话给她，今天有些累了。"

凯辛跟他告别，他吻了哥哥的额头，一股盐的味道。他突然意识到当年自己一家四口，包括未成年的孩子在内，每个人都很抑郁。到了一楼，他找到厕所，在一个隔间里颓然坐下，双手搭在大腿之间。世界静了下来。小便器不时地流出清水，在清洁着自己。

他看到自己坐在那辆霍顿车里，一个小男孩坐在他妈妈旁边，漫无目的地去往陌生的远方。

他爸爸的事，并没有人跟他说过，他们都知道，但从来没有人告诉过他。

第三十二章

在沥青和混凝土的海洋中，养老院像一座被黄砖围起来的孤岛，一片绿色的叶子也没有。一位穿着深蓝色裙子和斑点白衬衫的护士，把凯辛带到了辛戈的房间。

辛戈穿着一件格子病号服，坐在轮椅上，面对着一扇玻璃门，窗外，是水泥隔离带和一个干血颜色的高高的金属栅栏。

"有人来看你了，大卫。"她说，"你有访客。"

辛戈没有反应。

"你们待着，我走了。"护士说。

凯辛拉过房间里的一把椅子，在辛戈旁边坐了下来，把椅子挪近一些。"你好，老板。"他说，"我是乔。"

辛戈转过头，凯辛觉得他比上次见面时更老了，他瘫痪那一侧的脸现在看起来比另一侧要年轻。

辛戈发出了一点声音，听起来可能是"乔"，那是一种短促的嘶嘶声。

"你看起来好多了，老板。"凯辛说，"你在好转，维拉尼还说要请你回来上班，他会亲自跟你说的。他很快就会来看你，那小子现在忙得不可开交，你懂的。"

辛戈的嘴唇动了动，又发出了一个声音，像是痰鸣，但乔感觉他是被逗乐了，眼睛里闪烁着什么东西。他抬起了左臂，他左半边身子能动，手指伸展着，似乎要和人握手。

不是握手，他是想抓住些什么。

你不能去握辛戈的手，那不行，辛戈不会想要那样，他脑子没受到损伤，不是影响智力那种损伤，他只是被阻碍了，他的一部分身体不听使唤。辛戈还在那具躯壳里，那个硬汉在松弛的肌肉里面，被不听话的肌腱禁锢住了。

凯辛不知如何是好，几秒钟的时间像是过了两小时。

也许那个硬汉已经不在了，也许那里只有一个绝望无助的人在向他伸手。

凯辛想起了他的父亲，他伸出右手碰到了辛戈的手。

辛戈撞开了他的手。

他那不是伸手，是凯辛理解错了。

"对不起，老板。"凯辛说，"水？你要喝水是吗？还是要点别的什么？"

辛戈不停地眨着左眼，他的眼睛在诉说着什么，喉咙又发出了一些夹杂着痰鸣的声音。

"你是想要看电视吗，老板？"墙上有台电视机，却不见遥控器的踪影。他能看什么，看多久，这些都是养老院决定的。

他点了点头，那应该是点头。

"维拉尼忙得不可开交，明白我的意思吗？"凯辛说。

辛戈再次举起了手，手指伸展着。

该死，凯辛想，他在指向什么东西。

他朝着他手指的方向看了看，那里的床头柜上有沓便笺和一支钢笔，一支粗钢笔。他把它们拿过来，把那沓便笺放在辛戈轮椅的小桌板上，把笔放在他的左手里。辛戈笨拙地、颤抖着接过笔，用他那粗大的手指费劲儿地牵动着它。

"她怎么不告诉我你会写字，老板？那个护士？"

辛戈努力地在便笺上写字，他全神贯注地握着笔，但那钢笔不听他指挥，信笺也在桌板上动来动去，急得他额头上暴起了青筋。

凯辛伸手扶住便笺，辛戈在上面画着什么，可能是 C，也可能是 R，一些潦草的线条。他似乎用尽了全身的力气，无力地垂下手，闭上了眼睛。

凯辛静静地看着他。

辛戈睡着了。

凯辛站起来，走到门口，转过身来对辛戈小声说道："我会再来的，老板。我们在办你的案子，我们会把你从这里弄出去。"

他能看到玻璃门反射出来的辛戈的身影，仿佛看见辛戈的眼睛在看着他。可当他回去查看时，发现辛戈的眼睛仍然是闭着的。

他从那只手指长着长毛的大手底下抽出了那沓便笺，撕下辛戈画过的那张纸。

"再见，老板。"说着，他把那张用生命写就的便笺拿在手里，对辛戈说，"爱你。"

他在车里坐了一会儿，然后开了灯，试图弄清楚辛戈写的东西。然后，他打开音乐，抛开思绪，专心开车。快到家的时候，他感到疲惫不堪，双腿疼痛，手机响了起来。

"发现一具尸体。"霍普古德说，"你要过去看看吗？"

第三十三章

在夕阳的最后一抹余晖中，凯辛沿着码头向下走，来到案发现场，站在先到的那六个人后面，冰冷咸湿的西风打在他的脸上。他看到防波堤附近的摩托艇在水面上飞奔，船尾压得很低，双发动机轰鸣着。一个身着黄色救援衣的男人在驾驶摩托艇，身后还站着两个穿着深色潜水衣的蛙人。

霍普古德穿着一件黑色的皮夹克，转头看到凯辛，绕过人群向他走了过来。

"飞机上的那个家伙说，在壶口崖外侧的水域发现了一具尸体。"他说，"在旋涡那里。"

凯辛感到一阵作呕，他想直接吐到霍普古德身上。

"你脸色看起来不太好，"霍普古德说，"简直糟糕透了。"

"吃了坏掉的馅饼。"

"我猜也不会是因为别的。"

凯辛听人说过，尸体可以被强大的巨浪卷入海底的洞穴。有时候要几天，或几个星期后，它们才从洞穴里，或是从壶口底部被吸出来，到达海面的旋涡区域。

临近靠岸，舵手放慢了船速，摩托艇在水中平静下来，随着海波上下起伏着，缓缓驶向码头。伴随着发动机的轰鸣声，小艇调整方向，侧舷靠向浮桥。岸上有两个人接应他们，轻轻抛出缆绳，将船头和船尾稳稳地固定在浮桥上。

他们用橙色的尼龙布尸袋包裹着尸体，袋子的四个角各有一个人抬着，后面的那两个人面露惧色。上了码头后，他们把尸体轻轻放在粗糙的木板上，向后退了退，打开包裹。霍普古德靠上前去。

凯辛瞥见了一张被水泡肿的脸，两只脚上没有穿鞋，牛仔裤已经被撕烂了。他不想再看，他已经看够了死人。他走到朝向岸边的栏杆旁，望着远方城镇的灯光，在昏暗的夜色中它们并不明亮。在围观海军阅兵的人群旁边，有汽车疾驰而过，人们陆续回家了。携家人前来的仍在观看，孩子们还舍不得离开。

此刻，他真希望有人能递过来一支香烟。

"这个东西在他的口袋里。"霍普古德说，声音从他的身后传来，"是在那个夹克里找到的。"

凯辛转过身，霍普古德拿着一个灰色的尼龙钱夹正要给他看，那钱夹的拉链是关着的。"过来照一下。"他向其他人说。

一个手电筒亮了起来，穿过码头送到他们手上。霍普古德接住电筒，照着凯辛手里的钱夹。

凯辛拉开那个钱夹，在里面找到了一张卡片，角落里还有一张照片，他仔细地辨认了一番，又放了回去。

还有一个灰色的小册子，封面上是一只昂首阔步的独角兽，里面夹着一个塑料封套。

原住民信贷银行。

封套里的记账本几乎是干的，只在边缘处沾了点水。

两页纸上大约记录了二十个条目，用紧凑的打印字体写的，都是小额的收入和支出。

唐尼·科尔特在壶口崖溺亡，账户里有十一点四五澳元。

凯辛把记账本放回钱包，拉上拉链，交还给霍普古德。

"也许调查到这儿就完全结束了。"他说，"我现在要回家了，我应该还在休假。"

"你得精神点，"霍普古德说，"到你大展身手的时候了。"

一个电视栏目摄制组出现在码头上，正向他们走来，看样子已经开始拍摄了。

"是你给他们报的信？"凯辛问，"还是你手下的那些浑蛋替你干的？"

"透明执法，老兄，现在都这样。"

"少废话，告知唐尼的母亲了吗？"

"告知她什么？她必须来认尸。"

"是在她从电视上得知消息之前吗？"

"这个调查还是你说了算吗？你的官僚朋友可没跟我说过。"

"这与调查无关。"凯辛说，"根本就没有什么该死的调查。"

他径直向电视栏目摄制组走去，那个头发像雕塑的女人认出了他，交代了摄影记者几句话，迎面朝他走来。

"凯辛警探，我们能简单采访您几句吗？拜托！"

凯辛继续往前走，没有理睬，绕过了她，肩膀撞开了旁边的一个毛茸茸的麦克风。"麻烦您等一下。"摄影记者说。

"滚开！"凯辛说。

开到最后一段路的时候，车内音响播放起卡拉斯的歌来，车辆在夜色中呼啸而过，颠簸的道路上，她美妙的歌声萦绕着车里的每一个角落。壶口崖。壶口崖的外侧海域漂浮着一具尸体，在巨大的、起泡的、快速移动的涡流中。

凯辛六七岁的时候，他们第一次去看了壶口崖和丹格尔石阶，那里是当地人必去的地方。即使站在距离壶口边缘很远的地方，那场景仍然让他感到深深的恐惧。浩瀚的海洋中，灰绿色的海水混着泡沫，随着海浪上浮、下落，汹涌着，翻滚着。海面上充满了大大小小的浪尖和破碎的浪花，凹动着，卷曲着。暗流下蕴藏着难以想象的能量。那可怕的力量，能把你托出水

198

面，也能将你吸进水底。水流任意旋转，让你在冰冷的盐水中吞咽、呛咳、窒息。汹涌的巨浪会把你推进悬崖的缝隙中，继而猛撞在壶口崖凹凸不平的岩壁上，一次又一次地撞击，直到你的衣服化为一缕缕纺线，把你变成一块历经锤打的嫩肉。

这一小片滨海区域被称为破碎的海岸，凯辛还是小孩子时，他并不知道这个名字的含义。后来有人告诉他，第一批看到这片海岸的水手们之所以这样称呼它，是因为一大块石灰岩悬崖裂开并坠入了大海。也许水手们看到了那个场景，或许他们当时在附近，目睹了陆地边缘的崩塌，掉进了大海里。

到家了，谢天谢地，前灯照到了雷布住的棚屋。

他把车停在家附近，在车里坐了一小会儿，全身钻心的疼痛再度袭来。他熄了车灯，一动也不想动，现在这样，在车里睡着也不是一件难事，小睡一会儿。

敲门声，他听到了敲门声，凯辛坐直身体，警觉起来。

两条狗把头靠在车窗上，手电筒的光照进了车里，他把车窗摇了下来。

"你还好吧？"雷布说。

"还好，就是有点累。"

"你哥哥还好吧？"

"他没事了。"

"那就好。狗吃过东西了，栅栏明天就能修好。"

雷布走开了。凯辛带着他的狗一起进了屋，他给他妈妈打了电话，简要说明了迈克尔现在的状况，可她还想要了解更多。他挂断了电话，用啤酒冲下几片可待因，倒了一大杯威士忌，然后坐在直靠背的椅子上，一边小口抿着酒，一边等着止痛药缓解他的痛楚。

药物发挥作用了，他又喝了一些威士忌，上床睡觉前，他看了当地的新闻。

在克罗马迪恶名昭著的壶口崖外侧海域发现了一具尸体，据推断死者为十八岁的唐尼·科尔特，警方对此拒绝评论。科尔特被指控谋杀当地著名乡绅查尔斯·布戈尼。在尸体被带上岸后，高级警探乔·凯辛离开了码头，没有发表任何评论。

他看见电视机里的自己从码头上走下来，细长的眼睛眼皮耷拉着，肩膀挺得很直，海风吹动着他的头发，凌乱地打在石刻般毫无表情的脸上。接下来是霍普古德，一副伪善的样子，他脸上有一种类似牧师那种悲悯的神情，一副专门为特定场合准备的悲伤且诚恳的面具。"发现尸体总是一件令人悲伤的事。"霍普古德说，"目前我们对此没有其他评论。"

记者接着说道："唐尼·科尔特的母亲，洛林·科尔特夫人，今晚就警方如何对待她自周二以来一直杳无音信的儿子，同记者进行了对话。"

唐尼的妈妈站在一间棕色的砖砌单板房前。房前的草坪破旧不堪，混凝土地面上一道道清晰的轮胎印记直通向车棚："自从被保释以来，他们不断骚扰唐尼，他们每晚都会过来，用车灯照着房子，正照在唐尼的窗户上，而他们就一直守在房子外面，搞得他不得不去后面睡。他再也受不了了，我们都要被逼疯了。唐尼心里有太多的忧虑，那被警察杀死的两个男孩，所有那些……"

凯辛没吃东西便上了床，很快就睡着了。他一觉睡到了天亮，狗儿们饿得在外面直叫唤，他才被吵醒。寒冷的世界一片明亮，天空中没有一朵云彩。

第三十四章

雷布把方形的红木角桩插进地里，根据栅栏方向用斜柱稳稳地固定住，然后按新栅栏的走向将挂线桩排布在地上，每隔一段距离设置一根支撑桩。

"让伯恩帮你一把？"凯辛问。

"我不需要帮忙，不过是道简易的栅栏。"

"以我的标准，这就是道不折不扣的栅栏。现在该做什么？"

"打挂线桩，把它们排成一列。"

"我们得拉根线比量一下吧。"

"不用拉线。用眼睛看就行。"

"我的眼睛吗？"

"是眼睛都能看。"

凯辛从角桩望过去，示意雷布调整位置，直到把每根挂线桩的位置与相邻的两根支撑桩排成一线。雷布用大锤砸桩，他单手拿着大锤，像是完全感受不到重量似的。他根据支撑桩的高度，在其中一根挂线桩上做了标记，然后让凯辛在每根挂线桩的相应位置做了记号。雷布跟在他后面，用大锤把桩砸到指定位置，他的动作优雅流畅，每一下都命中目标。抡圆了的大锤举过头顶，干脆利落地砸中小小的桩顶，看起来毫不费力。一声声沉闷的声音在山谷间回荡，不知为什么令人有些感伤。

接着，他们在桩子之间安装纬线，一共四道，首先安装底边纬线，从中间的支撑柱开始，他们用张紧器来装纬线，那是种看起来很危险的工具。雷布向凯辛展示了怎样打结，把弓弦一样紧的纬线结实地固定在桩上。

"那叫什么？"

"什么？"

"什么结，你打的这种。"

"怎么了？"

"嗯。"凯辛说，"要是没有名字，世界上就只剩下嘟哝声和手语了。"

雷布意味深长地斜睨了凯辛一眼："这个叫张力结，你了解这名字完全没意义，你查过我的名字了吗？"

凯辛犹豫了一下，这事本不便谈论："你的名字？查了，是的，那是我的工作。"

"查出什么了？"

"还没有，你把行踪掩饰得挺好的。"

雷布大笑起来，这还是头一回。

他们认真工作着，狗朝这边过来了，它们似乎对这里很感兴趣，但很快又觉得无聊，怏怏地走开了去，找别的事情做了。栅栏打好时，下午已经过半了，两人都没顾得上吃午饭，凯辛和雷布站在最高的那根栅栏桩旁，沿着围栏向下看。纬线平稳地一路延伸，柱子垂直耸立，崭新的纬线闪着微弱的银色光芒。

"真是道不错的栅栏。"凯辛说。

他感到自豪，他很少在工作中有自豪的感觉。尽管身体很疲倦，骨盆和背部疼痛难忍，但他感到很快乐，有种难得的幸福感。

"这个栅栏修得还行。"雷布说，他的眼神瞥向了别处，"这是你的新邻居吗？"

凯辛起初并没有认出这个从草坡上走下来的女人，她的头发松松散散的，穿着牛仔裤和一件皮夹克。她走得磕磕绊绊，有几次差点失足摔倒。

"我把工具收回去。"雷布说，"该去挤牛奶了。"

来人正是海伦·卡斯尔曼。

凯辛沿着栅栏向下走迎上了她。

"这是什么？"海伦上气不接下气地说，她看起来清清爽爽的，这也让凯辛意识到，此时的自己浑身都被汗水浸透了。

"修一下栅栏。"凯辛说，"把以前那个老的敲掉重建，我就不向你要那一半的费用了。"

"你可真是大方，据我所知，那条小溪才是地界吧。"

"小溪？"

"是啊。"

"事实不是那样的，谁跟你那么说的？"

"房产经纪人。"

"房产经纪人？一位律师居然把房产经纪人的话当凭据吗？"

海伦的脸颊有些发红，是那种秋天的枫红。

"在你可能信赖的所有人里，"凯辛说，"房产经纪人……"

"不必说了，谢谢。你最近风光得很啊，凯辛先生？你觉得自己很聪明，是吧？你逼得那个本就胆战心惊的可怜孩子去自杀。现在这个案子你也不用再继续查了，他已经帮你结案了。其他人也都死了，所有的嫌疑人都死了，因为你和你那些愚蠢的同事逼死了他们！"

她转过身，开始往草坡上爬，脚下不时打着滑。

一整天了，凯辛的脑海中总会出现一个站在丹格尔石阶上的孩子，一个穿着廉价牛仔裤、尼龙夹克和一双破烂运动鞋的棕肤色男孩，站在摇摇欲坠的石灰岩壁边缘。海上咸腥的水汽像一层薄雾浸润着他，蛊惑着他低头看向翻腾的海水。

"听我说,"他说,"容我解释一下,那只是……"

她转过头看向凯辛,散乱的头发猛地一甩:"你这样的人根本不配我浪费时间。我会亲自去查清楚,我们来看看这该死的地界到底是怎么划分的。"

凯辛看着她爬上了草坡,她滑了好几次,差点摔倒。走到半路,她转过身来,向下看着凯辛。

"你在看什么?"她喊道,"还不赶紧滚?"

水雾笼罩的淋浴间里,凯辛一直在想他应该怎么说,电话铃突然响了,身边没有浴巾,他光着湿答答的身子走过去接电话。

"这个案子到此为止了。"维拉尼说,"他们给布戈尼的案子结案了,我们永远也不会知道那天晚上的具体情形了。"

"具体情形?"凯辛说。他在发抖,房间像个巨大的冰箱:"我们压根就不知道发生了什么。"

"那块手表,乔,那块表,那不是什么教堂宴会上的幸运奖品,而是有人把它从一个老家伙身上抢走的……不管怎样,他妈的,结束了。"

凯辛本想就这案子再多说几句,但他忍住了。他的目光落在自己冷得皱缩的阴茎上,它躺在一丛湿漉漉的阴毛里,看起来就像退潮后水洼里的什么东西。

"那些扰民事件,"他说,"是不是应该……"

"克罗马迪警局早该彻底整顿了。"维拉尼说,"上次拘禁致死事件后,就给了他们机会改正。这帮蠢货死不悔改,他们偷梁换柱,找了个替罪羊把事平了。那家伙不以为耻,反以为荣,这才过了六个月,霍普古德和他的手底下那帮狗杂种又出来为所欲为了。"

"我很不爽。"凯辛说。

"我也不爽。"维拉尼说,"我现在在家里,他们对外说我从没参与过这个案子。事情就是这样的,常规处理方式。所以今晚名义上我是回家和孩子们一起吃晚饭，实际上家里只有我自己，你觉得怎么样？"

"我不同情你，你那边还有黑帮分子陪你，我家里永远只有我自己。"

夜里，凯辛醒了，他尝试通过计数呼吸压制凌乱的思绪。睡着后，壶口崖的景象又出现在眼前，夜空中乌云已渐渐散开，一轮满月把银灰色的纱衣洒向世界，巨大的海浪冲上崖壁，猛烈地拍打着岩石，浪头在崖顶狂躁地叫嚣着，从崖壁缺口处破出的碎浪像得胜的爆破手，在海岸边留下雷鸣般的爆破声响，一股绝对自由的力量以摧枯拉朽之势从壶口崖边蔓延开来。

第三十五章

凯辛早早就起了床，内心的不安如胃痛般搅扰着他。他带着狗沿较远的那条路线去散步，他们从上游穿过小溪，然后从新栅栏下方的小路回来，那是凯辛的地盘，现在已经划分清楚了。

早餐过后，凯辛载着两条狗，驱车前往母亲家。靠近海岸时，他取道一条夹在两座火山之间的小路。火山湖是鸟类的天堂，那里栖息着天鹅、野鸭、沼泽母鸡，还有数百只眼神不善、叽喳不停的海鸥。湖泊从未干涸过。凯辛想起当年住在道格家的时候，几个孩子一起去湖里游泳。五六个男孩一起骑着自行车到那里，蹚着湖边黑色的浑水，冰冷的泥浆从趾缝间挤出，即便是在最炎热的夏天，站在这里也会被冻得瑟瑟发抖。他们绕过枯死的树干，避开淹没在水中的那些像大蛇一样蜿蜒的树枝，它们的表面布满了绿色的苔藓和黏液，覆盖着一道道的鸟屎。

他们会大喊一声，然后全体一猛子扎进湖里游泳。到了湖中心，他们会并排挤在一起，踩着水，感受身体下方的深潭，黑色潭水似乎随时要把人吞没。他们那时有个游戏，潜水到湖底捞出一把灰泥，但从没有人愿意第一个下潜。最终，胆子最大的孩子会鼓足勇气冲下去，等他上来以后，其他人再陆陆续续地下潜。他记得有一次，伯恩潜入水中不久，悄悄游到旁边一棵枯树后方钻出了水面。

大家都在等他出来，你看看我，我看看你，心里越来越没底，恐慌的情绪迅速蔓延。凯辛记得，当时谁也没说什么，他们不约而同地拼命向岸边游,慌不迭地逃命去了,抛弃了伯恩。

当他们站在浅水区的时候,伯恩大叫道:"你们这群胆小鬼,你们怎么知道我不是被困在水下面了?"

车里的电台开始播报新闻。

克罗马迪警方称,昨晚一辆巡逻车在克罗马迪城外土著居民区遭到袭击,目前包括一名女警察在内的四人正在医院接受治疗。警方称,大约晚上十点后,一辆例行巡逻的警车被人用石头袭击,另外两辆警车赶到现场时,发现第一辆汽车正在着火,一群抱有敌对情绪的群众封锁了街道。

警方发言人说,当时警察们试图穿过人群去接应自己的同事,但他们被迫弃车离开,并且,为了维持秩序不得不开了枪。

今天,警察部长金·布尔克为警方的行动进行了辩护。

"当然,我们会对此事进行全面调查。但很明显,那是一种极其危险的境地,警员们的生命处于危险之中,他们担心同事们的生命安全,并且采取了必要的行动。"

一名四十六岁的男子、一名年轻女子和一名来自土著居民区的青年因伤住进克罗马迪基地医院。目前他们情况稳定,一名头部受伤的女警察已经脱离了危险,另外两人也已经得到妥善治疗并出院。

例行巡逻?在他们发现唐尼·科尔特那个晚上的返程途中?警察调动指挥竟然没有告诉他们远离土著片区?

你逼得那个本就胆战心惊的可怜孩子去自杀。现在这个案子你也不用再继续查了,他已经帮你结案了。其他人也都死了,所有的嫌疑人都死了,因为你和你那些愚蠢的同事逼死了他们!

他妈妈和哈里正在厨房里吃早餐，什锦麦片混着水果，盛在不规则的紫色碗里。

"吃过早餐了吗？"他妈妈问。

"还没有。"

"那片废墟里应该也没什么东西可吃。"西比尔站了起来，从一个玻璃罐里倒出一碗什锦麦片，把另一个罐里剩下的什锦水果也倒了进去。凯辛坐了下来，她把碗放到他的面前，把牛奶罐也推给了他。他往碗里倒了些牛奶，开始吃起来。令他感到惊讶的是，这东西竟然可以下咽。

"迈克尔打电话来了。"她说，"他很好，听起来还挺精神的。"

哈里点了点头："挺精神的。"他就是台复读机，这是他在婚姻中扮演的角色。

"那就好。"凯辛说。

"就是个意外。"西比尔说，"他在工作中承受了太多压力，那么大压力，可不是什么好的生活方式。"

凯辛的眼睛一直盯着那只碗，那些黑点是什么？果核？

"他很快会回来休整一段时间。"

"休整一段时间。"哈里说。

"借此机会你们可以多在一起相处。"他妈妈说，"他说起你时感觉非常温馨，非常感激。"

"我喜欢被人感激。"凯辛说，"这在我的生活中可太罕见了。"

哈里大笑起来，但当他看到西比尔的眼神，笑声立刻噎住了，只讪讪地盯着自己的碗。

"他可能是过度感激了。"西比尔说，"考虑到一直以来你受到的爱和关怀。"

凯辛想起了在房车里喝得烂醉的西比尔，那些等待她回来的夜晚。他吃了块桃子，又吃了块其他什么东西，粉色的，都是一样的味道。

"昨晚在土著区发生的事还真是搬不上台面。"西比尔说,"越来越像以色列了,警察激怒被压迫的人,然后发生暴力,制造异常。"

"制造什么?"

"异常。"西比尔说,"你也是异常的一部分,你还为自己的存在辩护。"

"我?"

"控制机制,你是其中无意识的一部分。"

"这是老年大学教的?"

"我一直有这样的直觉,大学能给你提供智力上的支持。"

"我觉得自己也需要一些智力上的支持,那门课叫什么?"

"把你的饭吃完,我不想什锦麦片被浪费掉,那可是有机食品,很贵的,是农贸集市的。"

"农贸集市的。"哈里笑着说,那笑容让他看上去像个妈妈的乖宝宝。

西比尔一直送他到车旁边,狗变得狂躁起来。"它们不喜欢我。"她说。

"朝你叫并不是讨厌你,只是叫而已。"

西比尔亲了亲他的下巴。"跟迈克尔保持联系,好吗?亲爱的。"她说,"给他打电话,答应我好不?"

"你为什么不告诉我爸爸自杀的事?"

她向后退了一步,紧紧地抓着自己:"他没有自杀,他是摔倒的,他脚下一滑,摔倒了。"

"在哪里?"

他看到了她眼睛里的泪光。

"钓鱼的时候。"她说。

"在哪里?"

"在哪里?"

"是的，在哪里？"

"在壶口崖。"

凯辛什么也没说。他上了车，径直驱车离开，没有挥手道别。

第三十六章

中午刚过，在从克罗马迪回来的路上，汤米·凯辛老房子的照片终于复印好了，收到消息时，凯辛刚好在通向布戈尼庄园的岔路口附近。

他放慢车速，转了个弯，开上山去。他并没有考虑太多。他可以在山顶左转，沿着山路绕过去，穿过肯梅尔，顺便去跟伯恩打个招呼。

他选择了右转，绕过弯道，把车开进了布戈尼庄园的大门。

他不知道自己为什么要这么做，只是隐约感觉应该在这里结束那个案子，在它最初的地方。他停好车，沿顺时针方向绕着房子走了过去，起码有十几个警察曾沿着南边走，他们排成一队，缓缓地移动，仔细观察地面，捡起地上的树枝反复研究，寻找树叶下面的可疑线索。

今天，地上几乎没有一片叶子，所有的一切都被清理过了，那位当地橄榄球传奇人物和他儿子显然仍在庄园里工作，而且最近刚刚来过，拔除了杂草，修剪了草坪，耙走了石块。他走进通向厨房的入口，穿过藤架，藤枝上没有叶子，但蔓条错综复杂紧密缠绕，遮蔽了光线。

左边是单层红砖的附属建筑，一个铺着地砖的庭院，粉色旧砖摆成了一个个人字形，有些砖陷了下去，像碟子一样盛着水。

凯辛在两栋楼之间走着，穿过一扇华丽的铸铁门，里面是一个晾晒场。晾衣绳挂在木制十字架之间，足够晾晒一整支军队的衣物。他继续往前走，修剪过的草坪一路延伸到五十米开外那道生锈的栅栏，再过去是一大片围场，边上种着高大的松树，再往远处是一条路。

他又走回到房子的西南角，这里是一块干净的空地，一个狭长空旷的长方形空间，四周用巨大的陶土罐种着柠檬树，许多树看起来状态不佳，叶子变黄了。

凯辛家的老房子后面也有四棵柠檬树，他小时候常在柠檬树上撒尿，尿在树干周围，他父亲经常在喝完茶后带他去尿。他们从一棵树尿到另一棵树，米克·凯辛能尿遍四棵树，最后一棵少一点。乔早早就尿完了，但他还是会跟着父亲继续跑，和父亲站在一起，把他那空空的"小水管"对准地面。

"有些地方，树只能得到这点水。"他父亲说，"那是在干旱的国家。尿没什么不好，经过了过滤，把不好的东西都留在身体里了，人的思想也是一样的，总是抓住坏东西不放。"

院子对面是座长长的砖砌建筑，两层楼，一楼有门有窗，二楼是悬窗。凯辛走过去，费力地打开中间那道巨大的双门，里面是一条跟大楼差不多宽的走廊。

走廊的右首边有扇半开着的门，他径直走了过去。

那是一个很大的房间，两边的窗户采光很好，是个陶艺工作室——两个大转盘，一个小转盘，几张搁板桌，几辆一字排开的钢制手推车，袋子堆放在离得稍远的那面墙上，架子上摆着各种各样的小袋子和罐子，还有很多不同种类的工具。房间里没看到任何陶器，这地方干净整洁，就像每天放学后打扫过的教室。

凯辛沿着走廊来到左边的门旁，推开门走了进去，里面一片漆黑，他摸索着寻找电灯开关，发现有好几个，顺手按开了它们。

屋顶的三排射灯亮了，这是间无窗的画廊，地上铺着光滑的灰色石头地板，光秃秃的苍白墙壁。屋子里有张细长条的黑色桌子，几乎和房间一样长。桌上间隔均匀地摆放着一些罐子，凯辛数了数，一共有九个。它们很大，超过半米高，像是削掉顶部的巨型鸡蛋，唇口很小。凯辛觉得这是种美丽的形状，也是陶罐希望变成的形状，如果陶工允许它们自由选择的话。

他走近这些，分别从两侧观察它们，现在他才发现它们鼓起的弧度其实是略有差别的，颜色也各不相同。陶罐上有条纹、线条、斑块，或者斑点图案，黑色的似乎在吸收光，红色的看起来像是从罐子细小的裂缝中漏出的新鲜血液，而那些透着伤感又不失可爱的蓝色、棕色、灰色和绿色，更像是从太空中看到的地球。

凯辛伸手从上到下触摸着陶罐。罐体开始很光滑，向下渐觉粗糙，那种感觉就像抚摸着女人的颧骨，向下却成了男人蓄了几天的胡楂儿。触手冰冷，仿佛诞生时经历的地狱之火使它对温暖永久免疫了。

这是布戈尼制作的全部陶器吗？还是只留下了这些？房间里没看到其他陶器，凯辛小心地捧起一个，翻过来看了看底部：字母CB[1]，还标注了日期，11/6/88。

他把陶罐放回原位，走到门口，停住脚步，回身看着陶罐，他不想关灯，不愿把它们留在黑暗中，让它们的色彩变得毫无意义，那会是对艺术的一种浪费。

他关了灯。

这栋建筑的其余部分并没有什么可看的，二楼的一侧是空房间，另一侧是装修得很舒适的生活区域，二十世纪七十年代的风格，一间客厅，一个卫生间，还有间厨房。他打开一扇门：那是一间小卧室，里头有一张光秃秃的双人床，一张床头柜，一个衣橱，窗外是绵延的牧场，除此之外，几公里以内什么也没有。

在通向走廊的门口，他回望着这几个房间，卧室的门外安装着一道门闩。他走下楼，从后门出来，站到石砌的露台上，眼前是修剪过的草坪，一直延伸到尖桩围栏，然后是一片老榆树和橡树林，再远处是马厩和牧场，救

---

[1] 查尔斯·布戈尼名字首字母缩写。——译者注

援直升机当初就是在那里着陆的。

一条水泥路从露台左侧的斜坡上延伸下来，凯辛沿路穿过栅栏门，进入茂密的树林。这些巨大的橡树一定是布戈尼的祖辈种下的。这些树木非常适合攀爬，枝干呈阶梯式排列。尽管地上已经落了厚厚的一层新叶，树上的棕色叶子仍旧茂密。

地势渐渐升高，小路蜿蜒穿过树林，林木的排布决定了它的方向。他沿路走了三十米左右，正打算折返时，突然发现自己很享受走在这段小路上的感觉，初冬时节的林中漫步。

空中似乎有什么声音，他停下脚步，那声音空洞、哀伤，仿佛谁在远处吹海螺。

他继续往前走，那声音也越来越大，橡树林旁边是防火隔离带，然后是老桉树，高耸入云，像一根根逐渐变细的铅笔。缓坡上有片空地，小路向左转，绕过铁皮棚遮着的一堆木柴。

这里闻起来有股硬木篝火的味道，是很久以前燃过的那种。

凯辛停了下来，他感到有些不安，继续走，绕过柴堆。

空地上矗立着一座像隧道一样的水泥色建筑，它在上方和侧后方两个维度上逐渐变细，较窄的低端朝着树林的开口处，指向几公里以外的大海，后面是一个方形烟囱。

他走近了一些，靠近墙基的土地上有些碎屑，看起来是面包。那建筑的侧翼壁上分布着方形的小窗，钢制的小窗门紧闭着，周围的砖块变黑了。烟囱侧面有个钢板伸出来，那应该是个风门，凯辛想，滑动它可以调整烟囱里热空气的流动。另一面的侧翼分布着更多封闭的小窗。

前面是敞开的，凯辛感到西风从自己的脖子后面拂过，灌进入口，发出空洞的声音。这是布戈尼的窑炉，那些陶罐是在这里烧制的。

窑炉入口整齐地码着被熏黑的砖块，他弯下腰去看：在烧焦的入口内部有三层结构，像通往大祭坛的短阶，闻起来有股强烈的加热过的气味，像是什么化学物质。

海风吹进燃烧的窑炉里，像是在吹一支喇叭。那晚炉火在燃烧吗？窑炉嗡嗡作响，小窗发出白色光芒，为了维持高温，木柴要定期添加进去。

凯辛突然想离开这片空地，远离这悲伤的风声和灰烬的气息。他感觉到刺骨的冷风，夹杂着雨点，一并向他袭来。他沿原路穿过树林，走回到那些建筑旁边，一边绕过它们，一边观察，设想着夜里接近这些建筑的情景，找寻可能的入口。

在房子的西北面几米远的地方有一扇门，上半部是四块玻璃窗格。他朝里面看了看：是个小房间，地上铺着瓷砖，两边有长椅，衣钩上挂着外套和帽子。

他转过身来，这个被精心照料的花园至少延伸了二百米，边缘是一道尖桩栅栏，其后是被篱笆、树木和小溪围着的牧场。

这也许是一件临时起意的案子，一些仇富的小混混开车路过，其中一个看到了庄园的大门，或者车灯扫过了铜制门牌，这些都像霓虹灯招牌一样在宣告：里面住着富人。

他们是开车路过吗？那么是在去哪里的路上？在沙滩上钓鱼和喝酒之后，可以从这条路回土著居民区，酒驾走这条路被查的风险比主干道要小得多。

那些男孩可能会怎样作案？先把车停在路边的某个地方，然后翻越栅栏，走到房子那边吗？还是摸黑走了一公里远，穿过牧场，再打开大门？不，他们不会那样做。

他们应该会把车停在大门附近，沿着车道走进去，那段路很黑，没有光，车道两旁是高大的箭杨树，它们静止的叶子遮住了月亮。

那些男孩站在车道尽头的黑暗中，看着房子。有灯在亮着吗？布戈尼的卧室在房子后面。如果那时他没有就寝，又会在哪里呢？书房？他们会在附近走动，观察书房和卧室的灯吗？如果是的话，他们会选择从尽可能远的地方破门而入。

盗贼不会入侵有灯亮着的建筑，房主可能会有枪。

他们袭击布戈尼时用了什么工具？他们随身带来的，然后又带走了吗？现在应该已经完成了尸检，法医病理专家会给出参考意见。但那只能得出凶器大概的样子，也就能排除比高尔夫球杆大的东西，还有判断凶器是带棱角的还是圆形的。

有个声音响起，阳光客厅的门开了，艾瑞卡·布戈尼走了出来。她穿的衣服看起来很柔软，灰色的，今天的她看起来显得年轻，只有三十出头的样子。

"你在干什么？"她问。

"只是再看看。"凯辛说，"我为你继父的事感到难过。"

"谢谢你。"艾瑞卡说，"现在看还有什么意义？"

"那案子还没了结。"

一个男人从她身后走了出来，一头早衰的灰白鬈发。他比矮个头高一点点、晒黑的皮肤、深色西装、浅色衬衫和蓝色领带。"什么事？"他说。

"这位是凯辛警探。"艾瑞卡说。

他走到艾瑞卡身边，伸出一只手。"阿德里安·法伊夫。"

凯辛感受到一只有力的手紧紧地握住了他，是那种男人之间的握手。但他自己只是随意握了一下，就把手撤回来了。这是阿德里安·法伊夫，那个掮客开发商，他想在石溪咀建度假村。凯辛想起了那天早上报刊亭旁塞西莉·艾迪森的愤怒控诉，这个烂人没有告诉大家，光买下石溪咀是没有用的，你还要买下通往它的路，要么穿过自然保护区，要么就只有穿过童子军营地了。

"他会被定罪的，是吗？"艾瑞卡说，"唐尼·科尔特。"

"还不确定。"凯辛说。

"那块表呢？"

"我们这边有人报案，说两名嫌疑人试图把表卖给他，但我们不知道他们是怎么获得的。"

"不知道？"阿德里安·法伊夫说，"那太他妈的明显了，不是吗？"

"办案时没什么是想当然的。"凯辛说。

"不管怎样，一切都结束了。"法伊夫说，"整件事情，还是伸张了一些正义。"

"完全没意义。"艾瑞卡无精打采地说，"为了一块手表和几块钱就杀了一个老人，不管他们抢走了什么，什么样的人才会那样做呢？"

凯辛没有回答："如果你不介意的话，我们希望得到你的许可进房子里查看。"

艾瑞卡停顿了片刻。"不，我不介意。"她说，"我不会再来了，这个地方总有一天会被卖掉。厨房里有一大串钥匙，几十把钥匙，你们看完了把它们转交给艾迪森。"

她跟在他后面绕过了房子，他们握了握手。

那个保镖正靠在萨博车身上抽烟。"还记着你那场碎石特技。"他对凯辛说，"总有一天我会把你的脑袋揪下来，把它塞进你的屁股里。"

"你在威胁警察吗？"凯辛说，"法律对你不管用了，是吗？"

那人轻蔑地转过头，朝砾石上啐了一口唾沫。凯辛回头看，艾瑞卡还站在那里，他往回走，上了几级台阶。

"顺便问一下。"他说，"财产由谁来继承？"

艾瑞卡看着他，眨了两下眼睛："我，遗赠之后剩下的部分。"

第三十七章

    雷布正在砌砖，重建房子倒塌的东北角。凯辛观察了一会儿——他用托灰板铲起灰浆，均匀地抹在砖块上，娴熟地叠上另一块砖，用铲柄敲实，再清除掉多余的灰浆。

    "来监工吗？"雷布说，他的眼睛没离开手中的工作，"老板。"

    凯辛想说是的，但他没有说出口。"我能做点什么呢？"他问。

    "拌灰浆，三铲水泥，九铲沙子，小心加水。"

    凯辛非常小心，但最后还是加多了水，把灰浆毁了。

    "再按比例配些干灰。"雷布说，"这次半铲。"他走过来往稀泥浆里加干灰，一点点加入，用铲子反复切割搅拌着灰浆，"这就是我们需要的布丁了。"他说。

    狗从山里跑回来了，像是刚刚执行完任务，它们用鼻子和舌头跟凯辛打了招呼，然后离开了，似乎是被召唤去执行什么紧急任务了——也许是野兔营救行动，拯救一只被困在灌木丛中的可怜鬼。

    凯辛一边搬砖，一边留意着雷布的需求，根据上次的用量，调整着下一次递给他的灰浆，秘诀是要极度小心。工作转移到另一个角落，他们拉起了一根水平线，拉得很紧，能弹出响声。

    "砌过砖吗？"雷布说。

    "没有。"

    "你试试，我去撒泡尿。"说着，他离开了。

凯辛砌了三块砖，花了很长时间，看起来却很糟糕。雷布回来了，什么也没说，直接把砖取了下来，擦干净。"看着。"他说。

凯辛仔细看着，雷布不到一分钟就把三块砖砌好了。"要保持垂线间的宽度不变。"他说，"否则就不好看了。"

"想吃点东西不？"凯辛说，"我回头再研究这个垂线，不管这垂线是个什么东西。"

已经是下午三点多了，他从克罗马迪一家不太糟糕的面包店买了馅饼，洋葱牛肉的。他们坐在砖瓦堆后面的背风处吃饭，沐浴在午后的斜阳里。

"味道不错。"雷布说，"还有肉呢。"他大口嚼着。"现在的问题是门窗。"他说，"我们不知道该安在哪里。"

"我们现在知道了，我找到了那张照片，忘了告诉你。"

凯辛拿着照片回来时，雷布已经抽了一支烟，他看了看照片："天哪，这里少东西。这是个有挑战的工程。"

"是的。"凯辛说，"这根本就是一个不可行的工程，我早该说的。"

他一看到那些旧照片就知道了，其中一张照片中，托马斯·凯辛和六个建筑工人站在房子前面。托马斯看起来就像穿着一身老式西装的迈克尔。

他们沉默着坐了一会儿，一条狗捕猎时发出的高声犬吠从山谷方向传来，另一条狗也跟着叫起来，紧接着，一只朱鹭凌空飞起，然后是另一只，它们像史前生物一样振翅飞走了。雷布站起身，从那堆砖后面走出来，拿起那张照片，他先看了看新修的那部分建筑，又看了看照片，转过身坐下。

"我看，这里有点像是要修个二十英里长的围栏。"他说，"可你考虑的却只是怎么修到下一棵树那里。"

"不可行。"凯辛说，"修这房子是个愚蠢的想法。"

他为自己这种疯狂状态的结束松了一口气，像是刚刚退了烧，浑身是汗但神志清醒："修房子的事泡汤了，就该让它保持原样。"

雷布用靴子后跟蹭着地面："这个嘛，我不这么想。你现在做得还行，至少是在建东西。"

"根本没必要，这些都没有意义。"

"那你觉得做什么有意义？"

"这就是一个愚蠢的想法，我承认。咱们到此为止吧。"

"嗯，搞来了这么多东西，现在罢手好像有点浪费。"

"是我在做决策。"

"你的决策可能太仓促了。"

凯辛感到一阵光火。"在做决策方面，我可能比流浪汉接受过的培训要多得多。"说完这话，他有些后悔自己的警察腔调。

"我是个流动工人。"雷布说，看都没看他一眼，"人家付钱给我，让我做他们自己不想做的工作。就像国家付钱给你，让你去保护那些富人的财产，富人们一召唤，你鸣着警笛就来了；穷人打电话来，'等一下，这里有一个等待队列，我们有时间会去处理'。"

"扯淡。"凯辛说，"胡说八道，你他妈根本不知道自己在说些什么……"

"那些死去的男孩，"雷布说，"那就是你所谓培训出来的决策吗？"

凯辛感到自己的愤怒泄了气，口中似乎有锡的味道。

"我们俩不一样。"雷布说，"工作对我没什么约束，我可以随时选择走人。"

寂静，空气仿佛凝结了一般。两条狗跑到两人跟前，舔舐着他们的手，挤蹭着身体。就好像在山谷的灌木丛中捕猎时，听到了朋友们声音中的火药味，急忙赶回来安抚。

"不管怎么说，我没有立场对你表达我的看法，"雷布说，"作为一个流浪汉。"

凯辛不知道说点什么好，他们这些天好不容易建立起来的那种轻松融洽的关系消失了。他们以前没有争吵过——没有过输赢、没有过平手，也没有过放弃争执——现在完全不知道该怎么办。

"该挤牛奶了。"雷布打破了尴尬。

他起身离开，铁锹还插在沙堆里，砌砖工具泡在桶里，手柄从银色的浑水里伸了出来。

狗也跟着他一起下了坡，行走在冬日的枯草间，它们的毛色看上去更黑亮了，两个大家伙欢快地小跑着，突然又停下来，转过身，深黑色的眼睛看向坐在砖头上的凯辛。

雷布头也没回地继续往前走，双手插在口袋里，低着头，肩膀没精打采地耷拉着。

狗站住了，不再跟随他前行。

凯辛想告诉它们让它们跟雷布一起走，他想对它们说，你们这两个背信弃义的东西，是我收留了你们，我救了你们，否则你们还不知道被关在哪个混凝土院子里，站在齐膝深的屎堆里，连野兔和外卖烤鸡都分不清楚。可你们只当我是饭票，是你们的软床，是可以让你们枕着的腿。

所以你们走吧，滚蛋，快滚！

两条狗跳跃着向他跑回来，是那种可爱的雀跃，大耳朵在空中飘着，他们跳起来，爪子搭在他身上，似乎在跟他说话。

他大声喊道："戴夫！"

没有回应。"戴夫！"他提高声调又喊了一声。

雷布转过头来，脚步并没有停下。

"好吧，我们继续修这个该死的东西吧！"

雷布没停下脚步，但他举起右臂，挑起了大拇指。

第三十八章

电话铃响了，凯辛正在烤面包。

"乔，别再纠结了。"维拉尼说，"这个案子已经结束了。"

"我们怎么能就这么结案呢？"凯辛说，"就因为唐尼自杀了？但那并不是认罪，那是对当地这些垃圾警察的控诉。"

"昨天晚上你看到鲍比·沃尔什了吗？"

凯辛在桌旁坐下："没有。"

"别活得与世隔绝，年轻人。很显然，我们把三个无辜的土著孩子钉死在了十字架上，而他在扮演耶稣，世上没有坏人，每个人都是干净的。"

"我能说……"

"还有件事。"维拉尼说，"有个消息辗转传到了副警长那里，他跟我说你昨天去了布戈尼的宅子。"

"怎么了？"

"他问我，为什么我们还在庄园调查。"

"我只是在做自己的工作，是艾瑞卡投诉的，对不对？"

"那里都已经被 X 光查过了，你还去那鬼地方干什么？"

"再找一找蛛丝马迹，还记得辛戈说过这话吗？你还记得辛戈吗？"

"现在那么做已经太晚了，放下这个案子，好吗？"

"我们并不能确定是不是那些孩子作的案。"凯辛说，他本没打算把这话说出口。

维拉尼尴尬地吹了声口哨，后悔自己逼得太紧了："好吧，乔，我手头的事太多了，堆得满满当当的，有太多事要做，每一天，晚上也是。不如我们以后再谈你的看法吧？我会给你打电话，一有时间就打给你，好吗？"

"好的，当然。"

"乔？"

"嗯？"

"乔，你是一个警察，别忘了。不要太执着，尽到最大努力，然后继续往前走。"

凯辛仿佛听到了辛戈的声音。

"但在这件事情上，没有人尽到最大努力。"他说，"没有一个人做过哪怕一丁点努力。"

"放松休息吧。"维拉尼说，"我有没有告诉你假期延长了？副警长希望你把以前累积的五周假期都休完，他担忧你的健康和福利。他就是这样的，很关心下属。我会再打给你。"

"不要太执着"，这是句被选择记住的话，曾经饱含关心和提醒，现在却被用来伤害。

凯辛感到一阵恶心上涌，肩膀的疼痛沿着脖子向上蔓延。身体最差的那段时间，这些症状预示着凝结画面快出现了，视线从物体上移开后，幽灵似的负影还是会在视网膜上逗留，当时他觉得自己快要疯了。

他吞下了三片药，仰头坐在大靠椅里，闭上眼睛，专注地呼吸着，等待如海潮般奔涌而来的痛感再度袭上残躯。然而疼痛并没有像预期的那样剧烈，恶心感也逐渐消退了。但即便如此，他依旧缓了将近一小时才勉强站起身来。洗脸、洗手、刷牙、漱口，打理妥当之后，他开车驶上冷清的公路前往蒙罗港，沿途经过的牧场上，慵懒的牛群头也没抬一下。

他把车停在邮局外面，信箱里有四封信，但没有一封私人信件，没有人写信给他。谁会给他写信呢？这个世界上不会有任何人给他写信，他绕过拐角向警局走去。

肯德尔正坐在办公桌前。"我已经受不了了，各种崩溃。"她说，"老板。"

"在保佑一方百姓安居乐业？"

"是的，老大，我已经放出话了，如果谁不老实，你随时会回来。"

凯辛走到自己的位置上，阅读了日志和官方通告，坐在那里看向后院。

"趁你在这儿，我能去办点私事吗，老板？"肯德尔说。

"去吧。"凯辛回答。

她刚离开不一会儿，一个瘦得皮包骨头的年轻人走了进来，东张西望的，像个稚嫩的银行劫匪。凯辛走到前台："有什么能帮你的吗？"

"他们觉得我应该来和你们聊一聊。"他向下拉了拉帽檐。

"是吗？你叫什么名字？"

"盖瑞·威茨。"

"我们能为你做点什么，威茨先生？"

"跟女朋友之间的问题，嗯，没错。"

凯辛同情地对他点了点头："女朋友。"

"是的，我不想让她惹上麻烦，她是我女朋友。"

"有什么问题呢？"

"嗯，是我的小货车。"

"你女朋友和你的小货车有什么关系？"

"我并不想起诉她。"

"你女朋友吗？不，你不会的。"

"可这并不代表我可以被随便对待，我他妈又不是地毯、垫子，管他娘的什么东西，反正他们不能这样随意对待我。"

"她对你做了什么？"

"开着我的货车去昆士兰了，和她克罗马迪的朋友一块儿，她们是发型师、学徒，你知道哇哦发艺吗？就是那儿。"

"所以说，她事先没知会过你一声，就开走了你的车？"

"不是，是我借给她的。不过她现在觉得自己不会回来了，她在冲浪者天堂那块遇到了一个家伙，叫卡洛还是马里奥的，反正是个欧洲名字。他有三家理发店，给了她一份工作，她现在认为那辆小货车是我欠她的。"

"为什么呢？"

盖瑞又拉了拉他的帽檐，挡住自己的眼睛，凯辛看不见他的眼神："那辆车的首付是她借给我的。"

凯辛已经猜到了："所以，她也一直在还款？"

"只是暂时的，我会还她钱的，现在我找到了一份工作。"

"她付了多久了？"

"这个，我不知道。有段时间了，一年，或者更久一点，可能是两年，差不多。"

"所以，你想要我们做什么？"凯辛说。

"我是想，这样，你们可以派警察去找她，命令她把车开回来，给她施加点压力。懂我的意思吗？"

凯辛前臂支在前台上，手指交叉着，盯着藏在盖瑞帽檐下面的那双眼睛："盖瑞，那种事情我们不做，她并没有犯罪。她借走了你的小货车，你欠她很多钱，这件事情最好这样处理，到她那儿去，把欠她的钱还给她，把你的车开回家。"

"哎呀，他妈的。"盖瑞说，"我不能那么做。"

"那你得去找个律师，对她采取一些文明的措施。"

"文明的措施？"

"律师会给你详细解释，大概是这样的，他们会给她写封信，让她交出小货车之类的。"

盖瑞点点头，搔了搔耳朵："她很怕警察，我可以向你保证，不用大费周折，很容易就能吓到她的。"

"盖瑞，我们的工作不包括吓人。"

盖瑞朝门口走去，垂头丧气的，他犹豫了片刻，又走了回来，凑了凑鼻子。"还有件别的事。"他说，"你们这些家伙怎么还不收拾那些该死的皮戈特？"

"我们为什么要去收拾他们？"

"那些该死的家伙靠卖毒品发财。"

"盖瑞，你说这些话的证据呢？"

"这个，和她一起走的她那朋友，她跟皮戈特那群人他妈的打得火热，我觉得她们顺路送了一袋货。谁会去检查两个小妞，对吧？"

"你知道这事，是吗？"

盖瑞眼神游离，看向别处："不能说我知道，但也不能说不知道。"

"她叫什么名字？那个朋友？"

"卢克·汀格。"

"给我留个你的地址和电话号码，盖瑞。"

"不，我可不想卷到这件事情里，我走了。"

"别犯傻，盖瑞，五分钟之内我就能找到你，然后把警车停在你家外面，再进去喝杯茶，你看怎么样？"

"天哪，饶了我吧，好吗？"

他留下了地址和电话号码，一句话也没说就走了，出门时刚好和肯德尔擦肩而过。

回家路上，一个男声从收音机里传来：

　　"州政府的问题在于，如果克罗马迪在维持法律和秩序方面一直这样被认为软弱的话，那么下次选举中，它将面临失去白人选票和席位的风险。它丢不起任何一个席位，这才是真正的难题，珍妮丝。对联邦政府来说，鲍比·沃尔什在克罗马迪获得的巨大影响力简直是个噩梦，但对澳大利亚联合党来说，这当然是一个巨大的利好。"

　　"马尔科姆，这次鲍比造成了多大的影响呢？"

　　"鲍比昨晚的表现令人惊叹，他高亢的演讲充满了激情和满腔悲愤，他登上了全国所有的电视新闻，广播新闻的播放量也很大。鲍比赋予了克罗马迪一种象征性的意义。这很重要，珍妮丝。特别是他讲的三个土著男孩被钉在十字架上的故事，感染力是如此之大，我可以告诉你它影响到了各种各样的人，就像是《圣经》中发生的故事。今天收到的听众反响非常热烈，好多人都哭了，甚至还有来自保守地区的人，这些话引起了大家的强烈共鸣。"

　　"但这会在全国范围内得到认可吗？我是说……"

　　"说到这些，就有意思了，珍妮丝。政府担心的不仅仅是失去克罗马迪，离开克罗马迪的支持，政府不会垮掉，不会的，但现在他们真正担心的是澳大利亚联合党会借此机会获得全国各地的选票，它将成为对现政府不满者的真正联盟。最让他们感到紧张的是，鲍比·沃尔什有可能会竞争到财政大臣的职位，这位置曾经是不可撼动的，但现在所需要的9%得票率，却是鲍比可能做到的，珍妮丝。"

　　"感谢马尔科姆。马尔科姆·刘易斯是我们的政治编辑，他专业研究我们政治生活中的重大问题。我刚刚是不是提到了生活？现在我们一起来讨论这个话题，我们的下一位嘉宾非常了解生活，但他险些失去了自己的生活，那是在一次……"

　　凯辛调到了古典音乐电台，正在播放钢琴曲。他开始喜欢上古典钢琴了——短音流畅清脆，旋律丰富多变，终曲音符飘浮在空中，像曾经喜欢过的女人的香气。他最喜欢音符之间的短暂静默，喜欢享受前音已逝与后音未至之间的片刻宁静。

第三十九章

他们继续修复那座房子，到了挤牛奶的时间，第一道门廊已经砌到了窗台高度。

"照片里是石头窗台。"雷布说，"门楣也是石头做的，看起来是那样，这里有扇很大的门。"

"我会找伯恩谈谈石头的事情，"凯辛说，"很可能一开始就是被他偷走了。"

雷布走了，凯辛自己又在花园里干了一小时，然后带着狗在阴冷的黄昏中散了一会儿步。这一晚，他的身体只是偶尔感到刺痛，他觉得精疲力竭，却并不痛苦。他喂完狗，洗了澡，生起炉火，开了一瓶啤酒，又烧水煮了碗面。

雷布敲门走了进来，狗立刻亲热地扑了上去。

"有勘测员在那边丈量土地。"他说，半边身子隐没在阴影里，使他看上去有几分可怖，"在栅栏那边的两个家伙，我去挤牛奶的时候看到的。"

"她不甘心。"凯辛说，"不过那也只是在浪费钱，是房产经纪人的问题，她应该去调查他。我煮的面快好了，要来点不？"

"我跟老爷子一起吃过了，他有些孤独，不过他不希望你去探望他。他绝不会承认自己孤独，脾气犟得很，被鳄鱼咬着腿都不会吭一声，我估计。"他顿了一下，继续说道，"关于房子的事情……"

"什么？"

"我们一起干到你自己知道接下来怎么继续为止。"雷布说。这是意料之中的，凯辛感到一阵若有所失的苦涩。"那什么。"他说，"是不是因为之前我说你流浪汉的事？对不起，我向你道歉。"

"不是。"雷布幽幽地说，"我是一个流浪汉，流浪汉注定要流浪，我们就像鲨鱼一样。金枪鱼，我们更像金枪鱼。"

"老爷子会想你的。"

凯辛知道，他说的其实是他自己。

雷布低下头，宠溺地摸了摸脚边两个毛茸茸的狗脑袋，并没有看向凯辛："是啊，不过，一切都会过去的，他会找到别人代替我的。晚安啦！"

凯辛坐在电视机前吃晚饭，狗在沙发上，像猎豹一样懒洋洋地趴着，两条尾巴有一搭没一搭地相对绕着。他给炉火添了柴，倒了一大杯威士忌，坐下来陷入沉思。

迈克尔这个变态，妈妈知道迈克尔是个怪胎吗？双性恋，他是双性恋。她一定是知道的，女人什么都知道。迈克尔是怎样又有什么关系？文森蒂亚·刘易斯还是个女同性恋呢，就是那位把她父亲的CD送给他的护士。如果有机会，他也许会娶了她，怀着对生活的希望，可又能希望什么呢？男人能为婚姻贡献什么？他们到死都像个渴望母爱的孩子。

米克·凯辛在壶口崖溺亡了。自杀，这个表述总让人觉得有点惊悚。

自杀，这是一种终极的自主选择——选择没入寂静，选择归于永夜，在光明永不再降临的黑暗中沉睡，看不见充满希望的黎明，听不到欢快的鸟鸣，再也嗅不到咸涩的海风。

米克·凯辛和迈克尔都做出了那样的选择。

不该想这些东西的。

他爸爸一直很爱笑，即便是在他说了一些严肃的、责骂的话之后，他仍会讲一些有趣的事情并为之大笑。

为什么他妈妈还要说那是一个意外呢？她对迈克尔说，她会告诉他关于他父亲自杀的事，但过了这么长时间，她还是做不到。她可能已经改变了对那件事的看法，西比尔已经学会了如何操纵自己的现实，她无须再容忍那些令人不堪忍受的片段。

但为什么其他人也没有告诉他？出事以后他就住到了道格家，他们都知道，但从没有人说过一个字，他的父亲再未被提起过。孩子们一定已经被叮嘱过不许谈论米克·凯辛，从没有人提过"自杀"这个词。

早些时候，在医院里，在他不知时间为何物的日子里，文森蒂亚坐在他旁边，牵着他的手，手指沿着他的手臂向手肘滑动，她有着长长的手指和剪短的指甲。

凯辛家族有自杀基因，此前到底有多少个姓凯辛的自杀了？但他们都完成了家族基因的传承，创造出了下一代带有抑郁基因的凯辛。

迈克尔没有那么做，他彻底终结了抑郁的血脉。

我也一样，凯辛想，我是另一个终结。

但他并不是，当他看到那男孩从学校门口走出来的那一天，毫无疑问，他知道那是自己的孩子——那张长长的脸，长长的鼻子，午夜般的黑发，还有下巴上的小凹陷。

他儿子也携带着那种基因，他应该告诉薇姬，她有权知道。

胡思乱想。他才不抑郁，也许有时会情绪低落，但也仅此而已。那种感觉已经过去了，随着那些反胃的、痛苦的感觉，以及那幽灵般的凝结画面越来越少地造访，直至不再出现，一切都过去了。雷·萨里斯的事情发生之前，他一直很好。现在他是一个从事故中恢复了的人，一次谋杀袭击，来自一个该死的疯子的致命袭击。

雷·萨里斯。后来，在医院里，他开始逐渐看清自己对他到底有多执着。萨里斯不是一个普通的杀手，萨里斯在机场附近的小屋里烧死了两个人，两个克罗地亚籍毒贩，他先是百般折磨他们，然后把他们活活烧死了。花了五年多的时间调查取证，才有足够的证据指控他。

然后，萨里斯竟消失了。

此刻的雷在哪里？他在做什么？是不是在昆士兰州某处装有安防大门的运河庄园里喝着酒？包括运河里的船在内，整个地方的财产都属于毒贩、白领罪犯、奴隶妓院老板和房地产掮客。

雷开着车撞向他们的那一天，他自己也做好死的准备了吗？他疯了，但他应该从来没有想过去死。

凯辛还记得他和沙恩·迪亚布坐在那辆老旧的红色西格玛监控车里，盯着那模糊不清的小屏幕，监视着街道另一端那扇两米高的大门。

他们的车开始侧滑的时候，他并没有感到恐慌。

他记得自己看见了护栏，看到了四轮驱动汽车的大鼻子。

他没有看到沿街驶过来的那辆旅行车，后排的安全座椅上坐着几个孩子，系着安全带。

越野车司机根本不在意载着孩子的旅行车。

视线紧盯着小屏幕，凯辛看到那辆坦克一样的越野车从两米高的门里冲了出来，然后突然向右急转。

有那么一瞬间，他似乎意识到了将会发生什么事情，那是在他看到雷·萨里斯那张脸的时候。他认识雷·萨里斯，他曾和雷·萨里斯在一个小房间里共度了七小时。

此时，那辆日产途乐越野车已经在几米开外了。

法证后来估计，越野车撞击红色小车的时速超过了六十公里，小车被撞翻了，越野车半骑跨在上面，冲破一道低矮的花园墙，穿过小花园，撞进了房子的飘窗。那房子的客厅里放着一架钢琴，上面摆着一系列装在银色相框里的照片，照片后面的那面墙上挂着一幅色调感伤的桉树画。

两辆裹挟而来的车连那堵墙也撞毁了，房屋的承重结构遭到破坏，屋顶垮下来直接砸在了车子上。

一切发生在电光石火之间，却又像是电影里的慢镜头。

旅行车司机说，那辆四轮驱动越野车从废墟里倒出来之后，穿过房前的花园，直接开走了，后来那辆车在六公里外的一个购物中心停车场被发现。

沙恩·迪亚布死在了那辆被压扁了的小车里，雷·萨里斯再也没有出现过，雷从此人间蒸发了。

凯辛站起身，又给自己倒了一大杯威士忌，他感觉到酒精在自己的体内发挥了作用，音乐，他需要音乐。

他把一张卡拉斯的音乐光盘放进了播放机，回到椅子上坐好。悠扬的女高音缓缓飘飞到高悬的天花板上，又折返了回来，狗开始不安起来，它们抬起头，又颓然趴下继续睡，它们懂歌剧，甚至可能还很喜欢歌剧。

他闭上眼睛，该想想别的事情了。

社会上有多少像戴夫·雷布这样四处飘荡，情愿在人群中做个幽灵的人？今天，他们是有明确身份的劳动力，明天他们就成了隐形人，在地区之间游荡，穿过国家间的界墙。税务档案号码、医疗保险号码、驾照、银行账户，这些东西通通都不需要他们用自己的名字，他们是只挣现金的幽灵，他们把钱存在口袋里或是别人的账户里。

戴夫曾有过世俗的身份吗？比起幽灵，他更像是一个外星人，从一艘宇宙飞船上降落到一个土褐色的牛场上，那里似乎比最近的城镇离星星更近。

这是一个不完美的世界，不要太执着，继续往前走就好。

维拉尼明智的建议。维拉尼是他最要好的朋友，这一点不能忘记，小圈子里最好的朋友。人这一辈子能有多少个朋友？亲属排除在外，亲属不能算是朋友，那样看，还真的没几个。

凯辛从没主动交过朋友，也绝不会浪费精力去维持友谊，朋友是什么？能帮你搬家的人？是能和你一起去酒吧，看橄榄球比赛的人？如果是这样，那么伍迪以前还真做到了，他们一起喝过酒，醉到不省人事，一起去看过赛马，一起打过板球。在雷·萨里斯事件的前一天，他们还在艾尔伍德^①那家泰国餐馆吃过饭，伍迪当时正在追求桑德拉，一个高颧骨的 IT 女。她看着伍迪，时不时笑着回应，桌底下穿着丝袜的脚，却悄悄沿着凯辛的胫骨向上撩拨着。

身下那东西突然起了反应，那也是他最后一次有那种感觉。出事之后，伍迪去医院探望过几次，但是出院后，凯辛就再没怎么见过他，因为他的伤，他们不能像从前那样一起畅玩了。不，那不是真正的原因，是沙恩·迪亚布阻断了他们之间的友谊，人们都认为沙恩的死他才是罪魁祸首。

他们是对的。

沙恩之所以会死，是因为凯辛带着他一起去验证自己的预感，他觉得萨里斯会回到他毒贩搭档的家里。是沙恩自己要求一起去的，但这并不能为凯辛开罪，他是一名高级警官，他没有权利把一个天真的孩子卷入他对抓捕萨里斯的执念当中。

辛戈从没指责过他，脱离危险后，辛戈每周都会来看他一次，在第一次去探望的时候，他在凯辛的耳边轻声说道："听着，你这个浑蛋，你是对的，那个杂种回来了。"

又是一大口酒，想想现在的事情，他对自己说。人们希望唐尼和卢克就是杀害布戈尼的凶手，如果他们真的是凶手，那就证明卢克和科里的死是他们罪有应得，而唐尼的自杀，也可以解释成畏罪自杀。

无辜的男孩被打上杀人犯的烙印，遇难的还是一个慷慨正派的好人，双重的不公。不管是谁干的，凶手都还逍遥法外，就像雷·萨里斯一样在外面自在快活，放肆轻蔑地笑，大言不惭地嘲笑警方愚不可及。凯辛闭上眼睛，他看到两个男孩稚嫩的脸庞，一个几乎无法呼吸，胸部被压碎了，另一个喘

---

① Elwood，墨尔本维多利亚州南部小镇。——译者注

着粗气，吐着暗色的血雾，在被雨打湿的冬夜里耗尽最后一丝生命。车灯在那混着雨水和鲜血的水洼里反射出凛冽瘆人的光。

他又给自己倒了一杯酒，紧接着又是一杯，直到自己不省人事，在椅子上睡着了。不知过了多久，他突然从睡梦中惊醒，身体冷冰冰的，炉子里的炭火微弱，屋顶上沙沙的雨声敲得更起劲儿了。微波炉上的电子钟显示，凌晨三点五十七分，他用半升水灌下了两片药，熄了灯，上床和衣而卧。

两条狗过来趴在他身侧，一左一右，它们很高兴在被放逐回自己的狗窝之前还能舒服地享受片刻。

第四十章

阳光又重新回到这个冰冷的世界，西风送来了阵阵冷雨，石榴籽般大小的冰雹从空中砸了下来。

凯辛不关心天气怎样，他的心情糟透了，天气根本不在他烦恼的范围之内，他觉得自己应该受到惩罚。他带上两条狗去海边，顶着刺骨的寒风走向石溪咀，空中没有一颗沙砾，沙丘都被雨水浸透了，平日里随风飞沙的海滩，此刻更像一块肌理紧致的皮肤。

今天的石溪咀，水量明显增多，入海口也拓宽了不少，手指形状的沙地全被淹没了。溪水另一侧，有个穿着旧雨衣、戴了顶棒球帽的男人，正用一根单薄的钓竿钓鱼，他把钓索抛向小溪与海水交汇的地方，不紧不慢地收着线。一只棕色的小狗趴在他的脚边，看见凯辛和猎犬，小东西立刻爬起来冲到小溪旁朝这边狂吠，僵直的四肢攒足了劲儿支撑着身体，伴随着声声嘶哑的吼叫，身体似乎从地面直直地浮了起来。

猎犬们静静地站在一起，前爪伸进了水里，冷静地打量着对面这只叫嚣的动物，它们缓缓摇动着自己的尾巴，像两个饶有兴致的科考队员。

凯辛向那人挥手，那人从鱼竿上松开一只手挥了挥回应着，几乎看不到他的脸——只能看到鼻子和下巴——但是凯辛从码头这么远的地方还是认出了他，他是个勤杂工，平时为老人、体弱多病，或是失去劳动力的人做些杂务，比如更换水龙头和保险丝、修补排水沟、疏通下水道之类的工作。怎么会这样？他心里想，为什么从这么远的地方还能认出一个人来？为什么即便在拥挤的人群中也能感觉到某个人的存在？为什么能在开门的一瞬间就知道某人不在外面？

他一时兴起，决定向左转，沿着小溪，穿过沙丘灌木丛。猎狗对此表现得极为兴奋，它们欢快地从他身边擦过，冲到了前面，找到了一条行人经年累月踩出来的小路。陆地渐渐上升，小溪很快就被甩在小路下方几米远的地方了，从高处看去，溪水如清澈透明的玻璃，浅湾处嬉戏的小鱼在阳光下闪烁着钻石般的光芒。他们向前走了约十分钟，这条小路便绕开小溪，进入了一片如巨浪般起伏的沙丘地带。站在最高的沙丘上，海岸平原尽收眼底。凯辛可以看到向右方蜿蜒而去的小溪，远处的高速公路上有一辆卡车，视线所达更远的地方，一条深色的细线歪歪扭扭地爬向山顶，那是通往布戈尼庄园的公路。

庄园下面，有条小路弯曲而过，拐向几公顷的空地，消失在灌木丛中，继而又蜿蜒着绕了回来。它途经一座没有屋顶的建筑，绕过其他一些建筑的遗迹，一根逐渐变细的烟囱矗立在废墟中，像砖砌的黑色拳头竖起的中指。

猎狗们先于凯辛抵达那里，它们停下来，观察着这个地方，尾巴谨慎地收敛着。它们回头看了看他，得到准许信号后，立刻发足狂奔了出去，冲向那一堆砖头瓦砾。几只兔子受了惊吓四下逃窜，猎狗却有些茫然无措，不知该去追哪一只。

凯辛走到那片建筑的边缘，站在淅淅沥沥的雨中，左边的平地曾经是一个球场，现在只剩下了三根埋在深草里的橄榄球柱，油漆早已脱落净尽，袒露在外的木柱也已风化发白。他仔细倾听着风拂过废墟时发出的声音——那是一种敲打声，像从枯干的硬木上拉出钉子时的吱吱作响，还有多变的低沉风吟。

他走到那个没有屋顶的木结构建筑里，它有四个房间，中间是一条过道，透过一个窗框看进去，是个在火灾中沦为焦土继而又被人洗劫一空的废墟，被封存在静谧的时光里。有人在裸露的泥土上大便，看得出来那里曾经覆盖过华丽的地板。约五十米远的地方，立着一个没怎么受损的烟囱，他穿过空地，绕到朝向公路的那一侧。这里原本是个厨房，有两个砖砌的大灶，经历火灾的洗劫后，现在只留下了两个大凹槽，中间有个炉子，炉膛口的铸铁炉门生了锈，从铰链上脱落了下来。

猎狗们在废墟里东奔西跑，到处都是兔子的气味，弄得它们很混乱，不知道该往哪儿追。可兔子们早已不见了，安全地藏身在破碎的砖块和生锈的瓦楞铁板下面。厨房后面，隔着一大片碎裂的混凝土地砖，凯辛发现草地里横着一个长条形建筑的砖砌地基，有两个房间那么宽，顶层的砖块都被熏黑了。他走进那片地基，不小心被烧焦的地板托梁绊了一下。

> 那都是过去的事情了，那场大火之后一切都化为乌有了，童子军营地也成了历史。

他想起了塞西莉·艾迪森的话。

凯辛吹了声口哨，一个欢快的声音在这个凄凉的地方响起，猎狗们的身影很快出现了，有什么东西把它们的嘴连在了一起，它俩都咬着不松口。他示意它们坐下，接过它们嘴里的那个东西。

那是一条皮腰带，又皱又硬，是根男孩的腰带，长度仅能环绕一个橄榄球。凯辛捡起它，从那锈迹斑斑的扣子上，他能辨认出一朵鸢尾花和部分字迹：B Prepa。

时刻准备着（Be Prepared），这是一条童子军的腰带。

他抬起手臂想要扔掉它，但最终并没有那么做。穿过杂草丛生的运动场，他把这个又小又硬的腰带绕在一根门柱上，扣好扣子，任它向下滑进草丛深处。

站在最高的沙丘上，凯辛回望那片废墟。风摇动门柱，轻抚着如海浪般起伏的野草，高速公路上传来卡车的喇叭声，听上去有种莫名的寂寥，像夜間独行的旅人。他唤上猎狗，继续前行。

他们开车行驶在冷清的公路上，朝着回家的方向。路过一片埋在密林深处的房屋，新鲜树木燃烧的浓烟从烟囱里冒出来，大肆环剥林木树皮制作廉价干柴的时代已经一去不返了。

他想到了布戈尼。如果没有惊人的运气，恐怕永远也无从知晓是谁袭击了他，谋杀了他。而那些男孩怕是要一直承担这个罪名，永难昭雪了。这对他们的家庭，对整个土著居民区，甚至对像伯恩和他的孩子这样的人来说，都会造成长久的困扰。布戈尼的死成了各个地区种族歧视者的弹药。

你们干死了两个土著黑鬼，可惜没把那一整车的垃圾都撞死。

德里·卡拉汉的大多数顾客都会对他的言辞表示高度赞同。

别再执着了，他想，听维拉尼的，别管这个案子了。

雷布在背风处等待，听到车声，他叼着烟走了过来，凯辛从车里出来，放狗下车。雷布弯腰伸出手，掌心向上唤狗过来，狗听话地朝他走过去，没像平常那样蹦跶，而是浑身都在摇摆着，大献殷勤。

"对了，"他说，"你今天是要进城吗？"

"是的。"凯辛说，他当下决定进城一趟，"你吃过饭了？"

"没有，我刚刚从奶牛场那边过来。"

"那我们出去吃，等我十分钟，我先去冲个澡。"

第四十一章

　　他们在克罗马迪郊区的卡车服务站点了培根和鸡蛋，一个唇毛浓密、眉间肿着个粉色青春痘的厌食症女孩送来了食物，薄得像纸片一样的面包上，卧着几个煎蛋。小小的蛋黄煎成了意大利面的颜色，培根灰暗的肥膘里缀着几根纤长的粉色肉丝。

　　雷布吃了些蛋。"不是后院那些鸡下的。"他说，"你能付我薪水吗？"

　　凯辛闭上了眼睛，修房子，建栅栏，他都还没向雷布支付任何报酬。他一直没想到这一点。"老天，对不起，"他说，"我把这事给忘了。"

　　雷布低头继续吃东西，然后从桌上抽了张纸巾擦了擦嘴，他把手伸进外套里，拿出一张叠了好几折的纸片，看上去是从哪个笔记本上撕下来的。

　　"我算过了，我在这儿做了二十六小时的工，酬劳按十块钱一小时支付，可以不？"

　　"这好像还没到你该拿的最低工资吧？"

　　"没付房租，还在你那里吃喝。"

　　"话是没错，这样吧，一小时算十五块。"

　　"你说了算。"

　　"我需要你的税务档案号码。"

　　雷布笑了笑："帮我个忙，用伯恩的号码吧，你知道他的号码，是不是？你们是表亲，而且你们之间交易过那么多次，也那样交税吧！"

　　没办法，这个只能妥协了，凯辛想，那种负罪感就好像带着两个孩子的女人在商店偷东西时被抓到一样。

他把车停在距离银行两个街区远的地方，他本可以停在警察局后面，但总感觉那样做并不是很妥当。他从取款机里取出现金，付给雷布。

"等我半小时，"他说，"钱数够吗？"

"够了。"

他沿着潮湿的街道向警局走去。霍普古德在办公室，正在写一份文件，左边还有一堆整齐的东西等着他一一处理。

"无纸化办公。"凯辛站在门口说道。

霍普古德抬起头，面无表情。"你有什么事吗？"他说。

"我想知道是谁下令把聚光灯对准唐尼家的房子的。"

"那是库尔特家婊子编的故事，一派胡言，他们都在扯谎，那只是我们的日常工作，是例行巡逻。"

"那里应该是土著片区吧？黑鹰降落①的那些后续又是怎么回事？"

霍普古德颧骨上冒着油光："对啊，是时候在那片猪圈里秀一秀咱们的倒霉国旗了。再说了，你这是从哪儿冒出来的？我不归你管，你还是多操心你自己那屎坑警站吧。"

凯辛感到一阵热血上涌，有种想要一拳打到霍普古德脸正中的冲动，打烂他的鼻子和嘴唇，想从他那里看到曾在德里·卡拉汉眼中看到过的神情。

"我想看看布戈尼案的相关资料。"他说。

"看那个干吗？那个案子已经结束了。"

"我不觉得一切就这么结束了。"

霍普古德用一根手指弹了弹自己的鼻孔，他的手指很肥硕："那块手表吗？那有什么好看的？"

"不管怎么说，我想看一眼。"

---

① 1993年美军在索马里的军事行动中被围困。——译者注

"我现在很忙，等局里的警司休假回来吧，到时候你再来看。"

他们四目相对，仿佛在进行一场无声的较量。"我会查下去的，"凯辛说，"我们还有些事情没沟通明白。"

"是吗？"

"那辆破猎鹰，你早就知道那破车跟不上你们，是吧？"

"我又不知道你们不会开车，老兄，不知道你是这么个没种的尿包。"

"还有那些取消行动的指令，你都听到了吧。"

"是吗？但录音记录里没有啊，你们两个土著黑鬼在编故事吧？就像唐尼那个该死的妈妈那样？你们是亲戚吗？土著都他妈的是亲戚吧？你猜怎么变成亲戚的？是不是所有钱都拿去喝了酒，用不起电，夜里通通爬到一张床上，摸黑做那些见不得人的勾当。"

凯辛的视线有些模糊，他想杀了他。

"我还可以再跟你说点别的，你这该死的假聪明。"霍普古德说，"你以为可以神不知鬼不觉地跟一个流浪汉鬼混下去吗？你能看着你的基友攻击无辜公民，在旁边无动于衷吗？你还觉得那很刺激，是吗？你是不是喜欢那玩意儿？你是穿着内裤进来的吧？"

凯辛努力抑制中烧的怒火，转身走了出去，门口一身制服的值班警察识趣地赶紧让开了。

第四十二章

　　凯辛走到海滨广场，站在海堤前，咸湿的海风轻拂着他的脸庞。海湾里，叶叶白帆影动，一艘渔船掠过海槽处翻腾的灰浪，正向港口驶来。他做了几次深呼吸，努力平复自己的神经，他感到心率在变慢。

　　十分钟后，他往回走。一路上，除了一群打打闹闹下山的孩子，他是唯一的行人。走到半路，他突然决定右拐，沿着他和海伦·卡斯尔曼从法庭回来时一起走过的路，踏上台阶，来到她的办公室。前台坐着一个不到二十岁的女孩，一脸与年龄不相符的浓妆，正百无聊赖盯着自己的指甲。

　　他说明来意，她即刻拨通了海伦办公室的分机号。

　　"沿着走廊往里走，"她说，脸上挂着灿烂的笑容，嘴里嚼着口香糖，"最里头那间。"

　　办公室的门开着，右首边是她的办公桌，海伦已经在那里等他了。她抬起头，一脸冷漠地看着他，他就站在门口。

　　"两件事情，"他先开了口，"按照轻重缓急说。"

　　"什么事？"

　　"关于唐尼，"他说，"我质问了对唐尼的骚扰，但他们否认了，我会尽我所能查清楚这件事情。"

　　"唐尼死了，"她说，"他本来可以不死的，他只是个孩子，一个不怎么聪明、胆子还很小的男孩。"

　　"我们也不想那样，我们只是想带他们回去接受审讯。"

"我们？是指你和霍普古德吗？你们是在撞运气，你们根本没有任何证据。"

"那块表。"

"和想要卖手表的人在一起根本不算什么证据，即使拥有那块手表也说明不了任何问题。"

"我们还是来聊一聊栅栏的事情吧。"凯辛说。

"你多占了我一米多宽的土地，"她说，"如果你不接受我的丈量，可以自己去做。"

"这不是问题所在，你以为的地界都到小溪那边了。"

"那完全是另一码事，我想要你做的是，凯辛警探，赶快把你仓促建起来的栅栏拆掉……"

"我把到小溪旁边那块窄条地卖给你。"

他原本并没打算这么说。

海伦仰头向后靠去："这就是你今天来的目的吗？你是那房产经纪人的朋友吗？"

凯辛感到脸上一阵发热。"交易取消，当我没说，"他说，"再见。"

他转身准备离开，她的声音从背后传来："乔，别走，请不要走。"

他又转过身来，感觉两边的脸颊热得发烫，紧张得不敢看她的眼睛。

她抬起一只手："对不起，我收回刚刚那些话，那天晚上突然脾气失控，我也向你道歉，那是很不职业的行为。"

先是不屑，然后又这样服软，这让他有些不知所措。

"接受吗？"她试探着又问了一遍。

"可以，我接受。"

"好，那你先坐下。乔，我们重新开始谈，从某种程度上来看，我们是了解彼此的，不是吗？"

凯辛坐了下来。

"我想问你一些关于唐尼的事情。"

"你说。"

"有件事，我总是想起，一直让我很困扰。"

"什么事情？"

"公路追捕、设置路障，不管你们做了些什么，都是因为有人想在悉尼卖一块手表，对吗？"

凯辛正想说是，但他的脑海里突然浮现出了鲍比·沃尔什的那张脸。这件事情跟政治挂钩，三个被钉在十字架上的土著男孩，鲍比决不会轻易罢手此事，这里面有政治利益，有很多可利用价值，她想利用他。

"法证的正式报告很快就会出来。"他说，"鲍比·沃尔什最近怎么样？"

海伦·卡斯尔曼下意识地抿了抿嘴唇，转过头去，他看着她的侧脸着迷。"这跟政治无关，乔，"她说，"这关乎那些男孩，关乎他们的家庭，关乎整个土著片区，关乎公平正义。"

凯辛什么也没有说，他不确定自己该说点什么。

"警察会考虑正义这种东西吗，乔？你们在意真相如何吗？或者像你们的橄榄球队一样，没有对错，赢就是一切？"

"警察的想法跟你们律师很像，"凯辛说，"区别在于他们不会变得富有，而且总有人想杀他们。我们为什么要讨论这些？"

"唐尼的妈妈说，科里·帕斯科的妹妹告诉她妈妈，说科里有一块表，一块看上去很昂贵的表。"

"那是什么时候的事情？"

"大约一年前。"

"可谁又知道科里到底都有些什么东西？"凯辛能听出自己声音里的敷衍，"除了手表还有什么？"

"你还能再往下查吗？"

"这事现在我管不了了。"

她没说什么，只是直直地看着他，他想把目光从她眼前移开，可他做不到。

"这么说，你对这个不感兴趣？"

凯辛打算再重复一遍刚刚的话，但他想到了霍普古德。"如果这样能让你觉得开心的话，我会跟他的妹妹谈一谈。"他说。

"我可以把她带到这儿来，你可以在那间闲置的办公室里跟她谈。"

"不在这儿谈，不行。"那可不是个好主意。

"她害怕警察，我想知道为什么？"

他上小学的时候班上有一个叫帕斯科的同学。"问问他们认不认识伯恩·道格。"他说，"告诉他们那警察是伯恩的表哥。"

凯辛在报刊亭买了份《克罗马迪先驱报》，在路口等红灯时，他开始阅读手中的报纸。

石溪咀度假村计划获批

议会批准三点五亿澳元开发计划

绿灯亮了，他一边读报，一边往前走。通过环境影响评估之后，皮肤光滑黝黑的阿德里安·法伊夫就要启动他的度假村开发计划了。报纸上完全没有提及通往度假村的路，对他从布戈尼家族购买道德陪伴童子军营地的事情也只字未提。

第二部分

活着就是一件礼物。
每一天，每一小时，每一分钟，每一秒都是礼物。

第四十三章

　　绕过那间老毛纺店的时候，凯辛注意到了几个人——两个身材魁梧的高个子男人和一个女人站在码头的尽头。他把车停好，走了下来，双手揣在身上那件蓝色外套的口袋里。扑面而来的风中，混杂着海盐味和鱼腥味，还有些微柴油燃烧过的味道。

　　码头的木板很旧，经年累月的沟壑深深浅浅地穿行其上，板与板之间的缝隙足够把捕鱼刀丢进大海，还能看到它入水时的反光。这样的天气，除了他们，只有三个人还在海边，一名男子和一个小男孩肩并肩坐着，胳膊抵在一起，他们在用手线钓鱼。旁边还有位老人，穿了一层层的厚衣服，手握着鱼竿架在栏杆上，他拉低豆豆帽，盖住了自己的眉毛，红鼻子下隐约探出一撮灰白的胡楂儿。

　　两个男人盯着他，向这边走来，站在中间的女人垂着眼帘，头也没抬一下。他们越走越近，凯辛这才看清楚，那是一个高个子女孩，十五六岁的样子，鼻子挺翘，但皮肤状况很糟糕。

　　"乔·凯辛。"他走到他们跟前自我介绍道，但并没有主动去握手。

　　"克里斯·帕斯科。"靠得最近的男人说，相比另一个男人，他看上去更魁梧些，鼻梁明显断过，"这个是苏茜。我不记得在学校里见过你。"

　　"哦，要是你还记得伯恩·道格的话，应该能想起我来，我一直跟着他。"

　　"伯恩，就是那个死犟的臭小子吧。所有姓道格的都那德行，常看到他，现在没那么瘦小了，他不认识我。他跟白人走得近，我觉得。"

另一个男人仰起下巴望着远方，看上去像座蜡像。他留着向后梳的脏辫，胡须修剪过，露出来的耳垂上戴着一枚金色的耳环。

"律师跟我说，你们有些事情要告诉我。"凯辛说。

"跟他说，苏茜。"帕斯科对那个女孩说道。

苏茜快速地眨了眨眼睛，没有看向凯辛。"科里有一块表。"她说，"在他去悉尼之前，我见过那块表。"

"什么样的表？"

"皮表带的，上面有好多像小钟表一样的东西，"她在手腕上画了个小圈，"挺贵的。"

"他有没有说过那表是从哪儿来的？"

"他不知道我见过那表，我就是找我的 CD 时偶然看到的，他总是不经允许就拿走我的 CD。"

"你为什么不问问他？"

她一脸的不可思议，抬头看着凯辛，挑了挑眉毛，露出一双棕色的大眼睛："那样他不就知道我翻过他的房间了？妈的，我可没那么大胆子。"

"别说脏话！"她父亲连忙呵斥道。

"如果我给你看一张那块表的照片，你还能认出来吗？"凯辛说。

苏茜耸了耸肩，她那件带风帽的厚夹克几乎没动："我不知道。"

"你仔细看过那块表吗？"

"看过。"

凯辛想起了布戈尼手腕上那条常年戴表形成的苍白皮肤："为什么不确定自己能认出来呢？"

"不知道，我可能认不出来。"

"那表是什么牌子的？"他说，"当时有注意到吗？"

"嗯。"

凯辛看了看眼前的两个男人，没什么特别的发现，梳脏辫的那人正在做一根卷烟。

"你还记得名字吗？"

"记得，百年灵，大概是那个名字。"

"你能拼出来吗？"

"拼那个该死的东西干吗？"克里斯·帕斯科说，"她见过那块表。"

"你能拼一下吗？"

她犹豫了片刻："我不知道，好像是 B-R-E-T-L-I-N-G。"

如果他们事先教过她，她肯定能拼对，除非他们故意教她拼错。

"什么时候看到的？"凯辛问。

"很久之前了，大概有一年，我估计。"

"那你说说，"凯辛说，"你为什么现在才说起手表的事情？"

"那件事情过后的第二天，我就跟妈妈说过了。"

"哪件事情？"

"就是你们杀了科里和卢克那事。"

凯辛没有反驳："她怎么说的？"

女孩抬起头来，没有看向她的爸爸，而是转向那个梳脏辫的男人。他张开嘴，风吹散了里面冒出来的烟，凯辛看不清他的眼神。

"她说不要再说这件事。"

"为什么？"

"不知道，她就是那么说的。"

"我们得走了，"克里斯·帕斯科说，"她知道的都跟你说了，对吧？现在你们不能再说自己什么都不知道了吧？"

"不会，"凯辛说，"不会那么说的。刚才没听清楚你朋友的名字。"

"史蒂夫，"帕斯科说，"他叫史蒂夫，是吧，史蒂夫？"

史蒂夫用力吸了一口香烟，双颊深深陷了进去，他弹飞了手里的烟蒂，风把它吹过码头，一只海鸥猛扑过去，在半空中攫住了它。史蒂夫的脸兴奋起来："看见没？该死的鸟也抽烟。"

"谢谢你们的配合。"凯辛说，"可以留个电话吗？方便我随时联系你们。"

两个男人互相看了看，史蒂夫耸了耸肩。

"给你我的手机号吧。"帕斯科说。

他从他的夹克里找出手机，读出写在机套上的手机号。

凯辛把它写在自己的笔记本上。"我或者那名律师，我们很快会联系你的。"他说，"谢谢你，苏茜。"

"他不是个坏孩子，我是说科里。"帕斯科说，"他本来有可能去打 AFL 橄榄球赛，不过他脑子进水了，以为能靠毒品发财。你和霍普古德那帮人是一伙的？"

"不是。"

"但你会跟那些浑蛋一起工作，是吧？你们都是一起混的。"

"我只做我的工作，不跟任何人一起混。"

走在坑坑洼洼的板桥上，看着那些钓鱼的人，看着汹涌的大海。凯辛感觉有人在注视着他，走到毛纺品商店旁他转头看了看。

那两个男人还没走，他们正背倚着栏杆盯着他，苏茜低头看着被海水打湿了的木板桥。

第四十四章

"很难再往下查了,"达夫说,电话里,他的声音比平时更加沙哑,"我在这儿的工作并不轻松。"

"那个案子一直在困扰我。"凯辛说。

"是啊,不过,如果你还困扰这个,接下来你会有新的困扰。"

"比如呢?"

"我跟你说过,这个案子已经永久封存了,马上要到竞选季了,如果你继续盯着那案子不放,他们就会把你派去负责北布灵波特①警局,到了那时,你哥们儿维拉尼也救不了你。"

"布灵波特在哪儿?"

"这就是问题所在,我也不知道那个鬼地方在哪儿。"

"那案子我跟你的看法不同,虽然我们都认为是那些男孩作的案,但你觉得他们在唐尼的事情上服了软,他将会脱罪。"

"没错,是这样,你跟维拉尼谈过了?"

"他让我好好度假。"凯辛说。

"那应该是上头的安排,当地政客不想让克罗马迪那些性感的白人酒店员工反对他们,联邦政府也不想给鲍比·沃尔什输送更多的氧气,他现在风头正盛。"

---

① Bringalbert,维多利亚州靠近西部州界的城市。——译者注

那是上午晚些时候，炉子里的火烧得正旺，凯辛把身体蜷成 Z 字形躺在地板上，他努力地弓起背，两条腿架在一把不那么稳当的厨房椅上。无声的雨滴落在屋顶上，雨水像幽灵一样沿着大窗玻璃滑落下来。修复汤米·凯辛老宅的计划，今天只能先放一放了。

"如果没人理会这个案子，"他说，"那它就真的成一桩冤案了。调查结果会说，这是一个非常不幸的系列事件，但不能责怪任何人。它会成为历史，永远没有翻案的可能。当事人都死了，但是那些孩子，他们的家人，还有所有土著居民将背负这个污名，被认为杀害了查尔斯·布戈尼，加害了当地的一位大慈善家。一个永远的污点。"

"悲剧，"达夫说，"这污点本身就是悲剧。我以前喜欢电视上那种清理污点的广告，乔，你住的那地方有电视机吗？"

"看什么？"

"鲍比·沃尔什和那些死去的土著男孩。"

"我现在虽然人困在这里，"凯辛说，"但脑子还在正常工作，如果你不想再参与这个案子，就直说。"

"不要那么敏感，你想要我做什么？"

"布戈尼的那块手表，有谁下功夫去查过他是在哪里买的？那是块高档手表，我觉得它们会有编号，就像汽车引擎一样。"

"我试试看，这还不至于冒着被调到本巴德瑞的风险。"

"不是北布灵波特？"

"听说它俩是单人警局的双子星，你还躺在地板上推演案情吗？"

"没有。"

"太可惜了，那是个非常有趣的练习，创造了很好的聊天话题。我会打电话给你的。"

凯辛挂了电话，盯着天花板，他看到了达夫不苟言笑的面孔，小圆眼镜后面那双多疑的眼睛。过了一会儿，他几乎要睡着了，听着雨水在排水沟和落水管里流动，那声音听起来像洪水中的川流。他想起了小时候，新雨过后去小溪边玩耍，草叶上的雨水打湿了他的衣服，一直湿到胳肢窝。潺潺的小溪唱着悦耳的歌，垂落的柳枝在流水的轻抚下舞动着，上涨的溪水淹没了那个长满青苔的小岛，他以前经常站在上面捕鱼。湍急的流水在大块的岩石周围泛起泡沫，甚至一度淹没了石块，在水流得更急的地方，还形成了一些小瀑布。有一次，他看到一块巨大的岩石从对岸的岩壁上断裂，缓慢地掉进河里，一堆受惊的蚯蚓在光天化日下惊慌失措。

塞西莉·艾迪森替布戈尼管账，她代表布戈尼支付的款项，都有记录。

凯辛从椅子上抬起腿，先转成右侧卧位，然后吃力地站起身来，走到桌边，从几层旧报纸下面搬出那个厚厚的黄色文件夹。

他给自己泡了杯茶，端到桌子上，第一页支付账单的日期是 1993 年 1 月，他开始翻阅，大多数月份都是单行距的一页纸。

从头开始按照日期顺序查？他看了看首页，名称——店铺，商人，工资，电费，水费，电话费，保险费。其他一些款项只提供了日期、支票号码和金额。第一次看报表的时候，他没怎么重视，翻了几页就放弃了，然后事情接连发生，他也再没回来看过。

凯辛仔细看着这些报表，在上面做了记号，他想对这些东西进行分类。一小时后，他拨通了事务所的电话，麦肯德里克太太公事公办的声音传来："塞西莉·艾迪森现在不方便接电话。"

她这会儿兴许正打着盹呢，凯辛心想："我是警察，我们是很注重礼节，但如果有必要的话，我们会亲自过去叫醒艾迪森太太。"

"请等一下，"她说，"我看看她能否跟您讲话。"

几分钟后，塞西莉·艾迪森接起了电话："喂——"

"我是乔·凯辛，艾迪森太太。"

"乔，"懒洋洋的声音传来，"我在电视上看到你了，表现得很粗鲁，那样是不会升职的，我的孩子。"

"艾迪森太太，你替布戈尼支付的那些钱，有些并没有写名字，你还记不记得那些是付给谁的？"

塞西莉清了清嗓子，凯辛把电话从耳边拿开。过了一会儿，塞西莉说："那都是常规付款，工资之类的东西。"

"每个月都有一笔2000澳元的款项转给了某个人，从记账开始就一直有，那是汇给谁的？"

"不知道，查尔斯提供账号，钱就转过去了。"

"我需要那个账号和银行。"

"那些都是保密的，恐怕不方便透露。"

凯辛尽可能大声地叹了一口气："之前跟你讲过，艾迪森太太，这些信息跟一起谋杀案有关，我会带着搜查令过来，我们会带走你所有的文件。"

电话那端也叹了口气："这部分信息现在不在我手边，麦肯德里克太太会再打给你。"

"请在十分钟之内打过来，艾迪森太太。"

"哦，对哦，现在事态好像激化了，是吧？车祸中幸存下来的那个男孩也死了，还有鲍比·沃尔什卷入了这宗案子。"

"我很期待接到麦肯德里克太太的来电，请尽快。麦肯德里克先生是什么情况？"

"二十世纪五十年代的马来亚战役中，她失去了他，他是一架林肯轰炸机的尾炮手。"

"那种位置需要一边前进一边往后看，"凯辛说，"我知道那种感觉。"

"他的情况是往前摔，从酒店阳台上摔下来，醉得像只鹦鹉，原谅我这么形容。"

"真是场悲剧。"

不到十分钟，麦肯德里克太太就提供了信息，说话的语气像是被敲诈勒索的受害者。得到消息后，凯辛不得不再联系达夫调查这个信息。凯辛取回木柴时，达夫打来了电话。

"查询的时候我说辞很含糊，说的不全是真话，"达夫说，"我跟你不怎么熟，从现在起，希望你说话也注意斟字酌句。"

"简化版的真话，大家都这么做。查到名字了吗？"这一天即将结束，西山余下最后一抹晚霞。

"A.波拉德，墨尔本北部科莱街128A号，所有钱都是从当地的自动取款机取出的。"

"A.波拉德是谁？"

"一个叫亚瑟·波拉德的人。"

狗在脚边轻推着他，是时候该吃晚饭了。"这个人有些神秘，布戈尼付了他很多年的工资，"他说，"这需要好好查查，你不觉得吗？"

凯辛听到电话那边传来一个声音，达夫在敲他的桌子。

"是啊，没错，"达夫说，"可我这儿一点也不缺要查的东西，这个小小的调查花了我他妈好几个小时。"

"加把劲儿，警队会为你感到骄傲的。"

达夫缓缓敲了三下桌子："不得不说，我是真不适合做刑警，这就是个错误。我根本不在意一个有钱老头儿的死活，也不在乎真正的罪犯是否逍遥法外，甚至连那些死去的无辜民众是否背负骂名我都不在乎。"

凯辛交替揉搓着两条狗的头，轻抚着它们的背脊。"布戈尼的手表呢？"他说，"查得怎样了？"

"我能让你离我远点吗，老兄？"

时间过得很快。凯辛穿上他父亲的风衣，那是件深褐色的短外套，皱得像沼泽泥人的皮肤。住在道格家一年后的某天，伯恩的爸爸带孩子们和雪貂一起外出打猎时，把风衣交给了他。

"这是你父亲的，我一直给你留着，有点大，米克的个头不小。"

雨中，凯辛带着狗走下山坡，躲避一年中最阴冷的风。长旱期已经结束，溪水渐渐涨满，猎狗们惊奇地看着小溪，有些不敢近前，它们用敏感的脚趾在水面试探。

凯辛把手揣在打褶的大口袋里，那天他穿的是这件衣服吗？是在晚上吗？跳进壶口崖之前，他是不是把它脱下来，放在石阶上了？

是我和海伦坐过的台阶吗？

他感到有些冷，吹了声口哨呼唤猎狗，它们闻声齐刷刷地抬头望向凯辛。

第四十五章

　　雨为克罗马迪穿上了新衣。在老城区，鹅卵石铺就的排水沟充满了银色的溪流，砖块、石头和瓦片都染成了深色，常青橡树的叶子也覆上了一层墨绿光泽。

　　凯辛把车停在农产杂货铺旁边，坐在车里擦了擦侧窗，望向街上：在这个距离超市四个街区远的地方，一个穿着湿衣服的胖男人推着超市手推车，两个逃学的孩子在玩着滑板，还有两个衣着怪异的女人边走边争吵，头激动地摇摆着。他搞不懂克罗马迪，凯辛想，他不懂得这个地方在受什么力量控制。

　　是辛戈告诉他，什么力量在控制这个世界。

　　　　是施加伤害的力量，孩子，还有阻止任何人伤害你的力量，这是掌控的力量。拥有这种力量的人里面，有百万富翁，也有穷光蛋；有获得三个学位的男人，也有看不懂菜单的文盲。

　　发动机厂雇用半个城镇的工人时，布戈尼家族拥有掌控这里的力量。厂子卖掉以后，查尔斯还能继续掌控吗？他需要掌控吗？

　　凯辛下了车，雨水湿透了他的头发，顺着眉毛流下来。他买了两大包干狗粮，然后开车去超市大批量购物，装满两辆手推车。他再也不能去德里·卡拉汉的商店买东西了，那条牛奶、面包和狗粮的补给线已经断了。他在鱼店买了些鳕鱼片，开车去了肯梅尔。

街上空空荡荡的，没有风，雨丝直直地落在地面上。他走进肉铺，柜台后面站了个新人，一个矮胖的年轻人，满脸雀斑，一头深色的头发，他们互相打了招呼。

"先给我来几米狗香肠，"凯辛说，"柯特去哪儿了？"

"克罗马迪，看牙医去了。"

"你是暂时帮忙的？"

"长期的。狗香肠不多，老兄。"

"有多少都要了。"

那年轻人称了香肠，用纸包好，放进塑料袋里。

"再加上三公斤臀肉，"凯辛说，"挂在那儿的那个。"

他把肉取来，切好，称了称："三点三公斤可以吗？"

"可以，绞肉机是干净的吗？"

"干净的。"

"把上面这三公斤绞碎，可以不？别往里加太多脂肪。"

"幸好你提醒了一下，老兄。明天来取可以吗？"

"现在太忙了，是吗？"

"现在，是的。"

"跟柯特说一声，乔·凯辛希望他在店里，好吗？"

年轻人想了一下。"我觉得今天能把肉绞好。"他说。

凯辛走了出来，坐在车里盯着雨出神，留下店里那个年轻人忙活他自己的。凯辛再次推门进来的时候，他正在包装肉馅。

"你是本地的吗？"凯辛问，"叫什么名字？"

"李·皮戈特。"李的包装技术简直糟透了，他的手指太笨拙，"你就是道格家的那个表亲？"

"没错，你认识道格家的人？"

"认识一些，上学的时候。"

"李·皮戈特，我好像在克罗马迪缉毒大队那边听过你的名字，是你不？"

李的脸瞬间红了，从粉红色变成了大红色："不是吧。"

"可能是跟你的名字有点像，做肉贩是份不错的工作，诚实本分，很有前景的职业。人们喜欢他们的肉贩，也信任他们。"

你们这里的警察，凯辛想，习惯用恐吓和威胁的手段来维护社区秩序。

最后一站，蒙罗港。警局没有人在，他进去检查了一下自己的办公桌：上面放着一个信封，里面是达夫传真过来的文件。

回家路上，这个正在度假的男人计算着重返工作的时间，还有五周。雨停云散，整个世界都变得干净明亮了，五周内能完成多少清理和修缮工作？

雷布正在花园干活，他在清理一道低矮的石墙。

"老天，"凯辛说，"有精灵在这里工作吗？冒着雨？"

"该工作的时候就要工作，风雨无阻。"

"风雨阻止了我。"

"你是一个警察，你不懂这些工作，拉下拉链，那是你们警察的工作。"

"你跟伯恩会相处得很好，你们俩是知己。"

他们花了两小时，让二十米长的石墙和一扇铁大门的残骸重见天日。

"做点吃的。"雷布说。他们走回房子，他做了四个三明治，用棉线捆得整整齐齐，放在烤架下烤着。"不错，"凯辛说，"祖传配方？"

"西红柿和洋葱算不上什么配方。"

他们又回去工作了一小时，然后雷布去挤牛奶。"老爷子要带我去吃东西，"他说，"在肯梅尔酒吧。"

凯辛继续干了半小时，然后在老宅附近转了一圈，检视着他们在花园里和房子上做的工作。重建老宅的进展让他感到欣慰，他为自己完成的那部分感到自豪。他也意识到，在他干活的将近四小时里，身上的旧伤基本没怎么疼。

回到住所，喂完狗，直起腰的时候，凯辛感到身上一阵如电流般的刺痛。他慢慢走到一张餐椅旁，直直地坐下，吃痛地闭上双眼。过了很长时间，他感觉自己可以安全地站起来了，才尝试着挪动身体。生起火，开了瓶啤酒，坐在餐桌旁，开始阅读达夫发过来的资料。

那是三份关于布戈尼的医学报告，一份是刚抵达医院时做的身体状况评估；第二份来自法医，根据警方要求，案发第二天在重症监护室里做了相对全面的检查；第三份是死后的尸检，布戈尼的致命伤口是头撞在石炉上造成的。

专家发现，他膝盖、手掌和脚上的伤痕，与用手和膝盖在粗糙的地毯上爬行的情况相吻合。面部的瘀伤表明，他被站在上方的人反复扇了不少耳光，是用手的正面和背面打的，手掌宽度大约九厘米。而他背部的伤，几乎可以肯定是被细竹竿抽出来的，就是苗圃里支撑植物用的那种。

凯辛又开了一瓶啤酒，他站在台子前，手里握着啤酒瓶，脑海里反复重现可能的案发场景。

一个老人从床上爬起来，被逼着爬过一条长长的通道，粗糙的地毯剐蹭着他的皮肉。

一个半裸的老人跪在地上，有人扇他耳光，反复抽打，使得他的脑袋频繁地从一边闪到另一边，先是用手指和手掌，再反手用手背和指关节。

后来又有人抽打他的后背，打了十下。

最后，他向前摔倒了，头撞在石头壁炉上。

凯辛打开一罐西红柿汤，把里面的东西倒进锅里，又向里头加了些牛奶，伴着面包和黄油喝了汤。这是道格家冬季的标准晚餐，只不过那时用的汤是自制的，里面有很多西红柿块，他们会把碗里的汤都喝光。

他应该做些更好的汤，那能有多难？

他想起每天上学的时候，与伯恩、乔安妮、克雷格（和弗兰克一起，乘公共汽车去克罗马迪，他们六个人零零散散地坐在后座上，那可以默认为他们的座位了。一路上，伯恩、巴里和帕特在一起打闹，他则安静地做自己的家庭作业，乔安妮和克雷格是双胞胎，两人总是小声地说笑着，回家路上，他们的情绪总是很亢奋。后来，巴里、帕特和伯恩陆续退学了，就只剩下他们三个人。

凯辛拿着啤酒回到椅子上，他想抽支烟。这种渴望持续多久了？如果一有机会就抽支烟，他恐怕永远也戒不了那玩意儿。

他想起那天早上在庄园的情景——地板上躺着的老人，鲜血，还有酸味。那是什么味道？那不是凶杀现场该有的味道。血、尿、屎、酒、呕吐物等散发的，才是凶案的味道。

那幅画为什么会被划坏？这样做的目的是什么？凶手为什么会如此介意一幅画？

他站起身，从笔记本上找出了卡萝尔·格里格的电话号码，电话响了不到三秒，就被人接起了。

"你好，我是爱丽丝。"

是个女孩，十多岁的样子，声音清脆响亮，她正在电话旁边等电话，应该是在等谁叫她一起出去玩。

"卡萝尔·格里格在家吗？"

一阵失望的沉默："是的，在家。妈！有人找！"

听筒里响过几声杂音，卡萝尔接起来打了个招呼。

"我是乔·凯辛，很抱歉又要麻烦您了。"

"没有什么麻烦不麻烦的。"

"卡萝尔，布戈尼家墙上的那幅画，就是那幅被割坏的画。"

"怎么了？"声音中也透着失望。

"那幅画现在还挂在墙上吗？"

"没有，我让斯塔基把它拿下来了。"

"放哪儿了？"

"我让他放在储藏室了。"

"储藏室在哪儿？"

"在旧马厩旁边，你穿过画室就到了。"

"关于那幅画，他们有问过你什么吗？"

"你是说那些警察吗？没有，我想应该没问过。"

"为什么会有人想要划坏那幅画？"

"这可难倒我了，那是一幅很糟糕的画，总觉得画面挺悲伤的。"

第四十六章

麦肯德里克太太七十多岁，瘦削的身材，长鼻梁，灰白的头发向后梳着。她的桌子上有一台电脑，左首边与眼睛平齐的地方有个架子，架子上放着速记本，右首边的桌子上摆着两排小容器，里面装着曲别针、U 形针、铅笔、订书机、打孔器和封蜡。

"如果她现在没有访客，"凯辛说，"我只需要几分钟时间。"

"公司要求访客登记预约。"她说，头也没抬一下，兀自敲着键盘。

凯辛环顾这个昏暗的房间，墙上的画风格阴郁。海湾旁被猎捕的牡鹿、孤独的瀑布和在峡谷里吃草的多毛高地牛。他完全没有等待的耐心。

"我不是访客，"他说，"我是警察，请艾迪森太太来决定要不要见我，你不介意吧？"

敲键盘的手停了下来，灰色的眼睛看向凯辛："麻烦您再说一遍。"

塞西莉·艾迪森出现在麦肯德里克太太身后，"你们这是在干吗？"她说，"进来吧，乔。"

凯辛跟着塞西莉走进她的办公室，她走到壁炉边，靠在小书橱上，调整了一下身体，书橱有些硬，她只好轻轻倚着。"坐下，"她示意凯辛，"有什么问题吗？"

他把付款记录递给她："我圈起来的那些。"

塞西莉睁大眼睛从上到下浏览了一遍，她皱了皱眉头："这里大多数是薪水，这一条我想是赛马俱乐部的会费，这个是墨尔本俱乐部的，每年都在涨价。信用卡账单，最近少了，过去特别多。这个……哦，对了，北墨尔本那处房子的税费，伍德街，也是每年都在涨价，不知道他为什么还一直留着，道德陪伴公司用过那个地方，当时是我做的付款。"

"那是个什么样的地方？"

"那是一个礼堂，我猜。一开始他们是在那里举办音乐会、音乐剧、舞台剧的，那里以前是道德陪伴公司的总部。"

塞西莉开始找她的香烟，今天很快就找到了，在一个手包里。她从里面拿出一根，找到她的朗森打火机，一下就打着了。她猛地吸了一口，一小截烟化作灰烬，呛得她一阵咳嗽。

"跟我说说道德陪伴这个公司吧。"凯辛说。

"这从何说起呢，钱是安德鲁·比查姆给的，你能明白不？"

"不太明白。"

"安德鲁的祖父一度拥有半个圣基尔达，比查姆家族是那座城市的领主，在全国范围内都有产业，汉密尔顿那边也有巨额财产。现在分家了，分成四五份，他们中有皇室成员、英国精英阶层、爵士和贵族们，他们打马球。"

塞西莉看了看她的香烟，翻手摊开手掌，手心朝上。

"比查姆家族都是在英国受的教育，"她说，"没有更好的选择了，墨尔本语法学校不行，墨尔本大学也不在考虑范围内。安德鲁一辈子没有做过一天工作，可我必须强调的是，他在第二次世界大战中赢得过一个军功十字勋章。后来他跟一个叫麦卡琴的女孩结了婚，那个女孩跟他一样家境富有，但年纪只有他一半大。她在霍桑（Hawthorn）的宅邸上吊自杀了，就在那天比查姆中了风，身体偏瘫，瘸了一条腿，一条胳膊也废了。最后，他又娶了医院的一位护士，当然，那中间间隔了很长一段时间。"

凯辛觉得他能理解与医院护士结婚这种事情。

塞西莉望向窗外。"护士们就像降临人间的天使，抚慰你的创伤，缓解你的苦痛，"她说，"我还记得自己生病那次，当我从医院醒来，还以为自己到了火星，第一眼看到的就是一个穿着白衣的天使……"

沉默。

"艾迪森太太，我们还是继续聊一聊道德陪伴公司。"凯辛说。

"好的。拉斐尔·莫里森，听说过他吗？"

"没有。"

"他以前是个轰炸机飞行员，轰炸过德国人，在汉堡的德累斯顿，你知道吗，那里都是女人和孩子，还有老人，并没有多少士兵，轰炸那儿就跟轰炸蚁巢似的。复员回家以后，他就产生了幻觉，认为自己受到了神的启示。开始教育年轻人不要犯同样的错误，提出新世界之类的宗教理论，说要提升人们的道德，然后创建了道德陪伴。"

塞西莉打了个哈欠，抬手用指尖象征性地挡了挡嘴："不知怎的，安德鲁·比查姆从乔克·卡梅隆那里听说了道德陪伴，他们是老战友。乔克把安德鲁和莫里森介绍给了老布戈尼，他之所以感兴趣是因为他年长的几个儿子都死了，这也是为什么营地会设在这里，在布戈尼家族的地产上。五十年代末，我在那家公司工作。"

"这里我有点没听懂，乔克·卡梅隆是谁？"

"他是这个公司四十年的主心骨，乔克横渡莱茵河时受了伤，到这里来疗养。"

塞西莉盯着凯辛看了很久。"你看上去有点像查尔斯·布戈尼年轻的时候。"她说。

"咱们接着聊道德陪伴营地。"

"乔克的家人都非常可爱，"她说，"那是在 1967 年，我见过他们。那时我们一起乘坐达尼丁星号去英格兰。我永远也忘不了船上的那些服务员，他们都是男同性恋。他们沿着窄过道走过来，在我们家哈利身上蹭来蹭去，但是我跟你说，他从头到尾没给他们一点好脸色。"

凯辛扭头看向别处，有些尴尬："还有个问题，听说杰米·布戈尼是在塔斯马尼亚溺水而亡的。"

"那又是一桩家族悲剧，"她有气无力地说，"先是他妈妈，那么年轻就死了。"

"她怎么了？"

"她从楼梯上摔了下来，医生说是受了安眠药的影响，镇静剂，可能是镇静剂，我记不太清了。就在道德陪伴童子军营地失火的那天晚上，双重悲剧。"

"所以说，布戈尼把他的继女和继子抚养长大了？"

"嗯，说抚养长大也不是很恰当，艾瑞卡当时在墨尔本上学，杰米十二岁之前也一直有自己的家庭老师，我想。"

"后来呢？"

"在墨尔本的学校，我猜他们只有假期才回家，我也不知道。"

凯辛道了谢，转身走出事务所。冰冷的冬雨汇入楼台排水管倾泻而下，几乎冲到了下方的商店门口，溅起的水花打湿了墙根行人的鞋子。这个季节的街区本不热闹，此刻更加冷清。他开车到了警局，达夫的传真放在他的桌子上，他开始阅读。

电话响了，他听到韦克斯勒礼貌地接警。

"老板，帮我照看十来分钟好吗？"韦克斯勒的声音从他身后传来，"超市有扒手。"

"我得向工会讨个说法。"凯辛说，"我正在休假，可每次来这儿都会被剥削。"

他正读到第六页，韦克斯勒回来了，看上去很高兴。"多耽搁了一会儿，老板。"他说，"这个女人，她不知道车上的两个小孩把巧克力和一些其他东西都揣进他们的皮夹克里了。店主对她很凶，就好像她是个……"

"这里有个疮是吗？"凯辛说，他想不起她的名字，只是隐约记得那女人嘴角处有个疮。

韦克斯勒眨了眨眼："是的，有点像小水疱，没错。"

想起名字来了："叫贾丁什么？"

韦克斯勒瞪大了眼睛："贾丁·雷德。"

"贾丁把镇上的超市都得罪光了，从现在开始她得去克罗马迪购物了。"

韦克斯勒的眼睛眨个不停："我弄错了，是吗，老板？"

"怎么说呢，"凯辛说，"贾丁应该有很多问题，但也许并不包括在商店里顺手牵羊。"

他离开警局，在报刊亭买了份报纸，没跟任何人闲话，一路走到了都柏林咖啡厅。两个短发的老妇人在柜台前付钱，她们朝他点头微笑，或许她们曾在游行队伍里或是在电视上见过他，也许二者兼而有之。

里昂感谢了她们的惠顾，关上门以后，他说："看来，由于幼童与老人游行所造成的心理创伤，你现在已经退休了。期待那种领取伤残抚恤金的生活吗？"

"一杯黑咖啡，大杯的，浓的。"

站在咖啡机前，里昂说："那段采访里，说你和鲍比·沃尔什在学校是密友。"

"肯梅尔小学，我们俩都有幸毕业了。"

"后来一起去了克罗马迪中学，你们两个？"

"鲍比后来去了悉尼。"

"看来你会把票投给你在学校的另一个玩得开的朋友，3P 的海伦。"

"什么的？"

"3P，三人行。"看上去，里昂对自己在奶昔上的创意颇为满意，"你可以在警察手册里查到这个词，在昆士兰这应该属于犯罪。她在克罗马迪支持鲍比的全能党派？"

"你在哪儿看到的？"

"当地的破报纸，我这儿有。"

里昂找到一份报纸，打开了那一页，上面有一张海伦·卡斯尔曼的小照片，措辞并不友好，标题如是写道：

支持新政党的律师

"你有没有想过，"里昂靠在柜台上漫不经心地说道，"我们的生活就像小孩子讲故事一样？他们刚刚勉强搞清楚因为－所以，故事就匆匆画上了句号。"

"你有孩子吗？"凯辛从没想过这个问题。

"两个。"里昂说。

凯辛突然感到苍天不公："也许你不该那样看待自己的生活，或许你根本不该思考这个问题，做好你的咖啡就行了。"

"我总是忍不住想，"里昂说，"在我还是小孩子的时候，我想当一位医生，想做善事，拯救生命，过有意义的生活。我不希望像我父亲那样。"

"他怎么了？"

"他是个会计，总是刁难他的客户，那些小老太太，来领退休金的。有一天他没回家，那年我九岁，直到我十四岁他才回来，其间没有一点他的消息。我曾经多么希望他能在我过生日的时候出现，后来他确实回来了……不管怎么说，都过去了，冬天我总是会很伤感。缺乏维生素 D，还喝太多酒。"

"当牙医就不能过有意义的生活吗？"

里昂摇了摇头："听说过有人呼吁牙医勇敢出柜的吗？"

"我觉得，"凯辛说，"你对自己的要求有点苛刻。"

第四十七章

凯辛正在翻冰箱，想着晚饭要吃点什么，柜子上的电话响了。

"我们讨论的事情有进展了吗？"海伦·卡斯尔曼说。

"我跟他们谈过了，是的。"凯辛说。

"然后呢？"

"值得思考。"

"就只是思考？"

"这是我的一种表达方式。"

沉默。

"我不知道怎么跟你合作，警探。"她说。

"为什么这么说？"

"我不知道你是不是想要正确的结果。"

"什么是正确的结果？"

"真相是正确的结果。"

凯辛看着脚下的两条狗，在炉火的映照下，它们的毛油黑发亮。感觉到他的目光，它们抬起毛茸茸的脑袋，看了看他，叹了口气又垂下头。

"你在市议会里会很出色，"凯辛说，"拉高所有标准，包括长相，还有平均智商。"

"瞎眼弗雷迪的狗进议会的可能性还大一些，"她说，"我只想给这片穷乡僻壤提供一些新的选择，然后继续过我的生活。你最近在忙什么呢？"

"调查那个案子。"

"是你自己，还是重案组？"

"我不能代表重案组，我们之间没有很好的……"

"很好的什么？"

"我忘了，被打断时就想不起来。我正在休假，跟那边也没什么联系。"

"你已经在你那老宅子和我土地上的非法栅栏之间踩出了一条路。"

"那里本来就有条小路，是通往历史边界的老路。"

"你等着，我马上过去。"海伦说，"我要在你信口开河的时候盯着你的眼睛。"

"这也是你的一种表达方式，是吗？"凯辛说。

"不是，我会在……不管多久以后，反正我会到你那里，顺便沿路好好察看我的边界。"

"什么，现在？"

"我现在就出发。"

"天马上要黑了。"

"没那么快，再说我会带个手电筒。"

"路上有蛇，那是个问题。"

"我不怕蛇的，老兄。"

"有老鼠，很大只的水老鼠，还有土老鼠。"

"无所谓，去它们的，四条腿的老鼠吓不倒我。我出发了。"

第四十八章

傍晚时分，落日的余晖已然退却，他远远望见远处那件红色短上衣，在渐浓的暮色中，像一支烧得正旺的火把。狗在风中嗅到了她的气息，直直地朝她飞奔过去，它们想吓退她，但她淡定地把手揣在口袋里，不怕蛇，不怕老鼠，也不怕狗。

他们碰面了，海伦很官方地向他伸出了手，她看上去清爽干净，像是刚刚沐浴过，颧骨泛着薄红。"我想你可以控告我非法入侵。"她说。

"这事暂且记下。"凯辛说，"我在前面领路，地上有很多坑，我可不想被起诉。"

他转身向前走去。

"这样的会面非常合乎法规。"海伦说。

"我不了解会面是什么样的，感觉更像个面试。"

他们默默地走上斜坡，走到门口时，凯辛吹口哨呼唤猎狗，它们从不同的方向出现了。

"训练有素的动物。"她说。

"饥饿的动物，到晚餐时间了。"

走到后门的时候，他说："这地方挺寒酸的，不过我不会为此感到抱歉，这就是座废墟，我生活在一片废墟里。"

他们走了进去，穿过走廊来到一个大房间。

"天哪，"她说，"这个房间是干什么用的？"

"宴会厅，我在这儿举办舞会。"

凯辛把猎狗关进厨房，带着海伦来到他常用的房间，看着大片剥脱的墙纸、裂开的石膏和成堆的报纸，他感到有些不好意思。

"舞会之后你会回来这里。"海伦说，"房间不那么正式，但很温暖。"

"这是舞会退场休息的地方。"他说，"退休房间。"他在什么地方读过这个词，在雷·萨里斯那件事之前他没见过，他很确定。

海伦看着他，带着审视的眼光点了点头，咬紧了下唇。"你的所作所为越来越让我感到无法理解。"她说，"我感到愤怒。"

凯辛清理了椅子上的报纸，把它们扔在地上。"既然你来了。"他说，"请坐吧。"

她坐了下来。

他不知道接下来该怎么办，语无伦次地说道："我该去喂狗了。茶，咖啡，还是酒？"

"这是给狗的选择吗？你要我来替它们选吗？给它们茶，还有狗饼干。"

"好的。那你呢？"

"有什么酒？"她脱下外套，四处看了看这间房子，看了看音响设备、CD 架和书架。

"嗯，啤酒、红酒，还有朗姆，我这儿有本迪朗姆。天冷的时候本迪混着咖啡喝很棒，我每天都喝，一般一小杯，喝一大杯也不错。"

"中杯，可以吗？"

"我们可以试试，我平时倾向极端，非大即小。咖啡是法压壶煮的，我去加热一下。"

灯光洒在她的头发上，闪闪发亮："好啊，比我平时喝的好多了。"

等他喂完狗，咖啡已经热好了。他往马克杯里倒了小半杯本迪朗姆，加满咖啡。一手拿着两个杯子，一手端着糖，走了回去。

海伦正在看他的 CD。"这些音乐有些严肃。"她说。

"你的意思是，对警察来说？"

"我自己这样觉得。我父亲一直听歌剧，我讨厌它们，从来没认真听过。我想，我是个糟糕的听众。"

他把其中一个杯子递给她。"加点糖口感会更好。"他说。

"我按照你的指导来喝。"

他舀了一勺糖放到她的杯子里，搅拌均匀，然后给自己也放了一点。

"干杯。"

她打了个激灵。"哇，"她说，"我喜欢这个。"

他们坐了下来。

"这真是件令人悲哀的事。"她盯着炉火幽幽地说道。

"毫无疑问。"

"这件事情让我感到很难过，因为我觉得你会认为我在以某种方式利用你。"

狗叫了几声。

"介意狗进来吗？"他说，"它们不会打扰你。"

"放它们过来吧。"

凯辛放下手里的杯子，放猎狗进了屋。它们冲向海伦，但她毫不惊慌。他厉声呵斥着猎狗，它们顺从地走到壁炉前趴下身子，老实地把脑袋搭在了爪子上。

"这不是一次正式的会谈，乔。"她说，"我只是想和你聊聊这个案子到底是怎么回事。你放心我没有带着录音机。跟你直说吧，我认为如果政治上对他们有利，政府会很高兴看到布戈尼的案子扣在这些男孩的头上。"

"这个谋杀案无关政治。"

"无关？"

"没人跟我谈过政治。"

"这个案子本来应该成立一个专案组来调查的，但你看看现在，你和达夫都在做什么。你在休假，不是停职，而是在休假，达夫回了墨尔本。你敢跟我说，他们没通知你不要再碰这个案子吗？"

凯辛不想对她撒谎。

"我理解这样做的目的是让事态平息下来，"他说，"受害者死了，孩子们也都死了，这个案子也不着急调查。正处在群情激愤的当口，你很难去开展调查，谁又会跟你说什么？"

"你指的是土著片区？"

"土著片区。"

她喝了口酒。"乔，"她说，"你能不能接受这样一种可能性，那些男孩没有袭击布戈尼？"

壁炉并不需要添柴，他站起身来，往里面添了些柴，然后开始播放毕约林。天平正在慢慢倾斜。他摆弄着音响。"是的，"他说，"有那种可能。"

"嗯，如果你不是一口咬定孩子们是凶手，那也就不用担心土著片区的民怨会波及你。你不需要先为孩子们正名，才去调查其他方向，对吧？"

"海伦，我是从重案组调到蒙罗港的，他们感受到了此案的压力，于是重新起用了我，后来的事情你也都知道。"

"霍普古德有指挥权吗？"

凯辛坐了下来："他为什么会有？"

"因为他控制着克罗马迪的警力。我听说，如果霍普古德不点头，警站的站长连厕所都不敢去。"

"是吗？我在蒙罗港工作，也许你了解一些我听不到的消息。"

他们隔着杯子望着彼此，她缓缓地眨了眨眼。

"乔，大家都说他是个杀人犯。"

"杀人犯？谁说的？"

"土著片区的人。"

凯辛觉得对霍普古德的任何指控都在情理之中，他目光转向别处："人们总是对警察议论纷纷，这工作就是这样。"

"你有土著亲戚，他们没告诉你吗？"

"我那些土著亲戚都认为，我不过是个讨厌的白人警察，"他说，"但那些你是不会懂的，咱们还是来聊聊想征服世界的白人富家子弟吧。"

海伦闭上眼睛："我没有那样的野心。我接着说，人们说科里·帕斯科那晚是被处决的，当时你也在场，你怎么说？"

"我跟法证人员怎么说，就会怎么跟你说。"

"你曾经尝试取消那次行动。"

"我这么说了？"

"是的，你说了。"

"你是从哪儿听说的？"

"就目前的情况而言，这个无关紧要。"

"目前的情况？目前什么情况都没有，不管怎么说，法证将决定当事人做了什么，没有做什么。"

"老天，"她说，"我跟你简直无法沟通，你难道就不能放松哪怕一秒钟吗？"

他感觉自己被火焰灼了一下，脸上有些发烫。

"我觉得你是被宠坏了，"他说，"你带着满腔热情来到这里，但你只是一个有钱的聪明小孩，如果得不到想要的，你就跺着脚发怒。行了，去找媒体，让那个女孩告诉他们手表的事情，你就能上电视了，这对你的社会活动会有帮助，对你和鲍比都有帮助。"

海伦站起身，把杯子放在摇摇晃晃的桌子上，拿起她的外套："好吧，谢谢你跟我见面，还有你的强力咖啡。"

"欢迎随时再来。"

凯辛站起身，走在前面，穿过那个巨大的房间，木地板条发出微弱的吱吱声，像是有老鼠在叫。穹顶挂着一轮皎洁的四分之三弦月，天高云淡的夜空中，稀稀拉拉地飘着几朵云。"我和你一起走。"他说。

"不用了，谢谢。"她礼貌冷淡地回应，一只胳膊伸进自己的外套里，"我能找到路。"

"我就走到栅栏那里。"凯辛说，"如果你脚下打滑或者摔倒了，我还能做个目击证人。"

他从挂钩上拿起那个大手电筒，在前面走着。她默默地跟在后面，他们沿着小路，走出大门，穿过草地，踏进了兔子们的领地。到了栅栏附近，他晃动着手里的电筒，草地里，几双眼睛在移动的光束中闪闪发亮——四只，不，还要更多。

他停了下来。

是野兔，被强光照得呆在那里、一动不动的野兔。猎狗会喜欢它们，他想。

"猎狗会喜欢它们的。"她的声音从身后传来。

他转过半个身子，她跟得很近，两人只隔了几厘米。

"不行，带猎狗出去不能带灯，那样兔子就一点机会都没有了。"

她上前一小步，一手搂着他的后脑勺，用力吻上他的嘴唇，稍稍退开，接着又吻了一下。

"对不起，"她说，"我只是一时冲动。"

她绕过他，打开了自己的手电筒，他一动没动，整个人傻在那里，感觉下身起了反应。手中的电筒照着她远去的背影，看着她弯腰穿过新旧栅栏交界处松弛的铁丝，沿斜坡向上走，渐渐融入黑暗的夜色中，变成了一个移动的、上升的光点。她没有回头。

　　凯辛在那里站了一会儿，手指缓缓抚过自己的嘴唇，他想起了在壶口崖边的那个夜晚，想起了很久以前的吻，也像这样吻了两下。他打了个寒战，冬天的夜晚很凉。

　　她为什么要这么做？

第四十九章

北墨尔本的伍德街是条又窄又短的死胡同，街的一侧是空白的工厂墙壁，对面则是五幢木百叶外墙的房子。街道的尽头坐落着一栋希腊神庙风格的砖砌建筑，没有窗户，四根柱子撑着三角形的山墙。这栋建筑曾经是个礼堂，像共济会用的那种，但山墙是空白的。

凯辛缓缓地驶近，把车斜停在没有标识的卷帘门口。他没有下车，默默思忖着为什么自己会没来由地来到这么远的地方，还有自己这几个月以来，每日每夜、每时每刻都在被这些别人毫不在意的思绪所烦恼。

很早以前，某天，当他开着自己的那辆二手奥迪回家时，薇姬一眼就看穿了他的心事。"你脑子里一直在想那案子，对不对？"她说，"彻底想清楚，然后去做点什么，不管是什么。最终结果怎样都无所谓，就算当个彻头彻尾的傻瓜又有什么大不了的？"

她说得没错，自己的优柔寡断害死了沙恩·迪亚布，害得他七窍流血，痛苦呻吟着死在了自己面前。

凯辛开门下车，在车附近转了一圈观察周围的环境。那个礼堂前面是一道狭窄的门廊，地板上覆盖了一层垃圾，有发霉的狗屎、风化的垃圾信件、注射器、啤酒罐、罐头盒、波旁酒瓶、安全套、破衣服、泡沫盒、僵硬的海滩浴巾，还有一截排气管。

他上了两级台阶，踩着垃圾来到两扇嵌着大金属钉的门前，斑驳的门板上留下了各种凹痕，门铃按钮已经被抠掉了，但铸铁门环还在。他叩响了门环，一下，两下，三下。等了一会儿，他又叩了一遍，没有回应，再叩一遍，依旧没有回应，反复叩了很多次之后，始终没有任何人前来应门。他蹲下身子，推开投放信件的小门，里面很暗。凯辛感觉到有人在看他，他站起身，转了过来。

距离最近的那幢百叶房门阶上站着一个女人，像只乌龟从衣服壳顶探出头来，最外面是件印花围裙，她正警觉地向这边张望。

"你在那儿干什么？"她说。

凯辛走下台阶，朝她靠近。

"警察。"

"是吗？给我看看你的证件。"

他向她出示了警徽："这儿平时都由谁看管？"

"哪儿？"

"这所房子。"他指了一下，"谁看管？"

"哦，原来有个家伙住那儿，但从不到前面来，大门没见他打开过。"她使劲儿耸了耸鼻子，手指在鼻头下方揩了一下，默默地打量着凯辛，眼睛一眨不眨。

"那你怎么知道他住在里边？"凯辛问道。

"梅尔夫有个车库在那边，他看见过那人。"

"车库在哪儿？"

她看了他一眼，好像在埋怨他迟钝："在小巷里，我说过了吧。"

"好吧，那怎么去那条小巷？"

"在沃尔夫家旁边。"

"沃尔夫家在哪儿？"

"当然在提尔布鲁克街上，你认为还能在哪儿？"

"谢谢你的帮助。"

女人看着凯辛把车掉头，开了出去，他向她挥手，她没回应。在提尔布鲁克街上，凯辛找到了那条下坡的小巷。巷子很窄，勉强容一辆车通过。他把车停在巷口，沿着巷子中间的青石排水沟徒步往里走，一路向左检视，寻找着礼堂的后门。

在车库锈蚀的铁门旁边，有个底部朽烂的木板门，这应该就是入口。门上安的是老式耶鲁锁，没有门把手。他两手试探性地推了推门，没推动，又试着推了推右边的门柱，动了一点。

敲门还是必要的。他敲了敲门，喊了那人的名字，没有回音。又敲了一遍，未果。他朝巷子两头看了看，一个人影都没有。于是他走到门旁边，背靠着一侧门柱，一只脚抵着对侧的门柱，一边用力蹬一边用身体挤着门。

门嘎吱一声开了，凯辛一个趔趄，差点摔倒在门里。

强行进入，没有搜查令。

一条四五米长的小窄巷，两侧是砖墙，地上有个垃圾桶。凯辛走到小巷的尽头，那里有一个铺了水泥地坪的长方形院子，紧邻的高墙上只有三扇小窗户和一扇门。院子最左侧有根晾衣绳，上面是空的。

他走向那建筑的门口，站在最上面的台阶上，敲了三下门，一遍比一遍用力，指节都敲疼了，依旧没人应门。

他试了下门把手，门锁着。又是一把耶鲁锁，比外门上的新一些。

强行进入小巷外面那道门还好解释，硬闯进一座锁着的房子就要严重多了。他应该给维拉尼打电话，告诉他自己现在想要干什么，还有他正在做什么。

他仔细检查了这道门，历经百年沧桑的门已经磨损变小，和门框之间的缝隙很宽。通常，当你在一道旧门上安装新锁的时候，都得相应调整锁的位置。安装这道门锁的时候，主人显然没考虑到这一点。他弯腰仔细察看那把锁，瞥了一眼锁舌。

离开这里。内心有个声音在劝阻他。离开，打电话给维拉尼，申请一张搜查令。但那样需要的时间太长，维拉尼会按照辛戈教他的流程去做，他会沿用辛戈的做法，要求凯辛为申请搜查令提供充分的理由。

凯辛感到自己有点想回家去，带着两条狗在清风中漫步，在地板上躺一会儿，坐在壁炉旁听卡拉斯的音乐，一边品着红酒，一边阅读康拉德的作品。

他掏出钱包，找到那个又窄又薄的塑料片，拇指和食指卡住两端，用力弯了弯。它既结实，又有足够的弹性。

唉，就这样吧，管他呢，既然已经到了这一步。

那薄片很容易就伸进门缝里，绕到锁舌的内侧面，向锁舌施加了足够的力。他把门向里推了推。

锁舌从卡槽里滑了出来。

门开了。

光照在室内宽阔的过道上，地上铺着黑白方块图案的油毡，底下地砖之间的缝隙依稀可见。他往里走了一步，空气阴冷浑浊。头顶有阵窸窸窣窣的乱响，是鸟，应该是椋鸟，屋顶也挡不住它们飞进屋里来，用不了几个星期，它们就能把天花板弄得到处是屎。

"有人在吗？"他喊道。

他继续往里面走了几步，又喊了一遍。没有任何声音，椋鸟也安静了几秒。

凯辛打开了左侧的第一扇门，里面是浴室和盥洗室。老式爪腿浴缸的上方挂着淋浴花洒。洗手盆上方的墙柜里，除了一块干肥皂，别的什么也没有。

隔壁那扇门开着：那是一个厨房，里面有台老式的煤气灶，旁边的松木桌上光秃秃的，蔬菜架也空空如也。

凯辛穿过过道，另一侧的那个房子是间卧室——一张单人床，铺着白床单，一个床头柜，一盏台灯，两块叠好的毯子放在一个松木抽屉柜上，抽屉里什么都没有。凯辛打开了一个狭窄的衣橱。里面是空的，只有几根铁丝弯成的衣架。

旁边那个房间也是一样，一张条纹棕榈床垫的单人床，还有张桌子。另一侧的房间门好不容易才打开，电灯开关在右首边，开了灯，房间里的景象一览无余。这是间办公室，一张书桌，一把椅子，一个灰色的三抽屉文件柜，还有一个嵌在墙壁里的木书架，上面摆放了一些灰色的活页文件夹。凯辛轻轻摸了把空荡荡的桌面，指尖粘了一层灰尘。

他走到书架前，每层书架的黄铜标识夹上都有手写的卡片名牌：一般通信，与昆士兰的通信，与西澳的通信，与南澳的通信，与维州的通信，维州这层架子是空的，其他层的架子上是标着名字的收据，维州收据这一栏也是空的。他从"与西澳的通信"这一栏里拿起一份文件，随意翻了翻，里面是与西澳洲巴瑟尔顿地区，凯夫斯路童子军营地的通信，有原件，复写件和影印件。

凯辛把文件放回书架，打开了书桌的一个抽屉。

抽屉里装着旧支票本，用皮筋打成捆，有些皮筋已经断了。他拿起一本支票，看了几张存根，看来所有道德陪伴组织的账单都是从这里支付的。

他关上抽屉，离开房间，打开了走廊尽头的门。一片黑暗。他摸索着找到灯的开关，三根荧光灯管挣扎着闪了一阵，终于亮了起来。走廊垂直拐了个弯，里面还有三扇门，凯辛打开了第一扇门，找到灯的开关，一盏，两盏，三盏荧光灯，陆续亮了起来。正对着的那面墙上，环绕在几面镜子周围的灯泡也亮了起来。

这是一个剧场的化妆间。他以前曾经进过一个化妆间，女受害者被发现陈尸在卫生间，已经死亡大约十六小时之久了。案件发生在一场业余团队的终场演出之后，当时剧组举办了一场派对，从现场看，死者摔倒时头部撞到了洗手池，令人警觉的是死者的后脑有块瘀青。剧本是一名医生写的，辛戈通缉并严审了他，但除了招认与另一名剧组成员私通，最后并没有其他发现。

凯辛检查了其他两个房间，也都是小型的化妆间。在打开第二个小化妆间的电灯开关时，灯泡爆了两个。他往回走，打开一扇门，走下一段长长的楼梯，紧接着又是一扇门。

里面有一个很大的房间，墙壁高处布满灰尘的小窗子透进来微弱的光，他又往里走了几步。

这曾经是一间年代久远的剧院，长度超过了宽度。凯辛环视整个房间，大概有三十排逐排升高的座椅，左边是一段通向舞台的台阶。

"有人在吗？"凯辛又喊了一次，"警察！"

椋鸟又被惊得飞了起来，街上传来汽车的启动声，是修理工测试发动机的声音。

除了尘土和从地板泛起的轻微潮气，房间里还有股味道，凯辛嗅了嗅，无法分辨出那是什么。这气味他以前似乎在什么地方闻到过，想到这儿，他突然感到脸和脖子的皮肤一阵发紧。

他走到房间后面，推开那扇对开门其中的一扇，里面是大理石地面的小前厅和前门。他回过头来，沿着台阶走上舞台，将厚重的天鹅绒幕帘拉向两边，自己站在舞台的侧翼。这里很暗，透过舞台高大布景的间隙，能瞥见空荡荡的舞台。

凯辛来到一片开阔地。

舞台上堆了些沙子，干净的建筑用沙，成堆或散落在台上。

沙子？

他注意到后面有几个桶，三个红色的印有火苗标志的消防桶，有人把消防桶里的沙子倒在了舞台上，踢得到处都是。

街头混混？那些混混不可能只是胡乱弄沙子这么简单，他们会毁掉整个礼堂，扯掉幕帘，在台上大小便，在观众席的椅子上蹦跶，直到把它们踩坏为止，这还不算完，他们一定会把它们从地上拆掉，还会纵火。

不会是混混，不，这不是混混们的风格。

这地方一定另有蹊跷。

他走上舞台，不可避免地踩到了这些沙子，脚下的沙子发出嘎吱嘎吱的声响，声音大得有些惊心。他站在舞台中央，环顾整个礼堂，淡黄色的光透过窗口照射进来，光柱中，无数尘埃在空中飞舞。

舞台应该有灯光，它们在哪儿呢？

他找了一圈，在舞台侧翼靠近楼梯的地方发现了一块带开关的仪表板，那是四个老式的圆形陶瓷开关，连着铜质的电触发器。他推动了所有开关，几声清脆的咔咔声，舞台瞬间被照亮了。

他走回到舞台中央，剧场穹顶的聚光灯向下打出了彩绘的舞台背景，还有十几盏地灯也跟着亮了起来，转眼间两盏地灯熄灭了，过了一会儿，又坏了一盏。他望向聚光灯照出来的背景，那是一片连绵起伏的丘陵，点缀着一些农舍，蓝色的天幕下牧羊人正赶着白色的羊群回家，一条黄色的土路像蜿蜒的长蛇一般地穿过平原，爬上山丘。那是一座绿色的椭圆形小山丘，山顶上立着三座十字架，两边的较小，中间那座比边上的要高出一倍。

凯辛走近了些，看得更清楚了。两个小十字架上分别钉着两个人形的图案，但大十字架上是空的，似乎是专门为谁预留的。他又看了看布景板前方地面上的沙子。

为什么会有人在舞台上倒沙子？是为了灭火？也许有人在台上点着了火，比如向台上倒了易燃液体，点燃后又慌了，抓起一个消防桶，用沙子扑灭了火焰。

那是显而易见的解释。

街头混混会纵火。

但他们不会去扑灭。

他用一只脚蹭地面上的沙子，鞋子拨开了表层的沙子，下面的是深色的，还互相黏着，一团一团地凝结在一起。他继续把沙子拨到一旁，露出了舞台地板。

黑色污渍，他感到一阵作呕，脖子、后脑和耳朵处生出的凉意开始向周身蔓延。

这里曾经发生过很糟糕的事。

得让警队赶紧过来，我该去车里等着。

他蹲下来，用食指碰了下地板，抬起手来看了看指尖。

血迹。

他早知道是血迹。

多久了？沙子延缓了血迹中水分的散失。

他站起身，后背作痛，牵着肩膀也一起疼着。他面向着观众席，舞台上亮着的聚光灯和地灯让他感到晃眼，他看不清楚礼堂里的情形。

他看见了。

第五十章

剧场里所有的座椅都向上折叠着。

只有一个例外，从前往后第六排，正中间的位置。

有一个座椅被放下来了，整个观众席只有那一个椅子是放下来的。

有人在那个椅子上坐过，有人选择了那个座位，那是整个观众席中视角最好的座位。

看什么呢？

这可能并没有任何意义，也许那个座椅就是自己落下来的，座椅常会落下来，所有东西都会落下来，向下落是自然规律。你把可能向下落的东西排成一排，总有一个会落下来。

凯辛离开舞台，走下台阶，沿着过道走到第六排，取出手机，打电话报了案。

"我是乔·凯辛。维拉尼督察在吗？"

"他正在打电话。哦，不。他打完了。马上给你接过去。"

维拉尼在电话里报出了自己的名字，说话的语气越来越像辛戈了。

"我是乔，听着，我在北墨尔本的一个剧场里，这里发生的事情需要我们处理一下。"

维拉尼咳了一声："是蒙罗港的乔吗？从北墨尔本打过来的？你去大城市了，乔？说说吧，告诉我你都发现了些什么。"

"给你地址。"凯辛说。

"你在搞什么鬼？"

"这里有血迹，新鲜的。"

"哪来的血迹？"

"跟布戈尼案有关。"

"布戈尼？"

"我认为是这样，没错。"

"在北墨尔本吗？"

"情况很复杂的，好吗？我现在是在向你汇报这件事，如果你愿意的话，我也可以打重案组的报警热线，你希望我那样做吗？"

"哦？听起来还真他妈是一件很要紧的事情，我会立刻放下手头上的一切，亲自赶过来。地址是哪里？"

凯辛把地址告诉他后就挂了电话，他站起来打量着舞台，打量着布景板上重现的这个各各他山圣地①。然后他从观众席走了回来，沿着另一侧的台阶走上舞台，站在侧翼阴暗的角落里。

又是那股味道，他熟悉这个气味，但这里的更加浓烈，凉意又爬上他的后背、脖颈和肩膀，他不禁打了个寒战。

这气味跟那天早上布戈尼家客厅里的味道一模一样。

他嗅着那股味道，在周围仔细查看了一番，突然意识到自己不知何时牙关咬得紧紧的。在左侧，靠着墙的地方，他看到了一个铸铁的绞轮，上面有两个成直角的手柄，他向前走近了一些，一根缆绳从绞轮后面向上方的黑暗处延伸开去。那根缆绳绕在一个鼓形的卷轮上，再后面是一个棘轮，被棘爪锁着。

他弄了半天才搞明白这机械怎么运作。

那缆绳可以升起或降下舞台布景和聚光灯下的彩绘背景板，棘轮控制整个升降过程，避免布景一下子落到底。

———————————

① 耶稣被钉上十字架的地方。——译者注

缆绳后面还有什么东西，就在缆绳与墙壁之间，凯辛伸出一只手去，拽住了它。

那是一块破布，被揉成了一团，虽然有些硬，但仍然是湿的。

那股味道，他都不用凑过去嗅那块布，就知道是醋，那是块厨房用的毛巾，浸满了醋。

借着舞台的灯光，他仔细看了看那块毛巾，那东西颜色很深。

是血迹。

他的脑海中突然浮现出两个问题：为什么棘轮是锁着的？为什么缆绳会绷得那么紧？

他往回拉那个铸铁卷轮，棘爪从棘轮上松开了，他转动卷轮，棘爪随即发出咔嗒咔嗒的声响，缆绳被逐渐送出。

金属摩擦声中，一块布景降了下来。

他从布景板的板条缝隙向里面看，看到了一小块后面的舞台。噢，天哪！

光着的双脚，瘀黑肿胀的两条腿，上面蜿蜒着溪流般已然干涸的血迹，一条一条的，紧接着是乱糟糟的阴毛，瘀黑的躯干也渐渐在他的眼前呈现，双臂被悬吊着，身侧的肋骨下方还有个黑色的洞……

凯辛松开了绞轮，棘爪自动锁死了位置，缆绳不再送出。

那具干瘪的、裸露的、沾满血迹的尸体缓缓摆动着。

凯辛走下舞台离开礼堂，穿过前厅，打开前门，走进寒冷污浊的城市空气中，站在最上面的台阶处，深深地吸了一口气。

一辆银色轿车拐进街道，沿着道路正中间直直朝他驶过来，停在距离他两米远的地方，两个前轮贴在路牙上，完全无视斜位停车的规则。

车前门打开了，维拉尼和菲纽肯下了车，一个皮肤苍白，另一个皮肤黝黑，如同两位殡仪服务员，眼睛一齐看向凯辛。

"发生了什么事？"维拉尼问，"怎么了？"

"在里面。"凯辛回答。

第五十一章

三人坐在七楼凌乱空旷的大房间里，用写字台拼成了一张大桌子，上面堆满了文件，各种电话铃声交响乐般齐鸣——琴声，鸟叫，无聊的小旋律。

"还跟以前一样。"伯克茨说，"我们坐在这里，辛戈随时会推门进来。"

"我他妈倒是希望他能来。"维拉尼说。他用手指梳了梳头发，叹了口气，"老天，早该去探望他的，各种愧疚越积越多，工作也没完成什么。"

凯辛觉得维拉尼看起来比上次更疲惫了，比在他儿子房间里喝酒直到午夜那次更甚。

"谈到工作没完成，"伯克茨说，"我有没有跟你们讲过，这个叫芬顿的家伙拿到了采访许可？去巴拉瑞特附近的克伦斯山区，采访韦斯利家的女儿们。"

"韦斯利家的女儿们？在克伦斯？"

"学校搞了个什么活动，交际拓展项目，让有钱人家的孩子帮助那些偏远地区的穷孩子，教他们怎么用便宜食材做吃的。"

"那可是个天寒地冻的地方。"凯辛说，"看看他的命根子有没有被冻坏吧。"

"这些变态的案子，我们还得一件一件处理。"维拉尼说，"据科利博士所说，台上的那个家伙是被扒光了衣服后，捆住双手，用那个绞盘样的东西吊起来拷打的，身上到处是刀割伤口，前面，后面，还有多处捅伤，全身都在流血。嘴被什么东西塞住了，有点像是一块手帕，他嘴里还有一块。后来被绞盘一直吊起来升到屋顶，最后很可能是因为出血呛咳，死于窒息。上午我们应该就能确定死亡时间了。"

"凶手就坐在那儿看他这么吊着，"伯克茨说，"看他流血至死。"

菲纽肯跟达夫一起走了进来，达夫向凯辛点头示意，在座的所有人齐刷刷地看向菲纽肯。

"找到受害者的衣服了。"他说，"在垃圾箱的一个塑料袋里，衣服口袋里有钥匙。"

"有身份证明吗？"维拉尼问道。

菲纽肯摊了摊双手。"没有，"他说，"也没查到指纹，附近没有任何目击者，查过所有失踪人口报告，没有找到跟他的情况相符的，至少一个月内的没有。查到指纹信息后，我们会第一时间获知，"说着，他看了看手表，"再过五分钟电视上会播出他的照片，也许能有所帮助。"

维拉尼把头转向凯辛："你给大家讲讲吧。"

"那个礼堂是道德陪伴组织的总部。"凯辛说，"一个慈善组织。曾经为穷人家的小孩、孤儿、福利院儿童组织童子军活动，主要是在昆士兰和西澳洲地区。布戈尼是金主，蒙罗港外围那片地是他的，他们在那里建了一个童子军活动营地，还有那所礼堂，也是他的财产。"

"然后呢？"菲纽肯问。

"1983 年，蒙罗港的童子军活动营地发生了火灾，死了三个小孩，他们就把它关闭了。"

"所以布戈尼跟这个死者之间有什么联系吗？"菲纽肯接着问道。

"我不知道。"凯辛说，"但是我在现场闻到了跟那天早上在布戈尼家闻到的一模一样的醋味。"

"布戈尼那边并没有发现浸醋的布。"维拉尼说。

"凶手带走了。"凯辛说。

"可他这次为什么要留下它呢？"

凯辛耸了耸肩，他感觉有些累，臀部周围一圈都在疼，为了法医的鉴定结果，他已经等了好几小时。

"醋，"菲纽肯说，"为什么会有醋？"

"他们拿苦胆给我当食物；我渴了，他们拿醋给我喝。[①]"达夫说。

"什么东西？"维拉尼说，"那是什么？"

"是公祷书里的话，或者《圣经》赞美诗里的，我不记得是哪个了。"

大家都没有说话，达夫咳了一下，略显尴尬。凯辛静静听着电话铃声，电子设备的嗡鸣声，隔壁电视机的声音，和楼下的交通噪声。

维拉尼站起身来，双手举过头顶伸了个懒腰，手掌顶向天花板，闭着眼睛。"乔，这个道德什么组织，"他说，"有宗教成分，是不是？"

"多少有点，是一个叫拉斐尔什么的前牧师建立的，拉斐尔·莫里斯，不对，是莫里森。'二战'以后，他的那些经历彻底改变了他的人生轨迹。"

"我需要他的相关资料。"维拉尼说。

"你这套西装不错啊。"凯辛说，"领带也很好，这是个好的开始。"

"都是些表面功夫。"维拉尼说，"我一点都没变，相信我。把电视机打开，菲恩[②]。"

当晚第三条新闻播报了这个案子，媒体并没有报道太多，只说在北墨尔本的一个礼堂里发现了一具男尸。关于他被堵住嘴、扒光了吊在舞台上拷打的事，他们只字未提。

电视上发布了受害人的面部照片。脸上干干净净的，看起来几乎像个活人，眼睛里还闪着光。这人年轻的时候应该比较英俊，又长又直的头发向后梳着，他有眼袋，鼻唇沟很深，一直连到他的薄嘴唇。

该男子六十岁左右，头发染成了深棕色。若有人知道其身份，或了

---

① 《圣经》中诗篇 69:21。——译者注
② 菲纽肯的昵称。——译者注

解任何相关信息，请拨打重案报警电话：990 897 897。

"这张脸处理得不错。"菲纽肯说。

"都是些表面功夫，"伯克茨说，"再怎么样也都是个死人了。"

他们继续看了其他新闻，维拉尼的脸出现在电视机里，说了一些关于另一起黑帮火拼杀人案的官话，他的眼角和嘴唇化了一点妆。

"有点像艾尔·帕西诺，还有点像克林特·伊斯特伍德。"凯辛说，"你是他们的合体，可以这么说不？"

"你可以闭嘴了，"维拉尼说，"立刻给我闭嘴。"

"老板？"

特蕾茜·华勒斯，案情分析员，有着一张布满愁容的瘦削面孔。

"一个女人打来的，头儿，从重案报警热线那边转过来的电话，是关于那个无名死者。"

维拉尼看了一眼凯辛。"你接，队长。"他说，"你好像最了解这个案子。"

凯辛接起了电话。

"罗伯塔·康迪夫人，"特蕾茜说，"她住在北墨尔本。"

凯辛不需要用笔记什么，因为特蕾茜戴着耳机在做记录。

"你好，康迪太太。"凯辛说，"谢谢你打电话来，你能帮帮我们吗？"

"那是波拉德先生，我是说电视上那个家伙，我认识他。"

"请具体讲一下他的情况。"凯辛说，他闭上眼睛倾听。

第五十二章

凯辛将那把绿色的钥匙插进锁孔，门锁开了。

"这是已故的亚瑟·波拉德的家。"他一边说，一边推开了门。

这是一间昏暗阴冷的排屋，他摸索了半天才找到灯的开关。

顶灯亮了起来，两个灯泡照亮了整个客厅，家具是二十世纪七十年代风格的。咖啡桌上有张报纸，凯辛翻了翻，看了日期。"四天前的。"他说。

客厅旁边是间卧室，里面勉强放得下一张双人床，没有铺床单，房间里还有一个衣橱和两面镜子，一个抽屉柜，鞋都整齐地放在铁丝鞋架上。有一条通道连着另一间卧室，里面有张单人床，一桌一椅，还有个书架。

凯辛看了一下书脊，都是简装书。犯罪小说，灾难小说，还有一些书脊上印有烫金书名的小说。从二手店买的，他想。

"厨房很整洁。"门外的达夫评论道。

凯辛跟着他走过一个通道，来到一间五十年代装修风格的厨房：一只绿色裸光灯泡，一个搪瓷煤气炉，一台圆角的伊莱克斯冰箱，金属饭桌的塑料台面上还放着一台便携收音机，水池旁边有只蓝白条图案的马克杯，倒放着。

"活得像个苦行僧似的。"凯辛说，他走到水池边，试着从窗户向外看，却只能看到这个悲伤的房间映出的影子。

达夫打开了后门旁边的开关，一盏明亮的泛光灯瞬间照亮了眼前的景象，空中绵密的雨丝直直地落在院子的水泥地上。光线打到了一面装着铁门的砖墙，墙旁边有一根晾衣绳，上面的衣服已经被雨浇透了：三件衬衫和三条短裤。

"后面有条小巷。"达夫说，"那一定是车库的门。"

他们出了院子，凯辛走在前面，他感觉脚下的路又湿又滑，波拉德的钥匙扣上没有一把钥匙能打开这扇铁门。

"我去试试小巷里边的那扇门。"达夫说，随即拿走了那串钥匙。

凯辛在屋里等着，四处查看了一番，在书桌的抽屉里，他发现了一个文件夹，里面装着银行账单，水、电、煤气、电话和交税的单据。没有任何私人物品，没有信件，没有照片，也没有磁带或光盘。没有什么能反映亚瑟·波拉德这个人的历史和喜好，除了四听番茄酱煮豆子和半瓶威士忌，垃圾箱里还有个空酒瓶。

达夫走了进来。"那儿早就不是一个车库了，"他说，"门都被砖头给砌死了。"

达夫的手机响了，他简短说了几句，把电话递给凯辛。"是老板。"他说。

"我们这里需要开锁匠，"凯辛说，"现在就把"芝麻"①送过来，别拖到明天。"

"作为重案组的二线队员，凭什么总是你发号施令？"维拉尼说。

"总得有人拿主意。"

他们在车里等着，路灯从挡风玻璃照进来，凯辛找到喜欢的经典音乐电台。他的思绪飘回了家，来到了湿漉漉的山脚下正在重建的深色废墟，看到了他的狗，雷布应该已经喂饱它们了，他干活从不用人提醒。他们都在棚屋里，狗趴在地上打盹，晾着被雨淋湿的毛，他们都围在古老的大肚取暖炉旁边，生锈的送煤炉已经至少三十年没用过了，直到雷布的到来。它散发的热

---

① 意为开锁匠，后文提到了芝麻开门。——译者注

量温暖着整座建筑，唤醒了一些古老的气味，羊脂，培根肥膘，还有那些早已逝去的居住者劳累后的汗臭味。

"这也许只是个巧合。"达夫说。

"或许你应该留在联邦调查局。"凯辛说。

一辆大篷车的灯光转过了街角，司机一边开车一边四处张望着，凯辛下车向他举手示意。

两个穿工装裤的人跟着他们穿过了波拉德干燥的房子，动作干练。

其中一个男人打开工具包，从中取出一块弯曲的金属，像是一个带蘑菇头的凿子。他把这工具的一端抵在车库的门柱上，另一端别住锁环。另一位锁匠用一把大锤轻快地敲打它，发出清脆的响声，他渐渐加重了力道。凿子插紧锁环以后，锁匠向后退开，松了松手腕。

"芝麻开门！"他说道，大锤抡起来像把斧头，干净利落地锤在蘑菇上，发出的声音就像一声穿林而过的枪响。

金属门猛地开了，里面漆黑一片。

第五十三章

凯辛摸索着找到了开关。

这是一间通体漆成了白色的房间，地板上铺着地毯，没有窗户，空气有些污浊。有一面墙上靠着一张搁板桌，上面有电脑机箱、平板显示器、打印机和扫描仪，旁边是一个灰色金属文件柜和三个金属架，每个架子有四层，是五金店卖的那种。架子很整洁：四层架子放录像带，四层放 CD 和 DVD，还有四层放文件夹、书和杂志。

门这一侧的墙边有张双人床，上面放着一床紫色的缎面被子，还有两个红色的亮面大枕头，一台大屏幕电视机摆在床边的桌子上，旁边叠放着录像播放机和 DVD 播放器，边上还摆着一个三脚架。所有的墙面上都贴着海报，清一色肌肉健壮的半身裸男：田径运动员，健美冠军，拳击选手，还有游泳爱好者。

达夫打开了文件柜。"单反数字相机，"他说，"数字录影机。"

他关上抽屉，在电脑前坐下，按下了电源开关。"给你什么感觉，这些？"他说。

凯辛什么也没有说，他找到了一个遥控器，拿在手中鼓捣，打开了电视机，一片白噪声，他试着按按钮。

图像。

屏幕上出现了图像，看起来是一种表面光滑的蔬菜，也许是茄子，镜头移动了。一个开口，是个洞。那不是蔬菜。

镜头往回拉。

一张脸，一张年幼的脸，一个男孩。他张着嘴，露出了上牙，眼神里写满了恐惧。

凯辛按下了关机按钮。

"看看这个鬼东西。"达夫说。

凯辛硬着头皮又看了一两分钟。

"应该不到十二岁，"达夫说，"最多十二岁。"

"我现在要回家了。"凯辛说，他们走到门口时看到桌上电脑旁有两个带黄点的白色杯子，其中一个的侧面挂着一个茶叶袋纸签。"他们在这儿喝了杯茶。"他说。

达夫回头看了看："其中一个还爱喝浓的。"

回到车里，凯辛给维拉尼打电话。

"没什么好奇怪的。"维拉尼说，"波拉德有过前科，性侵未成年人，一次缓刑，另一次坐了六个月牢。那里除了儿童性侵录像带以外还有什么？"

"银行账单，电话单据。"

"你怎么就不能在家待着？搅和起这些破事，接下来找谁收场？"

"我就是突然想到了。"

"算了，我有一整栋房子可以给你住。那里只有我偶尔会去。你至少还要睡觉，不是吗？总有累的时候吧？"

"不用把你的问题往我身上安，老兄，以前受贿的酒还有吗？"

"也许吧。"

睡着之前，凯辛仿佛又看见了那个邪恶的房间，看到了桌上那两个儿童风格的斑点水杯，他把头埋进枕头底下，开始专注于呼吸，现在他只想沉沉睡去。

第五十四章

达夫已经在等他了，他百无聊赖地读着《克罗马迪先驱报》。见凯辛走过来，他从容地把报纸叠起来，放到后座上："很高兴当你的司机，我在追踪布戈尼遗失的手表时有了新发现。"

"想必是陷入了两难的境地，他们绕道布鲁姆。"凯辛说。

达夫脸上的表情并没有什么变化："1984 年，布戈尼从柯林斯街道上一家名为科曾的店里买了一块百年灵表。后来，六年前，他又买了一块。"

卡萝尔·格里格曾经描述过那块手表，码头的那个女孩，苏茜，她只是交代了自己的名字，那是块百年灵，她说。他为什么就没想起来让她也描述一下那块手表的样子呢？辛戈会闭上眼睛摇着头，对他说道："你没问？是不是该把这句话刻在你的墓碑上？我没有问。"

那天悉尼的典当商有没有描述那些男孩卖给他的那块手表？有没有警察把这笔交易拦下来？典当商当然有眼光，了解东西的价值，他们就是干这个的。"商店能描述那两块手表的样子吗？"凯辛问。

"嗯，我想应该能吧，我没有问。"

"你想把那句话刻在……"话说到一半，他停住了。

"什么？"

"没什么，跟布戈尼女士约好时间了吗？"

跟她约的上午 10：30，在画廊见你，楼上的咖啡厅。她是那家画廊的董事会成员，是个艺术典当商。"

"是个什么？"

"从今天的财务评论版块上看到的。"

"我没看那个，只读了美食版块。法律，艺术，政治，那是女人看的。"

他们一路上没怎么说话，到了里根街道时，凯辛拿起了后座上的报纸，波拉德的脸出现在报纸上的第五版，此处给出的介绍并不比电视新闻上多。

"接到了不少关于波拉德的电话，"达夫说，"有三十多个，有受害者的父母，也有受害者本人。那家伙是个作恶多端的恋童癖，听起来不少人要排着队吊死他。有个男的打电话来说认识他很久了，情绪很激动地说了几句，然后就不肯说话了。"

"过会儿谈话结束我就回家了。"凯辛说，"你把这些信息交给专家处理。"

他们驾车穿过了城市，路上没再说话，达夫把车停在画廊对面的便道上时，才忍不住打破这种奇怪的僵局。"你不高兴吗？"他问。

"真是厚脸皮。"凯辛回答道。

"在重案组，厚脸皮是怎么个意思呢？"

"如果我还算是重案组的人，那意味着我是你的上司。被堪培拉排挤出来还消极怠工，对上级不敬。那就是厚脸皮的含义。"

"我明白你的意思了，我会去调查这两块手表的具体信息。"

"你在排查艾迪森送来的付款账单时，从没查到过波拉德这个名字吗？"

达夫耸了耸鼻子："我是在协助你，不管怎么说，那都是三天前的事了，波拉德已经死了。"

凯辛面无表情地看着窗外的车流。

"你输得起。"达夫说，"那天晚上，你纵容霍普古德指挥行动，造成了两个男孩的死亡，可你自己现在还不是什么事都没有？上面有人罩着你。"

"去查那两块手表的信息。"凯辛说，"悉尼那个典当商，随便他怎么称呼自己，去问一下他拿到的手表是什么样的。无论如何，我们需要这些信息，今天必须拿到。"

"知道了，头儿。"

凯辛下车绕开拥挤的车流，避开了一辆疾行的电车，徒步穿过街道，来到对面的画廊。到了前厅，他边走边抬头看，视线正好与艾瑞卡·布戈尼相遇。她倚站在二楼的栏杆旁边。凯辛到楼上时，看到她已经在位置上坐好了。

"不好意思，我来晚了，"他说，"这个地方对你来说足够私密吧？"

"只要你不大声喊的话，"她一身深灰，正喝着黑咖啡，并没有要请凯辛也喝一杯的意思，"这是个什么调查？"

"只是聊聊天。"

她向下撇了撇嘴角："我没时间闲聊，有话直说吧。关于我父亲的案子，现在嫌疑人已经死了。"

凯辛想起了辛戈，他那眉毛下像竹节虫的灰色眼睛。"本着对死者负责的态度，有些事情我们必须调查。"他说，"你继父每个月都会付钱给一个叫亚瑟·波拉德的人。"

"是吗？"

"你不认识波拉德吗？"

"从没听说过这个人。"

一群日本游客正朝着出口处走去，看样子是要离开画廊，服务员一直在努力挽留他们，可他们要么是没听懂，要么是根本不想理睬，完全不为所动。

"他几天前被谋杀了，就死在你继父名下的一处房子里。"

"天哪，什么房子？"

"位于北墨尔本的一个礼堂里，那个地方以前是个剧院，你知道他有那处房产吗？"

"不清楚，我不知道他名下现在有哪些财产，或者曾经有过哪些财产，这与查尔斯有什么关系？"

"有相关性。"

"什么意思？"

凯辛注意到隔三张桌子的地方坐着一个男人，穿着黑色的高领衫，正在翻看一张报纸，是份小开张报纸。"我们还在调查之中。"他说，"你了解道德陪伴这个组织吗？蒙罗港的童子军营地听说过吗？"

"我记得那个营地，没错，以前那里发生过火灾，怎么了？"

"这个礼堂以前是道德陪伴组织的总部。"

"让我们把话说清楚。"艾瑞卡说，"你的意思是土著片区的那两个男孩没有杀害查尔斯？"

凯辛的视线转向别处，有水从巨型玻璃窗上淌下来。窗外两个模糊的身影正在把指尖伸进水流里，形成波浪形的水线。"有那个可能。"他说。

"那块表怎么解释？"

"没有确切证据。"

"只是因为查尔斯付给这个人钱，并不足以把两个案子连起来。"艾瑞卡说，"谁知道查尔斯付钱给了多少人？"

"我知道。"

她向后倚着座椅靠背，双手放在桌面上，她把手握在一起，又分开了："你什么都知道，但什么都不说，我怎么可能提供你不了解的信息？"

"我觉得你可能会想起什么需要告诉我的信息。"

艾瑞卡看着凯辛，用那双蓝灰色的眼睛紧紧盯着他。她摸了摸脖子上细细的银项链，用手指摆弄着："我没什么别的情况跟你说，现在我要去参加个会议。"

凯辛不知道自己为什么等到现在才说这话。"波拉德有恋童癖，"他说，"性侵男孩，男童。"

她摇着头，一副茫然的样子，脸颊有些发红，这是她无法控制的。

"嗯,"她说,"我能确定这条信息对你们有用,但是……"

"对你没有用吗?"

"为什么会对我有用?你这样试探,是不是因为如果土著男孩们是无辜的,你们警方会下不来台?"

"我们能承受。"他又转移了视线,视野边缘处,他看到那个穿黑色高领衫的男人把右手攥成了拳头,"你在怕什么?布戈尼女士。"

有那么一瞬间,他感觉她就要告诉自己了:"你什么意思?"

"保镖。"

"如果我惧怕的任何事情与您的工作有交集,我会跟您讲的。现在我必须去开会了。"

"谢谢您的配合。"

凯辛目送她离开,她有双修长的美腿。在步行梯处,她回过头,两人四目相对,注视着对方,直到保镖阻断了视线。

第五十五章

"布戈尼从科曾这家店买的第一块手表，"达夫说，"是这一款。"他指向宣传册上的一张图片，"收据显示的时间是 1986 年 9 月 14 日。"

"很漂亮。见证自己乘冰橇冲下克里斯塔滑雪道的时刻[①]。"手表看起来很有现代感，黑色表盘，三根白色指针，三个斜角隐藏式侧钮，鳄鱼皮表带。

"这款表名叫海之时，仍在生产，"说着，达夫顿了一下，整个人变得严肃起来，"这是他买的第二块表，也是海之时，收据是 2000 年 3 月 14 日。"

这一块是白色表盘的，三个小指针，配的也是鳄鱼皮表带。

凯辛想起了在庄园的那个早晨，一块智能表，卡萝尔·格里格说，表带是鳄鱼皮的："典当商怎么说？"

"他那时做了描述。"达夫回答，"悉尼那边也把消息传了过来，但当时大家兴奋之际却把细节忽略了。"

凯辛感觉自己似乎有种一夜没睡般的疲惫："他那时怎么说的？"

"他说，原话是这样的：'是一块百年灵海之时手表，收藏版。非常值钱。有三个表针，黑色表盘，鳄鱼皮表带。'"

凯辛站起身来，浑身疼痛，走到窗前望着学校操场、公园，在雾蒙蒙的细雨中变得柔软了，他看到了海伦·卡斯尔曼的未接来电。

[①] 广告词。——译者注

"海伦·卡斯尔曼。"

"乔·凯辛。"

彼此沉默了片刻。

"我试着打电话给你。"她说,"你的住宅电话没人接,你的手机关机了。"

"我现在用的是另一个手机号,我在城里。"

"我不知道该说些什么,你太无礼了,傲慢,盛气凌人。"

"你说得对。听着,我需要了解苏茜看到的那块表的样子,她把表的品牌告诉我了,但是我还需要她描述一下那块表的样子,你能帮我搞定吗?"

"这是因为那件案子还在调查中?"

"一直在调查,能帮我尽快问到吗?"

"我试试看,把你的号码告诉我。"

凯辛坐下来,看着达夫,达夫不想看他。

"霍普古德说他那晚没收到消息。"凯辛说。

达夫这才看向他。"这群浑蛋。"他说,"他们倒是把自己撇得挺干净,都已经把那该死的记录抹掉了吧。"

"也许问题确实出现在我们这边,设备的确出现故障了。"

达夫摇了摇头,顶灯的光从他的圆镜片中闪过。"好吧,你接受调查的时候尽管把责任都推给我,"他说,"没有按对按钮,是我搞砸了一切,土著蠢货总是这样。"

凯辛站起身,坐着比站着难受多了,他又走回窗边。"霍普古德说,我引用他的原话:'你们两个土著在编故事吗?'"他说。

"什么?"

"他说,你们两个土著在编故事。"

"是说咱俩吗?"

"我觉得他是那个意思,没错。"

达夫大笑起来，笑得很开怀。"欢迎来到土著的世界。"他说，"这么着，老兄，咱们去街角那里吃点午餐？来个三明治怎么样？"

"街角那家我吃够了。"凯辛说，"我吃了六年，真的够了。"

"艺术中心那边有家布鲁内蒂餐厅，"达夫说，"卡尔顿酒店的布鲁内蒂餐厅，知道不？"

"行了吧，你这个外地人，你不知道布鲁内蒂餐厅是多内蒂餐厅的分店吗？"

他们在电梯里遇到菲纽肯，正好顺路载他们到圣科达路。

"菲恩，你看你，"凯辛说，"你现在这种超额工作、严重缺乏睡眠、一团糟的状态，我给你打九点六分。"

菲纽肯谦逊地笑了笑，那是一个人的努力得到认可后的满足。"谢谢你，头儿。"他由衷地说。

"想不想调来蒙罗港工作？"凯辛说，"也就管管酒吧斗殴、乱搞男女关系，还有老浑蛋破坏邻居无土西红柿栽培设备这类破事，是个适合养育孩子的好地方。"

"那种生活对我来说太刺激了。"菲纽肯说，"波拉德的案子我要去见六个家伙，富茨克雷地区的这个，他说他跟波拉德认识很久了，电话没准是从他的聋哑阿姨那里打过来的，搞不好那都不是他阿姨，他也不在那儿住。"

到布鲁内蒂餐厅的时候，有很多人在排队点餐。他们前面是一群身穿黑衣的办公室员工、几个背包旅行者，还有四个已经被多样的菜谱彻底搞晕的乡下女人。凯辛买了个卡松尼包馅比萨，达夫点了份橄榄鸭肉卷饼，里面加了辣椒酱和五种绿叶蔬菜丝。就在他们喝咖啡的时候，凯辛的电话响了，他走到餐厅外面，接通了电话。

"我听到了车声，"海伦说，"突然有些怀旧。你在哪儿？"

"在艺术中心附近。"

"太文艺了——歌剧，画廊这些地方。"

"找到苏茜了吗？"凯辛看着一个骑着独轮车的男人穿过人行道，两边的肩膀上各趴了一只白色的小狗，两条狗顺从地趴在那儿，像是长途客车上漫不经心的旅人，一副听之任之的样子。

"她说那块表有一个很大的黑色表盘，两个或者三个白色的小指针。"

凯辛闭上眼睛，他想他应该对她说声谢谢帮忙，然后礼貌地说再见，那才是他该做的。那是警督、警长或刑侦副警长希望他做的，维拉尼很可能也希望他那样。

但那么做并不对，他应该告诉她几个孩子想在悉尼卖掉的那块表并不是布戈尼遇袭当晚戴的那块。

"你还在听吗？"海伦说。

"很感谢你的帮助。"他淡淡地说。

"没别的了？"

"没别的了。"

"好吧，那再见！"

他们喝完咖啡往回走，凯辛不得不平复了二十分钟再去见维拉尼，"布戈尼遇袭那晚戴的表，跟孩子们去悉尼卖的那块不是同一块。"他说。

"你怎么知道的？"

凯辛如实告诉了他。

"可能他们也偷了另一块表，同时偷了两块表。"

"不会，科里·帕斯科的妹妹是在一年前看到那块表的，科里在去悉尼之前就有了那块表，我问过他妹妹。"

"她也许是在信口胡说。"

"我相信她。"

"为什么？"

"她知道表的名字，还知道表的样子。"

"老天，"维拉尼说，"该死，这事看起来不妙。"

"是的，波拉德的调查有什么发现？"

"北墨尔本礼堂那条街上有个女人认出了他，说在那附近见过他好几次，有一次还带着一个小孩。咱们需要去跟大约二十个受害者了解情况，电脑里的东西太多了，图片有成千上万张，完全整理不过来，而且我感觉，咱们得到有用信息的希望不大。不过，很高兴这家伙死掉了，就像那些该死的毒贩一样。"

"不管怎么样，我得歇歇了。"凯辛说，"我要回家，本来我就在强制休假。我的工作结束了。"

"你还会再回来的，能不能别再当重案组二线队员了？你的工作和生活简直一团糟。"

"我不回重案组了，"凯辛说，"不想再见到更多的死人。雷·萨里斯除外，我想见到死掉的雷·萨里斯。还有霍普古德，对霍普古德我也可以例外。"

"你这态度也太不专业了。那股醋味儿，你确定？"

"确定。"

维拉尼送他到电梯口。"应该说，"他说，侧头望向走廊，"我想说我快被这个案子耗干了，我对自己的表现很不满意，感到羞愧。我在考虑自己是不是不该再待在这个位置上了。"

凯辛不知道该说些什么，此时电梯门开了，他轻轻拍了拍维拉尼的胳膊。"放轻松，"他说，"不要太执着。"

第五十六章

还没开出城市，电话就响了，凯辛靠边停下了车。

"头儿，我是菲恩，我刚刚碰到这个家伙了，在……"

"是的，在富茨克雷。"

"你该跟他谈谈，头儿。"

"我不想再碰这个案子了，菲恩，我在回家的路上。"

路上的车越来越多，那些提早下班的、住在周边城镇通勤的，还有很多工程车、小货车、卡车。

"哦，其实是老板让我打电话问你的，头儿。"

"说吧。"

"嗯，是这样，这个人的生活可以说是相当绝望，他的人生从那个转折点开始急转直下，你明白我的意思吗？"

"什么转折点？"

"从他认识波拉德开始，他恨透了那个变态，恨所有人，实际上他憎恨一切，看什么都不顺眼。见他时你需要带个防暴盾牌。"

"多大年纪？"

"不能算老，但很难说，他剃了个光头，一口烂牙，四十多岁。当然，他有严重的药物成瘾问题，这个毫无疑问。"

"拿到证词了吗？"

"头儿，这儿拿不到证词的，在这儿你只能看到他暴击他的门。"

"暴击门？"

"我试图跟他沟通，他安静了下来，可不一会儿就又从椅子上跳起来，在屋子里横冲直撞，用拳头打门，打了两拳，第二拳还把手卡在门里了，弄得到处都是血。"

"他叫什么名字？"凯辛问。

"戴维·文森特。"

凯辛叹了一口气："具体地址是哪里？我就在这附近。"

菲纽肯正在等他。他的车停在一条破烂的街道上，道旁堆着朽烂的墙板、废弃汽车，旁边房子的前院里堆满了垃圾信件。凯辛走过去，站在菲纽肯的车窗前，双手插在衣兜里。

"他能愿意再见你吗？"

菲纽肯挠了挠头："应该不愿意吧，他让我滚蛋，但他对我没有攻击性，他就是对世界抱有敌意。"

"他是自己一个人住吗？"

"现在那边应该没别人。"

"我们走。"

敲了好一阵，门才打开，凯辛从门缝中看到一只布满血丝的眼睛。

"文森特先生，"菲纽肯说，"有位高级警官想跟您简单聊一聊困扰您的那些问题。"

门开大了一点，能看到两只眼睛和没血色的鼻子，看起来骨折过不止一次，明显歪向一侧，那双眼睛的颜色让人联想到洗衣粉。"我他妈的没有任何困扰，"文森特说，"你们他妈的哪来那么多废话？"

"我们能进去坐坐吗，文森特先生？"凯辛说。

"给我滚蛋，我想说的都说完了。"

"我理解，您认识亚瑟·波拉德，对吗？"

"我他妈是那么说的，鬼迷心窍了才去打重案报警电话，跟那个白痴说了这些，还给他留了我的名字。"

凯辛笑着看他："我们很感激您的帮助，文森特先生，谢谢。不过，我们还有一些其他情况需要了解，您能配合一下吗？"

"不行，我很忙，有很多事情要做。"

"我理解，"凯辛说，"是这样，我们很感激您的帮助，有个男人被谋杀了，一个无辜的人……"

文森特猛地拉开门，门哐的一声撞到了过道的墙壁上，整栋房子都在震颤："无辜？你他妈疯了吗？那个该死的人渣，我早该亲手去杀了他……"

凯辛的视线转向其他地方，他说的不是波拉德，他想说的是布戈尼。

一个女人从隔壁屋子里探出身来，看不出年纪，头戴粉色的包巾，身上裹着一块老款的浮雕天鹅绒窗帘，这个褪色的秃绒布帘，让她看上去像一只掉了毛的水獭。

"上回我不是让你们滚蛋了吗？"她嚷道，"别带着你们那套美国佬的邪教理念来这儿晃悠，什么倒霉比萨斜塔，什么瞭望塔，都去见鬼吧。"

"警察。"菲纽肯不客气地说。

那女人立刻缩回自己屋子里去了，凯辛看向文森特，他脸上暴怒的神色已经缓和了很多，仿佛刚才的爆发排掉了他身体里的一些毒素。他是个大块头男人，有些驼背，看起来有点胖，脖子上的肥肉像是裹了一条肤色的围巾。

"那女的是个疯子，"文森特以一种前所未有的平静口吻说道，"满脑子都是些乱七八糟的东西。进来坐吧。"

他们跟着他通过一条昏暗的走廊，来到一间简陋的小屋，里面有一张折叠沙发，两把注塑模压简易凳，一张金属腿咖啡桌，上面摆着五个啤酒罐。电视机放在摞起来的两个木条牛奶箱上，文森特坐在沙发上，点了一根烟，双手握着打火机，抖得厉害，右手手指和掌指关节上还沾着血迹。

凯辛和菲纽肯坐在塑料椅子上。

"所以，您认识亚瑟·波拉德是吗，文森特先生？"凯辛问。

文森特拿起一个啤酒罐，晃了一下，空的，他又试了另外一个，里面还有些残酒："你们他妈还想让我说多少遍？认识那个王八蛋，认识那个王八蛋，认识……"

凯辛抬起一只手："对不起，你是在哪儿认识他的，文森特先生？"

文森特猛灌了一口酒，目光呆滞地盯着地板，木然地吸了一口烟。他的左肩在微微抽动："就是从那些该死的假期开始的。"

"什么假期，文森特先生？"

"那些该死的假期，你知道的，就是那些假期，"他抬起头，冷冷的目光瞪着凯辛，"我好几次想告诉他们，你知道吗，不只是我。天哪，怎么可能只有我？附近还有好些可怜的小鬼，我见过他们，我见过。"

"告诉他们什么，文森特先生？"

"你们不相信我，是吗？"

"你说的那些假期到底是什么？"

"又用那种眼神看着我，我太熟悉这该死的眼神了，我讨厌那种眼神！"他咬牙切齿地说。

"你冷静一点。"凯辛试图安抚他即将爆发的情绪。

"滚出去！给我滚！我跟你们这些蠢货没什么好说的，都他妈一个样，你们都是一伙的，那些杂种杀了个小孩子，你们，你们……你们都滚出去！"

"能给我支烟吗？"凯辛说。

"什么？"

凯辛做了一个抽烟的动作："抽根烟？"

文森特打量的眼神从凯辛移到菲纽肯，继而又回到凯辛，他一脸茫然地把手伸进脏兮兮的棉上衣兜里，掏出一包廉价香烟，黑乎乎的指甲抠开包装，抽出一根递给凯辛，手剧烈地抖着。凯辛接过了那根烟，文森特又把其余的烟递向菲纽肯。

"不用了，谢谢，"菲纽肯摆手婉拒道，"我正在努力戒烟。"

"哦，是吗？我也在戒呢。"文森特把手里的塑料打火机拿给凯辛。

凯辛点着了那根烟，又把打火机还了回去。"多谢，兄弟，"他说，"刚才你说，他们不听你的？"

"压根就不听，"文森特说，"我告诉警察那个叫科诺的王八蛋打我，一直打我。我以前很瘦，瘦得像根棍子，他把我的肋骨都打折了，三根肋骨，还逼着我跟学校说是骑自行车摔的。"

长久的沉默。文森特把那罐啤酒喝光，放回到桌上，他那疤痕累累的光头向下垂着，几乎碰到了膝盖，手里的烟几乎烧到了手指。凯辛和菲纽肯交换了一下眼神。

"我没有自行车。"文森特说，声音像个忧伤的小男孩，"从来没有过自行车，我想要一辆。"

凯辛抽了一口烟，味道简直糟糕透了，他很高兴没抽，没怎么抽。文森特没有抬头，他把烟蒂丢在地毯上，伸出一只脚试图踩熄它，但没踩着，一股烧焦尼龙纤维的味道慢慢升起，刺鼻而奇怪的甜味。

"我想听听你小时候的事，"凯辛说，"我会静静地听，你讲，我听着。"

又是一阵长久的沉默，文森特抬起头，吃惊地看着他们，就好像他们突然出现在这个房间里似的。"我得走了，"他突然有些喘不上气，"我还有很多事情要做，老兄。"

他摇摇晃晃地站起身来，急欲离开房间，不小心撞到了门柱上。他走到过道的时候，他们听到他小声嘀咕着什么，然后门砰的一声关上了。

"看来今天就只能到这儿了。"菲纽肯说，他踩灭了文森特丢下的烟蒂。

到了外面，天正下着雨，凯辛对菲纽肯说："那些假期，他说的是道德陪伴的童子军营地。菲恩，他的生平，我们需要他的全部资料，越快越好，告诉维拉尼，就说是我说的。"

"你不留下吗，头儿？"

"不了。还有礼堂那边的文件，需要让人把所有与蒙罗港有关的信息都找出来，打电话告诉我进展。给我打电话，好不？"

"好的，我会第一时间通知你的，头儿。"

"你他妈必须睡点觉了，菲恩，你这种状态让我有点担心。"

"是啊，反正那些死去的人再也活不过来了，对吗？"

"你在进步，虽然不太快，但你在进步。"

到家的时候，天色已经很晚了，他把车熄了火，看着从屋里投射出来的光，看着两条大狗仰着脑袋并排向他跑过来，大耳朵呼扇呼扇地飘着。他还没来得及下车，两条狗就挤在车外了，他不得不用力开门推开它俩，双腿挪出车门的时候，一股钻心的痛顺着右大腿蔓延了下去。

一个身影从灯光后面走了过来。"还以为你不回来了。"雷布说。

凯辛回应着两条狗的热情，他低下头，任由它们亲热地舔着自己的手、头发和耳朵。"在城里耽搁了些时间。"凯辛说，"你在这里照顾它们我很放心。"

"狗粮吃没了。"雷布说，"我拿了你的枪去打猎了，你不介意吧？"

"挺好的。"

"锅里还炖着一只兔子，我用了冰箱里的橄榄，还有一听西红柿罐头。"

"你对橄榄了解多少？"凯辛问。

"我在南澳大利亚摘过，那儿有个采摘园，他们用它来做腌橄榄，那阵子吃了太多橄榄，简直吃得要从耳朵里冒出来了。流浪汉什么都吃，能吃路上撞死的动物，也能吃鱼子酱。"

"我需要来一杯，"凯辛说，"家里还有酒吗？"

"我明早离开。"

凯辛感到疲倦和疼痛在全身蔓延，充斥着整个身体："我们能再谈一谈吗？"

"如果再来这边的话，我会过来看你的。"

"不管怎么说，进屋来喝一杯再走吧，就当是告别酒。"

"喝过了，我太累了，咱们现在握手告别吧。"

他伸出了一只手，凯辛不想，但他还是跟他握了手。

"我还欠你工钱呢，"他说，"明天付给你，我保证。"

"放在台阶上就行。"雷布回答，"如果没拿到，就下次再来取。我相信你，你是警察，除了警察还能相信谁？"

说完，他就转身离开了。凯辛感到一阵失落，对于失去雷布这件事情，他还没有做好心理准备。"兄弟，"他说，"兄弟，这事缓一缓，好吗？"

雷布没有回答。

"冲着这两条狗，你再留一段时间。"

"它俩很棒，"雷布说，"我会想念它们的。"

第五十七章

天气阴沉沉的，凯辛驾车行进在雨后湿滑的道路上，前方的山顶隐没在雾岚深处。进了布戈尼庄园的大门，沿车道一路向上，两旁的箭杨像受了委屈的姑娘，啪嗒啪嗒地掉着眼泪。

凯辛向左转弯，蜿蜒的山道远远地绕过房子，通向那栋红砖绿瓦的双层小楼。他把车停在木制车库门前的人行道上，熄了火，摇下车窗，湿冷的空气吹进车里。他安静地坐着，倾听发动机冷却发出的声响，思忖着自己为什么要徒劳来这里。

他想起来自己脱离危险后，沙恩·迪亚布的父母来医院探望。他们没有坐下，显得有些拘谨，英语也不太好。他不知道该跟他们说些什么，他知道他们的儿子因自己而死。过了一会儿，文森蒂亚的到来解救了他，他们说了再见。沙恩的妈妈摸了摸他的脸颊，轻轻吻了他的额头，他们在床头柜上留下了一个白色纸盒。

文森蒂亚打开那个盒子，拿起来斜放着给凯辛看，那是一块方方正正的蛋糕，通体抹上了白色的奶油，中间是一个红色果酱做的十字架。他仔细辨认了一会儿，发现那个十字架竟是由两个名字交叉写成的：乔与沙恩。

他把蛋糕交给文森蒂亚，后来她告诉他，当班的护士们分了它，是个水果蛋糕，非常好吃。

凯辛下了车，绕着那栋二层小楼走了一圈，来到中间那个有扇对开大门的入口。浓雾渐渐变成了细雨。

艾瑞卡·布戈尼给他的钥匙环上有十多把钥匙，试到第七把时，锁开了。他打开门，沿着走廊往里走。陶艺室很暗，百叶窗紧紧关着，他找到了电灯开关，屋顶上的日光灯闪了闪，终于亮了起来，凯辛这才注意到，房间的两扇门正对着。

灯照亮了清扫得干干净净的砖铺地面，一块挂着园艺工具的小钉板，像展品一样摆在架子上。一台乘坐式割草机、一辆小型拖拉机，还有一辆拖车立成一排，陈列室很干净，这是一个非常整洁的房间，给人一种严肃谨慎、井井有条的感觉。

凯辛的右首边，之前看到的那幅油画被倒过来斜靠在墙上，钝器划开的V字形裂口已经用胶布固定起来了，那划痕比他记忆中的长一些。

他走到跟前，抓住画框，费劲儿地抬起来，转正方向，重新靠墙放好，向后退了好几步，仔细端详那幅画。

那是一幅月下山丘图，一条在月光的映照下微微泛白的小径，穿过布满海岸灌木的沙丘，通向远处一片灯火通明的楼宇。画布的大部分区域是广阔的苍穹，灰黑色的云朵在夜风中涌动。云海间，几近满月的一轮玉盘忽隐忽现。

凯辛认得出画中的这个地方，他曾经站在画家的视角，站在第二大山丘的顶端，看着那些现已被焚毁的建筑和那条高速公路，还有从高速公路分支出来的一条条蜿蜒的小路。小路向山上延伸，汇入通向肯梅尔和庄园的车道。

他近前仔细看了看，路上有几个人影，一小群人，是三个并排同行的人，正朝着那片灯火通明的楼宇走去。是孩子，这是三个孩子，其中两人的个子稍微高一点。

那幅画上没有署名，他侧过头，发现画的左下角有一小块不干胶，上面用红色墨水写着：

道德陪伴，蒙罗港，1977年。

第五十八章

"道德陪伴童子军营地，"凯辛说，"蒙罗港的。"

一阵长久的沉默。塞西莉·艾迪森，站在壁炉台旁边盯着他，他不知道自己跟塞西莉对视了多久，因为她可能并没有在看他。

"这事还是问您比较适合。"凯辛说。

塞西莉歪着脑袋，慵懒地眨着眼，一副正在被人足底按摩的表情："我可以了解一下你的目的吗？"

"查尔斯·布戈尼。"

"我以为那件事情已经结案了。"

"还没有。"

她长长地吸了一口烟，抬了抬眉毛："好吧，亲爱的，你想知道些什么？"

"那是个什么样的营地？"凯辛问。

"主要针对男孩子，孤儿之类的，寄养家庭的孩子，道德陪伴组织为他们准备一个假期，组织一些有趣的活动。克罗马迪很多人都有参与帮忙，包括我的哈里，那是个很有意义的活动。"

"但后来付之一炬了。"

"那是 1983 年，真是个惨剧。我提醒你，当时的情况可能会更糟糕，当晚只死了三个男孩，当时的活动负责人，陪伴者，他们这样称呼自己，他没能挽救他们，是被浓烟呛死的，验尸官的鉴定结果这么说。"

"其他孩子都在哪儿呢？"

"去参加文化联谊了，"她探出胳膊，把烟蒂扔进壁炉台上的烟灰缸里，"他们那时会把孩子们带去克罗马迪，观看音乐会、舞台剧之类的，还有很多类似的活动。那时的人们不会成天坐在电视机前看美国文化垃圾。"

"大火是怎么引起的呢？"

"我记得他们当时说是宿舍楼的锅炉引起的，就是那个二层小楼，那是一栋木制房子，男孩们当时正在楼上睡觉。"

凯辛想到那些被烟熏黑的砖砌地基，烧焦的地板托梁，他曾站在那些男孩死去的地方仔细观察过。

"除了那块地皮是他的产业之外，布戈尼和童子军营地还有什么别的关系吗？"

塞西莉皱了皱眉，额头上挤出了深深的沟壑："这个嘛，我也不知道，他对此当然是很感兴趣的，对慈善事业的热衷是他从他父亲那里传承过来的。很多人都对此感兴趣，克罗马迪是一个先进思想的聚集地，人们乐于慈善，不是沽名钓誉的那种。美德是对其自身的奖励，这个说法你熟悉吗，警探？"

"对我来说，奖励就是我的工资，艾迪森夫人。"

她眯起眼睛看向他："你比同龄那些找不着工作的笨孩子都聪明，我的判断没错吧？"

"那之后营地就停止运营了吗？"凯辛问。

"那个营地停止运营了，连道德陪伴组织也都关闭了，当时的各大报纸都报道了这件事情，我觉得他们是真的打算彻底关闭它了，那是最后一次道德陪伴童子军营地活动。查尔斯又给那个出事的责任人安排了一份新的工作，珀西·克雷克，一个冷冰冰的家伙，对，是叫珀西·克雷克。"

有人敲了敲半开的门。

"进来。"塞西莉说。

是麦肯德里克太太。"下一个预约您的人要晚二十分钟到,艾迪森太太,"她说,"他们说车出故障了。"

"我知道了,谢谢你,亲爱的。"

麦肯德里克太太像个年轻的芭蕾舞演员,优雅地转身出去了,顺手关上了门。这一系列动作似乎透露了她现下的生活状况。

"她暗恋乔克·卡梅隆。"塞西莉说,"这么多年了,真是让人伤感,他从来都不知道,她还总是幻想着终有一天他能察觉到一点她的爱慕。"

"我这边接到消息,墨尔本的总部大厅里没有找到蒙罗港童子军营的档案。"

从山庄来这里的路上,菲恩打过电话给凯辛。

"其他所有营地的相关资料都在那里。"凯辛说,"会不会是保存在别的地方了?"

"不好说,他们为什么要把蒙罗港的档案分开保存呢?"

壁炉台上,烟灰缸像喷气孔一样向外冒着烟。凯辛起身将之拿到窗口,推开下面那扇窗,晃了晃这个被当作烟灰缸的花瓶,把仍在燃烧的烟灰倒了出去,让它随着海风飘向窗外。

"谢谢你,乔。"

"那我走了,很高兴您能抽出时间来见我,艾迪森夫人。"

"我很荣幸。"

外面的空气很阴冷,路上没有行人,凯辛想走一会儿。他沿着街道步行,一路上看着空荡荡的小服装店、香薰理疗店,还有房地产中介橱窗里的摆设。穿过克罗泽大街,路过酒吧,里面有三个人正在看电视上的赛狗节目。年纪大的那人站在那儿,正咳得要命。酒吧后面是一排排的房子,主要在旅游旺季向游人出租,现在里面没人住,窗帘紧闭着。

青石砖垒起的教堂里传来了歌声,凯辛的脚步越近,那歌声越清晰洪亮,唱到赞美诗最后那两行令人心碎的歌词时,他转过了街角。

阴翳飞逝，欣看天光破曙，

无论天上人间。恳求同住 *。①

短暂的静默之后，一声轻轻的"阿门"随风飘上了树梢。

凯辛感到心底一阵痛楚，像是什么东西突然枯萎死掉了。他转过身，顶着冷风，沿来路往回走去。

---

① *译文来自《普天颂赞》，刘廷芳译，1933 年版。

第五十九章

　　他顶着大风穿过一座飘摇的缆绳桥，桥板多有缺失，桥下水流湍急。大桥在风中剧烈摇晃着，嘎吱作响，像失孤老妇人的呻吟。他向下看了看，这是壶口崖边，水面沸腾咆哮，一个巨浪打来，他勉力维持平衡站稳，拼命抓住桥侧的绳索，但他力有不逮，绳索脱手，他就要葬身壶口崖底了。

　　一阵冷汗，凯辛从噩梦中醒来，余悸未消，心跳得像庆典上的鼓点，继而又觉庆幸，还好只是噩梦。他这时才明白梦里那些声音是怎么回事：电视机天线又松了，被风吹得打转，摩擦着支架，是那声音诱发了这场壶口探险的梦境，可他怎么会做这么个梦呢？

　　他看了眼闹钟：早上六点四十六分，睡了七小时，这是他能记得的最长的连续睡眠了，起床时身体又是一阵刺痛，美好的早晨。他开门放狗进来，喂了它们，自己喝了点果汁，又去冲了个澡。

　　天色灰蒙蒙的，没有风。两条狗跑出去寻找雷布，徒劳而返。凯辛选择了那条绕远的路，朝山上攀登。那些欧洲树种已经秃了，凋零的落叶湿答答地落在地上，这里堆积的落叶有一百多年的历史了。他们沿着山坡向下走，穿过一大片空地，今天没遇到野兔，凯辛踩着一块块石头穿过小溪，静水流深。两条狗不知跑到哪里去了，他转向西面，朝着海伦家的地界走去，脑海中又想起了那幅画——那个月下的平原，几个夜行的小男孩正朝着那片楼宇走去。温暖的灯光从窗户里映射出来，像暗夜里的灯塔，那里正是童子军营地。他想到了被吊在道德陪伴总部大厅里的波拉德，钉在十字架上，全身的血慢慢流干，整个死亡过程像一场戏剧或是音乐会，被人欣赏，喝彩。

波拉德是什么时候失去知觉的？观看者是否怀着得意的心情听他的声音，听他痛苦的呻吟？他有没有求饶？那是不是观看者渴望看到的？

布戈尼汇款给波拉德，布戈尼是道德陪伴组织的金主。

道德陪伴在西澳大利亚、昆士兰和南澳大利亚童子军营地的记录都得以保留，这些营地在蒙罗港之前就关闭了。蒙罗港分部的记录到底出了什么问题？

那天狗发现的那条腰带。

这是个重要的线索。

比狗项圈大不了多少，成年人的双手能够掐住那么细的腰。

卡斯尔曼家的房子正在施工，屋顶铺上了新的瓦楞铁皮，看起来像是百叶墙壁的延伸。粉红色的地板，宽大的窗子，一个探出去的平台还没建好，完工后会是一个阳台。那将会是一个很雅致的休闲佳地，向下能看到清澈湍急的溪流，向上能看到山丘，还能看到他家的土地。

他为什么要提出把小溪旁边那块窄地卖给她呢？因为她生他的气了？因为她是在他还是个瘦弱腼腆的男孩时，亲吻过他的那位美丽大方又通晓人情的富家千金？他还记得，那时候他的头发还是他姑姑剪的，土得不行。

提议被永久性地收回了。

这真的是个非常不错的栅栏，扎得很紧，是雷布的手艺。才一天时间，你能走多远？雷布自己不会要求搭便车，但也许会有热情的好心人愿意主动捎他一程。他用过的所有工具都排列整齐地摆放在剪毛棚里，打理得很干净，都上了机油。他睡过的床垫靠在墙上，毯子放在了弹簧架上，整齐地叠成了方块，枕头放在上面，最上面覆着已经洗得干干净净的枕套。

凯辛正在吃微波炉煮出来的粥，电话铃响了。

"你那边也到星期二了吧？"达夫说。

"哪个星期的？"

"我应该告诉你是哪年的。我们对戴维·文森特做了全面的调查。"

"情况如何？"

"垒起来能有一块砖那么厚。"

"总结一下。当然，你肯定早就做了。"

"是的。生于 1968 年，1973 年被收容，1973 年至 1976 年间，住在一个叫科尔维尔之家的福利院，直到 1978 年，他被第一个收养他的家庭接走。1979 年换到第二个寄养家庭，那期间他曾离家出走过，后被找回，1980 年又到了第三个寄养家庭，后来又离家出走了。你还在听我说吗？"

"你继续说。"

"下一条是 1983 年在珀斯因盗窃手提包被捕的犯罪记录，年龄十五岁。那之后是一连串琐碎的事情，1984 年被送进少年监狱劳教六个月，1986 年劳教了九个月，这就是他最简要的人生履历。"

"还有呢？"

"这是个伤感的故事，住在精神病院，这里有讲到，这份报告显示，多种药物成瘾导致临床抑郁症状加重，在巴拉瑞特 ① 的湖畔精神病院住了四年，听起来也还不错，住在湖边。他这一生，我用以下几个关键词做了总结：海洛因、安非他命、美沙酮、大麻、酗酒、打架、身体多处留下永久性创伤。

不知不觉，阳光像一块慢慢展开的薄毯，铺满了老房间的地板。"谢谢你，"他说，"你听好，我需要戴维·文森特打报警热线的那个电话号码，特蕾茜那边应该能找到。"

"跟戴维·文森特沟通不是有障碍吗？"

"有时候，有人看着你，那才是问题所在。"

这是辛戈多年观察总结出来的经验，在凯辛早年的从业生涯中，那还是

---

① 澳大利亚维多利亚州中部城市。——译者注

第一年，一个叫吉隆人什么都不肯说，他双手紧握，脖子上肌腱也紧紧绷着。辛戈把他的分机号码写在便笺簿上，递给了那个人后，他们就离开了，在辛戈的办公室里等着，电话铃很快就响了，辛戈和他谈了将近一小时。

"挺好，我很高兴你能如此客观地看待你自己。"达夫说，"在电话里谈，就那么办，跟我说说呗，你打算从戴维·文森特那里问出点什么？"

"我觉得他以前可能在蒙罗港那边的童子军营地待过。"

"是吗？这消息你是从哪儿得来的？"

"我嗅到了。"

"啊，嗅觉！我总听人这么说，这应该算是一个行业机密了，你等一下。"达夫走开两分钟后，带着凯辛要的电话号码回来了。

"你回去工作吧，"凯辛说，"可以去找缉毒队的那帮家伙，不管他们现在还叫不叫缉毒队，抓住你看到的第一个浑蛋。"

"太老派了，你跟现代警务脱节得也太严重了。"

戴维·文森特的电话响了，这对他来说太早了，凯辛想，他的一天大概在大多数人想吃午饭的时候才开始吧。

第六十章

"我失业了。"卡萝尔·格里格说，她在椅子上调整了一下坐姿，向上提了提她的运动裤，"干了二十六年的工作说没就没了，最后还只给了十六个星期的薪水补偿。"

这幢廉价木房孤零零地挺立在一座低矮的小山上，伴着猎猎山风俯瞰着整个肯梅尔。房子后面有个大棚子，前门敞开着，那是个卡车棚，但里面只有一辆旧的黄色马自达。

"谁解雇了你？"凯辛问。

"那个律师，艾迪森。这里过段时间要被卖掉了，她希望我到时候能收拾干净。"

她嘬了一口烟蒂，桌上的鲍鱼壳里躺着五六个烟头，她把手上的那个也扔了进去，打开香烟盒递给凯辛，他摇了摇头。

"来点咖啡吗？"她说，"茶呢？我刚才就该问你的，你来得太匆忙，我都还没来得及化妆，早上这个时间还在家里，真是不习惯。"

他早上来的时候还等了几分钟，听到里面有动静之后就没再敲门。

"不用了，谢谢！你听说过一个叫亚瑟·波拉德的人吗？"

"波拉德？没听说过。"

那张下陷的沙发诱发了他的背痛，凯辛坐直身体，试图伸展脊柱。他拿出了一张波拉德修整过、面部缝合过的照片："认识这个人吗？"

她看了一眼照片，把它推远一些："看着有点面熟……不太清楚，是当地人吗？"

"不是。给我讲讲珀西·克雷克吧！"

"从哪儿讲起呢，营地发生火灾以后他就来了，留着一撇小胡须。后来他妹妹也来了，那个婊子，脸形像把斧子，唇毛很厚，体格比克雷克还要大。她自称是洛厄尔夫人，天知道她是怎么嫁给洛厄尔先生的，她过去都是跟在我后面用纸巾擦灰的。"

"克雷克做什么工作？"

"管账的，每天像个傻子一样走来走去的，他以前常常让我们站在他的办公室外面排队领薪水，让我们等着，好像他自己在办公室里有多忙似的。然后他才打开门，煞有介事地说：现在，按照名字的首字母顺序排好队。"

她模仿的声音既不威严，也不响亮，听上去尖锐刺耳："就五个人，还让我们按字母顺序排队？英国佬杂种，该死的童子军团长。"

时刻准备着。

凯辛脑海中又浮现出了那条硬邦邦、布满裂纹的小腰带，生锈的圆皮带扣。"那是在 1980 年。"他说。

"我 1978 年开始上班，全职的，布戈尼太太和孩子们那时都在，她人很好，比他年轻二十岁，后来真是惨，从楼梯上摔下来了。"

"孩子们什么反应？"

"那男孩一句话也没说，艾瑞卡跟在布戈尼先生身边，就好像他是个流行歌星似的。她爱他，女孩可能都喜欢那样的。"

她吸了口烟，长舒一口气，把烟灰弹进鲍鱼壳烟灰盒里："他们过去常常举办派对，花园派对、鸡尾酒派对、晚宴派对，参加派对的都是克罗马迪的有钱人，还有从墨尔本来的。如果是秋天赛马的季节，派对结束后会有人留下来，我就有帮手了，墨尔本来的人会带个厨师和一个服务生。"

卡萝尔猛地吸了一口烟，两颊深深陷了进去："不管怎么说，那都是过去的事情，现在已经成历史了，您问这些干什么？"

凯辛耸了耸肩："只是好奇而已。"

"你们觉得是那些土著男孩干的吗？"

"你认为呢？"

"我不觉得有什么奇怪的，对这个镇子来说，土著区就是个倒霉的诅咒。"

"你对布戈尼一家应该很了解吧。"

"也没那么了解，我就是跟在他们后头打扫卫生的，那就是我的工作，洗涤、熨烫。过去的十年里，我大概每周工作二十小时，就是那样，"她又吸了一口烟，"低下头，撅着屁股在那儿干活，伙计。"她说，"除非你是布鲁斯·斯塔基。"

"他有特殊待遇？"

"怎么说呢，过去，克里克总是盯着我们，一旦被发现工作时间抽烟，就会被扣一刻钟的工资，你能相信吗？但是该死的斯塔基，他从来没有靠近过他，他也不用排队领工资，那个大浑球。"

"布戈尼和克里克关系怎么样？"

"挺好的。我偶尔能听见克里克大笑，一般都是在布戈尼先生的办公室里，克里克帮他做陶器，照看窑炉，他们以前都是周末开窑烧陶，整个周末都在烧。"

"你见过他们烧陶？"

"没见过，洛厄尔太太告诉我的，整夜整夜地烧，斯塔基一般会提前一个星期锯树、砍木头。"

"他们多久做一次？"

"天哪，已经好久没有烧过了，我估计一年能有两次吧，没错。"

"画廊房间里的那些陶器，那九个罐子，他只留下来那些吗？"

"他以前常常把那些陶器砸碎，再让斯塔基把碎陶片运走，每次大概运走半皮卡那么多。"

　　凯辛望着无垠的绿色原野，想着如果这一切没有发生，如果那天早上他没有接到电话，那该有多好。

　　"你真的不想喝咖啡吗？我去……"

　　"不用了，谢谢。"凯辛说，"艾瑞卡说，她对她继父的事情几乎一无所知，你怎么看？"

　　卡萝尔皱了皱眉，看上去一下老了十岁："哦，这我倒不觉得奇怪。她十四岁以后，我在那儿看到她的次数用一只手都能数得过来，她不再喜欢她的继父了。"

　　她把他送到车旁边，在寒风中抱紧了肩膀，狗喜欢她的样子，她也不怕它们，轻挠着它们的下巴。

　　"这对双胞胎，"她说，"是什么品种的狗？"

　　"贵宾犬。"

　　"不对啊，贵宾犬应该是那种毛色黑亮的小狗，这两只明显比较粗糙。"

　　"我没照顾好它们，"凯辛说，"没怎么给它们剪过毛，也没怎么梳理过。"

　　"有点像我，"她抚弄着大狗耳朵，没有抬眼看他，"你结婚了吗？"

　　"离了。"

　　"有孩子吗？"

　　他犹豫了一下："没有。"

　　"有孩子很好，倒霉的工作才是让人头痛的问题。我的前任去达尔文生活了，但我不怨他。他是个渔夫，我理解不了他，从来看不见人，他只在我这里睡觉。"

　　"感谢你的配合。"凯辛说。

　　"欢迎你随时再来，下次来一起喝点啤酒。"

"好的，斯塔基也被解雇了吗？"

"这我不清楚，宅子如果要出售的话，应该也还需要人打理。"

凯辛已经坐在车里了，他突然想起来，问道："童子军营地，你了解吗？"

卡萝尔摇了摇头："不太了解，火灾发生之前，斯塔基在那儿工作过。"

第六十一章

　　《克罗马迪先驱报》编辑部位于商业区边缘的一栋难看的黄色砖建楼房里，那是一栋五十年代的老建筑。

　　凯辛穿过一道道玻璃门，来到长条形的前台，里面坐着两个年轻女人。身后的那堵玻璃墙，把她们跟一间大办公室分隔了开来，里面有六张桌子，五个女人和一个男人，全都在埋头工作。前面有三个人来付账单，还有一个是来登分类广告的，他不得不排在他们后面等着。

　　"我想看看以前的报纸，谢谢。"他说。

　　"穿过那道门，"那个女人说，"那里有最近六个月的报纸。"

　　"我想看 1983 年的。"

　　"老天，我想你应该看不到那么久以前的报纸。"她对此并没有什么兴趣，不耐烦地看向他身后的那人。

　　"你们这儿有资料室吗？"

　　"资料室？"

　　"就是你们存档的地方。"

　　那女人不解地皱了皱眉。"这个你最好去问一下编辑，"她说，"她在那边。"

　　那边是另一个接待室，办公桌后面坐着一个年纪稍大一些的女人，他向她问了同样的问题，这次他亮明了身份，说自己是警察。她拨通了电话，几秒钟后，门开了，一个五十多岁的秃顶男人走了进来，那人看上去面色红润，大腹便便的。凯辛向他做了自我介绍，还亮出了自己的警徽。

"亚历克·克拉克，"那人说，"助理编辑。请跟我来。"

那是一个大房间，办公桌前坐着六七个人，目不转睛地盯着面前的电脑，三个男人挤在中间那张大桌子前做着同样的事。这儿跟办案小组的办公室有点像，克拉克领着凯辛来到一排四个小办公室的第一间，他们坐了下来。

"我能帮您做点什么？"

凯辛把他的诉求告知了那人。

"那么久以前的报纸？是要从里面找什么特别的新闻吗？"

"关于一场火灾的，事发地点在港口附近的道德陪伴童子军营地。"

"没错，是有那么回事，那可是大新闻，那些男孩，真是令人惋惜。现在为什么会对这件事感兴趣？"

"无聊的好奇心而已。"

克拉克大笑起来，掌心朝前抬起双手："明白了，我马上去查一下，很快回来。"

他走出房间，左转，凯辛看着办公室里忙碌的人们，除了坐在中间那张大桌子前的三个人之外，剩下的清一色是年轻的女孩。那三个是邋遢的老男人，衣着不修边幅，面无血色，油腻的头发上翻着头屑，红头发那个家伙看起来似乎是负责人，正不紧不慢地在鼻孔里挖掘着，不时检看自己的发现。一个瘦得令人难过的年轻女人走进房间，来到"挖掘者"跟前，毕恭毕敬地说了句什么。那人立刻沉下脸来，不耐烦地挥着右手打发她离开。她点了点头，在房间后面的一个座位上坐了下来。凯辛注意到她没精打采地垂着肩膀，下巴也耷拉着。

"抱歉，让您等这么久，警探。"说话间，克拉克已经走到办公桌后方，一屁股坐在了椅子上。

"观察一部运转流畅的机器是件很有趣的事情。"凯辛说。

他脸上挤出一丝僵硬的微笑。"现在我们这儿有个问题，"克拉克说，"我们从 1984 年开始采用现代技术，把所有东西都装进了微缩胶片。你那时可能年纪太小，不记得微缩胶片。"

"我知道微缩胶片。"

"那行，嗯，是这样，1986 年我们这里发生了一场火灾，不知是谁扔进垃圾桶里的烟头引燃了大火，从 1979 年之后 10 年间的胶片都被烧掉了。"

"纸质的报纸呢？"

"很不幸，1984 年就全部销毁了，那时也没有考虑到它潜在的历史价值。现在回想起来，我们千不该万不该……"

"公立图书馆会有吗？"

"可以去那儿看看，很可能有。"

从编辑部的旧楼出来，凯辛向自己的车走去。在这寒冷的冬日清晨，天空如同天堂般深邃，却又像记忆一般苍白。狗在车里远远就看见了他，兴奋地摇着尾巴，轻拍在彼此身上。

第六十二章

公立图书馆里没有《克罗马迪先驱报》，凯辛放下电话，反复思忖着科里·帕斯科和布戈尼的手表，这些现在还有意义吗？

他闭上双眼，仰头靠在椅背上。那些男孩因为布戈尼的一块手表送了命，手表是整件事情的转折点。

科里是怎么得到那块原本属于布戈尼的手表的呢？克里斯·帕斯科那天在码头说了些什么，当时并没理解其中深意："他不是个坏孩子，我是说科里，他本来有可能去打 AFL 橄榄球赛，不过他脑子进水了，以为能靠毒品发财。你和霍普古德那帮人是一伙的？"

靠毒品发财，他是在说科里抽大麻吗？那在土著片区根本不算什么，即便是在全国的任何地方都不值一提。大麻就像二十世纪六十年代的啤酒一样，人们不会觉得啤酒会影响他们踢职业橄榄球赛。

不对，帕斯科的意思应该不是吸毒，他的意思是种植和贩卖大麻。

他看着狗在后院跑来跑去，互相抱怨着自己的感官受到了干扰。它们不喜欢这个地方，它们想跟雷布在一起，狗拥有的记忆是什么样的呢？它们想念雷布吗？

皮戈特家族的那些人全是毒贩，比利·皮戈特卖毒品给学生，黛比·道格就曾是他的客户。

肯德尔站在他的身后："我能说，我真的好想你赶快回来，坐在那张椅子上，永远也别走了吗？这些幼稚的男孩简直太无聊了，我现在宁愿被人起诉也不想跟他们在一块待了。"

"我很快就会回来了。"凯辛说,"还从没听人说过想念我。"

"不许摆着谱接受恭维。"她说,"不过我还挺欣赏你的,你没在电视上喋喋不休地废话,也没去煽动那些卷毛脑残为你欢呼喝彩。"

"实际上,我一直在想卷毛的事。这个小子来报案说他的理发师女友开着他的皮卡去了昆士兰,他还说皮戈特们正变得越来越有钱。据你了解他们被捕过吗,皮戈特们?"

"自我从警以来,还真没有过。"

"为什么?"

"我也不知道,那归克罗马迪警局管。"

"没错,可一定有人向克罗马迪警方报过案吧。"

"我不觉得他们需要有人报案,我认为他们什么都知道。"

"这是我来之前的事吗?萨德勒负责的时候?"

"我们收到过投诉。"肯德尔目光移向别处,"萨德勒说他会和克罗马迪警方谈一谈,不管怎么说,那是我们的职责所在。"

"稍等一下,小肯。游行示威那天,我跟你打听过比利·皮戈特,你说了一些关于雷·皮戈特的事,你当时说的是什么事来着?"

"从住在波峰旅馆的一个推销员手里偷了五百澳元,报案那人说他在克罗马迪城外让雷搭了个便车,然后请他回自己房间喝啤酒,后来钱就不见了。你明白的,不过就是两个饥渴的家伙,一个差不多五十岁,另一个看起来像十四岁。"

"他知道雷的全名吗?"

"知道,萨德勒给克罗马迪警局打电话,霍普古德和那个斯泰格斯就过来了,车停在后院,雷·皮戈特也坐在车里,一定是半路上把他接过来的。他们把他留在车里,直接走到审讯室跟那个推销员谈话。那人后来就走了,他们也走了,这件事也没了下文。"

"皮戈特没有被起诉?"

"没有,他在墨尔本也逃过一次起诉,他从公园里的一个家伙手上偷了一套音响设备和一个笔记本电脑。那时他是个街头小混混。"

"你觉得这意味着什么?"

肯德尔略显苦涩地笑了笑,是那种会意的笑,眼睑也垂了下去。"我很高兴能有现在的工作,"她说,"在我身受重创的那段时间,他们没有排斥我,也没有嫌我碍眼,更没有逼我离职。对我来说,他们是亲人,那个你是知道的,不是吗?"

她走了,凯辛继续把脑袋靠在椅背上,他感到有些疲倦,旧伤提醒他是时候该休息了。那天早上在法庭门口,格里格·劳曾向他提过关于霍普古德的一个信息,暴力狂加比·特里维娜并不是这个镇上最危险的人物,他说。劳是在向他传达来自霍普古德的威胁吗?还是说,他在暗示自己并不是霍普古德那头的?

你和霍普古德那帮人是一伙的吗?

霍普古德和劳埃德,还有那个斯泰格斯,他们应该都是一伙的。

斯泰格斯那天晚上吐了,倾盆大雨里,他挂着自己的枪,垂着脑袋,一大口秽物从他的嘴里喷射出来。他在任务布置会上吃的汉堡包,油腻的黄薯条和上面抹的番茄酱,在他开枪打死那个男孩后一股脑地离开了他的身体。

那时发生的事情,已经完全超出了斯泰格斯所能承受的范围。

凯辛拿出电话,打给海伦·卡斯尔曼。

"我想再跟那个帕斯科谈一谈。"他说。

"你的警民沟通态度需要改善一下,没人跟你提过这个吗?"

"我会在你的办公室里跟他谈,你也会在那儿。"

"这是官方行为吗?正式的问话?"

"不是，就只是聊一聊。"

"好吧，我不是帕斯科的代理人，所以你们对话的时候我没有立场发言。而且，我也没兴趣协助警察的谈话工作。"

"我会重新开始调查这个案子，会尽全力给孩子们洗清冤屈，还你的委托人一个清白。"

"我已故的委托人。"

她沉默了一会儿，凯辛等她表态。

"我会再打给你的。"她说，"你现在在哪儿？"

凯辛走出警局，在寒风中绕着街区散步，主干道上只有零星几个人，穿梭在车辆和店铺之间，里昂的店里也空无一人。

"警察，"凯辛大声说道，"还做生意吗？"

"看情况，"话音未落，里昂从厨房里走了出来，"欢迎任何客人，不过今天没多少食物可以提供，只有汤，猪腿骨汤煮的意大利蔬菜通心粉。"

"打包的话，怎么卖？"

"在店里吃七块五，带走的话，四块五，你是警察，可以给你三块五。"

"那块骨头我不要。"

"三块五，给你加一片面包，非常好的面包，抹了黄油的，黄油赠送。"

"两片。"

"你这是胁迫啊，胁迫我就范。你喜欢什么样的音乐？"

凯辛坐在桌前喝着汤，这时，电话铃响了。

"他不想到这儿来。"海伦说，"他是一个性情非常淡漠的人，他没兴趣跟你谈。"

"就这样？"

"他说，如果你想谈的话，今晚可以去他家。他特意强调，他什么都不欠警察的。为了照顾你的情绪，在向你转述时，我已经对他的措辞做了适当的修改和编辑。"

　　真聪明，凯辛觉得自己再读十年书也赶不上她。"那我今晚过去。"他说，"谢谢你，再见。"

　　"我开车送你，和你一起走，他不希望警车停在他家门外。还有，既然你是在努力扭转一件严重不公正的案件，我也愿意那样做。"

　　他看着院子里的狗，脑海中反复回想着她的嘴唇，那些吻，突如其来的吻，相隔了二十年。

第六十三章

在一个由车库改装的房子里，凯辛和海伦坐在一张餐桌旁。这里有点像个小酒吧，有一个小吧台，一张全尺寸的台球桌，还有各式各样的椅子，侧墙上挂着一台电视机。

克里斯·帕斯科从吧台拿来半打啤酒，大喇喇地放到了餐桌上。他坐在椅子上，抠出一瓶，砰地打开。"随便喝。"他说，"那什么，找我有什么事吗？"

"科里那块表的事。"凯辛说。

"苏茜已经跟你说过了。"

"我想知道他是怎么得到那表的。"

"想告他行窃？他已经被执行死刑了，你失忆了？"

"不是，我们想要找到杀害布戈尼的真凶，不是那几个孩子干的，这一点我非常确定。"

"从什么时候开始这么想的？"

"从我决定相信苏茜见过那块表的时间。"

帕斯科喝了一大口酒，擦了擦嘴，从兜里翻出了一根皱巴巴的香烟："好吧。不过，苏茜不知道他是从哪儿弄来的那块表，他妈妈也不知道。"

"但是，他的兄弟们应该知道吧。"

"他那些兄弟多数都死了。"

海伦咳了一声："克里斯，我在电话里讲过，我来这里是为了唐尼，我想为他洗清罪名，还那几个男孩清白。还有土著片区，土著片区不应该承受这样的不白之冤。"

帕斯科突然大笑，没来得及吐出的烟，呛得他断断续续地咳起来："土著片区你就不用操心了，被冤枉也不是什么新鲜事。再说了，知道他从哪儿搞到的手表又有什么用？那该死的玩意儿一定是从哪儿偷来的。"

"如果确实是科里偷来的，那到此为止。"凯辛说，"这事我们就放下，不再查了。"

"我听说霍普古德不喜欢你。"帕斯科说。

"你从哪儿听说的？"

帕斯科耸了耸肩，抽了口烟，嘴角微微上扬："隔墙有耳啊，伙计。这些天你还在床底下睡，是不是？"

侧门猛地开了，砰的一声撞到了墙上，是码头上见到的另外那个人，那个梳着雷鬼辫的瘦子。凯辛感觉他在室内看起来更加高大。

"这他妈的是什么派对？"他说。

帕斯科抬起一只手招呼他："我们这儿聊天呢，史蒂夫。"

"聊天？跟警察喝酒聊天？伙计，世道变了吗？下回是不是要跟警察搞益智问答之夜了？"

"搞明白科里手表的事情，"帕斯科说，"仅此而已。"

"哦，好吧，"史蒂夫说，"不是都弄明白了吗？这位女士是谁？"

"这位是律师，"帕斯科说，"唐尼的律师。"

史蒂夫走过来，站在帕斯科身后。他伸手拎起那半打啤酒，掏出一罐，看了看凯辛，又看了看海伦，又回过头来看了看凯辛，眼里布满了血丝。"不喝酒？"他说，"不乐意跟土著一起喝酒是吧？"

酒吧打架的套路，凯辛想，不理会也就不了了之了。他看着帕斯科："听着，如果你哥们要借酒闹事的话，那我走了。"

"赶紧滚吧！"史蒂夫说。

帕斯科没有回头。"冷静一点，史蒂夫。"他说，语气中有种不容置疑的坚决。

"冷静？你少他妈跟我说冷静，你他妈的从哪儿……"

帕斯科猛地把椅子往后一推，史蒂夫猝不及防，瞬间失了平衡。他顺势起身转向史蒂夫，推着他的胸口上前三步，把他按在了吧台上，动作迅捷连贯。两个人脸靠得很近，下巴几乎碰在了一起，帕斯科对史蒂夫说了些什么，凯辛没听清。

史蒂夫举起双手，帕斯科退了几步，做了个手势，史蒂夫走到吧台后面，斜倚着，不再看他们。帕斯科回到椅子上，喝了几大口啤酒。

"我要说的是，"他说道，仿佛刚才什么事情也没发生，"我想说科里也有可能是通过某种交易的方式得到了那块手表，你明白吗？"

"交易什么？"凯辛问。

"老天，我怎么会知道？你是怎么认为的？"

"是谁在跟他交易呢？"

"这是个大问题，伙计。"

"这些信息很有用，你还有别的事想跟我说吗？是不是还有其他人不喜欢我？斯泰格斯怎么样？你那隔墙的耳朵有没有听到关于斯泰格斯的消息？"

"他快活到头了，该死的王八蛋。"

"我去做了他，"史蒂夫嘟囔着说，"今晚就干了他，灭了这个婊子养的。"

"闭嘴，史蒂夫，"帕斯科警告道，"你他妈给我闭嘴！"

凯辛拿起一罐啤酒，开了盖。他瞥了海伦一眼，她像是在看一场血腥的比赛，嘴巴微张，颧骨挂着一抹红晕。

"听着，"凯辛说，"你有话赶紧跟我说，我现在想去吃东西，平常这个时候我都该吃晚饭了。"

"科里的确做过一些蠢事，那都是他自己选的。"帕斯科说，"跟他说什么都不听，由着性子乱来。"

凯辛说："你是说大麻吗？"

帕斯科挥了挥他那只大手："大家种些大麻，赚几块钱不算什么，这里也没什么工作。"

"那他都做了什么？"

"嗯，你知道，有些别的赚钱途径，我不是说开卡车那种，你懂的，那点钱只够喝啤酒的。跟你说吧，我听说科里跟人做了些见不得人的交易。他和卢克，那个孩子也不听话，他们对人没一点尊重。"

帕斯科递烟过来，凯辛取出一支，接过打火机，点燃了香烟，朝着屋顶吐了口烟。直觉告诉他不该再保守下去了。"皮戈特，"他说，"是那些皮戈特吗？"

帕斯科看了看海伦，又看向凯辛："你们蒙罗港警站的也不都是在混日子嘛，是不是？是那些皮戈特。他们很有野心，这些脑残的皮戈特，以为今后天下就是他们的了，他们将会掌控局面。"

"该死的皮戈特，"史蒂夫说，他手里拿着一瓶金宾威士忌，"毙了他们，该死的白蛆。"

"史蒂夫，"帕斯科再次警告道，"闭上你的嘴，去看你的电视，看你那些倒霉卡通片。"

海伦说："克里斯，你的意思是说，科里在跟皮戈特的交易过程中得到了那块手表，是吗？"

"对，那是有可能的，是的。"

"那你说，那些皮戈特又是从哪儿弄来的那块表呢？"海伦说。

帕斯科看着凯辛。"你能想象得出来吗？"他说，"这些皮戈特觉得这玩意儿赚钱比偷猎鲍鱼还容易，甚至不想自己种，也不想运输。只有回报，没有风险。"

“确实很有野心。”凯辛说。

“我发誓,我还听说有人给他们做冰毒。这个家伙,应该是个流窜的制毒高手。”

“是吗?”

“不能任由他们这样下去,对不对?”

“是的。”

帕斯科身体前倾,尽可能把脸靠近凯辛:“你根本指望不上该死的霍普古德和他的手下做任何事,是不是?他们根本不听你的,因为里面有霍普古德的分红,很大一份,我听说。”

“我们必须做点什么。”凯辛说。

“对啊。”他往后一坐,“这下你知道了吧。”

凯辛点了点头:“知道了。”

海伦咳嗽了一声。“关于皮戈特是怎么得到手表的,”她说,“我们能谈谈这个问题吗?”

凯辛感觉自己已经知道了,答案自动浮现在脑海里。他的大脑一直在不停地筛选、分类和整理各种碎片信息。这些听到、读到、看见和感知到的没有明显用途的碎片相互缠绕、盘旋舞动,找到彼此,在相互触碰的一刻像紧握的双手牢牢地锁在了一起。

“雷·皮戈特。”他说。

“你他妈还真是快啊!”帕斯科说,“对,就是那个同性恋,我也是听人说的。”

对雷·皮戈特的指控,霍普古德和斯泰格斯在警局,把雷留在车里,雷看起来十四岁。

“雷·皮戈特从布戈尼那里偷走了那块表?”海伦问,语气中透着几分怀疑。

“嗯哼,那绝不可能是送他的。”

"我不明白这是怎么回事，"海伦说，"雷·皮戈特是谁？我是不是……"

凯辛说："我再确认一下，我们不是在聊雷一次行窃，对吗？"

帕斯科笑了笑："霍普古德开车把他送给了老查理·布戈尼，这个小混混，雷，当然知道自己被送去是干吗的，但他不是第一个被喂给查理和他哥们的孩子。这也是霍普古德的工作之一，一直以来都是。"

第六十四章

他们默默地把车开到加油站前面的院子，凯辛的车停在那里："谢谢你。"说完，他准备下车离开。

"等一下。"

加油泵旁没有别的汽车，收款房间的小窗玻璃上布满了蒸汽。

"我需要搞清楚一些事情。"海伦说，"你们在那儿说的到底是怎么一回事？"

凯辛考虑了一下该怎么跟她说，这个烂摊子她已经不需要再参与了，里面也没有她的委托人。"帕斯科在种大麻，"他说，"还有，他也运送大麻，他在冒险走钢丝，皮戈特利用其他人种植和加工大麻，运送毒品。帕斯科说，霍普古德和他的手下们也都参与了，他们是这些罪犯的保护伞。"

"帕斯科为什么要告诉你？"

"他希望我收拾那些皮戈特，作为交换，他告诉我男孩们是怎么得到手表的。"

"那是另一块手表，是更早以前的一块？"

"是的，款式不同。"

"这么说，从一开始就有问题？"

"是的。"

"你相信这个雷·皮戈特的故事吗？"

凯辛看着她，一辆车开了进来，车灯照在她的脸上，他又感受到少年时的悲伤满怀，那种对遥不可及的心上人的痴情。"雷就是个顺手牵羊的主，"他说，"逮着机会就偷嫖客的钱。"

"顺手牵羊？"

"假装搭便车，然后去汽车旅馆，差不多的套路。"

"乔，一年前我还在做企业法工作。"

"没关系，"他说，"这个案子你不需要再做什么了，这个烂摊子交给我们来收拾，本来也是我们自己搞出来的破事。"

"乔。"

"怎么了？"

"你可得了吧，如果不是我逼你去见帕斯科，你也不会知道现在所了解的一切。帕斯科说霍普古德把雷·皮戈特送给布戈尼消遣，还有很多其他男孩，此前没有任何人说过布戈尼的这些事。"

"那是在你的圈子里。"

"什么意思？在我的圈子里？"

"或许你们这些海景大道的精英永远不会谈论这种事，太下流了。"

海伦用两手的第二个指节敲了敲方向盘。"不受那种低级诱惑。"她一字一顿地说。

"我得走了，"凯辛说，"我会再打给你。"

车外阴冷潮湿，笼罩着一层海雾，他把头伸进车里向她道了声谢。

"你的伤还经常疼吗？"海伦说。

"没有了。"

"是嘛，你别想诓我。不管怎么说，我现在住在那里，我们是邻居。要不要来我家喝一杯？我可以用微波炉热一些派对馅饼，我猜你圈子里的人喜欢吃。"

他本来想说，不，谢谢，我不去了。但他看着她的眼睛。"我跟你走。"他说。

"不，"她说，"你在前面，这条路你比我更熟悉。"

通往克里根家宅子的车道两旁立着一棵棵老榆树，很多已经死了，道路是新翻修的，在车灯的照射下泛着微白。凯辛把车停在宅院大门左侧，熄了车灯，海伦停在他旁边，他感到身上有些不适，艰难地下了车。遮在天幕之上的浮云渐渐散开，一轮满月从云层里缓缓探出头来，将银灰的月光洒向世界。他们沿着长长的小路默默走着，踏着新修的木台阶，来到房子前门。

"我住这里还是觉得有点害怕。"她说，"太黑了，又寂静得出奇，搬来这儿可能一开始就是个错误。"

"养条狗，"凯辛说，"再弄把枪。"

他们沿着门廊走进去，她开了灯，这是一个很大的空房间，原来的两三个小房间打通成了这个大的，铺了新地板，房间里只有两把椅子和一张矮桌。

"我还没来得及买家具，"海伦说，"带来的书也还没开箱。"

他跟着她进了厨房。

"燃气灶，冰箱，微波炉，"她说，"这里就只有一些简单的家具，能勉强过夜，外加吃个早餐，还不像个家。"

"那么派对馅饼在这儿吃正合适，"凯辛说，"派对馅饼也不像是家里的食物。"

海伦双手拇指扣在上衣口袋里，仰起下巴。凯辛看到了她喉咙旁纤细的肌腱，他能感觉到自己的心跳。

"饿了吗？"她说。

"你的眼睛，"凯辛说，"是家族遗传吗？"

"我祖母的两个眼睛颜色不一样。"她半转过身去，"在学校的时候，你是个有趣的家伙，我喜欢这个说法，有趣的家伙。"

"事实不是那样，你从来就没注意过我。"

"你看上去对谁都有敌意，对谁都怒目而视，你的眼神现在还是那样，不过你的眼神挺性感的。"

"我的眼神是那样的吗?"

"不要质疑你的天赋。"海伦走过来,双手捧起他的脑袋,深深吻下去,又退了回来,"没什么反应,"她说,"警察第一次约会不会跟对方亲热吗?"

凯辛把手伸进她的大衣里抱着她,深吸一口气,嗅着她的气息,感受着她的肋骨,她比看上去更瘦。凯辛的身体像过了一股电流,打了个激灵:"警察一般不会有第二次约会。"

时间被拉长了,那一刻好像过了很久。

海伦托起凯辛的右手,轻柔地吻了吻,继而又吻上他的唇,领着他一点一点开启阔别已久的感官世界。夜里,他醒了过来,发觉她也醒着。

"你还骑马吗?"他说。

"不了,狠狠摔了一跤,再也不敢骑了。"

"我觉得你应该鼓起勇气,重新上马。"

她轻抚着他的身体:"这是一个建议吗?"

第六十五章

远远就看到了那栋房子，在两排铅笔松中间那条车道的尽头，矗立着它死气沉沉的大门。日沉西山，清冷微弱的暮光穿过树林，凯辛驾车驶过，心中隐约感到不安。

一个身穿深色运动服的瘦弱女人闻声前来应门，脸上纵横的沟壑，满是岁月的沧桑。凯辛说明来意，并出示了警官证。

"到后面去吧，"她说，"他在棚屋里。"

他踏上混凝土铺就的路面，径直向后院走去。这个地方给人的感觉像一座低安全级别的监狱——大院四周立着栅栏，建筑是新粉刷过的，空气中弥漫着那种除草过后的西瓜味道。没有树，没有花，也没有草。

棚屋很大，足够容纳几架轻型飞机，北侧有一扇敞开的推拉门。当凯辛靠近到十米左右的时候，一个男人从里面走了出来。

"斯塔基先生，是吗？"凯辛说。

"有什么事吗？"

他穿着一身干净的蓝色套头工装，里面是一件格子衬衫。那是一个大块头的男人，有些胖，但看起来很结实，脑袋的形状和颜色都像极了一个剥了皮的土豆。

"高级警官凯辛。我们可以谈一谈吗？"

"可以。"他转身又走了进去。

凯辛跟着他进了棚屋。斯塔基太太的厨房应该也是这样干净整洁，他想。电动工具摆放在架子上，两个长条镀锌铁皮工作台，在荧光灯管的照射下反着光。他们身后的钉板上挂着各式各样的工具——活动扳手、固定扳手、钳子、金属剪、钢锯、钢尺、夹子、卡钳——按照尺寸大小排列得整整齐齐。里面还有一大一小两台金属车床，一台钻床，两架台式磨床，一把电锯，一个带有槽和孔的架子，用来放文件、打孔器等其他东西。

棚屋的正中间，绞索式起重机下方的钢制方桌上摆着四台处于不同拆卸阶段的旧发动机。

一个高高瘦瘦的年轻人，穿着和斯塔基一样的衣服，正在台钳旁锉着东西，他看了看凯辛，又低头看向手头的工作，一缕头发向脸庞滑落。

"跟你妈妈聊聊天去，泰伊。"斯塔基说。

泰伊的后裤袋里有块油布，他把它拿出来，仔细擦拭了台面，又走到一个架子前，擦了擦他的锉刀，把它放回原处。

他出去时没有再看凯辛。凯辛望着他离开，他一侧的肩膀比另一侧低，走起路来较低的一侧前倾，身体像螃蟹似的横向晃动。

"你在弄这些引擎？"凯辛说。

"是的，"斯塔基说，他的眼睛像两条窄缝，"布戈尼 & 克罗米公司生产的引擎，我能帮你点什么？"

"你在修理它们？"

"我在重建。这是有史以来最好的引擎。找我有什么事？"

凯辛意识到这里没有地方可坐。"布戈尼先生戴的那块手表，"他问，"你能认出来吗？"

"能，我觉得可以。"

凯辛拿出一张彩色的广告单页，折叠起来的纸上，只露出了那只白表盘的手表，上面有三个小刻度盘。

"是的，就是这个。"斯塔基说。

"那天他戴的就是这块表？"

"每天都戴着它。"

"谢谢,还有几个问题。"

"还有什么问题?是那些土著黑鬼打死了他。"那张冷漠的脸上,一双灰色的眼睛像大理石一样冷冰冰的。

"我们对那个还不是很确定。"

"怎么就不确定了?那个该死的库尔特小崽子是从壶口崖上跳下去游泳的吗?他肯定有罪。"

斯塔基走到门口,啐了一口唾沫,擦了擦嘴,又走了回来,歪着脑袋站在那里,一脸的狐疑。

"你那天晚上在家是吗?"凯辛说,"你和泰伊都在?"

斯塔基眯起眼睛,一脸凶相:"那个问题我已经回答过了,你他妈有毛病吗?"

"到警局来,"凯辛说,"你们两个,带上牙刷,也许用得上。"

斯塔基上下来回地活动着下颌关节。

"认识一个叫霍普古德的警察吗?"他说,"我认识他,伙计。"

凯辛掏出手机,递了过去。"给他打电话。"他说。

"需要的时候我自然会给他打。"

"要我帮你拨吗?来,我替你打给他。"

斯塔基双手插进衣兜里:"我们那天都在家,你可以问我老婆,晚上我们不怎么出去,也就踢球的时候会出去。"

"你还在庄园工作吗?"

"一直到它被卖掉,是的。"

"收入不错的工作,庄园那里。"

"是吗?"

"大概是这一带园丁四倍的薪水,也许五倍吧。"

"我们两个人干。"

"那应该两倍就差不多了。"

"可我他妈干的活也是人家的两倍多啊。"

"你还给他当司机。"

斯塔基抬起他那只大手，在脖子上挠了挠。"我不是他的专职司机，也就是带他去银行、去城里。他后来就不怎么爱开车了。"

"认识一个叫亚瑟·波拉德的人吗？"

"不认识。"

"认识这个男人吗？"他给他看了那张波拉德的脸部特写照片，紧盯着他的眼睛。

"不认识。"

凯辛考虑了一下，决定走温和路线："斯塔基先生，我可以告诉你，我们不认为是那些土著男孩袭击了布戈尼先生。所以，如果你能告诉我你看到或听到的任何事情，任何你可能有的感觉……"

"你们不认为？"

"是的。"

"为什么？"

"有些事情对不上。"

"你们已经指控了那个叫库尔特的，不是吗？"

"我们之前认为他参与了，但那也只是权宜之计。"

"那是什么意思？"

"你听到那件事时是怎么想的？"

有那么一瞬间，斯塔基浑浊的眼睛里闪过一丝什么东西："哦，震惊，就是那样，没错。"

"就这些吗？"

"还能有什么？这附近以前也没发生过这样的事情，不是吗？"

"你喜欢布戈尼先生吗？"

"他挺好的，是的。但我们不至于能走得很近，他和我，你觉得呢？"

"谁会想要伤害他呢？"

"除了那些毛贼？"

"是的。"

"那我不知道。"

"最近有什么可疑的来访者找布戈尼先生吗？除了他的继女？"

"没有，反正我没见过。"

"这件事之前，庄园有过入室盗窃的情况吗？"

"我在那儿工作的这么些年没有过，以前丢过一些马匹，盗贼切断了围栏，从下面的围场偷了三匹马。警察那里应该有记录，没有吗？"

"有人报案才会有。"

"怎么会没人报案？"

"克雷克，你跟他相处得怎么样？"

斯塔基耸了耸肩："还行，他对庄园的工作安排有自己的想法，我都会照着办。"

"他帮布戈尼烧过窑炉，是吗？"

"我对那个没什么印象。"

"你以前在童子军营地工作过。"

斯塔基又挠了挠头，眼神有些游移不定，避开了凯辛的眼睛。"那是很久以前了。"他说。

"这么说来，你在营地时就认识克雷克了？"

"没错，他那时是老板。"

"你在那儿做什么工作？"

"做维护，偶尔当当橄榄球教练，教孩子们一些基本规则。"

"营地失火那晚你也在那儿？"

那双大手连忙挥了挥："没有，我那晚在蒙罗港的酒吧。"

"跟我说说，那天你开车送他去城里，你们都去哪儿了？"

"雷利街的那套公寓，从那儿，他又叫出租车去了别的地方。"

"你在哪儿过的夜？"

"圣基尔达那边的旅店，盖丁旅店。"

凯辛走到引擎旁边。"这是台发电机？"他问道。

"1956 年造的，比你现在能买到的任何一台发电机都要好。"

"你在这儿有多少土地？"

"三十亩。"

"种地吗？"

"不种，我把房子建在了中间，不想听到邻居的声音，现在那个唯一的浑蛋邻居还在抱怨引擎的噪音。"

"好吧，"凯辛说，"告诉他，停电的时候，你可以帮他供电。我倒是能用得上发电机，卖吗？"

"不卖，这不是做生意，"斯塔基说，"我只是在重建我爷爷和爸爸做的那几台，数字下面有他们自己名字的缩写。"

"你怎么找到它们的？"

"打广告，在昆士兰，西澳洲，还有北边的地区。我让拍卖商关注甩卖之类的消息，刚在斐济发现了一台，锈得厉害，把它带回家得花些钱。"

"你找到了四台？"

"十三台，其他的在另一间棚屋里。"

"打算什么时候停下来？"

"停下来？"

"停止收集它们。"

"我不会停下来。"

再问为什么也没有意义。大多数时候，"为什么"是个没用的问题，答案要么太明显，要么太复杂难懂。凯辛寻找着引擎上的编号："开车送布戈尼去过北墨尔本的房子吗？"

"北……没有，只带他去了雷利街。"

坚硬的堡垒上出现了一道裂缝，一条发丝般的缝隙。他没有看斯塔基："北墨尔本的一个礼堂，你开车送他去过那儿的。"

"一个礼堂？我只去过雷利街。"

"道德陪伴组织总部的礼堂，你知道的，别跟我胡扯，斯塔基先生。"

"没有，我不知道你在说什么。"

凯辛走到另一台引擎旁边，这是些简单的机器，他也许能学着修理一台，说不定比做一碗好汤还要容易："你父亲，他们把工厂卖了，他应该很生气吧。"

沉默。斯塔基咳嗽了一声，身体一下子失去了平衡："他从来没说过什么，我妈告诉我的。"

"他后来做了什么？"

"什么也没做，薪水还没付清他就死了，脑袋出了严重问题。"

"那真让人难过。"凯辛没有看他，"我来告诉你什么是严重的脑袋问题，斯塔基先生。跟我扯谎，这是个非常严重的脑袋问题，跟我说说那个礼堂。"

"我不知道什么礼堂。"

"我需要跟泰伊谈一谈，"凯辛说，"单独跟他谈。"

"为什么？"

"他可能看到过，或是听到过些什么。"

斯塔基盯着凯辛："他什么也不会知道，伙计，他一直跟在我身边。"

凯辛耸了耸肩："我们走着瞧。"

"听着，"说这话的时候，斯塔基的声音变了，"那孩子不是特别聪明，他很小的时候摔过一次，他妈抱着他，摔在盖子上，这小浑蛋脑子摔坏了，在学校什么也学不会。"

"把他叫过来。"

斯塔基挠了挠头皮，动作急切而缓慢，能看得出他的焦急。"就算帮我个忙，伙计。"他说，"别叫他过来了，他会做噩梦，晚上会尖叫。"

凯辛感觉到这是关键时刻，他能看到斯塔基的恐惧："这还真是难办，你把他喊过来吧！"

"伙计，求你了。"

"叫他来。"

"我要给霍普古德打个电话。"

"听着，斯塔基，"凯辛说，"霍普古德保护不了你，这是城里负责的案子。现在，因为你太他妈碍手碍脚了，我不想在这里跟泰伊谈话，也不会在蒙罗港的警局跟他谈，我会带他去墨尔本。给他带上牙刷、睡衣和几块饼干。他喜欢什么样的饼干？"

他从斯塔基的眼睛里看到了怨恨，看到了那闪动着的纯粹的畏惧，畏惧和恐慌。

"不能那么做，伙计，我求你了，拜托，我求你……"

"北墨尔本，科利特街的那栋房子，你开车送他去过那里吧？"

"不，我没有，你得……"

"你在浪费我的时间，我该出发去墨尔本了。告诉我真相，不然就去找泰伊，现在。"

斯塔基环视了一下棚屋，好像那问题的答案就写在墙上，他可以把答案读出来："好吧，我送他去过。"

"最后一次是什么时间？"

"五六年前，我不确定。"

"多少次？"

"不多。"

"每次都是你带他去墨尔本吗？"

"我想是的。"

"那是多久去一次？"

斯塔基咽了口唾沫："一年四五次。"

"那个礼堂呢？你了解多少？"

"我真不知道那个礼堂在哪儿。"

凯辛从这个大块头男人的声音里捕捉到了一个小声音。

他拿出了那张波拉德的脸部特写照片，但没有给他看："我再问你一遍，你认识这个男人吗？"

"我认识他。"

"他叫什么名字？"

"亚瑟·波拉德，他以前经常来营地。"

"你对他还有哪些了解？"

"他住在科利特街，我在那儿见过他。"

凯辛走到工作台前，伸出一根手指摸了摸泰伊刚才锉的那块铁板，它应该是某种东西的一部分。"波拉德是个变态，"他说，"你知道的吧？他喜欢男孩，小男孩，鸡奸他们，还有其他罪行，很多其他事情，我告诉你。你是知道的，对吗，斯塔基先生？"

一阵沉默，凯辛没有看向斯塔基："你没把自己的儿子也送到科利特街吧，斯塔基先生？你把他也献给波拉德了？"

"我会杀了你。"斯塔基一字一顿地说，声音低沉，眼里似乎要冒出火来，"你要是敢再说一遍，我他妈现在就杀了你。"

凯辛转过身："跟我说说布戈尼吧。"

斯塔基一只手按住胸口，脸庞瞬间变成了橙色，他试图控制自己的呼吸："我什么都没看到过，什么都没有，你放过我吧，我什么都没看到过。"

"那个礼堂呢？"

"我就去过一次，拿了很多东西，文件什么的，他让我烧掉它们。"

"布戈尼吗？"

"是的。"

"那你是在哪儿烧的它们？"

"那儿没有地方烧，我就把东西带回这里来烧了。"

"爸爸。"

泰伊站在门口，下巴紧贴着胸口，透过一绺搭在鼻梁上的浅色发丝，看向他的父亲，眼神怯懦。

"怎么了？"

"妈妈问要不要喝茶。"

"让她去泡吧，孩子。"

泰伊听话地离开了，凯辛走到门口，似是想到了些什么，又转过身对斯塔基交代道："这些天你哪儿也别去，"他说，"我们还有很多东西要向你了解。还有，不要向任何人提起我们今天的谈话。如果你敢去找那该死的霍普古德，或是去找任何人，我肯定会回来带走你和泰伊的。你们俩会在墨尔本的看守所里待到烂掉，你们不会被关押在一起。他跟那群兽交的变态关在一起，你也一样。"

"那些东西我没烧掉。"斯塔基低声说道。

第六十六章

　　凯辛坐在桌子旁，仔细翻看着斯塔基那个纸箱里的东西，半小时后，他在里面找到了一张从《克罗马迪先驱报》上剪下来的旧照片。那一页报纸页眉上的日期是 1977 年 8 月 12 日。

　　配图上方有一行小字，如是写道：

　　都市男孩畅享乡间清新的空气

下面还有一小段说明：

　　周六上午，在对阵圣斯蒂芬队的十五岁以下青年队比赛中，北克罗马迪队球星前中锋罗伯·斯塔基在中场阶段火力全开，点燃了整个童子军营的热情。感谢道德陪伴公司的赞助，都市男孩们在蒙罗港的营地拥有了他们渴求的假期，虽然最终以 43 比 167 的比分败北，但是没关系，重要的是他们在凉爽的空气中跑了个痛快。

在这张黑白照片中，男孩们穿着沾满泥污的白色短裤和黑色橄榄球套头衫，对面站着一个高个子男人，他横抱着球，正说着什么。男孩们清一色茶壶盖式的发型，后面和两侧的头发剪得很短，正在分吃一盘切成四瓣的橙子。看得出来橙子很酸，离镜头最近的那个男孩紧闭着眼睛，五官都皱在了一起。

照片的背景里是观众，除了两个女的全是男人，穿着厚厚的衣服抵御着严寒。最右边是两个穿着大衣的男人，身前站着一个小男孩，两个男人抽着烟。凯辛从桌旁站起身，把剪报拿到窗前，借着落日的余晖仔细观看。他在庄园的照片里见过中间那个穿着驼绒大衣的男人，是查尔斯·布戈尼，他有着纤长的手指。坐在他右边的应该是珀西·克雷克——那人留着小胡子。

凯辛看了看其他观众：中年男人，戴着头巾的尖鼻子女人，一位正在大笑的女人，判断不出年龄。布戈尼身后的那张脸转开了，是位年轻人，向后梳的短发，这人看起来有些特别。

站在他们身前的那个男孩是跟布戈尼和克雷克一起的吗？他眉头紧皱，似乎是在看照相机。凯辛总觉得那张小脸像是在向他诉说着些什么。他闭上眼睛，画廊里坐在他对面的艾瑞卡·布戈尼出现在他的眼前。

詹姆斯·布戈尼，那个神情忧郁的男孩可能是被淹死的杰米，艾瑞卡的弟弟，布戈尼的继子。

凯辛走回桌前，在那堆报纸里寻找其他照片。在一个文件夹里，他发现了十几张 8×10 英寸的照片，它们看上去都差不多：三排男孩，每排九到十个孩子，个子高的站在后面，前排的单膝跪地。他们穿着背心和深色短裤，脚穿短袜和网球鞋。每张照片里都有那个留着小胡子的男人，穿着打扮与男孩们一样，站在右边。他双臂交叉，拳头抵在腋窝下方，抱着膀子，腿上毛发旺盛，大腿粗壮，小腿肌肉发达。左边站着另外两个穿运动服的人，其中那个矮胖的男人，戴着眼镜，肤色很深，所有的照片里都有他。另一个又高又瘦，长鼻子，在五六张照片里出现过。

他翻过来看其中一张照片的背面，上面写着：1979 年童子军营留念。

潦草的铅笔字迹记录着名字：后排，中间，前排，左边：珀西·克雷克先生；右边：罗宾·邦尼先生，邓肯·瓦林斯先生。

瓦林斯是那个高个子，邦尼是长得又黑又壮的那个。

凯辛寻找那个熟悉的名字，在 1977 年照片的背面看到了。

戴维·文森特站在中间那排。他是一个瘦骨嶙峋、面色苍白的男孩，长长的脖子，喉结和肩峰清晰可见。他把头略微转开，表情看上去很焦虑，似乎在担心摄影师会对他造成身体上的伤害。

凯辛仔细看了其他名字，找到对应的脸，他把视线转向别处，想了想，拿起电话，开始拨号。听着等待接听的铃声，他闭上了眼睛，戴维·文森特的脸浮现在眼前。他给墨尔本方面打电话，过了很久特蕾茜才接通电话。

"帮我查两个人，"他说，"罗宾·邦尼，邓肯·瓦林斯。感谢的话我就不多说了。"

"你们简直是辛戈的翻版，"她说，"你和老大，有人跟你们那样说过吗？"

"有人跟我说，我长得像年轻时的克林特·伊斯特伍德，你觉得像吗？"

"'我就不多说了'，下回你再来这儿，能不能跟我好好说话？别跟我敷衍一声就算完事了。"

一只狗从沙发上抬起身来，爪子懒洋洋地伸到地板上，屁股高高撅起，伸了个懒腰。另一只狗也学着样子，却是一脸的不情愿。

"上次我太忙了。"凯辛说，"不好意思。还跟那个到处旅行的家伙在一起过呢？"

"没有，离了。"

"这样才对，把那些垃圾都丢掉，继续往前走。下回我去那边的时候，咱们深入了解彼此，血型之类的。"

"我很期待啊！这边找到一个叫罗宾·格雷·邦尼的，五十七岁，是你要找的人不？"

"有点像。"

"以前做过社工，有娈童前科。被以两项罪名指控，判了缓刑，后来判了六年，蹲了四年。"

"越来越像了。"

"嗯,他死了,身体多处刺伤,死前被阉割过,肢解折磨后被勒死。案发地点在悉尼西郊,马瑞威尔。那是,天哪,那也就是两天前的事,凶手还没落网。"

凯辛试着向前做伸展运动,肩胛骨逐渐打开,感觉全身的肌肉都在抗拒。

"找到了。"特蕾茜说,"邓肯·格兰特·瓦林斯,五十三岁,布里斯班刚毅谷区的圣公会牧师,但那是 1994 年的事情。有变童前科,1987 年被判缓刑,1994 年至 1995 年坐了一年牢,我想他现在应该是一位前牧师了。"

"你为什么会那样想? 特蕾茜,听好,三件事情。邦尼尸检的所有细节信息,特别是阉割;第二,关于瓦林斯,请布里斯班方面查一下他的具体地址,注意不要惊扰到他本人;第三,告诉达夫,我们需要 1983 年蒙罗港童子军营地火灾的尸检报告。"

他站在窗前,晚霞像一条条从天而降的粉红色缎带,散落在已然沉入夜色的山顶。

跟火灾那晚一样,双重悲剧。

塞西莉·艾迪森的话在凯辛的耳边响起,发生火灾的那天晚上,布戈尼的太太从楼梯上摔了下来,死因归咎于镇静剂。

"想到这儿,"他说,"我可能会去趟城里,帮我跟老板打个招呼,可以吗?"

"我会告诉这栋楼里所有想念你的人。达夫要跟你通话,想和他谈谈吗?"

"不想,但不管怎么样,还是接过来吧。"

待机嘀嘀声。

"你好啊,"达夫说,"关于布戈尼的重案报警记录,你看过了吗?"

"我怎么会看过?"

"我想也没有人看过。电视节目播出布戈尼遇袭的那天晚上，一个女人打来电话。她看到了些什么，就立刻打了电话，莫伊拉·莱德劳夫人。她的原话是，我建议你们调查一下杰米·布戈尼。"

"就这样？"

"就这样。"

"好吧，可是杰米已经死了，在塔斯马尼亚淹死了。"

"在塔斯马尼亚有很多死法，不一定是溺水淹死的，但我觉得这值得嗅一嗅。这么说对吗？嗅一嗅？闻一闻？"

"你跟他谈过了？"

"我是十分钟前看到这条消息的，给你打了电话，你那边占线。"

"全面调查一下死去的杰米，其他信息特蕾茜会详细告诉你，我们明天见。"

凯辛明白，他应该马上行动，跟维拉尼说明情况，立即上车出发，但他知道自己不会那样做。现在着急又有什么用呢？

第六十七章

"我看得非常清楚，就是他。"老妇人用干涩的声音笃定地说道，"那天，我正要过图拉克路口，红灯亮了，一辆车停了下来。不知怎么的，我扭头向车里看了一眼，杰米坐在副驾驶座位上。"

"你很了解他吗，莱德劳太太。"凯辛问。

"当然，他是我外甥，我姐姐的孩子。他还跟我们一起生活过一段时间。"

"好的，你是什么时候看到他的？"

"大概六周前，一个周五。每周五我都会跟朋友一起去逛街吃午饭。"

刚刚过了下午四点，但从客厅望出去，凯辛感觉天好像快黑了，外面的光线很暗，法式玻璃门外挂着一道细树枝，一排饱满的水珠正欲滴落。"大家都说杰米1993年在塔斯马尼亚溺水淹死了，这你知道吧？"他说。

"知道。可是，很明显他没死，因为我在图拉克路看到他了。"

凯辛看了看达夫，交换了眼色：没有必要再质疑莱德劳太太这次目击的真实性了。

"请问，您为什么会觉得他继父遇袭的案子，我们应该好好调查杰米呢？"达夫问。

"因为他还活着，并且他也有能力这么做，他恨查尔斯·布戈尼。"

"为什么会恨他？"

"我也不知道，问问艾瑞卡。"她转过头去，灯光下，她的短发看上去闪闪发亮。

"您最后一次见到杰米是什么时候？"达夫问，"我的意思是，在图拉克路偶遇他之前。"

"他来参加我丈夫的葬礼，在教堂出现过，天知道他是从哪儿得到的消息。除了艾瑞卡，他从不跟任何人说话，跟他继父也是一句话都不说。"

"他很爱戴您的丈夫吗？"凯辛问。

她从自己的羊毛衫上往下摘着什么，但其实那上面什么也没有："没有，我丈夫肯定是不喜欢他的。"

"为什么会那样？"

"他不喜欢他。"

凯辛等着她往下说，但她似乎并不打算再多说什么。"他为什么不喜欢他，莱德劳太太？"他又问了一遍。

她低下头，一只鸽灰色的猫走进了房间，抵靠在她的右腿上，亲昵地蹭着她，那猫盯着凯辛，它的眼睛是死灰色的："我丈夫永远都不会忘记他侄子的死，马克十岁的时候在游泳池里淹死了，当时杰米在场，除了他没有别人。"

"有人怀疑是杰米干的吗？"

"没有人说过什么。"

"但是您丈夫认为是他干的？"

她看着凯辛，眨了眨眼睛："杰米比马克大三岁，你觉得呢？"

凯辛感觉到那只皮毛丝滑的猫绕过了自己的脚踝："那重要吗？"

"他应该看好马克的，我们都非常爱马克，他从六岁开始就跟我们在一起，对我们来说，他就像是亲生儿子一样。"

"我明白了。杰米参加了您丈夫的葬礼？"

"是的，也不知道从哪儿冒出来的，穿得像个玩摇滚乐的嬉皮士。"

"那是什么时候？"

"1996 年，1996 年 5 月 12 日，他第二天就来了。"

"他来干吗的？"

"他想要一张马克的照片，他问能不能给他一张，他也知道那些照片放在哪儿，知道我们存放马克东西的地方。他说他一直把马克当成自己的兄弟。坦白讲，我觉得非常难以置信。"

"你后来就没再见过他了？"

"没有，直到在图拉克路看到他。你们要不要来杯茶？我去烹茶。"

"不用麻烦了，莱德劳太太，谢谢。"达夫说，"杰米跟你们在一起住过多长时间？"

她摘下眼镜，轻轻揉了揉泛红的眼角，又重新戴上："也没有很长，不到两年。他上学那会儿，不再寄宿了，就来我们这儿住过，是他继父要求我们收留他的。"

"是住在这里吗？"

"这里？"

"你们那时就住在这所房子里吗？"凯辛问。

莱德劳太太看着他，好像这是一个不可思议的问题似的。"我们一直都住在这里，我在这里长大，我的祖父母修建了这栋房子。"

"杰米毕业以后……"

"他压根儿就没读完，中途离开了。"

"他离开了学校？"

"是的，并且他也离开了这里，那时他刚读到十一年级，突然有一天就离开了。"

"他去哪儿了？"

"我不知道，有一次艾瑞卡跟我说他在昆士兰。"

过道里的电话铃响了。

"失陪一下。"

凯辛和达夫跟她一起站了起来，她缓缓地朝门口走去，凯辛走到法式玻璃门旁，看着外面的花园，还有那些光秃秃的大树——一棵橡树，一棵榆树，还有一棵他认不出来的树。地上的落叶没有被清理过，松松散散地浮在潮湿的雨水中，一道倾斜的挡土墙，砖块已经松动了，不久后它就会坍塌，蜗居在墙里的虫子们快要得见天日了。

"这些慈善电话，"莱德劳太太说，"我真的不知道该跟他们说些什么，他们听起来如此和善。"

她回到椅子旁坐下，那只猫一下子跳到了她的腿上。

凯辛和达夫也坐了下来。

"莱德劳太太，杰米为什么不在学校寄宿了呢？"凯辛说。

"具体细节我也不是很清楚，学校应该能给你们答案，我想。"

"那他离开这里是什么原因呢？"

"这个问题你们也可以去学校问问，要是我说他的离开对我们来说不是一个巨大的解脱，那不是心里话。"

她抚摸着那只猫，看着它："杰米是个很奇怪的孩子，他非常依恋他的妈妈，我觉得他一直没能从他妈妈死去的阴影中走出来。但他还有一些别的地方不太对劲儿……"

"怎么说？"

"他沉默寡言，一直在观察周围的人和事，也不知是怎么的，总是一副战战兢兢的样子，就好像你随时都有可能伤害他似的，然后他就会去做那些可怕的事情。有一次，他从学校来我们这儿过周末，他自己做了一套弓箭，射中了隔壁家的猫，弓箭直接穿透了那只猫的眼睛，他说那只是一个意外。但是不远处的马路上有一只狗被点火烧着了，我们都知道是杰米干的。他还把马克的虎皮鹦鹉给淹死了，连带笼子一起扔进了游泳池。"

她把目光从凯辛身上转到了达夫那里："他过去常看我丈夫的医书，他会坐在书房的地板上看那些解剖学的书籍，连着看好几小时。"

"您认识他可能会联系的人吗？"凯辛问。

她又低下头去，轻柔地抚摩着那只猫："不认识，他在学校的时候有个好朋友，那也是一个问题男孩，他们应该把他开除了吧，我猜。"

"他当时上的是哪一所学校，莱德劳太太？"

"圣保罗学校，布戈尼家族的所有人都在圣保罗学校上学，他们给那里捐了不少钱。"

"您刚刚说，他恨查尔斯·布戈尼？"

"是的，直到我建议他回去跟查尔斯一起过一个假期，我才知道他有多恨他。他的假期都是在这里过的，听到我那个建议，他直接一头向前门上撞了过去，完全是绝望的，他坐在地板上，歇斯底里地大叫，不，不，不，一遍一遍地大叫。他的头皮缝了十六针，就是这样。"

"感谢您的配合，莱德劳太太。"

"你跟我想的不一样。"她看着达夫。

"我们这里有各种各样的警员。"凯辛打趣道。

她笑着看向达夫，那是一种满含爱意的笑，像是她认识他，对他很有好感。

他们穿过檐廊向前门走去。凯辛转过头对她说："莱德劳太太，我想问一下您，在图拉克路看到的那个男人，您有过丝毫怀疑吗？有没有可能那并不是杰米？"

"毫无疑问。我脑子完全清醒，而且我还戴着眼镜，那就是杰米。"

"您跟艾瑞卡说过您见到他了吗？"

"说了，我一到家就给她打电话了。"

"她怎么说？"

"她并没有说什么。是的，亲爱的，就是那样。"

他们沿着光秃秃的砾石小径，通过人行道向警车走去，细密的小雨帘幕似的打在他们身上。排水沟里的雨水如注般汩汩地流动，载着冬雨打下的落叶、树枝和橡果，穿过有些阴暗的渠道，它们会在某个地方跟肮脏的城市垃圾汇合，然后一起流进冰冷的石板湾。

快走到汽车那里的时候，一个念头从凯辛的脑中闪过。"我一会儿就回来。"他说。

莱德劳太太打开门，就好像她一直站在门口等他似的。

他问了她那个问题。

"马克·金士顿·登比。"她说，"问这个干什么？"

"只是做个记录。"

回到车里，凯辛交代达夫："去学校，查查他那个被开除的朋友。"

第六十八章

那位副校长五十来岁，穿着灰色西服套装，身材健硕，皮肤晒得黝黑，看上去像个越野滑雪运动员。"学校有规定，我们不能披露学生或员工的任何信息，无论是过去的还是现在的。"他微笑着说道，露出一口洁白的牙齿。

"沃特森先生，"凯辛说，"如果您不配合，我们不敢保证不会毁了您的整个夜晚，我们会在一小时之内带着搜查令和一辆卡车回来，带走您所有的文件。谁知道呢，媒体可能也会跟来，这个时代没有任何秘密可言。然后，圣保罗学校将成为今晚电视新闻的焦点。学生家长会喜欢的，我肯定。"

沃特森挠了挠自己的脸颊，肉色的指甲修剪得方方正正的，他戴了一只铜制的手镯。"我需要咨询一下，"他说，"请给我几分钟时间。"

达夫走到那间办公室的窗前。"黄昏后的操场，"他说，"看上去像在英国。"

凯辛翻了翻副校长桌上的书，看上去都是企业管理相关的书籍。"我们把这个案子搞砸了。"他说，"太糟糕了，我很庆幸辛戈没有看到这一幕。"

"感谢老天，是我们俩。"达夫说，"想象一下，如果整件事情都是你一个人搞砸的，那会怎么样？虽然基本上都是你搞的。"

门开了。"请跟我来，先生们。"沃特森说，"我已经把我们的律师从回家的路上请回来了，她每周在这里工作两天。"

他们沿着过道向里走，来到一个木板条装饰的大房间。

一位黑头发、穿着细条纹西装的女人坐在一张至少能坐下二十人的桌子前面。

"路易斯·卡特，"沃特森介绍道，"凯辛警探和达夫警探。请坐，先生们。"

他们坐了下来，卡特依次打量着他们。

"这所学校一直小心翼翼地保护着学生的隐私。"她说。她约莫五十岁年纪，一张长脸，眼睛周围的皮肤紧绷着，看上去有些紧张。"除非学生家长或学生家庭成员相关的人要求我们提供信息，否则我们不会同意任何人的要求，即使他们具备提出这样要求的资格。而且，即便满足条件，我们仍保留对任何请求行使我们自己判断的权利。"

"你把这些话写在手上了。"达夫说，"我看见你往下看来着。"

她并不觉得好笑，依旧一脸严肃。

"我们要查的这个学生家庭有重大问题。"凯辛说，"你同意还是不同意？我们在赶时间。"

卡特抿了抿嘴："你们不能这样欺负圣保罗学校，警探。或许你们还没意识到它在这座城市中的地位。"

"我根本就不在乎那些，我们能搞定这个地方的所有关系，一小时之内，相信我。"

她目不转睛地看着他："关于这些学生，您想了解些什么？"

"为什么不允许杰米·布戈尼继续寄宿，他在这里的朋友是谁，还有，那位同学为什么被驱逐出校？"

她摇头以示拒绝："这不可能，请您理解一下布戈尼家族跟这所学校之间保持的长期紧密的联系，我恐怕我们不能……"

"别抱有侥幸心理。"凯辛说，"我们很快就会回来，你大概很想惹上麻烦吧，你很快就会上电视的。"

凯辛和达夫站起身来，作势要走。

"等一下。"沃特森说，他站起身来，"我想我们能满足这个要求。"他离开了房间，那个女人跟在他后面，高跟鞋咔嗒咔嗒地响着。他们在外面进行了短暂的交谈，她回来后在一扇窗前站了一小会儿，然后坐了下来，一阵沉默后，她咳了一声开始讲话："我是不是在电视上见过你们两个？"

凯辛的眼睛紧盯着对面墙上的那幅大挂画，这是一张现代流派的线条画，灰色和棕色的竖线条。这让他想起了伯恩穿过的一件竖条纹的毛衣，那是一个年纪很大的亲戚给他织的，是个注意形象的人都会立刻把它丢进垃圾堆。

有那么一瞬间，他不希望彻底毁掉在这个女人心中的印象。

"你的确可能见过我。"达夫说，"我是一个便衣警察，我有时候会留胡子。"

沃特森走了进来，他把两个黄色的文件夹放到桌子上，坐了下来，"我会回答你们问的所有问题。"他说，看上去有点商务谈判的意思，"你们随时可以提问。"

那个女人见状，小声嘀咕道："大卫，我们可不可以……"

"詹姆斯·布戈尼和一个叫贾斯汀·费舍尔的男孩在同一个班级，同一间寄宿公寓里。"沃特森说。

他看向那个女人，又看了看凯辛："我不得不这样说，我认为杰米是个有严重问题的年轻人，而贾斯汀·费舍尔是我三十六年教育生涯中遇到过的最危险的男孩。"

律师向前倾身："大卫，这种坦率是完全没有必要的，我可以……"

"发生了什么？"凯辛说。

"他们做过很多事，曾被怀疑制造了两起纵火案，一次烧毁了一个体育用品店，另一次则是点着了寄宿公寓。"

"大卫，拜托！"

"这需要警方介入了。"凯辛说。

"警察来了，当然。"沃特森说，"但我们没有把自己的推测告诉他们，他们什么也没发现。我们通知了杰米的继父，让他把他从寄宿学校带走，这样做就是为了把他们两人分开。"

律师举起双手："现在可能应该……"

"现在回想起来，"沃特森说，"我们当时真应该把一切都告诉警察，然后把两个学生都开除，事情像那样发展才对。"

那个女人赶紧抢过话茬："大卫，在你说出下一个字之前，我必须坚持，咱们跟校长商量一下。"

沃特森没有看她，他的眼睛始终盯着凯辛。"路易斯，"他说，"校长有着像波尔布特①一样的道德感，我们现在不要再加重之前的残暴判断了。"

从这个晒得黝黑的人的眼睛里，凯辛看到了他从那些认罪悔过的谋杀犯眼中看到的释然。"请继续。"他说。他现在有了那种感觉，就好像心里一直痒痒的，突然打了个喷嚏，一切都畅快了。

"布戈尼离开寄宿学校后，"沃特森说，"当地就发生了篱笆着火的案件，三四起，我不记得了。后来在普拉兰②，一个七八岁的男孩被两个十几岁的男孩带到一个僻静的地方，蹂躏折磨。那件事无法用语言来形容，过程短暂，那男孩也没有受到严重伤害，但那是一种折磨，是虐待。我们的一个学生来找我们，他是寄宿生。他说案发时间他在现场附近看到过布戈尼和费舍尔。"

"你告诉警察了？"

"我们当时没有那样做，这是我们永远的耻辱。"

"你们没有让这个学生去报警？"

---

① 柬埔寨极左主义者，发动了红色高棉大屠杀。——译者注
② 墨尔本近郊。——译者注

"大卫，"那个女人说，"我现在必须提醒你……"

"他本来想那么做的，但是被劝阻了。"沃特森说，"按照校长的指示，我劝阻了他。"

"这跟告诉他不要去做，是一个概念吗？"达夫问，"被劝阻？"

"很接近，"沃特森说，"然后我们就开除了布戈尼和费舍尔，就在那一天。那是我们跟这两个人打交道以来做过唯一正确的事。"

"我想从这边带走一些文件的复印件，可以吗？"凯辛问。

"这些就是复印件。"沃特森说，他从桌子上把它们推到他们面前。

"谢谢你。"凯辛说。他站起身，由衷地握了握沃特森的手，他没有看向那名律师："我认为，在接下来的调查中，没有必要再提及这所学校了。"

走下石阶时，凯辛打开了其中一份文件。"打给特蕾茜。"他对达夫说。在门厅里，达夫把拨通的手机递给了他。

"特蕾茜，我是乔，现在有一件重中之重的事要处理，撇下手头的一切事宜，对一个叫贾斯汀·大卫·费舍尔的人展开全面调查。名字里的拼写是S-C-H-E-R，他留的最近的地址是一个婶婶家，K.L. 费舍尔太太。艾伯特公园亨顿街 19 号，让伯克①看看是否能追踪到这个信息。"

"我们这边对杰米·布戈尼的调查结果，还有对童子军营地火灾的调查结果都出来了，菲纽肯在整理。"

"叫他打给我，好吗？"

"布里斯班方面找到了邓肯·格兰特·瓦林斯的地址，但他两年前离开了那里，他们没有更近的消息了。"

"鸡奸犯！"

"邻居说，上周有个家伙在找他，那人长头发，留着胡子，当时车里还有另外一个人。"

---

① 伯克茨的昵称。——译者注

　　沉沉的暮色中，他们开车缓慢地行驶在砾石车道上，传来一阵阵嘎吱嘎吱的声响。穿着绿色运动上衣和灰色法兰绒裤子的男孩们沿着他们右边的小道走了过来，最前面的那个面色苍白的孩子，正在吃盒子里的薯片。后面的一个男孩突然伸出胳膊扣住了他的脖子，把那孩子往后拖，另一个从旁经过的男孩，漫不经心地拿走了那盒薯片，好像什么事情也没发生一样，继续往前走，拿出一片薯片塞进了自己的嘴里。

　　"十年级的抢劫课，"达夫说，"正在野外演练。"

第六十九章

"查到什么信息了？"凯辛接过电话问道，他们停在图拉克路口的信号灯处。三个金发女人正在穿过马路，头发湿漉漉的，没化妆，面色红润，看起来刚刚上完健身课。

"我敢打赌，"达夫说，"这些东西就是老天送来考验我们的。"

"从没参加过选举，"菲纽肯说，"从没注册过医疗保险，也没领过失业救济金，什么记录都没有。1989 年在达尔文地区领了驾驶执照，这个你会在资料袋里看到。然后他就开始到处流窜，在凯恩斯有些轻微毒品问题，在考夫港袭击了一名十二岁小孩之后被逮捕，但没被起诉。1986 年在悉尼因为公园故意伤害案被判缓刑，受害者十六岁。1987 年在悉尼携带海洛因，1990 年在墨尔本因严重入室盗窃被判了两年。"

交通灯变绿了，一位身材矮小的驼背老妇人低着头，穿着透明的塑料雨衣，完全没有向左右看路，推着一架类似婴儿车的自制手推车自顾自地走进了路口。

"像哥伦布一样勇敢无畏。"达夫说，"她还真是什么都不在乎啊。"

他们身后的汽车在按喇叭，长长的两声。

达夫耐心等着，直到那位老人安全通过，他才缓慢地启动，控制着速度，这显然是一种挑衅行为。

"继续。"凯辛说。

"差不多就是这样，杰米是 1992 年出狱的，1993 年他被认为淹死在塔斯马尼亚。"

凯辛说："菲恩，特蕾茜正在查这个叫费舍尔的家伙，你拿到信息后，立刻打给我，好吗？她还在查一个叫邓肯·格兰特·瓦林斯的，是个变童犯，前圣公会牧师，地址不详，查查看他在不在咱们的系统里，再查一下看看教会有没有他的信息。告诉教会的唱诗班男孩们好好配合警方调查，否则让他们上媒体，今晚七点半新闻播报。"

"好的，老板。"

"还有件事，试试马克·金士顿·登比这个名字，如果查到什么信息，立刻打电话给达夫。"

"好的，老板。"

凯辛闭上眼睛，脑海中浮现出了海伦·卡斯尔曼的胴体，她是那样光滑，赤裸缠绵和性爱改变了一切，连熏肉、洋葱和西红柿三明治也不再是原来的味道了。

"去哪儿？"达夫问。

"皇后街，知道吗？"

"把地图存在脑子里，这是我做的第一件事。"

"那你有退路了，以后可以去开出租车，可能迟早会的。"

在皇后街，达夫说："考虑到我可能有点像……"

"就是这儿，"凯辛说，"停在那里，我去跟艾瑞卡·布戈尼谈一谈。"

"今天是不是有点太晚了？"

"她是一名律师，他们不会这么早回家的。"

凯辛开门准备下车，达夫的手机响了，他停下动作等他接听电话，达夫竖起一根手指。"我把电话给他。"说着，他把电话递给了凯辛。

"老板，我联系上了这个教会的家伙，他痛快地给了我邓肯·格兰特·瓦林斯的住址。"菲纽肯说,"他住在埃森登①的一个地方,叫圣艾丹男孩之家。那里已经关闭了,但他说,有时候教会里有需要的人也会待在那里。"

"需要什么?"凯辛说,"那地方地址是什么?"

夜幕降临了,雨水模糊了灯光,街道两旁的树嗒嗒地滴着水,人行道上走过一群穿着黑色棉衣的行人,在夜色的掩护下,只能看到一张张冻得苍白的面孔。

"还有那个马克·金士顿·登比,也找到了,九周前从监狱出来,持枪抢劫判了六年,这里还有一个共同被告。"

"谁?"

"一个叫贾斯汀·费舍尔的。"菲纽肯说,"两人刑期一样。"

凯辛想打电话给维拉尼,但改变了主意,他把地址告诉了达夫。

---

① Essendon,西墨尔本市区。——译者注

第七十章

车前灯照亮了一扇双开大门和两旁的立柱：华丽的铸铁门足有两米高，以前上过的漆变成了暗红色，漆面有些剥落。门后是一条车道，灯光把大门的阴影投射在杂乱的植被上。

"如果这个浑蛋在家的话，我们就对他进行保护性拘留。"凯辛说。现在，他感到疼痛爬满了整个身躯，强烈的痛感正向他的大腿蔓延。

达夫熄了发动机，关了车灯。这里的街道很暗，最近的路灯在路对面约莫五十米远的地方。他们下了车，走进寒冷的冬夜，雨停了有一段时间了。

"我们现在要做什么？"达夫问。

"去敲门，"凯辛说，"还能怎么办？"

他试着推了推大门，伸进一只手去，探到一根门闩，费劲儿地扳开它，一阵刺耳的金属刮擦声打破了暗夜的宁静。右边的那扇门先是怎么都推不开，继而失了阻力轻松地荡开了。"就让它开着吧。"他说。

他们并排走上车道，尽量不碰到两旁潮湿的灌木。"你带枪了吗？"达夫问。

"放心，"凯辛说，"只是一个年老的变态前牧师，又不是一群地狱天使的午夜派对。"他知道自己应该带枪的，可他已经丢掉了这个习惯，失去了那种天性的警觉。

一栋楼房映入眼帘，两层，砖建的墙体，拱形的窗户，房前的石阶通向一条长长的门廊，一道清冷肃穆的前门出现在门廊尽头。门的两侧是彩色玻璃拼图的工艺窗，左侧的一扇窗户透出一些光来，窗帘没有完全拉上。

"有人在，"凯辛说，"教会里有需要的人正待在里面。"

他们走上台阶，他拉起门上的一个黄铜门环，敲了几下，等了片刻见没人应门，加重力道又敲了几下。

左边那扇亮着灯的彩色玻璃窗里微光闪动——红的，白的，绿的，紫的，图案是《圣经》中的一个场景，是一群人，其中一个头上顶着光环。

"谁？"一个低沉的男声传了出来。

"警察。"凯辛说。

"把你的身份证件从投信口塞进来。"

凯辛向达夫示意，达夫拿出了自己的身份证，从那个投信口塞了进去。证件被人拿了起来，紧接着他们听到两个门闩滑动的声音，门开了。

"什么事？"一个穿着黑衣的高个子男人出现在他们眼前，那人没怎么刮胡子，老迈的脸庞垂了好几层下巴，戴着一副圆圆的眼镜，稀疏的灰发向后梳着，油乎乎的，发尾打着卷。

"邓肯·格兰特·瓦林斯？"

"是的。"

"高级警探凯辛，重案组的，这位是达夫警探。"

"你们有什么事？"

"我们能进去吗？"

瓦林斯犹豫了片刻，向后站了站，让出路来。他们走进一间铺着大理石地板的门厅。大厅中间是一个楼梯，左右两边分支延伸到二楼的走廊，六米高的房顶上悬着一盏多层水晶吊灯。

"这边走。"瓦林斯说。

他们跟着这个梨形身材的老头走进左边的一个房间，那是一间大客厅，顶上挂着一个昏暗的无罩灯泡，壁炉旁还有一盏落地灯。家具老旧破败，椅子也不配套，还有一张塌陷的印花布艺沙发。空气中弥漫着腐败的潮气和老鼠粪便的味道，还有萦绕在窗帘、地毯和被子里的陈年烟味。

瓦林斯坐在落地灯旁的椅子上，双腿交叉放着，不断调整自己的坐姿，他的大腿很肥硕。在一个白色的杯子旁边，一根滤嘴香烟在黄铜烟灰缸里兀自燃烧着。他拾起它，深深地吸了一口，细长的手指被烟熏成了肉桂色。"你们找我有什么事？"他问。

"你认识一个叫亚瑟·波拉德的吗？"凯辛说，他看着这个房间，看着高悬的天花板，又看了看靠墙的桌上那些杂乱摆放的瓶子，威士忌酒瓶，有七八个，多数是空的，只有两个瓶子里面还有些酒。

"记不清了，很多年前的事了。"

"罗宾·格雷·邦尼，认识吗？"

瓦林斯猛地吸了口烟，徐徐吐出烟雾，摆了摆手："也是很久以前认识的，猴年马月的事情了，问这些干吗？"

"查尔斯·布戈尼，"凯辛说，"你应该认识查尔斯，多少还有些印象吧，也是很久以前的事，当然还有克雷克。"

瓦林斯什么也没说，从上衣的一个口袋里找出一根香烟，借着刚刚那个还没熄的烟头点着了它，他两手抖得厉害，对准了好久才点着。他在烟灰缸里捻熄了那个没用的烟头，"你们到底在胡说些什么？"他说，声音有点高，但还算得体，"你们为什么要来这里烦我？"

"你可能想被保护性拘留，"凯辛说，"你也许想坐下来给我们讲讲道德陪伴童子军营，那些美好的日子。照片里的你看起来很健硕，你那时会做很多运动，是吗，瓦林斯先生？跟那些男孩一起？"

"我没什么想跟你们说的，"瓦林斯说，"一个字也不想说，你们现在可以走了。"

"你现在有点隐士的意思啊，瓦林斯先生？一个人住在收容落魄圣公会信徒的房子里？"

"这跟你们没关系，你们知道从哪儿出去！"

凯辛看了看达夫，达夫看上去有些不开心，他焦躁地挠着头皮，没有头发的头皮也会发痒吗？为什么呢？

"行，"凯辛说，"那我们走了，你一个人在这儿好好想想你的朋友亚瑟和罗宾是怎么被折磨的。罗宾死状惨烈，有个很烫的什么东西从他下面插了进去，好像是个磨刀器。你知道那东西吗？钢制的。法医认为那东西先前在燃气炉上加热过，烧得通红才插进他的身体里的，然后又从前面穿了出来。"

瓦林斯的脸开始扭曲起来："什么？"

"折磨致死，"凯辛说，"布戈尼，邦尼，波拉德。好了，我们会自己找到出去的路。晚安，瓦林斯先生。"

凯辛头也不回地向前走去，走到门口的时候，瓦林斯突然开了口："请等一等，警探，我很抱歉，我不知道……"

"我们只是顺便过来，让你知道像你这种人的死亡概率。"凯辛说，"想给你提供帮助但被拒绝了，我们会这样做记录。祝你好运，睡个好觉，瓦林斯先生。"

他们走进了门厅，凯辛在前面，然后是达夫，瓦林斯紧跟在后面。

"我想你们或许是对的，警探。"瓦林斯高声说，"我确实需要……"

"我知道你需要什么，邓肯。"一个声音从高处传来，应该是二楼走廊的方位，"你需要为你污秽的人生忏悔，然后在上帝面前平静地死去。"

第七十一章

凯辛看不清楚那个男人，客厅里的灯光实在是太微弱了。

"谁在那儿？"他说。

但他知道是谁。

有人高声大笑起来，不是说话的那个。"警察，"他说，"我闻到了警察的味道，像老鼠一样臭得要命，讨厌的警察。"

凯辛看向达夫，他的眼睛紧紧盯着那个走廊。他用右手向后推开自己的风衣，凯辛看到了弹簧夹枪套，看到了枪托，还有达夫正欲拔枪的手指。

砰的一声，亮红色的火光一闪而过。

达夫不由自主地向后退了两步，侧身面向凯辛，凯辛看到他眼镜镜片上的反光，看到达夫微张的嘴，他双手捂上胸口，向旁边倒了下去。

"干掉一个！"

凯辛看到了彩色玻璃窗旁边墙上的电源箱，他跨出两步，冲了过去，纵身跃起，左手探出拉下电闸，但身体却失去了平衡，摔了下来。一道寒光从他的余光中闪过，凯辛感到肩胛骨下方被一把刀狠狠地划了一道。

"干掉两个！"

眼前一片漆黑，他跪在地上，整个后背像着了火。

该死，他想，挨了一刀。

"求你们放过我。"瓦林斯说，"我给你们钱，我有很多钱。"

凯辛伸出一只手，摸到了达夫的肩膀，沿着衣服摸到了他的脸，他还有

384

呼吸。他爬了过去，听到了达夫微弱的呻吟声，他想找到达夫的枪套，手沿着身体向下摸索。

空的。

天哪，他把枪掏了出去，枪掉了，掉在哪儿了？

"我来找你们了，孩子们！"

那个极尖锐的声音。

凯辛疯狂地在地上摸索着，大理石地板冰冷刺骨。

"求你们！"瓦林斯绝望地叫道，"求求你们！"

"首先，你要忏悔，邓肯。"那个更低沉也更平静的声音说道。

凯辛快速往前爬，楼梯的右侧有一扇门，他需要在他们打开电源之前爬到那里，他们看到他关电闸了，他们会找到它的。你永远不能不带武器，你可能觉得自己永远也用不上那该死的东西，可真到了需要的时候，你会是如此的急迫，急得你牙都会疼。

他爬到墙边，站了起来，向左走，摸索着，好像撞翻了什么东西，是一张桌子，桌上的东西掉落在地上，摔碎了。

砰！又是一声枪响，从楼梯的中段射过来的。

凯辛找到了一个深深的凹槽，是那扇门。他摸到了门把手，转动它，门开了，他钻了进去。

一阵香味，淡淡的，让人有些犯呕的香味。

不要关门，他们会听到咔嗒声。

他感到头晕，他碰到了一个结实的、大腿高的、向右转角的东西。他摸索着往前走，那是什么东西的平面，向前延伸着，那东西到头了，然后是根柱子，雕了花的，他伸出一只手，碰到了墙壁。

是长凳，这是教堂，这是间礼拜室，就是那种味道。

他右手扶着墙，向前走了一步，感觉碰到了什么东西。那东西被从底座上撞了下去，摔在地上，发出了很大的声响。他停在那里没动。

"在那儿，"第一个声音说道，"他在那儿，他没有枪。"

"把这个警察干掉！"那个高尖的声音说，"打爆他的头！"

"不，去找另外一个警察，贾斯汀，咱们让这一个流干他的血。他是上帝的羔羊，我会为他祈祷的。"

凯辛听到一阵呜咽，那是一种可怕的声音，交织着恐惧和痛苦。

他努力让自己适应着黑暗，他眨着眼睛，他努力地快速眨眼，但是他不能，他的眼皮太沉了。因为失血？他右手探到大衣下面，摸了摸后背。

湿的，暖的。

他觉得有必要坐下来，他伸出手，摸到一条长凳的靠背，靠在上面，紧迫感消失了，因为已经无关紧要了。他将死在这里，在这个冰冷的、有着恶心甜味的房间里。

不，有条路能离开这里，找到那扇门，沿着墙走。

他的眼睛已经睁不开了，他感觉自己在水里，黑水，不，那不是水，是一种更稠的液体，血。他费劲儿地在血液里行走，水与血。迪亚布和达夫，他害死了他俩。他感觉不到自己的脚趾，感觉不到自己的腿，他甚至无法呼吸。他把手从长凳上拿开，感觉自己在下落，他看到了什么东西，是一根杆子，他想抓住它。

那东西松了，跟他一起往下掉，有东西砸到了他的头，可怕的疼痛，然后一切都消失了。

第七十二章

他在医院里，脸上有什么冰冷的东西，他们会用湿毛巾擦拭你的脸，有人在大声说话，不是对他讲。声音离得不是很近，或许是收音机，或者电视机……

凯辛没有睁开眼，他知道他不是在医院，他躺在像石头一样硬邦邦的什么东西上，是地板，一块冰冷的大理石地板。一切又都回来了。

"你还记得当初是怎么对我的吗，邓肯？"那个声音说，"我是怎么疼得大叫的？我是怎么向你求饶的？都还记得吗，邓肯？"

一阵沉默。

我还活着，凯辛想。我躺在地板上，我还活着。

"当得知你是一名牧师时，邓肯，天知道我有多高兴。"那个声音说道。

杰米·布戈尼，不过他现在是他死去的表弟，马克·金士顿·登比。

"我们都把自己交给了上帝，邓肯。"杰米说，"这改变了一切，不是吗？我是一个罪人，我做了很多坏事，邓肯。我给上帝创造的一些生灵带去了可怕的痛苦，你会明白这些的，是吧？你当然会，你也不可能带一颗纯净的心去到耶和华的面前。"

一阵痛苦的尖叫。

"那些小孩子，邓肯，你有没有想过我们的圣主是怎么说的？回答我，邓肯！"

又是一声尖叫，嘟囔声，一连串含混不清的字句。

"邓肯，我们的主说，让小孩子到我这里来。说得太好了，不是吗，邓肯？让小孩子到我这里来，不要制止他们，因为在神国的正是这样的人。①"

惨叫声充斥着整个教堂，也塞满了凯辛的脑袋，像是经过大理石地板冲进了他的耳朵里。

"我来可以吗？"那个高嗓门说，"给我个机会，杰米。"

"快了，快了，我必须把邓肯准备好。邓肯，苦难这个词，这是多么重要的一个词啊！它有着深刻的含义。对我说这句话，邓肯！说！让小孩子到我这里来，不要制止他们，因为在神国的正是这样的人。说这句话，邓肯。"

凯辛意识到自己的眼睛能看见东西了，房间里有光，是烛光，它闪动着，摇曳着，在墙上投下影子。他们懒得去开灯，就点着了蜡烛。达夫死了，他们也认为达夫死了，或者快死了，失血而死。

失血而死。

瓦林斯嘶声嘟囔着什么，试图讲出那个句子。

"一个孩子，"杰米说，"邓肯，一个小男孩。你有没有感到过后悔？哪怕一丝悔意？我觉得你不会，你、罗宾和克雷克，我很难过，在我坐牢的时候克雷克那个老东西自己先死了，上帝希望我也能去看顾克雷克。"

"这个让我来吧。"贾斯汀说，"拜托，杰米。"

凯辛试图爬起来，但他的身体没有力气，他不能动弹，他应该躺在这里，他们杀了瓦林斯之后，就会离开。他可以屏住呼吸，杰米并不在意他，也不恨他。

"在那些日子，人要求死，"杰米说，"决不得死；愿意死，死却远避他们②。为了弄明白这些话，我不得不进监狱，和坏人生活在一起。你现在懂了吗，邓肯？"

"求你，求你，求求你……"邓肯哀求着。

---

① 马太福音 18:2。——译者注
② 启示录 9：6。——译者注

"我经常想死，可我不能，邓肯。现在我明白了，耶和华让我在这个肮脏的世界忍辱偷生，是因为他为我定了旨意。"

"让我来，杰米，让我来。"贾斯汀说。

"又是那存活的；我曾死过，现在又活了，直活到永永远远，并且拿着死亡和阴间的钥匙①。你知道这些话吗，邓肯？圣约翰充满了神性。死亡和阴间的钥匙，是耶和华赐给我的，这是你的地狱吗，邓肯？是吗？"

我就这样躺在这里，凯辛想，我害死了达夫，而他们正在将一个人折磨致死。如果我活下来了，我要怎么跟辛戈说？先不说辛戈了，我要怎么跟维拉尼、菲恩、伯克茨交代，我是一个警察，天哪！

"上帝想让你懂得痛苦，明白痛苦和恐惧的含义，邓肯。"杰米说，"他也想让查尔斯知道，因为查尔斯对我做的恶行，还有你的朋友罗宾。你可知道，我从来没有忘记过你们的脸，你和罗宾的？都说孩子记不得人，但有些会的，邓肯，有些孩子会记住的，会在噩梦中一遍又一遍地看到他们。"

一声惨叫，像一根猩红色的痛苦之矛。

"鼓起勇气，邓肯！罗宾没有一点勇气，他很幸运，我们处理得太仓促。还有亚瑟·波拉德，我本来并不知道亚瑟的事，但在监狱里，上帝把我和一个男人带到了一起，一个非常悲伤的人，他跟我讲了亚瑟的故事。"

"求求你，上帝，啊，啊……"

"我很渴望能有一些同情我的人，但是没有一个人，也没有找到能安慰我的人。"杰米说，"他们拿苦胆给我当食物；我渴了，他们拿醋给我喝。邓肯渴了，贾斯汀，去给他拿点喝的。"

一个声音，一个咕噜的声音，咳嗽，呛到了。

"好了，这样就好多了，是不是？"

沉默。

---

① 启示录1：18。——译者注

"搞定了，邓肯，你现在发不出声音了，对吗？你看起来像只猪，邓肯。你心里在祈祷吗？是在向禽兽祈祷吗？你只能向禽兽祈祷，不是吗？来吧，贾斯汀，上帝要你送邓肯去见他的禽兽国王。"

凯辛用尽全身的力气撑起腿，抬起头，他感觉自己的身体很重。

黄色的烛光忽明忽暗，光秃秃的石头祭坛上似乎有个东西，一团被绳子捆绑着的粉色的肉坨，像一块捆扎好准备送进烤箱的肉。到处都是血，从祭坛上流下来，像一条条暗红色的小溪。

祭坛前站着两个人，右边那个矮个子举着一把刀，刀刃反射的烛光清冷阴森。另外那人个子高一些，正抓着那块像肉一样的东西，是瓦林斯，被人拽着脑袋，凯辛可以看到那是他的头。那个男人，杰米，正揪着瓦林斯的耳朵，头发和耳朵，他似乎在亲吻瓦林斯的头……

不。

凯辛摇着头，这完全是无意识的，他没有让它摇，是它自己在摇。他试着站起身来，地板上有个什么东西，一根杆子，不是……是的，一根顶部有个十字架的杆子，一个带尖儿的黄铜十字架，末端不是那种箭头。

不，不是箭头。

是钻石形的，是的，钻石形。

他把手放在上面，想抓住它，但手中没有握着的感觉，他感觉不到自己的手。

他抓住它，撑着身子站了起来，他对自己感到惊讶，他竟然直直地站起来了，右手拿着那根带十字架的杆子。

他看着他们。

他们没有看到他，他们也没听到他的声音。

"下地狱去吧，邓肯！"杰米说，"送他一程，贾斯汀。"

"不！"凯辛说。

他们转过头来看向凯辛。

凯辛把那个带十字架的杆子掷了出去，它悬在空中，贾斯汀转过身来，右手握着那把长刀。

那个钻石形的尖头刺入了他的喉咙，正中锁骨之间的凹陷，十字架卡在那里，杆尾朝地面下落。他把手伸向喉咙，试图握住那支圣矛，向前挪了一步，摇摇晃晃的一小步，他的左腿已经背弃了他，他倒下了，他的脚在冰冷坚硬的大理石地板上轻轻滑动着。

"你被捕了。"凯辛说，舌头有些不听使唤。

杰米手里还揪着瓦林斯的头，他低头看向地上的贾斯汀。"贾斯汀！"他喊道，"贾斯汀！"

他放开捆绑得像猪一样的瓦林斯，跪倒在地。

凯辛只能看到他的头顶。

"贾斯汀，不，"他说，"贾斯汀，不，贾斯汀，不，不，贾斯汀，不，亲爱的，不，不，不……"

凯辛沿着他过来的路往回走，感觉花了很久才走到礼拜堂门口，他穿过门厅来到配电板旁边，找到了电闸开关。

客厅的灯亮了起来。

达夫的手枪几乎就躺在他的脚边，他弯腰去捡，一个不稳摔倒了，他爬起身又试了一次，终于拿到了武器。他没有看达夫，径直走向礼拜堂，穿过门，找到电灯开关，沿着中间的过道，在离祭坛三四米远的地方停了下来。

杰米绝望地看着贾斯汀，到处都是血，他抬头看向凯辛，站起身来，握紧了手里的那把刀。

"你被捕了。"凯辛又说了一遍。

杰米摇了摇头。"不，"他说，"我现在要杀了你。"

凯辛举起达夫的手枪，对准了杰米的胸口，要瞄准最宽的部位，他扣动了扳机。

杰米像小鸟一样歪着脑袋，微笑地看着他。

没打中他，凯辛想，我怎么会没打中呢？他看不清楚杰米，那支枪太重了，他有些举不起来。

"上帝不想让我死。"杰米说，"他想让你死，因为你把贾斯汀从我身边带走了。"

他向凯辛迈步走过来，擎起了手里的刀。凯辛看到了刀上面的反光，看到了血。他的腿在打战，他再也站不住了，他倒了下去……

一把刀，再往上是杰米的眼睛，距离如此之近。

"现在，你必须向你在天上的父忏悔。"杰米说。

"我们的父。"凯辛说。

第七十三章

"你确定不用帮忙吗？"迈克尔问道。

"不用，"凯辛说，那个小袋子几乎没什么重量——牙刷、剃刀、睡衣，还有他哥哥带到医院的东西。他们肩并肩地站在那里等电梯，气氛有些尴尬。

"我找到一份新工作，"迈克尔打破了沉默，"在墨尔本，一家小公司。"

"那挺好的，"凯辛说，他梦到了达夫，梦到自己跟达夫一起走在一条街上，然后不知怎的，达夫的脸变成了沙恩·迪亚布的。

"两周后上班，我想我能过来一星期左右。我可以帮你修建那个老宅子，倒不是我建过什么，但我还有些健身房练出来的肌肉。"

"不需要经验，只要有力气就行。"

电梯来了，空的。他们走进电梯里，面朝门站着。

"乔，我想问一下，"迈克尔说，他的眼睛盯着楼层指示板，"我一直在想……"

"什么？"

"不带武器就去那里，那不是去自我毁灭，对吧？我的意思是……"

"那是一种极其愚蠢和傲慢的做法，"凯辛说，"那是我的专长。"

"还有别的事。"迈克尔说，"我跟薇姬谈过了，妈妈给了我她的联系方式。"

"谈了什么？"

"她让我跟你说，你可以去看孩子，她也已经跟她的伴侣说了，孩子是你的。"

凯辛的呼吸变得急迫："她告诉那个孩子了吗？"

"告诉了。"

电梯停了下来，门开了，维拉尼站在那里。

他和迈克尔握了手，他们穿过玻璃楼门，下了斜坡，沿着楼侧的路继续走。阵雨刚停，云层被风吹出了巨大的锯齿形间隙，露出亘古不变的天空。

"过几天见。"迈克尔说。

"买些手套吧。"凯辛说，"工作手套。"

菲纽肯把车停在了维拉尼的车后面，他是来接他的。

"你好，老板。"他说，"感觉好些了吗？"

"好多了。"凯辛说。

"进来坐一会儿，"维拉尼说，"还有你，菲恩。"

凯辛坐到副驾驶的位置上，又闻到了警车的味道。

"你看起来像个死人，"维拉尼说，"你确定他们没有那种把人晒黑的机器吗？"

"我也被吓了一跳。"

"不管怎么说，不管你的脸色白还是不白，你和达夫，你们真是一对谜一样的搭档。"维拉尼说，"是谜一样的，不是迷人的。他下周出院，像龙虾一样的自愈能力，医生说的。"

"龙虾吗？"菲纽肯站在后面说，"龙虾？"

"他是这么说的。听着，乔，有些事要告诉你。首先，菲恩从那个疯子戴维·文森特那里问到了一些东西，注意，是在电话里。菲恩带来了记录，菲恩，你来说。"

菲纽肯咳了一声。"火灾发生的那天晚上，戴维在营地里，"他说，"他给戴夫·柯诺打了电话，就是他寄养家庭的家长。他说本来要去听什么音乐会的，但是他打算逃跑，就藏了起来，然后来了两个男人，他们从车后面取出来一具尸体，他说，是个小孩。"

凯辛出神地看着马路，空荡荡的，没有车。

"他们把他带到孩子们睡觉的那栋楼里，然后就离开了。他说后来看到大楼起了火。他逃走了，在海滩上睡了一夜，第二天搭了个便车离开的，最后到了西澳洲，一个十二岁的男孩。"

"那些男孩的尸检报告怎么说？"凯辛说。

"是当地医生做的。"菲纽肯说，"我想当时都是那么尸检的，吸入烟尘导致死亡。"

"三个都是吗？"

"是的。"

"没有提到别的什么吗？"

"什么也没有，老板。"

凯辛有点后悔吃了早餐，一阵烦恶从心底升起："记得那医生的名字吗？"

"这个我也查到了，卡斯尔曼，罗尼·卡斯尔曼医生，布戈尼妻子的死亡证明也是他签的，真是个忙碌的医生。"

海伦的爸爸。塞西莉·艾迪森说过：

> 很多人都对此感兴趣，克罗马迪是一个先进思想的聚集地，人们乐于慈善，不是为了被报道那种，美德是对其自身的奖励。

"这里有些地方比较奇怪，"维拉尼说，"戴维·文森特还记得大火那晚的那辆车。"

"他对汽车感兴趣，我是说戴维。"菲纽肯说，"他说那是辆奔驰旅行车，他能看出来，因为那是奔驰制造的第一批房车。1979年。"

"那有什么用吗？"凯辛说。

"我查了。"

"让我猜猜看，是布戈尼的。"

"是公司的车，查尔斯·布戈尼和一个叫什么 J.A. 卡梅隆的是负责人。"

"乔克·卡梅隆，当地的一名律师。营地发生火灾那晚谁是陪伴者？"

"瓦林斯。"维拉尼说。

"有烟吗？"凯辛问。

维拉尼拿出一包烟，连打火机也一并递了过去。他们默默等着，点着了烟。

尼古丁就像一记重锤，凯辛一时说不出话来。缓了一会儿，他说："天哪，他们是怎么逃脱法律制裁的？把童子军营当成妓院，至少杀了三个男孩，一点风声都没有，那是个怎样该死的调查？"

维拉尼打开车前窗，一股汽车尾气的味道扑鼻而来，混着新铺的沥青味："还有件事要告诉你，辛戈两天前去世了，又一次中风，这回更加严重。"

"天哪，"凯辛说，"啊，天哪。"他感到泪水就快涌出来了，赶忙把目光从维拉尼身上移开，快速眨了眨眼睛。

"负责调查童子军营失火案的是辛戈，"维拉尼说，"当时他是警局的二把手。"

凯辛脑海里浮现出辛戈穿着他那件破烂裂缝雨衣，还有那片火灾后的废墟，草地上的橄榄球门柱，那条小小的腰带。辛戈从未提过克罗马迪，深夜里，喝醉了酒，他会谈起过去工作过的地方，斯塔威尔，米尔杜拉，吉隆，赛尔，谢帕顿，谈到本迪戈的旅行妓女谋杀案，布莱特附近的烟草农场有人杀死了自己的叔叔和阿姨，打算把他们变成饲料喂猪。

辛戈从来没有提到过克罗马迪。

"我有了不好的预感。"维拉尼说，他有些不舒服，调整了一下坐姿，

"我们查了他的银行记录，我从没想过会有这么一天，或者我能活到……总之，什么都没有，只有工资和一些福斯特股份的分红。"

"他才不会喝他们生产的酒，"凯辛说，"他讨厌他们送的酒。"

维拉尼看了看他，眼里闪烁着某种近乎绝望的神情。他打开窗户，把烟蒂弹了出去，差点打到一只海鸥，惊得它跳了起来。凯辛想起了码头上的那次会面，那只海鸥在半空中接住了烟蒂。

"三年前，"维拉尼说，"辛戈从他哥哥那里继承了一百万澳元，德里克。德里克给全家人留下了一大笔钱，大约一千四百万澳元。"

"然后呢？"凯辛说。

"辛戈就像我肩上一只该死的鹦鹉，我能有今天是因为他。你觉得任务完成了吗，孩子？加油，再多走一码。努力九十九次就放弃，那是功败垂成，但你再多走一码可能就成功了。所以我走了那一码，我们俩都走了那一码。"

硕大的雨滴打在挡风玻璃上，凯辛觉得自己现在想要回家，回到那座破败老旧的房子里，坐在那把老旧的椅子上，他想让猎狗们把鼻子埋在他大腿下面的软垫里，生起炉火，听听音乐。他想听毕约林，先听毕约林，然后再听卡拉斯。

"1983年有人向他哥哥德里克的三个银行账户支付了20万澳元，"维拉尼说，"克罗马迪那场大火过后第三天，调查结束之后，德里克又收到了20万澳元。他在黄金海岸买了地，就是他，德里克。"

凯辛看着维拉尼，维拉尼也紧盯着他，眉间的皱纹深锁着，他点了点头，微微点了点。他吸了口烟，想把烟吹出窗外，但它又飘了回来。

"辛戈拿了布戈尼的钱？"

"是从一家公司的银行账户支付的，辗转经过了另外三家公司，顺藤摸瓜才发现，幕后操作的是布戈尼的一家公司。"

凯辛感到生活根本没有什么坚实的支撑，只是一片软泥上不同厚度的硬壳。他们默默坐着，看着三个护士下班，三人的身高比例像板球的门桩，中间的一个挥着手，像是在指挥管弦乐队。

"对我来说，这像是经历了两次死亡。"维拉尼说，"我今天醒来，发现有些东西不见了，有些东西彻底消失了。"

"还有别的事吗？"凯辛说，"还有什么其他的事情需要我知道的吗？没有？那我就回家了，谢谢你们来看我。"

"菲恩开车送你，"维拉尼说，"伯克茨已经把你的车送到家里了。菲恩送完你，会把他带回来。要是不喜欢，你可以搭个计程车，散散步。"

凯辛想说些什么，但他没有力气。

"还有点别的事情。"维拉尼说，"辛戈的律师来电话了，我们几个在遗嘱里，你、我和伯克。"

"警队最后一片净土，重案组。"凯辛说，"我那份拿去捐给圣公会吧。"

他们开车上了路，凯辛说："菲恩，我得去一下皇后街，不会花很久。"

第七十四章

艾瑞卡·布戈尼站在一张玻璃桌后面，一袭黑衣严肃冷傲，英气逼人。"我今天真的没什么时间，"她说，"我们可不可以尽可能简明扼要？"

"可以。"凯辛说。

他不紧不慢地环视房间。这是间镶着木壁板的大办公室，玻璃门书架擦拭得纤尘不染，皮革客户椅看上去很考究，窗台上的玻璃花瓶里插着几枝新鲜紫罗兰，窗外是光秃秃的树枝。

"很棒的一间办公室。"他说。

"有什么话，请尽快讲。"她的头转向一边，神情和声音都像一位正在跟后进生说话的老师。

"我觉得有些事情有必要跟你说一下，一些我个人的猜想。"

她抬起手腕看了看她的表："我只能给你五分钟时间，精确到秒。"

"你弟弟被你的继父性虐待，那件事情你是知道的。"

艾瑞卡坐了下来，不自在地眨着眼，好像眼睛里进了什么东西似的。

"杰米和贾斯汀·费舍尔折磨并杀害了亚瑟·波拉德，我想这你也是知道的。杰米和贾斯汀在悉尼谋杀了一个叫罗宾·邦尼的人，你可能知道，也可能并不知道。"

艾瑞卡不自觉地抬起双手："警探，这绝对是……"

"你为什么不告诉我、不告诉任何人，莱德劳太太见过杰米这件事？"

一个看不出情绪的手势："莫伊拉年纪大了，她说的话不一定可信……"

"在我看来，莱德劳太太的神志完全清醒，她非常确定自己见到了杰米，并且你也是相信她的，不是吗？也是从那时起，你开始雇保镖了，在查尔斯遇袭之前。"

"凯辛警探，你已经越界了，我看我们也没有再谈下去的必要了。"

"我们可以正式约谈这件事，"凯辛说，"把你今天手头上的事先放一放，到圣基尔达路来，那样可能会更好。你才是那个越界的人。你面临同谋指控。"

沉默。她凝视着他，但他却看出了她神情的变化。

"你跟杰米联系过，对吗？"凯辛说。

"没有。"

艾瑞卡闭上了眼睛，他能看到她眼皮上细微的血管。凯辛说出了他想了很久的话："你妈妈出事之后，晚上只有你们两个和查尔斯单独待在那幢大房子里。晚上都发生了些什么，艾瑞卡？"

"乔，拜托，不，"她低着头，下巴抵在胸前，一缕头发落到眉毛上，"拜托，乔。"

"你在那所房子里都经历了什么，艾瑞卡？"

沉默。

"你变成了查尔斯的小老婆？那是在你母亲去世之前还是去世之后？你整天跟着他，你崇拜他。你知道那些男人强奸杰米的事吗？你知道查尔斯也那样做了，对吗？"

她开始发抖。"不，不，不……"那不是一种否认，那是在求他不要再说下去。

"还相信你母亲的死是个意外吗，艾瑞卡？她就死在童子军营地发生火灾的那天晚上，还记得吗？那天晚上死了三个男孩，查尔斯在庄园亲手害死了其中一个。你妈妈是不是看到了什么？听到了什么？"

"乔，不，求你，我不能……"

　　凯辛看着她低垂的头，看到了她苍白的头皮，她的双手紧紧按着自己的喉咙。

　　艾瑞卡没有抬头，她小声地说着什么，凯辛听不清楚，她在自言自语，一遍又一遍，反复念着。她是在念咒语。

　　凯辛对咒语有些了解，他曾经念过无数次咒语，为了抵挡疼痛，抵挡脑海里比身体更折磨人的想法，抵挡那些记忆，抵挡无数个劝他归降黑暗的不眠之夜。

　　她在椅子上坐直了身体，努力平复自己的情绪。

　　凯辛等待着。

　　"现在说这些还有什么意义，乔？"她说，那声音听上去万念俱灰，像一个行将就木的老人，"你为什么非要跟我说这些？你能从中得到快乐吗？"

　　"为什么雇保镖？"凯辛说，"那该怎么解释？"

　　"一个客户威胁我。"

　　"我不相信你，我觉得你一直都知道杰米还活着，你在保护他，但是你也惧怕他，我说得对吗？"

　　没有回应。

　　"你当时就看着他们折磨波拉德，不是吗？那个礼堂里有一个座位放了下来，就一个，你坐在那里，艾瑞卡。"

　　她无声地哭着，泪水冲开了她脸上的妆容。

　　"查尔斯把你送给了波拉德，是吗，艾瑞卡？波拉德也喜欢年轻女孩，我们在他的电脑里发现了那些照片。你希望杰米杀了查尔斯和波拉德，不是吗？你不能出现在查尔斯的遇害现场，但你绝不想错过波拉德的，我说得对吗？"

　　艾瑞卡开始抽泣，声音越来越大，她低下头，整个上半身都跟着颤抖了起来。

　　"你一直看到了最后，是吧，艾瑞卡？他们把他吊起来折磨的时候，你鼓掌了吗？这让你得到净化了吗？"

女人哭了起来，她的整个身体都在哭泣，她的整个灵魂都在哭泣。

凯辛站起身。

"你是一个病态的人，布戈尼小姐。"他说，"病态孕育了更多病态。谢谢你的配合。"

皇后街下起了倾盆大雨，警车平行停在满泊车位的旁边，菲恩一边阻碍着交通，一边坐在车里悠闲地读着报纸。

"事情进展得怎么样，老板？"他问。

"没什么特别。"凯辛说，"送我回家吧，孩子。"

第七十五章

狗的模样几乎认不出来了。

"你对它们做了什么？"凯辛说，"看看那些耳朵。"

"这是它们生命中第一次被精心修剪和梳理。"她说，"它们很喜欢。"

"它们被吓坏了，它们需要心理咨询。"

"我觉得应该把它们留在这里，它们在这儿很快乐。我不认为它们想跟你回到那片废墟里去。"

凯辛走到车旁，打开后门，两条狗看了看，没有动。

"你看，约瑟夫，"他妈妈说，"瞧见没？"

凯辛吹了声口哨，一声清晰的口哨，然后向车门方向跷了一下大拇指，两条狗赛跑似的朝车跑去，互相挤着想并排上车，直直地在车座上坐好，平视着前方。

凯辛关上车门。"我会带它们来看你们的。"他说。

"要常来，"他妈妈说，"邦佐爱它们，它们是它最好的朋友。"

凯辛似乎看到了一滴眼泪。"我进城的时候，会把它们送过来找邦佐的，"他说，"如果你们没在喷农药的话。"他走过去吻了她。

"约瑟夫，你应该考虑去寻求心理咨询。"她说，双手爱抚地托着他的脸，"你的生活简直就是一连串糟糕的恐怖事件。"

"只是一直运气不好。"他上了车。

她走到车窗前："它们喜欢鸡肉，你给它们买鸡肉了吗？"

"它们还喜欢菲力牛排，我在路边上遇到撞死的动物也会带给它们吃。再见，西比尔。"

他们在西天最后一抹余晖的映照下驾车回家，夜色正在一点一点地吞噬着大地，连绵起伏的风景也渐渐没入黑暗。在十字路口，他打开了车前灯。五分钟之后，凯辛把车横停在了漆黑的建筑前，一个男人倚墙站着，正抽着烟，手里拿着一个电筒。

雷布走到车旁，为两条狗打开了后车门。"我的天哪，"他说，"你跟人换狗了吗？"

它们欣喜若狂地扑向他。

"别怨我，"凯辛说，"是我妈干的。我还以为你已经走了呢？"

"本来是走了，可我去的那个方向什么也没有，我就又回来了。"雷布说，"老爷子腿脚不太灵便，所以我想倒不如给他搭把手，有空顺便干一点大教堂重建的活。"

他们在附近转了转，借着手电筒的光查看雷布已经完成的那些工程。

"一点，"凯辛说，"这叫一点吗？"

"伯恩常来这儿，帮我一起干，他也就是嘴不饶人，活干得还是不错的。"

"他的活干得好，这对我来说还真是新闻。他的记性很好，我是知道的。"

"是吗？"雷布挥起电筒，把光打到新修的那面墙上，走过去，伸出一根手指沿着勾缝检视着墙体。

"送水箱来的那天，他想起很多年前见过你，那时你们都还是小孩子。他跟你比过赛，橄榄球赛，他们对阵童子军营。"

雷布说："是吗？那对我来说可是个新闻了，从没听说过什么童子军营。"他把手里的电筒照向猎狗。

"我找到了一张你的照片，"凯辛说，"在吃一瓣橙子，十二岁左右。"

404

"我没有过十二岁。"雷布说,"我可以做个兔子派,又用了你那把玩具枪。"

"你在那儿发生过什么吗?"

凯辛好像看到雷布笑了笑。

"就待了一天,"雷布说,"我不喜欢那里的食物。"

"我买了牛排。"凯辛说,"怎么样?"

"挺好啊。你邻居来过这里,给你留了点东西,看包装像件礼物。"

"我需要一件礼物,"凯辛说,"很久没人给我送过礼物了。"

"活着就是一件礼物。"雷布说,"每一天,每一小时,每一分钟,每一秒都是礼物。"

第七十六章

傍晚时分，凯辛带着狗出去散步，他们刚出门就遇到了一只野兔。家里没人的这段日子里，这些野兔胆子大了不少。还没走多远，又遇到了一群在草地上聚会的兔子。猎狗们跑得精疲力竭，却连根兔子毛也没咬到。

走到小溪边，猎狗们大步迈进水里，弄湿了整个身子，踩到深坑的它们惊慌失措，赶忙扑腾着穿过了小溪。凯辛自己也弄湿了，水漫过了他的膝盖，灌满了他的靴子，但他并不在意，只顾往小山上爬，思考着自己接下来该怎么做。最后，他发现自己根本不需要做任何决定，他看到海伦正从她家的斜坡上走下来。

他们在栅栏的角柱处相遇了，雷布修的角柱。两个人彼此问了好，她看上去瘦了些，比他记忆中的样子更加妩媚动人。

"它们看上去好累啊，"她说，"你对它们做了什么？"

他咽了咽口水，努力让自己平静下来。"不太健康。"凯辛说，"太胖了，跑不动，被宠坏了，这些都会改善的。"

"你还好吗，乔？"

"好，我很好，只是些皮外伤。还有，我非常勇敢，从不抱怨。"

海伦摇了摇头："我想去看你，但我觉得……嗯，我也不知道自己是怎么想的，我以为你的家人和你那些警察朋友都会围在你身边。"

狗跑开了，谈话太无聊了，它们喜欢行动。

"确实，"凯辛说，"确实是那样，日日夜夜，他们轮班照顾我，家人，警察朋友，家人。"

"你这家伙。在电视上看到鲍比·沃尔什了吗？"

"没有。"

"他说应该给你和达夫颁发奖章。"

"奖励我们的愚蠢吗？我不认为他们有那种奖章。"

海伦又摇了摇头："关于度假村的新闻看了吗？"

"没有。"

"艾瑞卡·布戈尼决定不把童子军营地卖给法伊夫了。她打算把它捐给政府，作为海岸生态保护项目的一部分。所以通往石溪咀的路没有了，整个度假村计划都泡汤了。"

凯辛想起了道德陪伴总部礼堂里的那个座位，想起坐在办公室里的艾瑞卡，她乳白色丝质衬衫上的泪痕，还有她绝望的哭声。

"那太好了，"他说，"这样你就能放开手脚全力去赢得选举了。"

"我希望能得到至少一张警察的选票。"

"这取决于很多事情能否步入正轨，但我们警察是不允许谈论政治的。"

"允许你喝酒吗？"

"我的肝脏几乎是全新的，已经闲了好几周了。"

他们凝视着彼此。他移开视线，看向溪谷那边的薄暮，还有浮在山顶树梢上的晚霞："我一直想问，你爸爸是什么时候去世的？"

"1988 年，他开车经过海岸公路转弯处时，直接冲了出去，那是在我们毕业一年之后，怎么了？"

"没什么，他在布戈尼太太的死亡证明上签了字。"

"他签过的尸检报告能有几百例，我想。"

"是啊。"

"那，要不要过来喝一杯？我请你。"

"还要吃那些派对馅饼吗？"

"上次我们没能抽出时间吃它们。"

"我先去喂饱这些畜生，"他说，"一会儿回来。"

"可别被人路袭了。"她说。

"路袭，我从没听人这么说过。"

"你得逐渐适应。"她说，"我这儿还有很多新词儿等着你呢。"

他动身往斜坡上走，两条腿重得像湿木头一样，他吹了声口哨，唤猎狗一起回家，又忍不住回头看了看，她还站在原地，正看着他。

"回家去吧！"他大声喊道，"怎么还不回家去热馅饼？"

他侧卧着醒来，百叶窗上方透进一束亮光，照亮了空中的微尘。他能感受到她身体的温热，她动了一下，她的呼吸在他的肩胛骨之间盘桓，她的唇沿着他的脊柱游走，然后那温润柔软的两片实实地抵上了他的背，她在吻他。天际逐渐亮了起来，新的一天开始了，他感觉自己又活了过来，一切过去都被原谅了。

第七十七章

"乔？"

"是我。"

"我是卡萝尔·格里格，这个时间打给你是不是有点早？"

"没有。"

"乔，我知道这可能没什么意义，可是昨天晚上，我喝了一点酒，然后脑子里就冒出了这些东西。"

"什么东西？"

"之前有几次，我在垃圾桶里翻出了巧克力包装纸，两次。"

"怎么说？"

"他不吃巧克力。"卡萝尔说，"那地方从来没有过任何甜食，他连茶里都不放糖。"

"你是在厨房的垃圾桶里看到的巧克力包装纸吗？"

"不是厨房的垃圾桶，是外面那个大垃圾桶。我出去倒垃圾的时候看到的，火星巧克力棒那一类的鬼东西。"

"当时庄园里有其他人住吗？"

"没有，那段时间没有。"

"两次？"

"我记得有两次，不好意思，警探，这些没头没脑的想法浪费你的时间了。"

雷布来了，他是从登·米兰家的奶牛场过来的。两条狗分别走在他的两侧，像保镖一样四处张望，警惕着藏在草丛里的刺客。

"没有，不会，"他说，"都是什么时候，还有印象吗？"

"我就记得一次，那是柯尔斯蒂生日的前一天，我看到这……不管怎么说，就是那天。那是个星期一，7月23日，1988年，肯定是的，没错。"

23.07.88.

"有点意思，"凯辛说，"再想想看另一次，想起来月份就行，年份也有帮助，或者冬天还是夏天。"

"我会好好想的。"

他们说了再见，凯辛待在原地，脑海中又浮现出了布戈尼那九个陶罐的样子，每一个都很精致，完美主义者认为值得收藏的那几个，其中一个的底部刻着一个日期：11/6/88。

那是它被烧制出来的日期吗？你能把刚成形的那么大一个陶罐翻过来，在底部刻上日期吗？还是说，那是后来刻上去的？

他走到电话旁边，盯着看了一会儿，想起在庄园那栋老式的砖楼上，他回头看时，注意到卧室门外侧装着门闩。

如果在炉窑燃烧的夜晚走上山，在看到它之前就能听到声音——它会发出巨大的声响，震动着，如同雷鸣一般。转过木柴垛，可以看到窑窗里白热的火焰，周围的空地都被照亮，能感受到强劲的海风拂过脸庞，吹进窗口。

他拨了内线号码，等待接听的铃声响了一阵又一阵，过了好久，特蕾茜才接起电话，语气中的责备多过问候。

"我是乔，"他说，"帮个忙，特蕾茜。1988年六七月左右，所有的儿童失踪案记录，男孩的。"

"案子还真是没完了。"她说。

"在这个世界里，永远没完。"

清晨的一抹阳光照在冬日的小山包上，山顶上空，大片的云朵向内陆飘去，山风掠过一人深的枯草，扰动着它们，凌虐着它们。

　　猎狗在门外叫了一声，然后又是一声，吠声急不可待，两条猎狗轮流叫着。他打开门，它们进屋亲昵地围住了他。很高兴有它们在身边，很高兴活在这世上。

（全书完）

THE BROKEN SHORE by Peter Temple

Copyright © 2005 by Peter Temple

Published in agreement with The Text Publishing Company, through The Grayhawk Agency Ltd.

著作权合同登记号：图字 18-2018-331

图书在版编目（CIP）数据

破碎海岸 /（澳）彼得·坦普（Peter Temple）著；祖颖译 .-- 长沙：湖南文艺出版社，2019.8
　书名原文：The Broken Shore
　ISBN 978-7-5404-9083-6

　Ⅰ.①破… Ⅱ.①彼…②祖… Ⅲ.①长篇小说—澳大利亚—现代 Ⅳ.① I611.45

中国版本图书馆 CIP 数据核字（2019）第 033055 号

上架建议：畅销·外国文学

POSUI HAI'AN
破碎海岸

作　　者：［澳］彼得·坦普
译　　者：祖　颖
出 版 人：曾赛丰
责任编辑：薛　健　刘诗哲
监　　制：蔡明菲　邢越超
策划编辑：刘宁远
特约编辑：尚佳杰
版权支持：辛　艳
营销支持：侯佩冬　傅婷婷　文刀刀　周　茜
版式设计：李　洁
封面设计：尚燕平
内文排版：百朗文化
出版发行：湖南文艺出版社
　　　　　（长沙市雨花区东二环一段 508 号　邮编：410014）
网　　址：www.hnwy.net
印　　刷：北京盛通印刷股份有限公司
经　　销：新华书店
开　　本：880mm×1270mm　1/32
字　　数：367 千字
印　　张：13
版　　次：2019 年 8 月第 1 版
印　　次：2019 年 8 月第 1 次印刷
书　　号：ISBN 978-7-5404-9083-6
定　　价：48.00 元

若有质量问题，请致电质量监督电话：010-59096394
团购电话：010-59320018